Für Michael
Danke,
dass Du mein erster Freund warst

GRETCHEN LAMARR

Autor: Gretchen Lamarr
Korrektur/Anteil. Lektur:  Jacqueline Mayerhofer
Umschlaggestaltung :      Gretchen Lamarr
Umschlagfoto:             Gretchen Lamarr

Bibliografische Information der Deutschen Nationalbibliothek:
Die Deutsche Nationalbibliothek verzeichnet diese Publikation in der Deutschen Nationalbibliografie; detaillierte bibliografische Daten sind im Internet über http://dnb.d-nb.de abrufbar.

TWENTYSIX – Der Self-Publishing-Verlag
Eine Kooperation zwischen der Verlagsgruppe Random House und BoD – Books on Demand

© 2018 Lamarr, Gretchen

Herstellung und Verlag:
BoD – Books on Demand, Norderstedt.

ISBN: 9783740744892

https://www.facebook.com/BuchDornenRoeschen/

Ich widme dieses Buch, meinen über alles geliebten Brüdern
Meinen Kindheit's und Jugendfreunden, ohne deren Existenz ich
diesen Horror nicht überlebt hätte
All den verlorenen Seelen, deren Kindheit wie die meine, ein
einziges Martyrium war
Den Frauen, die die Hoffnung auf ein normales Leben noch nicht
aufgegeben, und trotz allem das Träumen nicht verlernt haben
All den verrückten Herzen, die an große sprechende Kaninchen,
und die grässlichen Monster unter dem Bett glauben

Die Hölle, das sind die anderen
Jean - Paul Satre

ROMAN

GRETCHEN LAMARR
## Dornen Röschen

Es war einmal ein kleines, fröhliches und unschuldiges Mädchen, so lieblich wie ein zartes, weißes Röschen. Das Mädchen war sehr verletzlich und sanften Gemüts. Dem kleinen Röschen wurde so oft wehgetan, dass es sich zum eigenen Schutz unzählige lange Dornen wachsen ließ, und jeder der dem Röschen von nun an zu nahe kam, verletzte sich daran. Bald war es durch die unzähligen Verletzungen schrecklich trotzig, fürchterlich wütend und ließ niemanden mehr zu nahe an sich heran. Von diesem Zeitpunkt an, wurde es von aller Welt bloß noch Dornen Röschen genannt. So lebte es fortan allein und traurig, völlig zurückgezogen in seiner eigenen Welt. Und doch, in aller Stille, ganz tief in seinem kleinen verwundeten Herzen hofft es immer noch dass es eines Tages von einer anderen Seele, die es so sieht wie es wirklich ist gefunden und geliebt wird.

# Menschenkind

Ich liege auf meinem weichen mit weißer Bettwäsche bezogenem Bett, während ich mit weit geöffneten Kinderaugen zu dem gewaltigen goldenen Stern auf dem eine Million Feuer leidenschaftlich in sich verbrennen blicke. Die Sonne. Selbst bei einer Eklipse leuchtet ihr Feuer so stark, dass sie jeden erblinden könnte der zu lange in ihr Licht sieht. Ihre Wärme ist ungebrochen. Sie erhält und nährt uns, ohne dass wir auch nur einen Gedanken an sie verschwenden. Man sagt, dass man niemals direkt in die Sonne sehen soll und doch versuche ich es immerzu und riskiere dadurch die dunklen Flecken vor meinen Augen, die erst nach einigen Minuten wieder verschwinden. Die Wahrheit ist, ich würde so gerne in der heißen, wärmenden Sonne verbrennen, mit ihr verschmelzen, eins werden und ihr glühendes Feuer in mich aufnehmen um endlich meinen einsamen kalten Eispalast zu schmelzen. All das in Brand setzen, was sich in mir so kalt anfühlt. Ich wünsche es mir so sehr und eigentlich wünsche ich mir so vieles: Den Tod, in dem ich die Erlösung suche oder gar die Befreiung ohne den Tod wenn das überhaupt möglich ist. Oder ich wünsche mich einfach bloß in eine andere Welt, wo die Sonne immerzu scheint und ihr Licht so stark leuchtet, dass alles in einem grellen Gelb erstrahlt. Eine Welt in der es niemals kalt und niemals Nacht ist. Ein Ort an dem die Blumen nie verblühen, die Bäume tausende Jahre alt werden und das Meer nur ein Augenblinzeln entfernt ist.

Ich bin eines dieser Menschenkinder, hineingeboren in eine Welt ohne Liebe in der ich nie die sanfte Hand einer Mutter spürte. Ich verzehre mich nach mütterlicher Wärme und bin dem Schmerz dieser unerfüllten Sehnsucht ohnmächtig ausgeliefert. Ganz und gar ohne Schutz, steht das Kinderherz vollkommen allein inmitten eines erbarmungslosen Seelenkrieges. Und so beginnt der Kampf um Gut und Böse, unerbittlich ringend um die einsame Kinderseele, das unschuldig verlorene Herz. Ein Menschenkind allein mitten im Sturm, so wie auch ich eines dieser Menschenkinder war. Kinderweinen,

Kinderschreien und Flehen in der Dunkelheit. Ich bin das Menschenkind dem du nie ein Schlaflied vorgetragen hast. Dieses wundervoll zauberhafte Lied, gesungen mit der sanften Stimme einer liebenden Mutter, durch das ich bedächtig in diese schöne Welt hinüber gleite. Die Traumwelt, nur für Menschenkinder gemacht. Dahin träumen sie sich Nacht für Nacht. Dort blühen und gedeihen sie. Die Welt im Kopf mit tausend Farben gemalt, voll Schönheit und Glanz und von Liebe genährt. Die Unbeschwertheit des Kindseins. Doch nur die Liebe einer Mutter trägt Menschenkinder wie durch ein Zaubertor dorthin. Ein Tor, dass nur jenen Eintritt gewährt die von Liebe geleitet werden. Eine Liebe, die ich nie erfahren habe. Mutterliebe.

In einem Gedicht von Edgar Allen Poe heißt es:

*„In allen Himmelsgefilden oben, wo Engel raunend zusammenlaufen, um mit einem Namen die Liebe zu loben, fand man nur Mutter, um die Liebe zu Taufen."*

Während ich in einem weißen Baumwollkleidchen auf meinem kleinen Kinderbett liege und zur Sonne blicke, spüre ich wie meine Augen vom grellen Licht immer müder werden. Eine behagliche Wärme macht sich über der Stelle breit, an der mein kleines schmerzendes Herz schlägt. Dieses Ding welches mir so fremd ist, sich verkrampft, mich erdrückt und mir bis zum Halse klopft.

Durch meine Augenlider hindurch strahlt ein helles Leuchten. Ein Leuchten dass, wie ich deutlich fühlen kann aus mir selbst kommt, etwa so als berühre die Sonne mein Herz und erwecke es zu neuem Leben. Wie ein Sonnenstrahl am Horizont, der sich direkt aus meinem Herzen bis zur Sonne empor streckt, immer weiter hinauf bis wir uns endlich berühren. Mein Körper erhebt sich. Meine Arme, Beine sowie meine dichten goldbraunen Locken die seitlich mit kleinen Haarspangen, die wie kleine Marienkäfer aussehen festgehalten werden, fallen langsam zurück. Leicht wie eine Feder und umströmt von seelennährender Wärme schwebe ich über dem Bett. Wie klitzekleine Goldpartikel setzen sich die Strahlen der Sonne auf meiner Haut fest, zerfallen dort zu goldenem Staub und verschmelzen. Der zarte Goldstaub durchdringt meinen Körper bis hin zu meiner Seele und bahnt sich seinen Weg schließlich bis zu meinem Herzen. Der goldene Himmelsstern zieht mich an sich. Er hat mein Flehen erhört und ruft nun leise meinen Namen.

»Dorothy! …Dorothy!«

Ich lasse mich treiben. Weiter in die Höhe. Endlich werde ich alles hinter mir lassen und nie mehr frieren. In wärmender Umarmung ergeben trägt die Sonne mich zu sich, weg vom schmerzlichen Hier und Jetzt. Ein kleiner Funken Angst keimt plötzlich in mir und ich reiße meine Augen auf. Ich zittere am ganzen Körper und mein Feuerstrahl zerfällt. Langsam, ganz bedacht falle ich zurück auf meine weichen Bettlaken. Unter mir färbt sich alles in ein sattes Rot, und ich versinke in meinem Meer aus Blut das mich wie eine riesige Welle überschwemmt und mich mit sich in die mir vertraute Dunkelheit reißt. Ich lande auf schmutzig, schlammiger und von blutgetränkter Erde, über mir der Purpur gefärbte Himmel und vor mir erheben sich gigantisch große Sonnenblumen.

Ein Sturmwind zieht auf. Die Luft wird kühler. Ich kann fühlen wie er in mir wächst und ganz tief unten in meiner Seele zu wüten begehrt. Es ist das zerstörte Kind in mir das stets nach draußen dringen möchte, um alles um sich herum das lebendig und schön ist zu vernichten. Unbändige Angst macht sich breit. Sie nistet sich nach und nach in meiner Seele ein, versucht sich eisern in meinen Eingeweiden festzusetzen und vom Kopf bis zu den Zehenspitzen von mir Besitz zu ergreifen, um mich am Ende ganz und gar mit Haut und Haaren zu verschlingen. Mein Herz pocht stark. Ich fühle es bis in meine Fingerspitzen schlagen; schnell, unbändig und voller Wut. Mein Mund gleicht einer Wüste. Trocken und staubig stößt er beim ersten Schrei eine Lawine von Sandkörnern aus die unbeirrt zu Boden rieselt bis sie auf meinen kleinen roten Schuhen schließlich zum Erliegen kommt. Ja, ein Sturm zieht auf und in Sekunden-schnelle verfärbt sich der Himmel von sattem Purpur zu pech-schwarz. Wolken wie ein einzig großer Schatten, die das Licht der Sonne trüben bedecken gänzlich das hell erleuchtete Wunderland. Düster, bitterkalt und leer wie tief in meinem Inneren ist nun das ehemals märchenhafte Terrain. Der Sturmwind dreht und braust ohne Erbarmen auf mich zu. Nun stehe ich hier, vollkommen allein inmitten dieser majestätischen Sonnenblumen die schier bis zum Firmament ragen. Der Wind fegt grob über mein blasses Gesicht. Mein gelocktes Haar flattert im Sturm auf und nieder. Weit aufgeris-sen und starr blicken meine Augen in die alles verzehrende Dunkel-heit. Die Zeit steht schlagartig still und regungslos blicke ich weiter-hin gen Himmel.

Totenstille.

Ich halte meinen Atem an.

Bloß nicht entdeckt werden, wiederhole ich immerzu in meinen Gedanken. Doch da steht sie auch schon, die nach Blut lechzende, grässliche Vogelscheuche die ihre gewaltigen Krallen nach mir aus-streckt. Unheilvoll durchdringt sie mich mit ihren entseelten Augen.

»Bitte, lass mich doch in Ruhe«, flehe ich.

»Ich habe dir doch nichts getan. Warum verfolgst du mich im-merzu? Was willst du denn nur von mir?«

Doch all das Flehen ist vergebens, denn schon erhebt sie drohend ihre Pranken. Ich schreie auf, nahezu sirenenhaft und so furchtein-flößend, dass ich fast vor mir selbst erstarre. Mein Herz steht still, mein Verstand dreht sich wie ein Karussell. Völlige Dunkelheit.

»Was ist passiert?«, frage ich mich als ich wieder zu mir komme. War das wieder bloß einer dieser kranken Träume? Geschrieben von meinem Unterbewusstsein, herausgekramt aus den Tiefen meiner verstörten Seele? In diesen wenigen Augenblicken in denen mein Leben wie ein leuchtendes Sonnenblumenfeld voll wunderschöner gelber Blumen scheint, so endlos unter strahlend klarem blauem Himmel, dort wo die Vögel lieblich singen und eine leichte, warme Brise sanft über meine Haut streicht, gehe ich ohnehin davon aus dass ich bloß träume. Ich träume von diesen sonderbaren Orten an denen ich nie gewesen bin. Bilder, verschwommen wie ein verschmutzter Spiegel in dem sich mir die Schönheit des Lebens nie ganz und gar offenbart. Denn in meinem ganz persönlichen Film steht sie plötzlich vor mir, die grässlich absurde Fratze. Dieses abartige Monster in Gestalt einer Vogelscheuche, eines Teufels oder einer dieser anderen ekelhaften Gestalten die meinem maroden, kranken Hirn entwachsen sind und nun in mir Leben. Das Leid das ich in mir verberge hat sich manifestiert und schauderhafte Gestalten in meine Welt geboren. Meine Dämonen haben grässliche Fratzen. Sie warten hier, inmitten dieses traumhaft gelben Blumenmeers meiner verdreckten Seele nur darauf mich am Schopf zu packen, mein Gesicht in den schlammigen Morast zu drücken und mich darin zu ersticken. Wenn ich mich nicht mehr rühre, versenken sie unbarmherzig und breit grinsend ihre spitzen Zähne in mein Fleisch um mich mit Haut und Haaren zu verschlingen. So wie diese monströse Vogelscheuche die dann und wann zum Leben erwacht, meine Spur aufnimmt um unerbittlich ihre Hetzjagd nach mir fortzusetzen.

Hier stehe ich nun, gefangen inmitten meines eigenen Seelenkrieges. Verfolgt und bis ins Mark verängstigt und mein kleines pochendes Herz schlägt dabei so laut als spränge es mir jeden Augenblick aus der Brust. Meine Füße ganz fest im Boden verankert, blicke ich hilflos in den purpur-schwarzen Himmel hinauf, nicht in der Lage auch nur einen einzigen Schritt zu machen. Der bittere Kampf meiner Seele, deutlich fühlbar mit jeder Faser meines Körpers und doch spüre ich mich selbst nicht. Meine Identität ist bloß ein verzerrtes Spiegelbild, nichts weiter als eine Karikatur meines längst verlorenen Selbst. Von nun an atme ich den Sturm und am Ende werde ich selbst der alles auslöschende, zornig tobende Sturmbraus.

Und nun frage ich dich Mutter! Wer oder was bin ich denn, wenn du so stolz und ohne Schuld behauptest aus mir sei etwas geworden? Ich existiere bloß zwischen meinen entsetzlichen Träumen und der kalten Realität. Ich bin und doch bin ich zugleich niemand. Ich bin ein Menschenkind voller Angst und Zorn. Ein Menschenkind, das nicht weiß wohin es gehört. Das sich nirgendwo in dieser Welt zu Hause und noch viel weniger geliebt fühlt. Ich bin das Nichts in mir selbst. Identitätslos, verloren und voller tiefer Narben von all den Schlachten meines inneren Krieges und dieser verdorrten Welt in mir. Die Felder die du gepflanzt hast als du mich in diese lieblose Welt geboren hast, sind inzwischen verdorben und faulig. Ich stecke fest im Sumpf deines Hasses und deiner Unfähigkeit mich zu lieben. Ich war unschuldig, hilflos und klein. Dir, die du mich für meine bloße Anwesenheit gehasst hast ganz und gar ausgeliefert. Dabei warst es doch du Mutter, die mich gerufen hat.

## Verkehrt herum

Tick, Tack … Tick, Tack …

Unaufhörlich drehen sich die Zeiger der großen antiken Stand-uhr gegen den Uhrzeigersinn. Ich liege auf dem Boden inmitten eines großen, schwach beleuchteten Raumes. Alles hier erscheint Verkehrt herum. Oben ist unten und unten ist oben. Die mit goldenen Leisten verzierte Uhr tickt, doch zeigt sie nicht die rechte Zeit. Sie scheint andersrum, rückwärts zu laufen. Als ich mich vom Boden erhebe und einen Blick in das reflektierende Glas des Zeitmessers werfe, überkommt mich ein unangenehmes Schaudern. Vorsichtig ertaste ich mein Gesicht. Ich will nicht glauben was sich mir im Spiegel offenbart, doch es bleibt was es ist und ich muss mich, wenngleich ich auch nicht imstande bin es zu erklären, mit der Tatsache abfinden dass ich offenbar kein Kind mehr bin.

»Was zum Teufel …?«

Ich trage mein weißes Baumwollkleidchen, doch es scheint als wäre ich wie durch Magie gewachsen. Mein Haar ist zu zwei Zöpfen, deren Enden kleine weiße Satinbänder zieren zusammengebunden. Mit einem lauten Gong, schlägt die Uhr urplötzlich zur vollen Stunde, doch es ist eine Zeit die es auf gewöhnlichen Zifferblättern gar nicht gibt. Ein irgendwann oder irgendwo dazwischen. Der Glockenschlag läutet ohrenbetäubend schrill und mit jedem Schlag ein wenig lauter, dass er schmerzlich in meinen Schädel dringt. Ich presse meine Hände ganz fest gegen meine Ohren und rufe:

»Es ist nirgends schöner als daheim, es ist nirgends schöner als daheim, es ist …«

»Wann weiß man denn, ob man bloß träumt? Wann ist ein Traum nur ein Traum?«

»Erzähl mir davon«, sagt eine freundliche Stimme im Dunkeln.

»Wer ist denn da?«, frage ich.

»Du weißt doch wer ich bin, Kleines.« Ein Klicken ist zu hören und gegenüber geht das Licht einer Stehlampe mit verfranzten Schirm an. Wenige Schritte vor mir in das sanfte Licht gehüllt, sitzt eine übergroße, nicht menschliche Gestalt mit riesen … Ohren.

»Nimm doch bitte Platz. Also, was ist nun mit deinen Träumen, Liebes?«

»Hase?!« Ich setze mich auf den leeren Stuhl gegenüber des weißen Kaninchens.

»Aber du gehörst doch ins Wunderland und ich bin schließlich nicht Alice. Also was zum Kuckuck suchst du hier überhaupt?«

»Dich, Schätzchen«, antwortet Hase.

»Ich weiß, dass du nicht Alice bist. Du bist wer du bist. Alice, Dorothy. Nur ein Name. Und ein Name bedeutet in Wahrheit nichts.«

»Dorothy. Nenn mich einfach Dorothy.« Ich fahre fort.

»Namen, Identitäten … Ich weiß doch ohnehin nicht, wer ich in Wirklichkeit bin. Ich wollte nie ich sein und versuchte deshalb immerzu mir andere Identitäten zu erschaffen. Eine eigene habe ich schon lange nicht mehr. Ich bin mir selbst vollkommen fremd, stimme mit mir selbst nicht überein.«

»Mhm. Gut, dann also Dorothy…Wie im Zauberer von Oz also?«, schlussfolgert Hase.

»Ja genau!«

»Warum gerade Oz?«

»Weil es dort so wunderschön ist! Ich wünschte, dass die Realität ebenso in solch einer Farbenpracht erstrahlte. Und natürlich weil Mutter mich so sehr an die böse Hexe des Westens erinnert.«

»Wunderland, Oz. Oz oder das Wunderland. Sonnenblumenfelder, Vogelscheuchen und andere Monster. Papperlapapp. Ist doch alles einerlei, Kindchen. Alles in dir drin, ganz gleich«, rattert Hase in schwindelerregender Geschwindigkeit herunter.

»Ach hör doch auf! Mir dreht sich schon der Kopf!«

Das Kaninchen neigt sein Haupt.

»Kopf? Ab mit dem Kopf?«

»Nein, nein, nein ... Ahh ... Koooooopf ...«

10 ... 9 ... 8 ... 7 ... 6 ... 5 ... 4 ... 3 ... 2 ... 1 ...

Ich wünschte ich hätte mir meine Träume aussuchen können. Schließlich musste ich mich schon früh meinen Tagträumen hingeben, um vor meinen Albträumen die sich wie kleine Puzzleteile aus meinem Unterbewusstsein nach außen drängten und die die Summe des Martyriums darstellten, in das ich hineingeboren wurde zu fliehen. Albtraum für Albtraum.

»Moment mal. Das sah hier doch eben noch ganz anders aus. Was geht hier vor?«

Erneut sitze ich auf diesem verschlissenen Stuhl der in dunklem Grün gehalten ist. Eine vergilbte und mit knallroten kleinen Mohnblumen verzierte Stehlampe befindet sich unmittelbar neben mir. Ihr Licht reicht gerade aus um mich nicht vollauf in Dunkelheit zu hüllen und deshalb lässt sich auch nur schwer feststellen, was sich da vor mir befindet. Angestrengt reiße ich meine müden Augen auf um gerade so etwas zu erkennen, und dabei ist es jedes Mal dasselbe: ich scheine nur wieder und wieder zu vergessen was ich hier eigentlich tue. Doch nach und nach kommt die Erinnerung wieder zurück und brennt sich als eine Art vertrautes Gefühl in meinen Verstand. Da liegt auch wieder dieser allzu bekannte Gestank von alt in der Luft, der sich penetrant durch die Nase bis zu meinem Gehirn drängt.

Es ist nicht alles nur Kaugummirosa oder Erdbeere-Vanille-Geschmacksfernsehen. Es sind diese auffallend sonderbaren Sitzungen, die ich hier wie bei einem Psychiater absitze. Sitzungen bei denen man sich ohne Unterlass über das Leben, den Tod, Ängste und Träume auskotzt. Nun ja, mein Gesprächspartner ist ein überdimensional großer, weißer plüschiger Hase, dessen unglaublich lange Ohren an der Wand wie zwei riesige Schatten emporragen. Und zugegeben: diese Tatsache führt mich immer unweigerlich zu der Frage ob ich langsam verrückt werde, oder ob ich mich doch bloß wieder in einem meiner total gestörten Träume befinde?

Diese Frage an sich ist schon absonderlich, denn offenbar stimmt mit mir etwas nicht. Tatsächlich aber bin ich im Grunde nicht weniger oder mehr irre als sonst auch. Also was bedeutet das nun? Dass ich in Wahrheit immer schon verrückt gewesen bin? Scheinbar ist es so, dass ich mir schon von klein an viel zu viele Gedanken über alles mache. Das sagt man mir zumindest ständig nach. Und ich soll auch nicht immer so verdammt viel fragen meint Mutter, weil ihr das schrecklich auf die Nerven geht. Es ist nun einmal wie es ist und ich muss tun was mir gesagt wird. Ja, ich bin schon ein seltsames kleines Ding, behauptet zumindest Mutter.

Ding, Ding, Dong.

»Was war das?«

»Gar nichts«, ertönt es von der gegenüberliegenden Seite des Zimmers.

»Aber da war doch gerade eben so ein Dong, Dong … äh Ding.«

»Papperlapapp«, grummelt Hase unbeeindruckt.

»Ach komm schon Hase, hör doch bitte mit diesen dummen Spielchen auf. Wie soll mir das denn helfen normal zu werden?«

»Normal? Pff … Iwo! Wer will denn schon normal sein, mein Kind? Und was bedeutet dieses normal? Was bedeutet es für dich und willst du so etwas Grauenvolles denn wirklich?«

»Du hast ja recht Hase. In Wahrheit spielt es auch gar keine Rolle. Mein Leben lacht mich ohnedies bloß aus. Meine Träume erstrecken sich von abnormal bis zu mörderisch irre und ekelhaft. Alles pure Extreme. Da ist wenig oder kaum Raum dazwischen. Oft versuche ich selbst die Bedeutung meiner Träume zu erforschen. Wie die jenes Albtraums, in dem ich mit weit gespreizten Beinen auf einem kalten weißen Marmorboden liege und Blut plötzlich unaufhörlich aus meinem Unterleib strömt. So viel Blut, das wie ein See unaufhaltsam über den sauberen Boden läuft und ihn in ein sattes Rot taucht. Wie ein Mohnblumenfeld, so unendlich … rot … rot.«

»Hm. Ja, sehr interessant. Rot wie ein Feld von Mohnblumen. Weiter so Dorothy«, kichert Hase.

»Ich weiß jetzt echt nicht, warum du deswegen lachst Hase«, krächzt es aus mir heraus, während ich nervös meine Finger in den Saum meines Kleides wickle. Das ist immerhin erst einer dieser absurd peinlichen Träume, die mich schon ein Leben lang verfolgen und von dem ich nie jemandem erzählen wollte oder konnte weil ich mich dann in Grund und Boden hätte schämen müssen.

»Ach, ist doch gar nicht böse gemeint Liebes. Sprich bitte weiter«, fordert Hase mich auf. Seine Stimme ist sanft und sehr vertrauenerweckend. Außer wenn er kichert, dann wird sie mit einem Mal laut und unerträglich quiekend.

»Nun gut, da gibt es auch noch diesen Traum in dem ich auf einem großen mit rotem Satin überzogenem Bett liege. Rund um mich ist es brütend heiß wie in der Hölle, während zugleich tausende Schneeflocken von der Decke fallen. Um mich herum, nichts als Feuer und ich bin völlig nackt, liege mitten drin und kann mich nicht rühren. Plötzlich taucht eine übergroße, halb nackte Bestie mit rotem Körper und Hörnern auf dem Kopf auf und kommt schweren Schrittes auf das Bett zu. Auch wenn das Monster kein erkennbares Gesicht hat, kann ich doch fühlen was es ist. Es ist der Teufel, und als er am Bett angekommen ist beugt er sich über meinen Körper und dringt gewaltsam in mich ein.«

»Wie … er dringt in dich ein …?«

»Meine Güte, was daran verstehst du denn nicht? Er fickt mich! Brutal, gegen meinen Willen und ich kann mich nicht dagegen wehren.«

»Hust, hust. Nun ja interessant, wahrlich interessant. Weiter … Hop, hop.«

»Ist das jetzt etwa eine Anspielung?«, rufe ich empört.

»Natürlich nicht!«

Eine Weile blicke ich skeptisch in Hases Richtung und frage mich, welche Absicht hinter diesen merkwürdigen Kommentaren steckt. Hase ist mir ein Rätsel und noch rätselhafter erscheint mir diese eigenartige Therapiemethode. Aber außer Hase habe ich ja sonst niemanden, dem ich mich anvertrauen kann. Vor allem bezweifle ich, dass ein großer weißer Wunderland-Hase mich bei Mutter verpetzt.

»Manchmal träume ich davon, dass ich Hühnchen esse, mir plötzlich ganz schrecklich schwindlig wird und ich entsetzt merke dass man mich vergiftet hat. Um mich herum eine Horde Mädchen die mit hochgezogenen Augenbrauen laut lachen. Oder ich …«

»Moment…Hühnchen, vergiftet hihihi«, unterbricht Hase kichernd.

»Was gibt es denn nun schon wieder zu lachen? Was bist du denn für ein Therapeut?!«

»Therapeut, zzzz.«

»Was?«

»Ach nichts«, nuschelt Hase. Ich höre das Geräusch einer kratzigen Schreibfeder, die Worte mit Tinte auf altes Papier kratzt. Hase scheint etwas niederzuschreiben. Minutenlang herrscht vollkommenes Schweigen, bloß das Ticken der Uhr und das Gekritzel der Schreibfeder durchbrechen die Stille. Das Federkratzen zwängt sich in meine Gedanken und ich bekomme wieder diese Kopfschmerzen. Geräusche in der Stille sind immer viel zu laut, also versuche ich mich abzulenken indem ich mit meinen Augen den Raum erkunde. Doch ich fühle mich inzwischen ein wenig angeschlagen von diesem kratzigen Geräusch und dem monotonen Ticken der großen alten Uhr, das mich auf sonderbare Weise müde macht. Die Lampe neben mir dreht sich wie von Zauberhand und wirft dabei die Schatten von Mohnblumen an die Wand. Es ist magisch und zauberhaft schön. Meine Augenlider werden schwerer und ich schrecklich müde …

Ding, Ding, Dong …

10 … 9 … 8 … 7 … 5 … 4 … 3 …

## Geburt

Blitzschnell und schwindelerregend dreht sich alles um mich herum. Der Boden unter meinen Füßen hat sich unmerklich in Luft aufgelöst. Ich fühle wie ich falle und halte aus lauter Furcht meine Augen fest geschlossen. Ein leises Rauschen wie aus einem alten Fernseher auf dem kein Programm mehr läuft drängt sich durch die behagliche Stille. Langsam sinke ich wieder zu Boden. Ganz sachte, beinahe so als setzte mich eine unbekannte Hand mit Bedacht ab. Meine Füße berühren endlich wieder festen Grund und der Geruch der Luft wechselt von ekelhaft modrig zu völlig rein, beinahe steril. Ich finde mich in einem schier endlosen und hell erleuchteten Gang wieder. Der Korridor erstrahlt in grellem Weiß. Nur der Staub auf dem schäbigen alten und verbrauchten Fußboden, der – wie sich vermuten lässt – einst mit schwarz-weißen Kacheln bestückt war, lässt darauf schließen dass bereits Ewigkeiten niemand mehr hier gewesen ist. Auf einer Seite des Korridors befindet sich eine unabsehbar lange Reihe großer alter Fenster die von morschen weißen Holzrahmen getragen werden. Ein Blick durch eine der verschmutzten Scheiben nach draußen, lässt einen wunderschönen Herbsttag erahnen. Die Sonnenstrahlen drängen sich mühsam durch das verstaubte, klebrige Glas und wenn ich mit meinen Fingern nur ein wenig den Schmutz vom Fenster wische, sehe ich die leuchtend bunten Blätter die vom sanften Herbstwind hin und her getragen werden. Sie strahlen in sattem Gold, Rot, Braun und gehen langsam wie in

Zeitlupe auf die Erde nieder. Die Wege liegen vollständig unter einem faszinierenden Farbenmeer begraben.

Wo ich wohl sein mag?, frage ich mich und drücke meine Nase fest gegen die Scheibe. Ich atme tief ein und als ich beim Ausatmen unversehens gegen das Glas hauche, gibt sich für wenige Sekunden etwas, das im Verborgenen gelegen hatte zu erkennen. Da es sogleich wieder verschwindet, hauche ich ein weiteres Mal ganz intensiv auf die gleiche Stelle und tatsächlich kommt hier erneut etwas zum Vorschein: vier Zahlen. Ich werfe einen skeptischen Blick nach links und dann nach rechts. Weit und breit ist niemand zu sehen. Ich bin ein wenig verunsichert und frage mich ob Hase mir nicht bloß einen Streich spielt. Die Zahl 1975, die jemand mit den Fingern auf das staubbedeckte Glas gemalt hat gibt sich zu erkennen. Ich verstehe nicht was das bedeutet, denn 1975 ist schließlich ein nicht unbedeutendes Jahr. Genauer gesagt handelt es sich dabei um mein Geburtsjahr.

Ein eiskalter Schauer fährt mir durch den Körper und ich trete einen kleinen Schritt zurück. Es gibt einen lauten Knall und die morschen Fenster werden von einem unerwartet starken Windstoß aufgeschlagen. Die bunten Blätter wehen wild von draußen herein und das atemberaubende Farbenmeer tobt lebendig durch den Korridor. Der Staub wird von den wirbelnden Blättern weggefegt. Alles tanzt wie zu den Klängen einer Symphonie. Wunderschön, unsagbar hinreißend und ich stehe mittendrin. Doch anstatt mich mitfortzureißen, tanzt dieses beeindruckende Schauspiel lebhaft an mir vorüber. Gebannt folge ich dem bezaubernden Blättertanz.

»Hallo!« Ein kleines Mädchen, wie aus dem Nichts gekommen steht plötzlich vor mir.

»Hallo!«, ruft sie mir erneut freundlich zu.

»Ähm…Hallo? Wer bist du und wo bin ich hier?«, möchte ich wissen.

»Die Frage ist nicht wo du hier bist, sondern wann.«

»Was soll das bedeuten? Wann?«, frage ich. Dabei schießen mir unzählige Gedanken durch den Kopf. Wie etwa: wer ist sie bloß?

Und warum ist sie mir doch auf eine so wundersame Weise vertraut. Was für ein sonderbarer Ort ist das hier und wieso steht die Zahl meines Geburtsjahres an dieses Fenster geschrieben? Soll das etwa tatsächlich bedeuten, ich befinde mich im Jahr 1975? Ich habe diesen Gedanken nicht einmal laut ausgesprochen, da nickt das kleine Mädchen mit einem breiten Lächeln in seinem Gesicht.

»Gib mir deine Hand«, sagt sie. Ich reiche sie ihr ohne Widerworte und lasse mich von ihr führen.

»Wo gehen wir denn jetzt hin?«, frage ich leise.

»Ich möchte dir etwas zeigen. Du musst nicht leise sprechen. Außer Hase und mir kann dich hier niemand hören.«

»Was meinst du? Ist Hase auch hier?«

»Nein, der ist nur stiller Beobachter. Er ist Teil unseres Geistes.«

Skeptisch bin ich schon, und obwohl ich mir allergrößte Mühe gebe mir nichts anmerken zu lassen rutschen meine Augenbrauen auf einmal wie von selbst zur Stirn hoch. Am besten spare ich mir, zumindest für den Moment jede weitere Frage da mich so ein komisches Gefühl überkommt, dass mich jede darauffolgende Antwort ohnehin bloß noch mehr verwirrt.

Das Mädchen in dem Siebzigerjahre Faltenrock, dem weißen Pullover und den schwarzen Lackschuhen führt mich durch den langen Korridor. Wieder die einnehmende Stille. Jene Stille in der schon das geringste Geräusch penetrant meinen Kopf durchdringt. Wie das Tappen der kleinen Mädchenschuhe auf dem steinernen Boden dieses leeren Ganges. Dieser monotone Lärm wirkt hypnotisch auf mich und ich kann mich ihm kaum entziehen. Wir gehen ein Weilchen wortlos den Korridor entlang, vorbei an einer Reihe weißer Türen die sich in regelmäßigen Abständen in diesem Gang befinden, bis das Mädchen überraschend stehen bleibt.

»Wir sind da.« Sie lässt langsam meine Hand los und zeigt mit ausgestrecktem Zeigefinger auf die Tür direkt vor uns.

»Kommst du nicht mit?«, frage ich.

Sie schüttelt den Kopf.

»Da musst du jetzt alleine rein.«

Zögernd drehe ich den Türknauf und öffne langsam die Tür. Ich drehe mich zu dem Mädchen um, doch sie ist ebenso schnell und lautlos wie sie erschienen ist, auch wieder verschwunden. Ganz vorsichtig öffne ich die Türe noch ein Stück weiter und von dem Raum scheint mir gleißend weißes Licht entgegen. Mitten in mein Gesicht. Mit vorgehaltenen Händen mache ich einige zaghafte Schritte in das unerforschte Terrain. Je weiter ich in den Raum vordringe, desto mehr verblasst nach und nach das strahlende Licht. Die Tür fällt mit einem lauten Knall hinter mir zu und für einen Moment frage ich mich, ob es eine gute Idee ist weiter zu gehen oder ob ich nicht doch lieber umkehren sollte. Der Mangel an Antworten auf die Millionen offenen Fragen, mit denen man mich zurückgelassen hat verschafft mir nicht gerade ein gutes Gefühl. Ich fühle mich wie eine mitten auf der Fahrbahn zurückgelassene Reisende mit unbekanntem Ziel.

Noch einmal wende ich mich der Tür zu und möchte gerade wieder zurück in den Korridor, als ich Geräusche vom anderen Ende des Zimmers wahrnehme. Laut klirrendes Metall und Menschen die wild durcheinander sprechen. Ich rücke weiter vor und erkenne jetzt, dass es sich hierbei um einen Operationssaal handelt in dem gerade eben eine Entbindung stattfindet. In der Mitte des Raumes steht ein großer OP-Tisch, um den sich eine große Anzahl Ärzte und Schwestern, die sich intensiv um jemanden bemühen scharen. Um keine Aufmerksamkeit zu erregen wage ich mich ganz vorsichtig noch ein paar Schritte weiter nach vorne. Doch die seltsamen Gestalten, die sich hier tummeln nehmen überhaupt keine Notiz von mir.

Die Anwesenden starren unbeirrt und geschäftig weiterhin auf den OP-Tisch. Zwei identisch aussehende Krankenschwestern halten die blasse Hand einer vor Schmerzen schreienden Frau, und während ein Arzt sich am unteren Teil des Tisches an der Patientin zu schaffen macht, versuchen die absurd lächelnden Schwestern diese zu beruhigen. Das Bild wirkt völlig skurril, die Schwestern verziehen die ganze Zeit über keine Miene und das obwohl die Frau immer noch ohne Pause schmerzerfüllte Laute von sich gibt. Ihre starren Gesichter wirken verstörend maskenhaft und leblos.

»Kaiserschnitt«, ruft der Arzt, der wild mit einem Skalpell herumfuchtelt. Links und rechts von seinem Kopf ragen zwei nackte Frauenbeine empor. Er senkt seinen Arm und setzt das blitzende Skalpell an. Mit zunehmender Neugier schleiche ich mich an den Krankenschwestern vorbei und bleibe schließlich am Kopfende unmittelbar neben dem Arzt stehen. Ich bin ihm so nah, dass er eigentlich schon meinen Atem spüren müsste, doch auch er nimmt mich nicht wahr. Vom dicken Bauch der Frau an dem der Arzt einen waagerechten Schnitt durchgeführt hat tropft Blut auf die Erde. Ein Tropfen nach dem anderen fällt vom Operationstisch zu Boden, wo die winzigen Blutperlen allmählich zu einer Pfütze zusammenlaufen. Die Frau hört auf zu schreien. Die Zeit läuft langsamer und steht schließlich still. Ein herabfallender Blutstropfen verharrt in der Luft und die Kreaturen erstarren inmitten ihrer zuvor noch hektisch ausgeführten Tätigkeiten.

Eine weitere Krankenschwester, die den übrigen gleicht wie ein Ei dem anderen steht am unteren Ende des Tisches. Ihre Hand liegt auf dem Bein der Patientin und eine weitere streicht der werdenden Mutter in mechanischen Bewegungen durch das Haar. Als ich mich schließlich an die Frontseite des Tisches begebe, stelle ich mit Entsetzen fest dass sich die erstarrten Figuren allmählich wieder zu regen beginnen. Ganz vorsichtig schleiche ich mich an ihnen vorbei um noch einen genaueren Blick auf die werdende Mutter zu erhaschen. Doch anstelle eines Gesichtes ist da bloß eine konturlose Fratze. Vor Entsetzen stoße ich einen unbedachten Laut aus und drücke sogleich instinktiv die Hand auf meinen Mund. Doch in dieser unwirklichen Stille war selbst dieser kurze unbedeutende Mucks unüberhörbar gewesen. Mit einem Mal drehen sich alle zu mir um. Ihre Gesichter sind gänzlich verschwunden und zu regungslosen Grimassen verkommen. Die schwangere Frau stößt einen weiteren Schrei aus. Die Schwestern flüstern:

»Er hat das Kind verletzt.«

»Er hat das Kind am Auge verletzt, geschnitten mit dem Skalpell.«

»Er hat das Kind mit dem Skalpell verletzt…verletzt…verletzt«, schallt es immerzu im Chor. Sie flüstern wirr durcheinander und wiederholen immerzu die gleichen Sätze. Dieses Flüstern ist beängstigend, doch mir wird klar dass sie gar nicht mich angesehen haben, sondern an das Tischende blicken wo der Arzt immernoch damit beschäftigt ist das Baby zu entbinden. Die Puppenkrankenschwestern, die wie Marionetten an Schnüren baumelnd unwillkürliche auf und ab Bewegungen machen, taumeln ziellos im Raum umher und versuchen mühevoll an das untere Ende des Operationstisches zu gelangen. Orientierungslos torkeln sie quer durch den Kreißsaal. Sie tragen altmodische, weiße Schwesterntrachten mit dazugehörigen Käppchen und passend dazu, fein geputzte  Schnürschuhe. Die Patientin an der man hier emsig herumdoktert, wackelt mit ihren schlaksigen Puppenbeinen auf und ab. Mich überkommt das unbestimmte Gefühl, dass mir irgendwas an dieser surrealen Szene bekannt vorkommt. Ich weiß nur nicht was es ist. Es muss doch einen Grund geben warum ich hier bin und weshalb man möchte, dass ich das hier zu sehen bekomme. Bilder die ein Horrorszenario offenbaren, schrecklich und zugleich doch lächerlich. Aber ich möchte unbedingt das Baby sehen, also beschließe ich schnellen Schrittes wieder zurück an das andere Ende des Tisches zu gelangen. Das mulmige Gefühl, das ich aufgrund dieser grässlichen Plastikzombie-Gestalten neben mir empfinde lässt sich kaum in Worte fassen. Selbst wenn sie mich tatsächlich nicht bemerken, möchte ich es nicht durch unvorsichtiges Verhalten riskieren, dass mich eines dieser gruseligen Dinger unerwartet packt.

Deshalb gehe ich auch mit gesenktem Blick an den bizarren Figuren vorbei. Je weiter ich nach vorne gelange, desto näher komme ich auch einer unvorstellbar großen Blutlache. Blut, das wie ein Wasserfall von jeder Seite des Operationstisch läuft und sich wie ein See um meine schwarzen Lacklederschuhe legt. Am Tischende sitzt immer noch der Chirurg auf seinem braunen Lederhocker und ist als einziger nicht zu einer leblosen Puppe geworden. Er hält seine glitschigen schwarzen, von Blut besudelten Handschuhe nach oben und blickt mithilfe einer Kopfleuchte direkt in die Bauchhöhle der Frau. Kaltblütig greift er mit beiden Händen in ihren offenen Leib und holt mit einem Handgriff das Baby heraus. Eine Schwester übernimmt sofort das blutige Kind und bringt es holprigen Schrittes in eine andere Ecke des Zimmers. Ein kraftvolles Babyschreien schallt durch den Raum und nur wenige Sekunden später trägt die Schwester das Kind – eingewickelt in eine rosa Wolldecke – wieder zur Mutter zurück und legt es dieser in die puppenhaft steifen Arme. Erneut stößt auch die frischgebackene Mutter einen alles durchdringenden Schrei aus und umgehend beginnen auch die Krankenschwestern manisch und grauenvoll, wie Tiere die man eben zur  Schlachtbank geführt hat zu brüllen.

Die Frau auf dem Operationstisch hebt langsam ihren Zeigefinger und zeigt plötzlich auf mich. Das kann doch gar nicht sein?, denke ich. Und doch bewegen sich diese abartigen und leblosen Kreaturen jetzt blitzschnell auf mich zu. Meine Füße kleben in der zähen Blutlache fest und ich versuche mich mit aller Kraft loszureißen. Die Gestalten rücken unaufhörlich näher und strecken ihre langen Plastikarme nach mir aus. Immernoch kleben meine Schuhsohlen fest im dicken Blut. Mit zitternden Händen öffne ich die Riemchen, schlüpfe mit einem Fuß nach dem anderen hinaus und trete mit meinen nackten Füßen in die warme, zähe Blutlache. Ein metallisches Summen schallt durch den Raum und bohrt sich in meinen Schädel. Ich muss diese Tür erreichen bevor die wandelnden Fratzen mich erwischen. Ich weiß nicht was hier vorgeht, aber wenn das ein Traum ist dann möchte ich jetzt bitte sofort aufwachen. Während ich immernoch versuche die Tür zu erreichen, schleppen sich die gruseligen Marionetten weiter durch den immer breiter werdenden Blutsumpf in meine Richtung. Wenn ich hier nicht auf der Stelle rauskomme, war es das für mich. Ich will nicht wie die arme Frau, aufgeschnitten und ausgeweidet wie ein Tier auf diesem Tisch enden. Mein Hals schnürt sich zu und ich bekomme keine Luft.

Endlich bin ich an dieser verdammten Tür angekommen, doch als ich den Türgriff drehe tut sich nichts. Ich versuche es erneut und reiße fest daran, aber er bewegt sich kein bisschen. Mit dem Rücken zur Tür gewandt, sinke ich resigniert zu Boden.

»Bitte, bitte mach dass das aufhört«, flehe ich leise und drücke meine Augen ganz fest zusammen um nicht zusehen zu müssen, wie die Monsterpuppen ihre steifen Arme nach mir ausstrecken und mich auseinander reißen.

Meine Hände eisern gegen meine Ohren gedrückt, sitze ich angststarr in der klebrigen Blutlache. Mein weißes Kleid ist zur Gänze mit Rot besudelt, meine Füße bis über die Knöchel im Blut versunken und ich bin bereit aufzugeben. Sollen sie mich doch holen, es ist mir gleich. Ich habe sowieso nicht sehr am Leben gehangen und so oft wie ich schon gehofft habe einfach nicht mehr aufzuwachen, wäre es mir in Wahrheit sogar recht wenn sie mich umbrächten.

Je länger ich mit geschlossenen Augen und den allerschlimmsten Erwartungen am Boden verweile, desto mehr wird mir nach und nach klar was mein Unterbewusstsein versucht mir so eindringlich zu zeigen. Aber ich kann meine Gedanken kaum zu Ende denken, da greift im selben Moment etwas nach mir. Mit einem lauten:

»Nein!«, und kräftig ausschlagenden Bewegungen versuche ich mich zu befreien.

Nun also stehe ich hier, am Beginn meines kleinen Lebens von dem ich kaum etwas weiß und fühle schmerzlich die starke Sehnsucht nach Liebe. Ich bin nur ein kleines Bündel Leben, unschuldig, wehrlos, umringt von alles Leben verzehrender Kälte und Lieblosigkeit. Allein und einsam wachse ich auf. Das wird immer mein Schicksal sein. Von jetzt an steht alles geschrieben und ihr habt die Feder geführt, doch was ihr mir geschrieben habt ist einfach nur albtraumhaft.

# Hasenwelt

»Dorothy! ... Dorothy.« Stille.

Es ist die Stimme des Hasen.

»Es ist alles gut, mach jetzt die Augen auf Kleines. Es ist vorbei.« Als ich meine Augen öffne, finde ich mich in einem leeren weißen Raum wieder. Der Fußboden ist nahezu bedeckt von hunderten, vielleicht sogar tausenden Mohnblumen die wie kleine rote Schneeflocken bedächtig von der Decke fallen und ich liege mittendrin. Überwältigt setze ich mich auf und strecke meine Arme aus, um die herabfallenden Blumen aufzufangen. Sie duften so unsagbar gut, nach Liebe, wenn man diese mit einem Duft beschreiben kann. Es ist wundervoll und ich spüre wie mein Herzschlag ruhiger wird als ich meine nackten Füße in den dichten Mohnblumenteppich grabe. Ich sehe voller Andacht nach oben und als die herabfallenden Blütenblätter sanft meine Wangen streicheln, kann ich Hases Stimme aus einer Ecke hören.

»Dorothy, es ist Zeit. Wir müssen jetzt weitermachen.«

Hase sitzt in der anderen Ecke des Zimmers und hat mir den Rücken zugewandt. Ich erkenne bloß seine langen, hinter dem Stuhl hervorragenden Ohren, weil die hohe Rückenlehne den Rest verdeckt.

»Hase? Wieso sind wir hier?«

»Warum fragst du mich, es ist doch dein Kopf«, antwortet er beiläufig. Das kratzige Geräusch der Schreibfeder verrät mir, dass er wie schon bei unserer letzten Unterhaltung eifrig etwas niederschreibt.

»Ich bin hier doch nur der Beobachter«, fügt er hinzu, ohne seine Feder auch nur eine Sekunde abzusetzen.

»Lass uns doch vom Tag deiner Geburt im Jahre neunzehnhundertfünfundsiebzig sprechen. Das war er also, der Moment deines Erscheinens auf dieser Erde. Erzähl mir mehr davon. Sag mir alles was du darüber noch weißt. Man hat dich an einem Auge verletzt, nicht wahr? Damals als man dich mittels Kaiserschnitt geholt hat. Richtig?«

Der Tag meiner Geburt, bloß verzerrte Bilder und Erinnerungsfetzen vom schrecklichsten Tag meines Lebens; und wohl auch dem meiner Mutter. Ich selbst weiß so gut wie nichts von diesem Tag, außer den paar wenigen Häppchen die Mutter mir dann und wann einmal vorgeworfen hat. Aber nicht weil ich danach gefragt hatte, sondern weil sie zum Beispiel nach einem Besuch beim Augenarzt den Grund meines seltsamen schwarzen Flecks, den ich durch mein rechtes Auge sehe zu erklären versuchte. Sie erzählte mir, dass der Arzt beim Aufschneiden ihres Bauchraumes ein Stückchen zu tief angesetzt und daher dummerweise in meine Hornhaut geschnitten hatte. Zwar nicht lebensbedrohlich, aber immerhin so stark, dass mein Auge erst einmal verbunden werden musste und ich eine dauerhafte Sehschädigung davongetragen habe. Auch erzählte sie gerne von der hässlichen Narbe, die vom Schambein bis zum Bauchnabel geht und die man ihr, weil ich auf normalem Wege nicht hatte aus ihr heraus kommen wollen, verpasst hatte. Und das obwohl ich nur 2900 Gramm wog und 46 Zentimeter klein war. Zugegeben, es war eine scheußliche, sehr aufdringliche Narbe. Das Gewebe rund um die Naht kräuselte sich zusammen und ließ ihren Bauch schrecklich runzelig erscheinen. Vielleicht war gerade das einer der vielen Gründe warum meine Mutter mich so sehr hasste. Möglicherweise war es der allererste überhaupt, weil sie mir insgeheim die Schuld an ihrem verunstalteten Unterbauch gab. Meine Entbindung entstellte sie schließlich für alle Zeit. Über ihre ganz persönlichen Gefühle zu diesem Ereignis sprach Mutter jedoch niemals mit mir. Sie war so oder so nie der warmherzige Typ, oder überhaupt eine fürsorgliche Mutter und ich fragte mich oft ob sie mich auf der Stelle hasste oder ob es in ihrem Herzen einen kurzen Moment der Freude gab, als man mich ihr in die Arme legte.

Dass ich nicht geplant war wusste ich bereits. Daraus hatte sie ja nie ein Geheimnis gemacht. Ich bin eben, wie man so sagt passiert und da meine Mutter ihrem Elternhaus entkommen wollte, benutzte sie die Schwangerschaft um sich meinen Vater zu angeln und zog mit ihm vom Land in dessen Elternhaus in der Stadt. Auch gibt es von diesem schicksalhaften Tag meiner Geburt bis auf ein Foto das im Krankenhaus gemacht wurde und dem obligatorischen Mutter-Kind-Pass, keinerlei Erinnerungsstücke, wie etwa eine Babydecke, einen Strampelanzug oder ein Fotoalbum. Mutter war stets so kalt und unnahbar, dass ich nicht wagte danach zu fragen. Meine kindliche Neugierde war ihr ohnehin immerzu lästig und womöglich gab es ihrerseits auch keine zufriedenstellenden Antworten, also verkniff ich mir all die offenen Fragen zu meiner Geburt die mir ständig auf der Zunge brannten. Für mich fühlte es sich sogar fast so an als wäre ich nie geboren worden, weil es schließlich kaum einen Beweis dafür gab. Vor allem da sie nie auf eine Art darüber sprach als wäre ich ein lebendiges Wesen, ein Menschenkind auf das sich seine Eltern schon so lange freuten. Meine Identität ist mir deshalb auch bis zum heutigen Tag fremd geblieben.

Hase betrachtet mich interessiert.

»Erzähl mir nun bitte wieder etwas von deinen Träumen«, unterbricht er abrupt meinen Redefluss.

»Na gut, wenn es unbedingt sein muss. Dieses leidige, immerzu vermiedene Thema meiner Geburt langweilt mich inzwischen sowieso.« Ich mache einen langen und tiefen Atemzug.

»Da ist seit Jahren dieser absurde und ständig wiederkehrende Traum von diesem ekligen Skelett, das sich unter meinem Bett versteckt hält und nur darauf wartet bis einer meiner Füße zu weit aus dem Bett ragt um danach zu schnappen. In der Hoffnung dadurch aufzuwachen, reiße ich meinen Kopf hin und her aber sobald ich wach bin bemerke ich, dass ich es eigentlich doch nicht bin. Zumindest glaube ich das, also versuche ich immerzu erneut und mit aller Gewalt aus diesem Albtraum aufzuwachen. Ich warte eine Weile, starre an das Bettende und da ist es auch gleich wieder, das abscheuliche Skelett das langsam seinen dünnen knochigen Arm unter dem Bett hervorstreckt. Ängstlich blicke ich durch den Raum, immer noch herrscht tiefste Nacht und so geht das weiter bis ich schließlich am nächsten Morgen von Mutter geweckt werde. Woher weiß ich denn nun, ob ich tatsächlich wach bin? Ich habe jedes Mal Angst nur einen Fuß aus dem Bett zu strecken. Denn was geschieht, wenn ich immer noch träume?«

»Was wäre dann?«, fragt Hase.

»Dann würde das Skelett das sich unter meinem Bett versteckt, sofort seinen Arm nach mir ausstrecken. Ich fürchte mich so sehr davor, dass ich meine Decke ganz weit bis zu den Augen hochziehe, mich ganz klein zusammenkauere und am oberen Rand in der Mitte des Bettes hocke um ganz sicher zu gehen, dass nichts – aber auch gar nichts – nach mir fassen kann.«

»Und weiter?«

»Ich stelle mir also ständig aufs neue die Frage ob ich die Nacht zuvor tatsächlich ängstlich kauernd in meinem Bett gesessen habe und irgendwann, ohne es zu bemerken wieder eingeschlafen bin oder aber, ob das bange Kauern im Bett doch noch ein Teil dieses merkwürdigen Traum-in-Traum-Szenarios war aus dem ich eben erwacht bin. Ich fürchte, ich kann meinen eigenen Gefühlen nicht trauen.«

»Warum denn nicht?«

»Weil ich das schon so oft erlebt habe und ich mir nie ganz sicher sein kann. Also wie soll ich es mir denn selbst beweisen? Einfach aufstehen und das Licht anmachen?«

»Ja, zum Beispiel. Was hindert dich daran?«

»Die Angst immer noch in diesem abscheulichen Traum gefangen und diesem Ding ausgeliefert zu sein!«

»Aber wenn es nur ein Traum ist, dann kann dir doch gar nichts geschehen. Warum stellst du dich ihm nicht?«

»Weil ich … Weil ich …«, beginne ich zu stammeln.

»Dorothy?«

»Weil ich eben Angst davor habe … Hase? Was ist hier los? Mir … mir wird plötzlich so unangenehm übel. In meinem Kopf dreht sich alles.«

Tick, Tack. Tick Tack …

»Hase, mir ist nicht gut, mir wird ganz schwarz vor Augen …«

»Dorothy?«
»Dorothy?«
10 … 9 … 8 … 6 … 4 … 1 …

Ich laufe und laufe. Allmählich geht mir die Puste aus und doch kann ich nicht aufhören durch diese unendlich dunklen Gänge zu laufen. In der Hoffnung am Ende doch vielleicht ein kleines Licht zu entdecken, renne ich schließlich immer weiter und obwohl ich mich plötzlich nicht mehr vom Fleck bewege zieht der dunkle, rabenschwarze Korridor unaufhaltsam an mir vorüber. Vor mir diese Tür der ich unaufhörlich hinterher laufe und zu der ich trotz aller Anstrengung nicht gelangen kann. Es ist diese besondere Tür die, wenn ich sie endlich erreiche, mich hindurch in eine warme, sonnige und freudige Welt führt. In ein Dasein, das man mir schuldig geblieben ist. Eine andere Realität abseits von all dem Dreck, dem Ekel und der Schuld.

Vierzig lange Jahre jage ich nun schon dieser verdammten Tür hinter her, aber so sehr ich mich auch anstrenge, ich komme niemals an das Ende dieses dunklen, vor Scheiße triefenden Korridors mit den tausenden stechenden Dornen die im Vorbeilaufen tiefe Furchen in meine Haut reißen. Hunderte Augen die mich gierig anstarren und dutzende Hände die nach mir greifen. Wohin ich auch sehe läuft die schwarze stinkende Brühe von den Wänden und es ist, als ob ich dort schon immer gewohnt hätte. Mein Zuhause, meine düstere Welt. Ich bin von oben bis unten voll mit Dreck, geschwächt vom Gekämpfe und dem Gezerre. Ich halte an um mich auszuruhen, doch fehlt mir jegliche Möglichkeit ausgiebig nach Luft zu schnappen. Nirgendwo kann ich mich auch nur kurz anlehnen, hinlegen oder einfach nur einen Augenblick festhalten. Alles ist schmutzig, ekelhaft klebrig und die spitzen Dornen schmerzen so sehr wenn sie sich an mir, wie die Pranken eines wilden Tieres festkrallen. Sie sind überall, egal wo ich hin lange. Für mich gibt es keinen Halt, keinen sicheren Ort an dem ich bleiben und mich verstecken kann. Ich möchte nur einmal wirklich ruhen. Vergessen, meinen Kopf abschalten, mich zu Hause und beschützt fühlen. Doch ich bin längst schon verloren, gefangen im Nichts, meinem eigenen Niemandsland und verstecke mich in der dunkelsten Ecke meines geschundenen Verstandes damit die forschen Augen, die lauschenden Ohren und die grabschenden Hände all der Monster die hinter mir her sind mich nicht finden. Nur dort kann ich mich für wenige, unbedeutende Momente dem nicht endenden Horror entziehen.

Aber nur flüchtig sind diese stillen Augenblicke des Friedens bis die Bestien abermals über mich herfallen. Diese abscheulichen Monster, die aus dem Abgrund meiner Seele hervortreten, mich quälen bis ich schreie und halb tot auf dem Boden liege. Dann erst sind sie zufrieden. Meine Schreie bleiben stets vergebens, denn meine Stimme verhallt ungehört in den langen, düsteren Korridoren meines Bewusstseins. Es scheint, als verschlänge die Dunkelheit meine Hilfeschreie und auch sonst alles was ich bin. Die Luft ist stickig. Es riecht so übel. Ich bin offenbar in eine Kloake voll Dreck und Scheiße hineingeboren. Mein Innerstes ist schwer, meine Lunge krampft sich zusammen und versucht mit aller Kraft ein wenig reine Luft einzuatmen aber ich atme weiterhin bloß Dreck. Die Dunkelheit ist gnadenlos und unerbittlich; das ist sie stets. Sie ist grausam, ergreift zunehmend von mir Besitz und hat mich zeitlebens fest im Griff.

Meine Beine tief in den Boden gestampft, versuche ich durch den dreckigen Morast zu stapfen. Vierzig Jahre bin ich nun gelaufen, so schnell und weit wie ich konnte, doch die Dunkelheit lief ohne Gnade hinter mir her.


»Stell dir vor ich wache auf und merke, dass ich tot bin«, nuschelt Hase.

»Wie bitte?«, frage ich irritiert.

Ich befinde mich wieder in dem Raum mit der zerfledderten Stehlampe und gegenüber, wie üblich Hase. Er sitzt nicht mehr gänzlich im Dunkeln und daher sind diesmal sogar leichte Umrisse seines plüschigen Körpers zu sehen.

»Ich wiederhole«, sagt Hase in einer Art, als wäre er der verrückte Professor-Hase. Wieder etwas, das ich mir in Sekundenschnelle ausmale. Ich muss über den Unsinn der sich schon wieder in meinem Kopf zusammenbraut selbst schmunzeln und merke wie ich langsam abdrifte. Wie so oft, wenn ich mich in meiner Gedankenwelt verliere.

»Stell dir vor, ich wache auf und merke ich bin tot. Hast du doch selbst immer gesagt. Als junges Mädchen, nicht wahr?«, hakt Hase unnachgiebig nach.

»Ja«, gebe ich zurück.

»Das habe ich oft im Spaß gesagt. Das ist ja in Wahrheit gar nicht möglich, oder vielleicht doch? Ich weiß es nicht denn schließlich war ich noch niemals tot. Nun ja: zweimal beinahe, weil ich es wollte. Gelungen ist es allerdings nicht. Dabei habe ich auch unheimliche Angst vor dem Tod, oder nur davor keine Kontrolle über das Wann und das Wie zu haben. Die Ungewissheit über das was mich danach erwartet. Wenn ich es darauf anlegte, gelang es mir nicht also sollte es wohl nicht sein. Das ist scheinbar der Beweis dafür, dass ich keine Kontrolle darüber habe und das ängstigt mich. Mein ganzes Leben lang schwebt der Tod ganz dicht über mir.«

»Was macht dir sonst noch Angst?«

»Nun ja, als kleines Mädchen traute ich mich nicht auf die Toilette zu gehen, vor allem nicht Nachts wenn ich am dringendsten musste. Das hat allerdings ein paar gute Gründe. Wie die Angst davor, dass im Vorbeigehen dieses elende Gerippe nach mir greift oder Mutter und mein Stiefvater bei geöffneter Tür ficken und ich unbedingt vermeiden möchte, dass sie mich auf dem Weg zur Toilette hören. Auch heute noch ist der Gang zum Klo die reinste Folter. Zu Hause kann ich damit leben, weil ich weiß dass die Toilette ja in unmittelbarer Nähe ist. Aber zugegeben: Es gibt immer noch Nächte, da laufe ich panisch zwischen Bett und Klo wie ein wild gewordenes Kaninchen hin und her aus Angst etwas könnte nach mir schnappen. Damals als Kind durfte ja niemand bemerken, dass ich noch wach war oder dass ich überhaupt lebte. Und spülen musste ich ja schließlich auch.«

»Ja, das wäre nicht schlecht ... Hihi«, kichert Hase.

»Herrgott, ich weiß nicht was es nun schon wieder zu lachen gibt, Hase«

»Nichtsi nichts, fahren wir fort. Du gehst also nachts nicht Pippi. Was machst du denn dann damit?«

»Womit mache ich was?«

»Na mit dem Pipi. Wenn du nicht auf die Toilette gehst, muss es ja trotzdem irgendwo hin?«, fragt Hase erwartungsvoll.

»Direkt und nett in mein Bett.« Ich lasse mich mit einem großen Seufzer zurück in die Stuhllehne fallen.

»Wie ist das gemeint?«

»Nun Hase, wenn du es genau wissen willst: da ich nicht aus meinem Zimmer konnte, schlief ich einfach weiter. Dann träumte ich, dass ich mich erleichterte und als ich aufwachte war mein Bett schließlich nass. Bloß dass es sich dabei leider nicht um einen Traum handelte, sondern um die bittere Realität. Ich war lange Zeit Bettnässer, und ich denke das Skelett unter meinem Bett stand in direkter Verbindung mit der Sexsache meiner Eltern. Die Angst das Zimmer zu verlassen, nur um einem ganz normalen menschlichen Bedürfnis nachzugehen war geradezu überwältigend. Und so stand dies alles wie ein großer und mächtiger Schatten über mir. Bis ich irgendwann aus dieser unüberwindbaren Angst heraus anfing ins Bett zu machen.«

»Auwei, auwei«, murmelt Hase.

»Ja. Das ist wieder eines dieser Dinge, wo mein Unterbewusstsein meine Ängste zu meinem schlimmsten Albtraum werden lässt.«

»Hey, ich bin hier der Analyse-Hase!«

»Ja, ja. Aber man sieht es doch! Nicht einmal im Schlaf habe ich meine Ruhe vor den mich ständig verfolgenden Dämonen. Mein Leben wird bestimmt von Monstern, Hexen und Drachen die gnadenlos hinter mir her sind. Und ich bin hin und her gerissen zwischen der unbändigen Sehnsucht nach dem Leben und dem Wunsch nicht mehr zu existieren. Jeder Atemzug schmerzt. Ich wache morgens mit einem den Hals und die Brust zerdrückenden Schmerz und einem gigantischen Gefühl der Leere, die ich nicht greifen kann auf. Dann liege ich auf meinem Bett, starre wie gelähmt in einen Winkel meines Zimmers mit der Frage im Kopf, warum ich in der letzten Nacht nicht gestorben bin. Warum mein Herz nicht einfach aufgehört hat zu schlagen.«

»Hm … hm.« murmelt Hase.

»Unter meinem Bett erhebt sich Nacht für Nacht das fleischlose Skelett. Es wächst und wird von Sekunde zu Sekunde größer. Mit leuchtenden Augen, umgeben von grellem rotem Licht, beugt es sich über mich, und packt mich am Bein. Schweißgebadet und starr vor Angst liege ich da, und in diesem Moment drängt sich das Bedürfnis Pipi zu machen wieder auf. Doch ich kann das Bett unter gar keinen Umständen verlassen, weil ich mir nämlich nicht sicher bin ob ich tatsächlich wach bin, und deshalb bleibe ich fest in meine Bettdecke gewickelt liegen. Bis zum nächsten Morgen wenn ich wieder in meiner eigenen Pisse aufwache.

## Mütter, Monster, Großeltern

»Wie war denn das mit der Trennung deiner Eltern? Wie alt warst du damals?«, fragt Hase.

»Ich war erst knapp drei Jahre alt, als Mutter und Vater getrennte Wege gingen. Über die Ereignisse die dazu geführt haben, dass sie sich trennten und ich meinen Vater viele Jahre nicht mehr sah, gibt es unterschiedliche Geschichten. So erzählte meine Mutter, dass meine Großeltern sie gehasst und ihr das Leben schwer gemacht hätten, dass sie allein den Haushalt machen musste und es in den Augen meiner Großmutter nie gut genug machte. Dass sie immerzu kritisiert wurde und deshalb letztlich da weg wollte. Von anderer

Seite hieß es, Mutter hätte in Abwesenheit der Familie Liebhaber in das Haus geholt und obwohl sie nur einmal dabei erwischt wurde, hegte man die Vermutung, dass Mutter meinen Vater mehr als einmal betrogen hatte und das führte schlussendlich zum Ende der Beziehung. Mutter packte ein paar Sachen und zog mit mir zusammen zurück zu ihren Eltern in die Provinz aus der sie gekommen war.«

»Hat es dir dort gefallen?«.

»Ganz bestimmt nicht! Ich hasste es da, empfand bloß Angst und Ekel vor den Menschen dort. Ekel vor der ländlich kargen Umgebung, den Menschen ohne Scham- und Feingefühl. Hart wie Stein, roh und widerwärtig.«

»Zum Beispiel?«

»Mein Großvater vor allem. Ein ekelerregender Alkoholiker, dem ein Weinvertrieb gehörte und dem es an jeglichem Taktgefühl mangelte. Ich erinnere mich noch haargenau daran wie ich an diesem klebrigen Tisch saß, über dem ein Schrank mit einem alten Fernseher hing der von Früh bis Spät lief. Die Luft roch nach Alkohol und ranzigem Fett. Er, mein Großvater war herrschsüchtig und sein Atem stank zu jeder Tagesstunde nach billigem Fusel. Meine Großmutter war ruhig, wenig herzlich aber trotzdem nicht unfreundlich. Ihr Gesicht wirkte ausgelaugt, müde und ihre Augen blickten unglücklich.«

Während ich Hase Details aus meiner Kindheit schildere, verspüre ich erneut diesen Druck in meinem Kopf. Mir wird schwindlig und der Raum beginnt sich zu drehen. Die Lampe leuchtet in feurigem Rot. Mohnblumen zeichnen sich an den blanken Wänden ab. Wunderschön, sanft, friedvoll …

Tick, Tack. Tick, Tack.
10 … 9 … 5 … 3 … 2 … 1 …

Laut tönt es aus dem alten holzumrahmten Fernsehgerät. Es ist der miefende, alte rustikal eingerichtete Küchenwohnraum meiner

Großeltern. Das ranzige Plastiktischtuch liegt auf dem dunklen Holztisch und das Fernsehgerät hängt neben dem Fenster direkt über dem Esstisch an der Wand. Es läuft Sport; wie immer ist die Lautstärke des Fernsehgerätes viel zu laut eingestellt. Wir haben Hochsommer und das Fenster steht weit offen, aber dennoch stinkt es hier nach Moder, Alkohol und ekligem Essen.

Auf einem Holzstuhl sitzt ein alter weißhaariger Mann, der zu dem an der Wand fixierten Fernseher hinauf starrt. Er trägt ein weißes, zerschlissenes Trägershirt, kurze Hosen und ausgelatschte Schlappen. Neben ihm auf dem Tisch steht ein bis obenhin mit Weißwein gefülltes Glas, und auf seinem Schoß sitzt ein kleines Mädchen mit lockigen Haaren, sonnengebräunter Haut, in einem Oberteil und Shorts aus gelbem Frottee mit roten Bündchen. Es ist die Zeit, in der ich mit Mutter bei ihren Eltern auf dem Land lebte. Es fällt mir sofort wie Schuppen von den Augen und mit einem Mal weiß ich wieder wie ich fast täglich auf dem Schoß dieses widerlichen alten Sackes sitzen musste. Immer wenn er Fernsah und seinen Wein genoss, spürte ich seinen eklig nach Alkohol stinkenden Atem in meinem Nacken und wie sich sein schweißnasser, stinkender alter Männerkörper um mich schlang.

»Mama, ich will aufstehen«, ruft das kleine Mädchen. Es ist mein jüngeres Ich und ich befinde mich offenbar erneut in einer meiner Erinnerungen.

»Aber Opa hat dich doch so lieb, du magst ihn doch bestimmt nicht kränken«, antwortet Mutter. Opa soll bloß nicht gekränkt werden, denn er hat mich ja so unheimlich lieb. Vor allem, wenn er mich so ganz unauffällig gegen seinen ekelhaften Schwanz drückt und sich im Stillen an mir reibt. Es ist kaum in Worte zu fassen wie angewidert, hilflos und verunsichert ich mich in diesen Momenten fühlte. Dieser nach Schweiß und Alkohol miefende, widerwärtige alte Sack der sich meine körperliche Nähe gegen meinen Willen und gegen mein Bitten mich gehen zu lassen nimmt. Dieser perverse Mistkerl, der sich an meinem Arsch reibt während er sich am Sport im Fernsehen und an seinem Wein erfreut.

Wie oft nannte dieses Schwein es Hoppe Reiter spielen, wenn er meine Oberschenkel ganz fest an sich presste damit er seinen Schwanz ganz nah an meinen Arsch drücken konnte um sich mit diesen ruckartigen Bewegungen an mir aufzugeilen. Wie unangenehm es mir war, durch seine dünne Hose sein Ding zu fühlen während seine Alkoholfahne in mein Gesicht wehte als er seinen Kopf in meine Haaren vergrub und mir von hinten ständig Küsse auf die Wange presste. Wenn er mich schon Minuten zuvor beobachtete, bis er schließlich lallte:

»Komm Maus. Setz dich zu Opa auf den Schoß. Spielen wir wieder ein bisschen Hoppe Reiter, das ist so schön.«

»Ich mag aber nicht«, gebe ich dann zurück. Doch ich habe keine Chance zu entkommen. Obwohl ich nur Zuseherin dieser Erinnerung bin, ist es so als erlebte ich alles von neuem.

»Gehst du jetzt gefälligst zu deinem Opa, wenn er das verlangt!«, schreit Mutter. Aber auch mein erneutes:

»Ich will das nicht!«, hilft nicht.

»Du machst verdammt noch einmal was ich dir sage. Also geh jetzt zu deinem Großvater. Mach nicht immer so verdammte Schwierigkeiten, was stimmt mit dir nicht?«

Ich mache was sie verlangt und weiß sogleich was folgt. Wieder muss ich auf seinen Schoß, weil er besoffen ist und mich dazu benutzt sich aufzugeilen. Und ich will bloß noch weg von dort.

Ich hasse ihn, hasse seine widerwärtige Nähe aber niemand stört sich an seinem abartigen Verhalten. Ich war ja schließlich nur ein Mädchen und Mädchen sollen brav, nett und keinesfalls unfreundlich sein. Es ist ihnen nicht gestattet nein zu sagen, schon gar nicht wenn man sie doch bloß lieb haben will. Das war das erste Mal wo ich mich bewusst zurück erinnere, dass Mutter mich im Stich ließ. Sie hatte meinem Großvater keine Grenzen gesetzt, mich nicht vor seinem Missbrauch geschützt, nicht hochgenommen, weggetragen und meine Würde bewahrt wie sie es als Mutter hätte tun müssen. Sie hatte erlaubt, dass er so etwas mit mir machte, obwohl sie als junge Frau bloß deshalb von zu Hause weg wollte weil sie selbst von ihm geschlagen und missbraucht worden war.

Mir ist bewusst, dass all das hier bloß eine Erinnerung ist und trotzdem, wie ich mich da sehe, als kleines Mädchen auf dem Schoß dieses perversen fetten Schweins möchte ich meinem Großvater ins Gesicht spucken und für das Kind in mir kämpfen.

»Das kannst du nicht, das weißt du. Es ist ja schon längst geschehen.« Das kleine Mädchen steht wieder neben mir und ergreift meine Hand.

»Aber das ist so falsch«, erwidere ich während ich mir die hinablaufenden Tränen aus dem Gesicht wische. Die Bilder dieser schmerzlichen Erinnerung schwinden langsam wieder.

»Du solltest dies sehen, um zu begreifen wie falsch das alles gewesen ist und das es nicht deine Schuld war. Du warst bloß ein unschuldiges Kind. Dieses Erlebnis ist der Grund warum du dich heute nicht richtig spüren kannst. Einer der Gründe warum du so voller Furcht bist. Das alles hier hat schlussendlich dazu beigetragen.«

»Hörst du das?«, frage ich meine Begleiterin, als ich plötzlich sonderbare Laute höre.

»Das ist ...es« , erwidert sie beunruhigt.

»Was denn?«, frage ich.

»Das rote Monster«, erklärt sie mit zittriger Stimme.

»Das rote Monster ist das schlimmste von allen. Du kennst es aus deinen Träumen. Sein unmenschlich großer Körper ist feuerrot und es hat dicke schwarze Hörner auf seinem Kopf. Wie der Teufel selbst«, sagt sie.

»Los! Komm jetzt, wir müssen schleunigst weg hier!« Wie verrückt zieht sie an meinem Arm während in der Ferne  die schwerfälligen Schritte der Bestie zu hören sind.

»Dreh dich bloß nicht um«, ruft sie und hat meine Hand immer noch fest in ihrem Griff. Aber kaum hat sie den Satz beendet, habe ich mich schon intuitiv umgedreht und bleibe paralysiert stehen. Meine Begleiterin reißt an meinem Arm und ich komme wieder zu mir. Sie hat recht: ich kenne das rote Monster aus meinen Träumen. Fast ein Jahrzehnt habe ich von ihm, und all den schrecklichen Dingen die es mit mir macht geträumt. Und jetzt ist es zurückgekehrt.

Wir laufen, und um uns herum dichter erdrückender Dunst, sodass man kaum noch die Hand vor Augen sehen kann. Die dichten Nebelschwaden folgen uns mit jedem Schritt und versuchen uns wie unsichtbare Hände festzuhalten. Das Monster brüllt und knurrt im Lauf. Als wir am Ende des vom dichten Nebel umschlungenen Tunnels ankommen erhebt sich vor uns eine meterhohe Ziegelwand. Wir sind verloren, denke ich und trete wie verrückt gegen das robuste Gemäuer.

»Hör bitte auf, so geht das nicht«, sagt sie.

»Mach einfach die Augen zu und wünsch dir einen Ausgang.«

»Bitte? Ich soll mir einen Ausgang wünschen? Wie soll das denn funktionieren?«, frage ich ungläubig.

»All das ist doch nur die verdrehte Welt in deinem Kopf! Du musst lernen deine eigenen Regeln zu schreiben, noch ist es dafür nicht zu spät.« Sie sieht mich großäugig an.

»Vertrau mir bitte und schließe deine Augen.«

Ich bin gewillt ihr zu glauben und gehe auf ihre Forderung ein. Mit geschlossenen Augen male ich mir das Bild einer großen, weißen Tür mit goldenem Knauf.

»Jetzt!« , schreit das Mädchen.

Ich reiße meine Augen auf und vor mir ist die in meinen Gedanken gemalte Tür, mit einem Wimpernschlag Realität geworden. Ich ergreife den Knauf, öffne die Tür und wir laufen hindurch.

Während dieses nie enden wollenden Marathons, kehren meine Gedanken wieder zu der Zeit auf dem Lande zurück. Ich war so oft mit meinen lieblosen Großeltern allein und musste auch ohne Mutter bei ihnen übernachten, wenn diese sich mit ihrem neuen Freund amüsierte. Zu dieser Zeit kümmerte sie sich kaum um mich, selbst wenn sie, was äußerst selten der Fall war zu Hause blieb. Sie war weniger bei mir, als bloß körperlich anwesend. Liebe hatte sie für mich nicht übrig. Die hob sie sich für ihre Liebhaber auf. Für die tat sie alles, gab sich vollkommen auf und holte sich dort dieses kleine Etwas von falscher Zuneigung das ihr so sehr fehlte und das sie für mich nicht aufbringen konnte. Aber von wahrer Liebe war bei all ihren Bekanntschaften nicht zu sprechen. Es war bloß der verzweifelte Versuch einen Mann, den sie in Wahrheit nicht im Geringsten liebte an sich zu binden. Doch zumindest konnte sie sich für eine Weile dieser Illusion, der Lüge hingeben dass sie liebte und auch aufrichtig geliebt wurde. Um zu begreifen, dass totale Selbstaufgabe keine Liebe war, musste ich nicht erst erwachsen werden. Dass das Lutschen von Schwänzen und sich bereitwillig ficken zu lassen mit Liebe nicht das Geringste zu tun hatte schien sie jedoch nicht zu erkennen. Mutter erschien mir mein Leben lang wie ein nicht fassbarer Geist. Ihre Gefühllosigkeit mir gegenüber machte sie für mich zu einem übermenschlichen Monster.

Sie nahm mich nie in den Arm oder tröstete mich wenn ich traurig war, und wenn ich lachte empfand sie mich als unangenehm. Ich war das Kind. Das störende, lästige ihr Leben zerstörende Kind, das keiner gewollt hatte und genau deswegen war es auch in Ordnung wenn Opa mich so unheimlich liebt. Mutter war Großvater schon zu alt, also bezahlte ich die Miete mit ganzem Körpereinsatz. Ganz gleich was er mit mir tat, sie mischte sich nicht ein um sich nicht mehr mit ihm, mir oder uns beiden auseinandersetzen zu müssen.

Ich höre die Leute schon sagen:

»Ach, das war doch bestimmt nicht so schlimm. Kinder haben eine große Fantasie. Es war ganz sicher nicht mal annähernd so.«

Doch. Und ebenso schuldig wie die Bestien selbst, die imstande sind einem Kind so schlimmes anzutun, sind die Monster die bloß dabei zusehen. Meine Identität ist so verschwommen, dass mein Spiegelbild mir vollkommen verzerrt erscheint weil man mir nicht erlaubte ein Individuum zu sein. Weil man meine Gefühle unter den Teppich kehrte und die eigenen Bedürfnisse wie einen Sack über mich stülpte. Alles an mir erschien mir abnormal, vor allem mein Gesicht. Ich erkannte mein Selbst nicht im Spiegel und wenn ich in meine Augen blickte, wusste ich zwar dass ich da war, doch war ich mir stets fremd.

Die Nächte bei meinen Großeltern waren ein Horrortrip. Das Fenster des Schlafzimmers lag direkt zur Straße und außer einem transparenten Vorhang, gab es nichts, dass die unheimlichen Schatten der Scheinwerfer die die vorbeifahrenden Autos warfen, abschwächte. Die Fenster lagen sogar so tief, dass ein Zwerg ohne Probleme hätte einsteigen können um mich aufzufressen. Die Tür war stets geschlossen, und obwohl ich im Dunkeln wirklich schreckliche Angst hatte durfte ich sie nicht auch nur einen kleinen Spalt offen lassen. Abend für Abend versteckte ich mich unter der dicken Daunendecke die ich bis zur Nasenspitze hochgezogen hatte und wünschte mir, dass die Nacht schnell wieder vorüber ging. Erneut war ich allein mit meiner Angst und hegte den starken Wunsch, dass ein freundlicher Kobold im Auftrag einer guten Fee durchs Fenster stieg und mich in das Wunderland mitnahm. Einen Ort wo Kinder glücklich sind, weit weg von Mutter, Oma und Opa die mich sowieso nicht mochten. Eine Welt, in der ich Nachts ohne Angst einschlafen kann weil ich weiß, dass immer ein kleines Licht angelassen wird und mich jemand beschützt. Wo man mich in den Arm nimmt und sagt, dass ich etwas Besonderes bin und mich liebevoll gedeihen lässt.

Aus dem Fenster meines Paradieses, kann ich dann immerzu den glasklaren Himmel, weite saftig grüne Wiesen und große blütenbedeckte Bäume sehen. Wenn ich möchte, steige ich aus meinem Fenster direkt zu dem Blumenfeld hinab wo ich glücklich umherlaufe. Erschöpft aber friedvoll lege ich mich schließlich auf das satte Gras und schließe meine Augen. Ich weiß, dass ich das machen darf und niemand wird mir etwas tun. Mich anbrüllen oder schlagen. Hier zwingt mich auch niemand das zu essen wovor es mich so sehr ekelt, dass ich mich beinahe übergeben muss. Bloß damit man sadistische Spielchen mit mir treiben kann. Zimperlich war ich nie, aber die perversen Gelüste meines Stiefvaters nach Leber, Geselchtem und anderen Grausigkeiten hatten nichts damit zu tun, dass ich ein genereller Verweigerer war. Man müsste einmal Erwachsene fragen ob sie je etwas essen das ihnen nicht schmeckt. Bei Kindern ist es simpel, da hat man jemanden den man zwingen kann, weil man selbst einmal gezwungen wurde und das natürlich wieder zurückgeben möchte damit es nicht nur bei einem selbst bleibt.

So schnell verlieren sich die Gedanken an mein Paradies wieder und ich stecke erneut in meiner mir eigenen, kalten und von Erwachsenen geschaffenen Realität. Eine Realität, die ich mir nicht ausgesucht habe. Überhaupt hab ich mir gar nichts ausgesucht und ich wünschte mir nie geboren zu sein. Zumindest nicht in diese vollkommen gestörte Familie, in der sie einem selbst bei allergrößter Furcht vor der Dunkelheit bloß sagen:

»Die Tür bleibt zu, und basta.«

»Du machst was ich sage, basta.«

»Weil ich es sage und da fährt die Eisenbahn drüber.«

»Du machst was ich dir sage und wenn du dreißig bist, ist mir das egal.«

»Halt's Maul, du wirst nicht gefragt.«

»Du hast überhaupt keine Rechte.«

## Clownsmonster

Knarren, Krachen und Kreischen. Knarren, Krachen und Kreischen. Der Boden unter mir tut sich ruckartig auf, mein Fantasiereich zerbricht und ich falle unaufhaltsam hinab in die Tiefe. Ich möchte nicht wieder hinunter in diese sich alles einverleibende Dunkelheit. Ich schreie nach Mutter. Doch alles was mir entgegen blickt ist diese unheimliche Fratze die mich breit grinsend aus dem Abgrund herauf anstarrt. Die Erde unter mir zerfällt, ich verliere den Boden unter meinen Füßen und stürze in das grenzenlose Nichts. Aus jeder Öffnung des langen Tunnels ragen bedrohliche Pratzen hervor. Sie begrapschen und betatschen mich, zerren wüst an meinen Kleidern. In Todesfurcht schließe ich meine Augen. Ich falle weiter und tiefer in den Abgrund, als mein Sturz auf den Schoß eines alten, fetten und irre lachenden Clowns plötzlich ein Ende findet. Sein Gesicht ist verschmiert und der übergroße Plastikkopf samt eingebranntem Grinsen wippt hin und her. Es ist der schreckliche Clown der mit mir Hoppe Reiter spielt während er mir unablässig an die Titten grabscht. Ich möchte schreien, doch unversehens wächst ihm ein weiteres Paar riesengroßer Hände das er mir schließlich auf den Mund presst. Aus allen Richtungen ertönt lautes Gelächter und er selbst lacht aus voller Kehle mit. Ich wehre mich, doch ich bin zu klein und viel zu schwach. Er drückt mich weiter eisern an sich, reibt sich an mir, hebt mein Kleid hoch und fasst mir grob zwischen die Beine. Der Clown betatscht mich mit jeder einzelnen seiner vier Hände und stöhnt dabei lüstern. Aber dann, in einem Moment seiner Unachtsamkeit beiße ich ganz fest in seine abscheuliche Pratze. Und gleich ein weiteres Mal, bis er blutet. Er gerät in Rage, schlägt mir daraufhin in mein Gesicht und stößt mich von sich. Das Blut schießt über seine wulstigen Finger und mit jedem weiteren Schlag quer durch die Luft. Er erhebt sich vor mir und nimmt mit jeder Sekunde an Körpergröße zu. Ich liege vor ihm auf der Erde und versuche aufzustehen, doch die Erde ist schmierig und mein Kleid klebt auf dem Boden wie auf Pech.

Irgendjemand muss mir doch helfen! Warum hilft mir denn niemand? Warum lacht ihr alle bloß? Ihr seht zu und lacht? Nein, nein, nein … Ich bekomme schon wieder keine Luft. Ich ersticke … ich … bitte … H-ilfe …

Dunkelheit … Stille.

10 … 9 … 8 … 7 … 6 … 2 …

Als ich zu mir komme, liege ich inmitten des leuchtend roten Mohnblumenfeldes und bin in Sicherheit. Es dämmert. Vögel singen und Blütenpollen schweben über mir in der Luft. Es ist warm und duftet herrlich. Meine geliebten Mohnblumen. Der einzige Ort der Zuflucht und der Geborgenheit. Ich bin wie auf Watte gebettet, beschützt und eingehüllt in dieser kleinen Ecke meines Verstandes, in die ich mich flüchte wenn meine Kraft mich verlässt. Dorthin hat niemand Zugang, denn sie ist so tief in einem Winkel meines Kopfes versteckt, dass selbst ich immer eine Weile suchen muss um zu ihr zu gelangen. Wenn ich schließlich hier angekommen bin, kann mir keiner mehr etwas anhaben. Keine Macht der Welt und auch Zeit ist hier bedeutungslos. Ohne diesen Ort hätte ich all diese Jahre der Qualen, der Lieblosigkeit, des Sadismus', der körperlichen und seelischen Misshandlungen nicht überlebt. Jedes Kind das derartigen Schikanen ausgesetzt ist, braucht einen Schlupfwinkel. Aber ist es nicht schrecklich, dass Kinder sich selbst einen Ort der Zuflucht erschaffen müssen? Ist es nicht furchtbar fliehen zu müssen um zu überleben? Fliehen vor den Menschen, die einem Kind Schutz und Liebe geben sollten?

In der Realität kann ich zu niemandem laufen und um Hilfe bitten, weil einem Kind ja sowieso niemand glaubt. Eltern sind so gut im Verdrehen der Tatsachen, dass man das Kind am Ende noch als psychisch krank attestiert oder meint, es habe eine zu große Fantasie. Und dann hat man es noch schlimmer zu Hause weil man für den Verrat den man begangen hat bestraft wird. Also habe ich nie gewagt mich jemandem anzuvertrauen, denn ich wusste instinktiv dass es nicht gut für mich ausgehen würde. Verschlimmern wollte ich die ganze Situation nicht, selbst wenn das kaum vorstellbar war. Der Hass den sie mir gegenüber empfanden, wäre mit Sicherheit noch größer geworden und damit auch die täglichen Misshandlungen. Dann würde ich wahrscheinlich nur noch Mahlzeiten zu essen bekommen die mir die Kotze hochtreiben, nur um mich für meine Unart zu bestrafen. Dafür, dass ich es überhaupt gewagt habe um Hilfe zu bitten. Mit großer Wahrscheinlichkeit erzählten sie es umgehend allen Verwandten und sobald die mich zu Gesicht bekamen, würden sie sofort auf mich einschimpfen. Mir Vorwürfe machen und sich darüber auslassen welch verlogene und undankbare Göre ich doch sei. Wie ich Mutter so etwas bloß antun konnte, und dass ich dafür gleich noch ein paar Schläge in mein dummes Gesicht verdient hätte.

Die lieben Verwandten: Onkel und Tanten, die unzähligen Geschwister von Mutter. Die ganze beschissene Sippe vom Lande. Ordinär, schlüpfrig und gefühllos. Kinder waren eben niemand von Wert. Bloß … Kinder.

## Kleiner Prinz

»Ich mach die Augen zu und spiele blinde Kuh … Ich mach die Augen zu und spiele blinde Kuh.«

»Muh…«, sagt Hase belustigt. Wie ich eben bemerke, befinde ich mich wieder einmal in unserem Zimmer. Das Therapiezimmer. Hases und mein Raum in dem wir uns zu unseren Gesprächen treffen. Aber auch diesmal hat der Raum sich vollständig verändert. Die Wände sind weiß mit roten Punkten und die Lampe leuchtet strahlend hell. Hase ist mit seinem langohrigen Stuhl ein kleines Stückchen näher gerückt.

»Blinde Kuh also?«, fragt er, offensichtlich immer noch belustigt.

»Ja, genau. Ich drehe mich mit geschlossenen Augen ganz lange im Kreis herum und sobald mir richtig schwindlig ist, versuche ich mit ausgestreckten Armen durch die Wand zu gehen. Ich gehe und gehe, also ganz langsam aber nichtsdestotrotz äußerst zuversichtlich auf die Wand zu. Noch ein Stück weiter. Gaaanz langsam. Gleich bin ich da. Und dann komme ich hoffentlich endlich durch diese Wand hindurch in eine andere Welt. Aber was folgt ist bloß ein lauter Knall und ich krache mit voller Wucht gegen die Mauer. Es gelingt mir einfach nicht, auch nicht nach dem hundertsten Versuch. Es ist als könnte ich den Eingang nicht finden, dabei bin ich mir doch so sicher dass es einen gibt. Es muss einen geben und deshalb gebe ich auch nicht auf, sondern versuche es immer wieder. Ich möchte so gerne hier weg. Wenn ich nur ganz fest daran glaube, mich ganz stark bemühe, dann ist es möglich. Ganz bestimmt, so muss es sein. Alles was ich habe ist der Glaube daran, dass es da noch etwas anderes gibt als dieses Leben und diese kalte Welt.«

»Aber das hat es nie gegeben, nicht wahr?«, seufzt Hase.

»Nein, natürlich nicht. Ich stehe weiterhin in meinem Kinderzimmer und betrachte minutenlang die weiße Wand. Die Tür ist geschlossen und ich bin allein, weil ich – wie Mutter immer sagt – lernen soll mich allein zu beschäftigen. Schließlich sind da noch andere Dinge um die sie sich kümmern muss.

Wir schreiben das Jahr neunzehnhundertachtzig, kurz nachdem wir vom Land zurück in die Stadt gezogen sind.

Mutter, die böse Hexe des Westens hat einen neuen Mann kennengelernt und zusammen mit ihm sind wir in eine Wohnung in die Stadt gezogen. Er, mein sogenannter Stiefvater hat einen gut bezahlten Job der genug Geld für eine große Familie einbringt. Mutter ist nämlich schwanger und in knapp einem halben Jahr bekomme ich ein Geschwisterchen.

Der Bauch meiner Mutter ist noch nicht so dick aber ich kann es kaum noch erwarten bis das Baby endlich kommt, denn dann werde ich endlich nicht mehr so allein unter den Erwachsenen sein. Die wollen mich sowieso alle nicht lieb haben, aber mein kleiner Bruder wird mich sicher mögen. Das wird ganz toll. Ich werde ihn ständig in den Armen halten, ihn knuddeln, drücken und mit ihm spielen. Alles wird dann ganz wundervoll! Zusammen werden wir eine richtige Familie, gemeinsam in den Urlaub fahren und viele andere tolle Sachen machen. Vielleicht wird dann endlich alles anders und ich werde nicht mehr bloß in eine Ecke gestellt wenn ich den Erwachsenen auf die Nerven falle. Die Ecke aus der sie mich nur dann holen, wenn sie jemanden brauchen den sie quälen können. Vielleicht hat dann nicht nur mein Bruder mich lieb, sondern auch Mutter weil sie sieht wie gern ich meinen kleinen Bruder habe und wie gut ich mich um ihn kümmere. Vielleicht ändert sich nun endlich alles für mich.«

Ich schweige und halte nach meinem Redefluss inne.

»Und? Hat es sich verändert?«, unterbricht Hase die Stille.

»Nein, nicht im Geringsten. Von da an wurde es erst so richtig schlimm. Aber nicht wegen meines kleinen Bruders, denn er war wirklich zauberhaft und so etwas Schönes wie ihn hatte ich bisher noch nicht gesehen. Er war perfekt, als er im Februar neunzehnhunderteinundachtzig das Licht der Welt erblickte. Als meine Eltern mit diesem kleinen Bündel Leben aus dem Krankenhaus kamen, war ich total aus dem Häuschen. Ich liebte ihn vom ersten Augenblick an. Er war so süß, hatte ein niedliches Gesicht, diese kleinen Puppenhände und Füße, einen kleinen lustigen Mund den er ständig verzog, immerzu verschlafene Augen und winzige Fingerchen. Er war das vollkommenste Wesen, das ich je gesehen hatte. Minutenlang stand ich vor seinem Bettchen, starrte ihn bloß an oder hielt ihn bei jeder Gelegenheit im Arm. Er war mein Ein und Alles. Meine Hoffnung.

Jack war brav, sehr ruhig und weinte nicht viel. Ein kleiner Prinz durch und durch. Und ich war so unendlich glücklich über seine Anwesenheit. Wir würden bestimmt die besten Freunde werden, unzertrennlich bis in alle Ewigkeit!«

»Das klingt doch schön?«, seufzt Hase

»Ja, das war es auch. Zumindest dieser kleine Aspekt meines Lebens. Dieser kleine, liebe Mensch. Ganz neu, unvoreingenommen und frei von Bosheit. Jemand der mich nicht mit Verachtung strafte nur weil ich eben ich war. Ich weiß nicht was ich getan hätte, wäre er nicht gewesen. Ob ich all das noch lange ertragen hätte. Aber trotzdem fragte ich mich, warum Mutter überhaupt ein weiteres Kind wollte. Unter Umständen war es wie schon bei mir, der einzige Weg einen Mann an sich zu binden. Zudem hatte sie ja schon ein Kind, mich: Es war daher umso mehr ein gut kalkulierter Schachzug. Sie gab ihm die Chance, seinen eigenen Sprössling in die Welt zu setzen. Ein Kind das seinem Samen entsprang. Der ganze Stolz eines Mannes, denn schließlich ist es für einen Mann nicht leicht das gezeugte Kind eines anderen mit dazu zu nehmen und dafür Sorge zu tragen. Für meinen Stiefvater war ich ohnehin nur ein notwendiges Übel. Ich war im Paket inbegriffen, ob er es wollte oder nicht und da Mutter mich schon nicht mit Respekt behandelte, tat er es auch nicht. Er musste ja nicht, denn ihr war es gleich und sie hatte ihn niemals davon abgehalten wenn er seine Hand gegen mich erhob. Genauso wie sie mich nicht vor den gewaltsamen Liebkosungen meines Großvaters beschützt hatte.

Schnell begriff ich, dass ich zwar den Wohnort gewechselt hatte aber das Gefängnis das gleiche geblieben war. Bloß der Wärter, der mit mir machen konnte was er wollte, war ein anderer.«

Einen Moment lang herrscht vollkommene Stille.

»Mach jetzt die Augen zu«, schnurrt Hase.

»Mach sie zu und entspanne dich ... Schlafe ...«

Tick, Tack ... Tick, Tack ...
10 ... 9 ... 8 ... 7 ... 4 ... 2 ...

## Hasentod

Wie zu jedem Osterfest fahren wir auch dieses Jahr über das Wochenende zu Mutters Verwandtschaft auf dem Lande. Auf dem Weg zum Parkplatz hüpfe ich über die am Tag zuvor mit Kreide bemalten Erhebungen im Boden. Das mache ich immer wenn wir wegfahren. Oder ich springe an diesen Rissen die sich im Boden gebildet haben vorbei. Das ist wie ein Zwang. Wenn ich das nicht tue und einen der bemalten Steine oder Risse im Boden mit meinen Schuhen berühre, gehe ich davon aus das etwas schlimmes geschehen wird.

Wir sind schon beinahe an unserem Auto angekommen als ich merke, dass ich kein Höschen unter meinem Rock trage. Peinlich berührt ziehe ich Mutter am Ärmel und gestehe ihr ganz leise mein Missgeschick.

»Wir sind gleich wieder da«, sagt sie zu meinem Stiefvater und reißt wutentbrannt an meinem Arm. Während sie mich zurück in die Wohnung zerrt, hält sie mir den Weg über natürlich einen Vortrag und zu Hause während ich schnell in mein weißes Höschen schlüpfe, kann sie sich mit ihren Schimpftiraden kaum noch zurückhalten. Dabei hatte ich es in der Eile bloß vergessen. Aber das reicht Mutter schon um ein mittelgroßes Drama loszutreten. Bei dieser Gelegenheit kommen wie gewohnt all ihre beliebten Phrasen, die sie mir so gerne an den Kopf wirft zu tage. Das beinhaltet Worte wie: blöder Trampel, gestörtes oder saublödes Gör. Aber auch das beliebte: zu dumm zum Scheißen. Nachdem sie sich verbal über mir ausgeschüttet hat, gehen Mutter und ich wieder zu unserem in die Jahre gekommenen, weinroten Volvo vor dem mein Stiefvater bereits ungeduldig auf uns wartet.

Es ist ein sonniger, angenehm warmer Tag im April und auf dem mehr als einstündigen Weg zu Mutters großer Familie gebe ich mich auf der langen Fahrt, den Blick durch das Autofenster auf die Straße gerichtet, am liebsten meinen Tagträumen hin. Als ich in die weite Ferne blickend von der Zukunft die mich noch erwartet, und die noch nicht geschrieben steht träume, stelle ich mir unendlich viele Fragen. Wie es sein wird, wenn ich erst einmal groß bin? Vor allem mit Mama und meinem Stiefvater? Werde ich noch Kontakt zu ihnen haben wenn ich älter bin? Oder Fragen wie: Wann werde ich sterben?

Irgendwo zwischen all den Gedanken über meine Zukunft verfalle ich in tiefe Melancholie. Es ist als fahre ich eine dunkle Straße entlang, die bloß in eine Richtung führt. Eine düstere, völlig ungewisse Fährte. Das Fenster des Wagens reflektiert mein Spiegelbild und ich sehe mir selbst ganz tief in dieses kleine Gesicht, das mir so fremd erscheint, mit Augen so nachdenklich als hätten sie in diesem erst so kurzen Leben doch schon alles gesehen.

»Wir sind da!«

Da stehen wir wieder, vor diesem großen alten Haus mit dem weitläufigen Innenhof. Ich kann gar nicht richtig ausdrücken wie sehr ich mich nicht darauf freue auszusteigen. Kaum treten wir durch die Tür, folgt auch gleich die obligatorische Begrüßung. Ein lockeres:

»Servas! Wie geht's dir denn? Und kriegst du endlich Brüste? Hahahaha.«

Gefolgt von dem typisch verhöhnenden Augenzwinkern. Jedes Mal kneife ich schon vorher krampfhaft die Augen zusammen und bete zu mir selbst, dass es mir dieses eine Mal erspart bleibt. Das war nichts das ich so unbedingt hören wollte, schon gar nicht von meinem Onkel.

Ich wünschte mir ich wäre auf der Stelle tot umgefallen, einfach gestorben oder zumindest auf nimmer Wiedersehen verschwunden. Für die anderen ist dieses Verhalten völlig in Ordnung. Immerhin haben sie etwas zu lachen, vor allem dann wenn mein Onkel mir kurz nach einem solchen verbalen Ausbruch freudig in die Wange kneift. Es ist so demütigend und ich stehe bloß da, hilflos und zutiefst beschämt während sie mich vor aller Augen belächeln und vorführen. Natürlich habe ich noch keine Brüste, ich bin ja erst sieben Jahre alt. Noch nicht einmal in der Pubertät. Aber darum geht es gar nicht, oder vielleicht doch gerade darum? Was diese unangenehmen Momente in mir auslösten, verfolgte mich mein Leben lang. Das Gefühl von Scham, das einen dazu bringt alles an sich selbst infrage zu stellen. Dass da etwas an mir ist, das Anlass für zweideutige und schmutzige Bemerkungen gibt über die sie anschließend herzlich lachen.

Sie sagen mir so viele unangenehme Dinge die ich niemals hören wollte und die mich so beschämen dass ich am liebsten davongelaufen wäre, losgeweint oder mich in Luft aufgelöst hätte. Aber dafür hätten sie mich erst recht wieder belächelt. Sie hätten nie verstanden wodurch ich mich so gekränkt fühle. Warum dieses dumme, überempfindliche Kind bloß wieder so beleidigt spielt. Man hatte doch gar nichts Schlimmes gesagt, es nicht böse gemeint. Es war bloß ein harmloses kleines Späßchen.

Ich hasste sie dafür, dass sie mich mit so großem Vergnügen beschämten und ungeniert meinen kleinen Mädchenkörper kommentierten. Ich fing an mich selbst mit jedem mal ein Stück mehr zu verachten. Für mein Aussehen und dafür, dass ich überhaupt existierte. Doch die Genugtuung vor ihnen zu weinen, die gab ich ihnen nie. Ich unterdrückte meine Tränen und in mir wuchs stattdessen unermessliche Wut. Wut, die mit jeder Verletzung, jeder weiteren Demütigung stärker wurde. Die Angst vor meinem eigenen Körper und was mit ihm geschah wenn ich zur Frau werden würde, wurde durch die primitiven Bemerkungen immer größer. An mir sollte sich nichts verändern, niemals, das würde alles nur noch verschlimmern. Ich stellte mir ständig die gleichen Frage; Was hatte ich bloß so Schreckliches an mir, das die Menschen dazu veranlasste mir so ekelhafte Dinge zu sagen?

Mein Onkel sowie mein Großvater, sprachen in einer solch anmaßenden und unangenehmen Weise mit mir, dass ich am liebsten losgeschrien hätte. Und doch schien ihr Benehmen für alle vollkommen in Ordnung. Niemand sagte oder tat etwas dagegen. Am allerwenigsten Mutter. Was also konnte ich ausrichten? Die Kraft mich zu wehren hatte ich nicht. Und selbst wenn, ich wusste das hätte meine ohnehin schon miese Situation zu Hause bloß noch verschlechtert. Sie hatten alle Macht über mich und durften, ganz gleich wie sehr es mich verletzte, alles mit mir machen ohne je Konsequenzen zu fürchten. Daher blieb mir nur, all meine Gefühle zu unterdrücken, sie zu ersticken und das was in mir aufschrie zu ignorieren. Ich ließ die Dinge über mich ergehen und weinte nur Nachts unter der dicken Decke, wenn niemand in der Nähe war.

Onkel Peter, einer der älteren Brüder von Mutter hielt in diesem Jahr zwei große braune Hasen in einem Gehege seines kleinen Gartens. Ich liebte Tiere über alles und schloss einen der beiden in mein Herz. Mit großer Freude saß ich tagsüber vor dem Gehege und streichelte ihn liebevoll. Ich hatte ihn richtig lieb gewonnen und da ich davon ausging, dass jedes Lebewesen auch einen Namen hat und ich den Hasen bei diesem nennen wollte, fragte ich meinen Onkel umgehend danach. Und nachdem er mich erst einmal etwas überrascht ansah, sagte er schließlich:

»Das ist Hansi.«

Auf dem Land hießen übrigens alle Tiere Hansi, ganz gleich ob nun Hase, Vogel oder Eichhörnchen. Das lag daran, dass es den Erwachsenen eigentlich egal war und sie nur der Kinder wegen einen

Namen aus dem Hut zauberten. Ich verbrachte den ganzen Tag mit diesem niedlichen Hasen und machte mich auch am nächsten Morgen direkt nach dem Aufwachen auf den Weg zu ihm. Doch als ich am Gehege ankam, waren beide Hasen weg und die Tür stand weit offen. Besorgt lief ich durch den Garten, suchte in jedem Winkel, hinter jedem Strauch, doch keine Spur von den beiden. Inzwischen überkam mich panische Angst und ich fürchtete, dass ich selbst vielleicht am Abend zuvor unachtsam war, die Käfigtüre nicht gut genug verschlossen und ihnen so die Flucht ermöglicht hatte. Was wenn es tatsächlich meine Schuld war und sie nun für immer fort waren? Gehetzt und aufgelöst, lief ich zu Onkel Peter.

»Die Hasen, die Hasen sind weg!«, rief ich mit Tränen unterlaufenen Augen.

»Ach, du musst dir keine Sorgen machen. Den beiden geht's gut. Die brauchen keinen Käfig mehr«, sagte er beschwichtigend.

Was hat das nun zu bedeuten? Hatte er sie etwa freigelassen? Einfach so? Ohne das ich Abschied von Hansi nehmen konnte? Etwas traurig und doch zugleich froh darüber, dass die Hasen nun für immer in Freiheit lebten, machte ich schließlich mit meinem Cousin einen Ausflug in den gegenüberliegenden Park.

Auf dem Land wurde stets um Punkt sechs Uhr abends gegessen und als wir zu Tisch gerufen wurden, lief ich vom Spielen am Nachmittag ausgehungert, voller Vorfreude in die Küche. Neben mir am Tisch hatten bereits meine Eltern, meine Cousins, mein Onkel und mein kleiner Bruder platzgenommen. Doch als Tante Meg endlich das Essen servierte, stieß mir ein ekliger Geruch in die Nase. Auf den Tellern befand sich Fleisch, sonderbar stinkendes Fleisch. Von dem Gestank wurde mir flau im Magen und ganz unverhofft kam mir sogar etwas Magensäure hoch ohne dass ich überhaupt einen Bissen zu mir genommen hatte.

»Was ist das?«, fragte ich.

»Das ist Hansi«, erwiderte Onkel Peter mit einem selbstzufriedenem Grinsen. Hätte ich gekonnt, hätte ich ihm mit voller Wucht den Teller in seine Fresse gerammt. Da saß dieses kranke Arschloch, grinste selbstgefällig während er mir seelenruhig sagte dass er den Hasen, mit dem ich noch am Vortag gekuschelt hatte, getötet, gekocht und ihn mir zu guter Letzt auch noch serviert hatte. Mir wurde speiübel. Meine Eltern saßen indes geruhsam daneben und verkniffen sich das Lachen.

Diese kranken Spielchen amüsierten sie auch noch. Da hatten sie Nachts bestimmt noch mehr Spaß beim Ficken wenn sie daran zurückdachten mit welch perversen, kranken und sadistischen Spielen sie es einem kleinen Mädchen so richtig gezeigt hatten. Da hat das dumme Kind aber dämlich geguckt als man ihm sagte, dass der Hase – den es so lieb hat – nun vor ihm auf dem Teller liegt. Normale Menschen machen so etwas doch nicht! Ganz bestimmt nicht, da war ich mir sicher.

In meinen Gedanken löschte ich sie alle aus. Ich tötete sie auf jede nur vorstellbare Weise. Für mich waren das keine Menschen. In meinen Augen waren sie bloß leblose Zombies. Warum taten sie so etwas? Warum? Auch wenn dieser Hase dafür vorgesehen war auf dem Teller zu landen, hätte man bestimmt, sofern man es gewollt hätte eine andere Lösung gefunden. Eine weniger sadistische, die keine Verzweiflung und schon gar kein Trauma bei einem kleinen Mädchen auslöste. Aber mit einem Kind konnte man das machen. Man konnte ihm schlimme Dinge antun und dann herzlich darüber lachen. Sich daran aufgeilen, weil man selbst so ein dreckiges Nichts von einem Mensch ist und jemanden braucht den man quälen kann um seinem eigenen nichtigen Dasein ein wenig Spannung und Freude zu verschaffen.

Diese Menschen waren nichts weiter als gemeine Sadisten, die großen Spaß daran hatten ihren Kindern weh zu tun. Anstelle liebevoller Umarmungen und Gute Nacht-Geschichten, gab es ständig nur Hiebe, Demütigungen und perverse Psychospiele. Keine Worte der Liebe, kein einfühlsames Tränentrocknen. Sie waren wie diese Leute, die sich nur deshalb einen Hund anschafften, damit sie ohne schlechtes Gewissen auf jemanden der sich nicht wehrte einschlagen konnten. Jemand über den sie die Kontrolle hatten, weil sie sich selbst so klein und wertlos fühlten.

Dieses Ereignis hatte sich in mir eingebrannt und ich kam nie darüber hinweg. Auch heute denke ich noch oft zurück an meinen süßen plüschigen Hasen und die Grausamkeit dieser Menschen, die meine Familie waren. Es gab so vieles das ich nicht vergessen konnte, dass sich nicht auslöschen ließ so sehr ich es mir auch wünschte. Wenn sie sich nur selbst belogen hätten, hätten sie auch niemandem außer sich geschadet. Aber sie betrogen mich um all das Schöne das mir als Kind zustand, und vor allem um eine liebevolle Kindheit.

Hier stehe ich nun inmitten der kargen Landschaft eines Wintersturms, mit nichts am Leib als einem dünnen Hemdchen. Es ist so bitter kalt. Vom anderen Ende, aus einem hell erleuchteten Haus blicken die Gesichter meiner Eltern durch die Fenster. Sie starren mich an, wissend wie schrecklich kalt es da draußen ist. Doch es ist ihnen vollkommen gleich. Für jedes Bedürfnis nach Wärme und Geborgenheit bestrafen sie mich mit einem noch längeren Aufenthalt in einem noch kälteren Sturm.

## Wunderwelt

Der einzige Lichtblick an diesem Ort der Perversion und des gelebten Sadismus‘, war mein Cousin, Jason. Er war der einzige Freund den ich in diesen Jahren hatte. Diese unbeschwerten Momente während der unerträglichen Zeit auf dem Land verdankte ich seiner Anwesenheit. Jason war in meinem Alter und wir verbrachten beinahe jede Minute zusammen, fuhren mit dem Fahrrad, kletterten auf Bäume, gruben Regenwürmer aus und malten. Es gab kaum etwas das wir nicht zusammen machten. Aber was ich am allermeisten liebte, waren unsere ausgedehnten Ausflüge.

In der Nähe des Wohnhauses der Familie lag ein wunderschöner Park, der fast so magisch wie ein Zauberwald war. So schön, wie ich mir Oz stets erträumte.

Als Kind erschien mir dieser Platz übermächtig, fast surreal und er ließ mich für wenige Stunden alles Schreckliche, all die Lieblosigkeit meiner Familie vergessen. Um dorthin zu gelangen, mussten wir durch einen dichten Wald wandern, an einem Teich vorüber gehen, durch die Dickichte hindurch kriechen, bis wir schließlich eine Lichtung erreichten. Dort, mitten auf einer großen Wiese lief ein kleiner Bach entlang, dessen Anfang und Ende wir nie erforscht hatten. Er schien endlos und hätte irgendwo oder auch nirgendwo münden können. Es war beinahe so, als wäre man durch eine magische Zaubertür gegangen und plötzlich im Märchenland gelandet.

Es gibt Dinge die sind so überwältigend, dass man das Gefühl hat auch ohne einen einzigen Atemzug zu machen, weiterzuleben. Unser Park war einer dieser Orte und er schien so unendlich weit, dass ich mich fragte wo die Mauern waren, die von dieser Seite wieder nach draußen führten. Doch der einzige Weg der zurück führte, war der von dem wir gekommen waren.

Mit geschlossenen Augen stand ich auf der Wiese und ließ mich von dem wohltuenden Gefühl der Hoffnung berieseln. Wenn es auch nur einen Ort wie diesen gab, konnte am Ende alles gut werden. Ich hatte mir selbst ganz fest versprochen niemals innerlich zu erkalten wie all die seelenlosen Erwachsenen. Niemals würde ich wie die, innerlich tot, so voller Hass und Bösartigkeit sein. Ganz gleich wie sehr sie mir auch weh taten, sie würden mich nicht kriegen, mich nicht zu einer der ihren machen. Einem gefühllosen Zombie.

Das Leuchten in mir war unauslöschlich, und ich schwor, dass sie sich am Ende an meinem lodernden Feuer verbrennen würden. Sie sollten an der Tatsache zerbrechen, dass sie mich nicht zerstören konnten.

Jason und ich verbrachten viele Stunden an unserem geheimen Ort, spielten oder lagen einfach nur im Gras und betrachteten den Himmel. Wir beobachteten die kleinen Fische, die sich im Bach tummelten und die dutzenden Schmetterlinge, wie sie anmutig durch die Luft flogen. Noch heute habe ich alles deutlich vor mir.

Genauso, als stünde ich immer noch an einem dieser heißen Sommertage an dieser Lichtung.

## Fressmonster

Ich sitze an einem riesigen Tisch: So groß, dass ich die Tischplatte mit meinen kleinen Kinderhänden nicht erreichen kann. Ich habe Mühe zu erkennen was auf den Tellern liegt und verrenke mich um hochzukommen. Doch alles was ich vom oberen Teil des Tisches mitbekomme, sind diese ekelhaften Schmatz -und Kaugeräusche.

»Es wird Gegessen was auf den Tisch kommt«, sagt eine verzerrte Stimme. Über mir erhebt sich plötzlich der übermenschlich große, aufgeblasene Kopf meines Stiefvaters und blickt bedrohlich zu mir hinunter. In seiner Hand hält er einen mächtig großen, goldenen Löffel auf dem sich massenhaft schleimige Würmer und Käfer tummeln. Hinter mir tauchen dutzende, körperlose Hände auf und halten meinen Kopf von allen Seiten fest. Eine der Pranken presst gegen meinen Kiefer, mein Mund öffnet sich und mein Stiefvater drückt mir gewaltsam den großen Löffel voller Ungeziefer in meinen Schlund.

»Halts Maul und friss! Du kriegst so lange nichts anderes, bis du das hier aufgefressen hast!«

Ich weiß nicht ob ich kotzen muss, an dem Fraß ersticke oder beides zugleich. Aber auf gar keinen Fall möchte ich das da runterschlucken. Mir ist so schlecht. Alle  lachen und ihre Gesichter verwandeln sich in Fratzen. Aus ihren Mündern kommen lange schlangenartige Zungen mit denen sie mir über mein Gesicht lecken während sie wie die Schweine grunzen.

»Friss, Friss, Friss!«, rufen sie.

»Friss, Friss, Friss!«, ertönt es immer wieder im Chor, während mein Stiefvater – weiter versucht mir das eklige Zeug mit aller Gewalt in den Mund zu stopfen. Ich wehre mich und trete wild mit den Beinen.

»Du willst nicht? Na warte«, brüllt das Fressmonster mir in mein Gesicht.

»Den Kochlöffel!«, ruft er den Fratzen zu. Eine körperlose Hand reicht ihm einen überdimensional großen Kochlöffel.

»Ich zeige dir jetzt was mit unartigen Kindern passiert!«

Bösartiges Gelächter schallt von allen Seiten durch den Raum.

»Hose runter, hahaha.« Er lacht und die körperlosen Hände ziehen indes solange an meiner Hose, bis sie mir bei den Knien hängt. Mein Stiefvater hebt mich mit einer Hand hoch und legt mich über seine Knie. Ich schreie, doch es ist vergebens. Er holt aus und schlägt mit voller Wucht den Kochlöffel auf meinen nackten Arsch. Immer und immer wieder. Die Schmerzen sind unerträglich. Tränen fließen über mein Gesicht.

»Aua, Aua, Neeeein! Bitte, hör auf!!«, schreie ich.

Dunkelheit, Stille. Ich wache auf und meine Bettlaken sind durchnässt. Wieder habe ich ins Bett gemacht.

Wenn wir Abends beim gemeinsamen Essen sitzen, darf kein Wort gesprochen werden. Ganz still muss es sein und Bissen für Bissen wird alles was sich auf dem Teller befindet, bis auf den letzten Happen aufgegessen. Vorher gibt es keine Erlaubnis aufzustehen – ohne Ausnahme, ohne Murren und ohne Widerspruch. Das hat so zu sein, denn mein Stiefvater wünscht es. Oder besser gesagt: es ist sein eindeutiger Befehl. Viele dieser Abende sitze ich mit meiner Familie am Esstisch und versuche die eklige panierte Leber die jede Woche mindestens einmal auf dem Wunschplan meines Stiefvaters steht runterzuwürgen.

Mutter kocht natürlich nur was er möchte und Extrawünsche gibt es für uns Kinder nicht. Bei jedem Bissen möchte ich mich erbrechen. Je länger ich dieses schwammige Zeug kaue, desto mehr wird es in meinem kleinen Mund. Mir ist so schlecht, dass ich kotzen möchte. Meinem Stiefvater am liebsten mitten ins Gesicht.

Ich habe es schon bildlich vor mir, wie dieses ganze fünf Minuten lang gekaute und mit meinem Speichel vermischte eklige Zeug, so richtig schön an ihm kleben bleibt. Die ganze schleimig klebrige Leberkotze und dazu Soße à La Magensäure, nur für ihn ganz speziell. Oh ja, er beobachtet mich mit Argusaugen und wartet geduldig bis ich jeden Happen hinuntergeschluckt habe. Er ist gnadenlos, mein Stiefvater der neue König Arschloch unseres Reiches

»Du magst ihn also nicht?«, räuspert Hase sich.

»Wie witzig, Hase. Für deinen Sarkasmus ist jetzt wirklich kein Platz.«

»Entschuldige, mach bitte weiter.«

Einfach ausgedrückt, der neue angetraute Mann meiner Mutter ist ein hausgemachter Sadist. Er hat alle Zügel fest in der Hand und nur er allein bestimmt, sagt was Sache ist. Er ist der Herr im Hause und Mutter widerspricht ihm nicht. Sie steht ihm zur Seite, ganz gleich was er mir antut. Ich bin bloß das Kind meiner Mutter aber ganz bestimmt nicht – und das muss er auch immer wieder ganz deutlich aussprechen – sein Kind. Ich bin wie bereits festgestellt, bloß das notwendige Übel das er in Kauf genommen hat um eine Beziehung mit dieser devoten Hexe einzugehen.

Das tägliche Abendessen ist fast ohne Ausnahme eine Folter. Ich möchte weglaufen, ganz weit weg und nie mehr zurückkommen. Aber wo sollte ich denn hin? Immer wieder habe ich ihm gesagt, dass ich keinen einzigen Bissen mehr herunterbekomme oder es mich schrecklich ekelt, aber immerzu höre ich nur:

»Es wird gegessen was auf den Tisch kommt.«

Wenn ich mich weigere oder einfach nicht mehr kann, werde ich mit den Worten:

»Wenn du Hunger hast, das Essen ist im Kühlschrank. Du bekommst nichts anderes und wenn du verhungerst. Ist das klar?«, auf mein Zimmer geschickt. Oder wenn er gerade einen besonders schlechten Tag hat, kommt eben der Kochlöffel zum Einsatz. Hose runter und drauf los prügeln.

»Oh, oh«, sagt das Kaninchen erschüttert.

»Ja. Oh, oh. Was?«, sage ich trotzig.« So war das bei uns und auch Trinken während des Essens war strengstens untersagt.«

»Hmh, hmh«, nuschelt Hase und rümpft die Nase.

»Weiter ... Was noch?«, fügt er hinzu.

»Zuerst wird aufgegessen und danach darfst du etwas trinken«, ermahnte mich mein Stiefvater stets und dieser elende Sadismus betraf so gut wie jedes Essen, jeden Tag! Es wäre ja auch zu leicht gewesen den ekligen Fraß mit etwas Saft runterzuspülen, aber es war ihm schon sehr wichtig dass ich richtig schmeckte was ich da mit aller Mühe versuchte hinunter zu würgen.

»Wenn du wirklich Hungrig bist wirst du das schon irgendwann Essen, sonst kannst du keinen so großen Hunger haben.«

Es gab dutzende Sätze dieser Art.

»In Afrika verhungern überall Kinder und du bist so gottverdammt undankbar.« Als hätte er je ein aufrichtiges Interesse an den armen hungernden Kindern in Afrika gehabt. So oder so änderte es nichts daran was es wirklich war: reiner Sadismus, purer Zwang und Folter. Er zwang mich Gerichte zu essen vor denen es mich über die Maße ekelte, dass mir schon der Magensaft hochkam wenn ich diese nur roch. Essen musste ich sie, ob ich wollte oder nicht. Ob ich weinte oder darum bettelte mich endlich zu entlassen. Oft lief ich weinend in mein Zimmer nachdem er mir schreiend mitgeteilt hatte, dass ich undankbares Miststück ihm doch gefälligst aus den Augen gehen und mich ja vor dem nächsten Morgen nicht mehr aus meinem Zimmer wagen solle. Meist folgte diesen Sätzen eine schallende Ohrfeige mitten in mein Gesicht.

Ich verfalle in Schweigen und starre gegen die Decke.

»Oh weh«, brummt Hase.

»Im Gegensatz zum bevorzugten Übers-Knie-Legen um mir mit der flachen Hand oder dem Kochlöffel den nackten Hintern zu versohlen, waren der Essenszwang und die Ohrfeigen richtig harmlos. Die Methode mit dem Kochlöffel mochte er wahrscheinlich deshalb am allerliebsten, weil ihm dabei nach all den Hieben die Hand nicht so wehtat. Er hatte eben an alles gedacht. Aber bestimmt ging es bei all dem auch darum, was mir am meisten wehtat. Es war auch richtig effektiv. Die Schmerzen, die das minutenlange mit dem Kochlöffel auf den Arsch Schlagen verursachten waren mit nichts sonst zu vergleichen. Wenn mein Hintern noch tagelang rot war, voller blauer Flecken und höllisch schmerzte sobald ich mich setzte, würde ich auch immer schön daran denken mich künftig entsprechend zu verhalten.

## Bettnässer

Schläge bekam ich sowieso wegen allem. Jede noch so kleine Kleinigkeit wurde mir zum Verhängnis. Wenn ich nicht essen wollte weil mir grauste oder weil ich versehentlich die Tür zu laut zuknallte. Weil ich Dreck in der Küche hinterließ oder einmal nicht fragte wenn ich mir etwas zu essen oder trinken aus dem Kühlschrank nahm. Für all diese Vergehen gab es Konsequenzen. Er hätte mir gleich beim Aufstehen und noch einmal beim Zubettgehen ordentlich ein paar knallen können, dann hätten sie es gleich ganz gemütlich in den Alltag einbauen können und sich das ganze Theater später gespart. Und natürlich gab es zu guter Letzt noch Schläge weil ich fast jede Nacht ins Bett pinkelte, obwohl ich ja eigentlich nur deswegen erst ins Bett machte weil es mir nicht so gut ging. Die Angst vor meinem Stiefvater und die andauernden Schläge die ich von ihm bekam, halfen genauso wie der Umstand ihnen beim ficken zuhören zu müssen, bei meinem nächtlichen Problem recht wenig. Wie oft lag ich nachts wach und konnte nicht mehr einschlafen weil meine Eltern beim Ficken wie die massakrierten Schweine grunzten. Und alles woran ich dachte während ich an die Decke starrte war, dass ich doch so dringend Pipi musste.

Ich wünschte ich könnte in die Zeit zurück reisen, in meinen Kinderkörper hineinfahren, mich vor ihr Bett stellen – während sie gerade zu Gange sind – und schreien:

»Hört auf wie die abgeschlachteten Schweine zu grunzen. Ich pisse doch nur deshalb ins Bett weil ich das so zum Kotzen finde und mich nicht aufs Klo traue. Ihr verfickten, saublöden Arschlöcher!« Dabei stelle ich mir ihre dummen Gesichter vor und zum Schluss würde ich Mutter noch unter die Nase reiben wie sie einmal enden wird. Dass ihr geliebter Mann sie in ein paar Jahren verlassen wird, nachdem sie ihr ganzes Leben auf ihn ausgerichtet hat. Dass sie ganz alleine, ohne Kohle und mit drei Kindern zurückbleibt. Und dass sie zur Säuferin wird.

Doch leider kann ich nicht mehr zurück, und all das hat sich wie dreckiger Schleim an mir festgeklebt. Sie hätten ja wenigstens die Türen schließen können, einen kleinen Gedanken daran verschwenden dass dieses ekelhafte Gestöhne vielleicht ihr Kind weckt und darüber hinaus völlig verstört. Doch für sie existierte ich gar nicht. Aber nun da ich Bettnässer war, war ich nicht mehr unsichtbar, sondern ein offensichtliches Problem. Es war schließlich unangenehm. Nicht weil es mir dabei schlecht ging, sondern weil es ihnen Arbeit bereitete. Das ständige Bett-Überziehen und das Wäschewaschen. Jetzt war ich nicht bloß lästig, nun war ich das bettnässende, Arbeit machende Kind. Eine Sauerei, schmutzig und total eklig. Das ist extra lästig und es ist ganz und gar meine Schuld. Natürlich ist es abwegig auch nur anzunehmen, dass dieses Phänomen aufgrund schwerer seelischer Belastungen zu Tage trat. Sie waren doch so großartige und liebevolle Eltern, stets fürsorglich und herzlich. Da gab es doch nichts, was mir hätte Sorgen bereiten können. In ihren Augen war ich nur ein dummes, undankbares und zuletzt auch noch eklig schmutziges Kind. Und für jedes Mal ins Bett machen gab es eine Standpauke, Hiebe ins Gesicht oder den Kochlöffel auf den Arsch. Nachdem diese Phase eine lange Zeit andauerte, schleppten sie mich deswegen zu guter Letzt sogar zum Arzt. Der Kinderarzt verschrieb mir rote, herzförmige Tabletten und gab mir dazu einen kleinen Pass in den ich für jede Nacht in der ich nicht ins Bett machte, einen kleinen goldenen Stern einkleben durfte.

Als Zeichen des guten Willens, oder eher weil der Arzt meinen Eltern dazu riet, bekam ich sogar einen Hamster. Aber die Anschaffung des Tieres durfte nicht allzu viel kosten und deswegen bekam das arme Tier als Unterkunft – anstelle eines Käfigs – einen gewöhnlichen Haushaltskübel mit einem Kuchengitter oben drauf. Der kleine Nager hatte kein Rad, kein Häuschen und kaum Platz. Sie gönnten ihm bloß etwas Watte in die er sich gerade noch verkriechen konnte und daher war es auch gar nicht verwunderlich, dass er bissig wurde. Noch dazu stand sein Kübel direkt unter dem Fernseher und es war mit Sicherheit schrecklich unangenehm für die kleinen Hamsterohren wenn sie sich den ganzen Tag die lauten Geräusche aus dem TV-Kasten gefallen lassen mussten. Und weil er, welch Wunder, so bissig ist und sich nicht anfassen lässt, ist er auch nicht sehr lange bei uns. Ohne Vorwarnung bringen meine Eltern ihn weg. Einfach so. Genauso wie die beiden Wüstenspringmäuse, die ich später bekam und die überraschenderweise acht oder neun Junge zur Welt brachten weil sie klugerweise ein Männchen und ein Weibchen zusammen gekauft hatten. Wohin sie meine Tiere brachten, sagten sie mir nie. Sie nahmen sie mir weg und sprachen nicht weiter darüber.

Wieder einmal war ich völlig aufgelöst weil sie mir etwas genommen hatten, das ich lieb hatte. Ich fragte mich warum sie mir überhaupt Tiere schenkten, wenn sie mir diese gleich wieder entrissen. Vermutlich nur aus dem einen Grund, weil mir das so sehr weh tat und es ihnen offensichtlich psychische Befriedigung verschaffte. Doch jeder Versuch eine Erklärung von ihnen zu bekommen, scheiterte. Die Sache wurde wie all meine Gefühle abgetan. Mein Schmerz und jede Frage nach einem Warum mit dem Satz:

»Weil es nun einmal so ist«, abgewürgt. Weitere Fragen wurden nicht geduldet und wenn ich es doch wagte, gab es den Fingerzeig Richtung Zimmer oder eine Ohrfeige. Wahrscheinlich hätten sie auch mich gerne weggebracht, denn all die Anstrengungen die sie meinetwegen hatten, waren schließlich eine richtige Zumutung. Wenigstens bekam Mutter Alimente und andere staatliche Vergünstigungen für mich, und da ich keine großen Ansprüche stellte – viel mehr: stellen durfte –, benötigte ich nicht sehr viel. Das Essen vielleicht, aber das musste mir nicht einmal schmecken. Zumindest, und das war nicht ganz unerheblich, brachte meine Existenz Mutter einen kleinen finanziellen Vorteil.

Ich weiß nicht was ich angestellt habe, aber ich erinnere mich nicht meiner Mutter oder meinem Stiefvater je etwas Böses getan zu haben. Sie jedoch verletzten mich und nahmen mir was ich liebte. Und ebenso wie die kurze Anwesenheit meiner geliebten Tiere, währten all die anderen wenigen Dinge die mir Freude bereiteten nur sehr kurz. Sie wurden mir allesamt wieder aus den Armen gerissen. Alles was ich liebte verschwand. Warum sollte ich dann überhaupt lieben?

Manchmal wünschte ich mir, gar nichts mehr zu fühlen. Nie mehr.

## Zuckerwatteträume

Was auch immer die Gründe dafür waren, dass Mutter mich so abgrundtief hasste, es spielte keine Rolle mehr. Es war längst zu spät und von nun an versteckte ich mich immer mehr in der kleinen Welt in meinem Kopf, die nur mir allein gehörte. Eine Welt in der es keine Erwachsenen gab. Ich erbaute mir ein prächtiges Schloss aus schimmernden roten Rubinen und funkelnden grünen Smaragden. Meine Welt strahlte und hier war ich die Königin. Das konnte mir niemand nehmen, keiner stehlen oder entreißen. All das gehörte nur mir. Da ging ich hin wann immer ich wollte. Dort brauchte ich kein Dach, keine Türen oder Fenster, denn hier war ich vollkommen geschützt.

Über mir, strahlend blauer Himmel und obwohl es heller Tag war, teilte sich das Firmament den Platz zu jeder Stunde mit dem Regenbogen und glitzernden Sternen. Das Gras war saftig grün und soweit das Auge reichte blühten rosa Blumen. Die Sonne streichelte meine Haut. Ich bettete mich auf das rosarote Blumenfeld und atmete endlich völlig frei. Nicht wie in dieser kalten Welt in der man mich nicht mehr atmen ließ. In der man mich erstickte, unterdrückte, manipulierte und zerstörte. Hier warf ich sie weg, all diese schlimmen Gedanken, den Schmerz und atmete die reine Luft. Ein Duft wie Vanille, Erdbeere, Zuckerwatte und Baumwolle. Herrlich sauber, süß und frisch. Ich fühlte mich wohlig und geborgen, völlig eingehüllt in die Schönheit und die Stille. Sicherheit, ich war endlich sicher.

Tick, Tack … Tick, Tack …
10 … 9 … 8 … 7 … 6 … 5 …

»Mach die Augen auf «, flüstert Hase.

»Entschuldige, ich bin wohl wieder abgedriftet.« Diesmal ist das Zimmer knallbunt und an den Wänden hängen Poster von meinen Teenageridolen. David Bowie, Kate Bush, Stevie Nicks. Mein ausgeschnittenes Bild von Captain Kirk, Schnipsel von Romy Schneider, Madonna und andere Dinge aus meiner Kindheit. Es sieht genauso aus wie das Kinderzimmer aus meiner Teenagerzeit: bunt, chaotisch, voller Leidenschaft und lebendig. All die schönen Dinge die ich liebte, befinden sich nun hier in diesem Raum. Hase sitzt mir gegenüber und ist in weiches Licht gehüllt. Ich sehe ganz deutlich seine langen Schnurrhaare die lustig zur Seite stehen und das plüschige Fell seiner Ohren die erneut große Schatten an die Wand werfen. Ein Cello ertönt von irgendwo zu uns herüber.

»Also. Wo waren wir stehengeblieben, Dorothy? Dein Stiefvater hat dich mit Vorliebe verhauen, deine Mutter hat es offenbar nicht gestört und du warst Bettnässer. Richtig?«

»Ja, vielen Dank für diese kurze und sehr prägnante Zusammenfassung.«

»Nichts zu danken, ist ja immerhin mein Job.«

»Echt jetzt. Ich sitze hier, rede und rede, drifte ab und du kritzelst ständig auf einem Stück Papier herum. Was genau schreibst du da eigentlich die ganze Zeit?«

»Hm, das wirst du noch früh genug erfahren. Sind wir nicht deshalb hier? Reden und Zuhören? Ich bin jedenfalls nur deinetwegen hier. Weil du es so wolltest, also weiter im Text … Wo sind wir gerade?«

»Ich habe eben an meine schreckliche Zeit im Kindergarten gedacht …«

»Gut, dann machen wir hier weiter«, zeigt Hase sich einverstanden.

## Kindergartenhorror

Neben den täglichen Schlägen, den verbalen Demütigungen und der ewigen Einsamkeit, musste ich mich nun auch mit dem Kindergarten herumschlagen. Ich schicke nun einfach mal voraus, dass ich – was das stinknormale Sozialverhalten angeht – wie ein kleines Pflänzlein war, das in der dunklen Ecke ohne Wasser ganz allein verkümmerte und einfach nicht wachsen wollte. Niemand beachtete es richtig, es war einfach da, stand herum und wartete still.

Ich wusste nicht, wie man mit anderen Kindern Kontakt aufnimmt oder wie man überhaupt irgendwas mit anderen zu schaffen hat. Schließlich war ich bis zu diesem Zeitpunkt jeden Tag allein gewesen. Mein Cousin Jason wohnte auf dem Land und ich sah ihn höchstens zweimal im Jahr. Bis dahin war er der einzige Mensch in meinem Alter, mit dem ich Kontakt hatte. Also war ich entweder allein in meinem Zimmer, wo ich im Stillen malte, sang und tanzte oder ich saß vor dem Fernseher.

Wenn Mutter mich vor dir Tür schickte damit sie Ruhe von mir hatte, hockte ich alleine in der Sandkiste und baute für meine Barbiepuppen Möbel aus Sand. Aber offenbar wollte meine Mutter, dass ich doch ein wenig soziale Kontakte knüpfe oder ich ging ihr eben einfach auf die Nerven. Also schickte sie mich in den Kindergarten.

Ich hasste es im Kindergarten. Die Tanten waren harsch, roh und unfreundlich. Die meiste Zeit über saß ich allein an einem kleinen Tisch und spielte. Mit den anderen Kindern sprach ich kein Wort. Die würden mich ohnehin nicht mögen. Ich war eigenartig und das merkten sie bestimmt ganz schnell. Also ließ ich es lieber gleich sein. Und das bloß, weil ich schon – bevor ich noch das Schulalter erreichte – so sehr an mir selbst zweifelte. Daran, dass ich gut und liebenswürdig war. Denn ich hatte früh gelernt, dass das was und wer ich war schon ausreichte um nicht gemocht zu werden.

Ich spielte also allein mit diesen tollen Plastikfiguren und wenn mir eine besonders gut gefiel und keiner hinsah, stecke ich die ein oder andere schon mal ein. Es würde schon niemand bemerken, dass die Figur fehlte. Dumm nur, dass Mutter sie eines Tages in meiner Jacke fand und mich zwang das Spielzeug zusammen mit einer Entschuldigung bei der Tante abzugeben. Jetzt wurde mir alle Aufmerksamkeit zu Teil und dabei hatte ich gar nicht darum gebeten. Es war mir unsagbar peinlich und am liebsten hätte ich mich in Luft aufgelöst als ich der Kindergartentante mit schamroten Gesicht die geklaute Figur überreichte und eine Entschuldigung vor mich her brabbelte. Jetzt war ich gebrandmarkt. Ganz dick auf meiner Stirn stand Dieb. Dadurch hatten sie noch einen Grund mehr mich abzulehnen. Denn schließlich mag niemand eine Diebin.

Abseits meines neu erlangten guten Rufes, den ich mir Dank des unerlaubten Entwendens einer vier Zentimeter kleinen grauen Plastikfigur eingehandelt hatte, war mir im Kindergarten auch noch unerträglich langweilig. Und das schlimmste überhaupt war:

Mittagsschlaf! Mittagsschlaf hasste ich. Tagsüber konnte ich nun einmal nicht schlafen und da konnte ich auch gar nichts dafür. Das suchte ich mir schließlich nicht aus. Wie soll man sich denn bemühen zu schlafen wenn man gar nicht müde ist? Ich konnte nicht mal nachts richtig schlafen, weil mein kleiner Kopf keine Ruhe gab. Das dauerte oft Stunden bis ich weg war, und da sollte ich jetzt auch noch mittags schlafen? Dann machte ich vielleicht noch die ganze Nacht durch! Ich lag also auf dieser hässlichen blauen und steinharten Matte in einer Reihe mit all den anderen Kindern und tat so als würde ich ebenfalls schlafen. Dabei starb ich nahezu vor Langeweile. Ach, wäre ich doch nur gestorben. Das hätte eine Schlagzeile gegeben:

*»KIND STIRBT BEI MITTAGSSCHLAF IM KINDERGARTEN. NACHFORSCHUNGEN HABEN ERGEBEN, DASS ES SICH ZU TODE GELANGWEILT HATTE.«*

Der Kindergarten war ausnahmslos die Hölle. Die Kinder mochten mich nicht weil ich seltsam und eigenbrötlerisch war und es nicht schaffte auch nur einen Kontakt zu knüpfen. Wenn mich eines der Kinder ansprach, wusste ich nicht wie ich darauf reagieren oder was ich sagen sollte. Eigentlich hatte ich auch überhaupt nichts zu sagen. Nichts das irgendjemand, schon gar nicht die anderen Kinder in meinem Alter verstehen konnten. Sie sprachen nicht wie ich und allmählich war ich mir nicht einmal mehr sicher ob ich wirklich traurig darüber war, dass sie keinen Kontakt zu mir wollten. Wenn ich intensiv darüber nachdachte, kam ich sogar zu dem Schluss, dass ich selbst keinen Kontakt zu ihnen mochte. Von nun an beobachtete ich die anderen nur noch aus sicherer Entfernung, und tat so als wäre ich intensiv mit etwas beschäftigt, während ich sie ganz genau beim Spielen observierte. Und je länger und intensiver ich die anderen Kinder studierte, desto weniger mochte ich sie.

Aber es gab auch ein paar interessante Vorkommnisse während meiner Zeit im Kindergarten. Wie der Tag, als ich mir wegen des Fotografentermins ein unübersehbares Dreieck in meinen Pony schnitt.

»Hahaha, ist das auch wahr?«, kichert Hase.

»Jap. Ich wollte nicht, dass man mich fotografiert und zugleich wischte ich Mutter mit der Aktion eins aus, denn die schämte sich schrecklich für meine neue Frisur, die selbst durch den besten Friseur nicht mehr repariert werden konnte.«

»Und was noch?«

»Der Tag als meine Eltern vergaßen mich vom Kindergarten abzuholen.«

»Ach was!?«, sagt Hase ungläubig.

»Ja«, erzähle ich weiter,

»Die anderen Kinder waren an diesem Tag längst schon abgeholt worden. Bloß ich war noch übrig. Meinetwegen musste auch eine der Tanten noch eine ganze Weile länger bleiben, und ich bin mir sicher, dass ihr das so richtig stank. Als Kind gehen einem in so einer Situation vielerlei Gedanken durch den kleinen Kopf und ich ging davon aus, dass die Tante mich schrecklich dafür hasste. Das dumme, klauende und eigenbrötlerische Kind wird zu allem Übel auch nicht abgeholt. Sie dachte bestimmt, dass es kein Wunder war dass meine Eltern nicht daherkamen. Wer konnte mich schon wollen? Sie sperrte den Kindergarten ab und wir setzen uns – wartend – auf die Treppe vor der Eingangstür. Handys gab es zu dieser Zeit nicht und zu Hause hob auch nach mehreren Anrufen niemand ab.

Es war einer der schlimmsten Momente überhaupt. Ich saß da, zitternd und völlig verunsichert in meinem rot-weiß gestreiften Pullover auf der Treppe neben der völlig genervten Tante und starrte auf meine blauen Jeans. Ich hatte eine scheiß Angst und mich quälte die Frage ob meine Eltern mich überhaupt noch abholten. Sie hassten mich ohnehin. Für sie war ich ein elendes Nichts, ein kleiner Haufen Scheiße den man schon einmal vergessen konnte. Wer hat schon Zeit über Scheiße nachzudenken? Da machten sie sich lieber ein paar schöne Stunden ohne mich. Das Kind von neun Uhr morgens bis sechzehn Uhr nachmittags im Kindergarten zu lassen ist ja auch praktisch, da muss man das blöde Gesicht nicht den ganzen Tag sehen. Aber abends, die wenigen Stunden bevor sie mich zu Bett schickten, mussten sie mich ertragen. Und offenbar war auch das zu viel verlangt, denn ich war ja nichts weiter als ein dummer, stinkender Haufen Scheiße.

»Das ist doch gar nicht wahr«, versucht Hase mich zu beruhigen.

»Pfff…und ob das wahr ist.«

»Wann sind sie denn nun gekommen?«, fragt Hase entsetzt.

»Eine gefühlte Ewigkeit später. Ich hatte ja keine Uhr, aber es kam mir wie Stunden vor bis sie endlich auftauchten. In der Zwischenzeit hatte ich schon zweimal geheult und war völlig am Boden zerstört. Nachdem Mutter seelenruhig aus dem Auto stieg, plapperte sie etwas von Einkäufen die sie zu erledigen hatten. Davon dass sie die Zeit vergaßen und das ganze Bla Bla. Sie hielten es auch gar nicht für nötig sich bei mir zu entschuldigen, mich zu trösten oder in den Arm zu nehmen. War ja auch egal, dass sie mich in Angst und Schrecken versetzten. Sie hatten mich der schrecklichsten Furcht überhaupt ausgesetzt: der Angst davor, dass sie vielleicht nie wieder kämen. Aber eine einfache, freundliche und ehrlich gemeinte Entschuldigung hätte völlig ausgereicht um es wieder gut zu machen. Bloß eine kleine Umarmung und ich hätte mich nicht mehr ganz so beschissen gefühlt.

Durch ihr unbedachtes Verhalten zerstörten meine Eltern nach und nach jegliches natürliche Vertrauen in Liebe und Sicherheit das in mir hätte aufkeimen können. Für mich wäre es schlüssiger gewesen und es hätte mich auch nicht überrascht, wenn sie mich zurückgelassen hätten. Dieses Erlebnis war nur ein weiter Schritt in ein Leben voller Selbstzweifel und Verlustängste. Die Angst vor dem Verlassenwerden überhaupt, weil ich mich in Mutters und den Augen meines Stiefvaters immerzu falsch verhielt und sie mich deshalb nicht lieben konnten. Sie nahmen mich nie in den Arm oder sagten mir jemals sie hätten mich lieb. Da gab es keine Anzeichen dafür, dass ich ihnen wichtig war und sie trösteten mich auch nicht wenn ich weinte.«

Ich schweige einen Moment und sehe in das pelzige Gesicht meines Gegenübers.

»Wenn du plärrst, geh lieber in dein Zimmer«, sagten sie immerzu.

»Wir wollen dich so nicht sehen, du bist hässlich wenn du weinst. Schau dich mal im Spiegel an!«

»Bist so hässlich, buhuhu«, lacht mein Stiefvater mich aus, wenn mir die Tränen über das Gesicht laufen. Meine Augen knallrot und verschwollen, verschwinde ich wortlos in meinem Zimmer und werfe mich auf mein Bett. Dort weine ich so lange bis ich am Ende vor Erschöpfung einschlafe.

## Die Achtziger

Keine Zeit beeinflusste und prägte mein Leben so sehr wie die 80er Jahre, inmitten derer ich die Freude hatte meine Kindheit zu erleben. Die Musik, die TV-Landschaft, diese Zeit gab das klare Versprechen ab, dass alles möglich war wenn man nur ganz fest daran glaubte. In Filmen waren die Außenseiter am Ende stets die Helden und man musste auch nicht hip oder reich sein, sondern nur speziell. Anders als die anderen. Filme wie Flashdance und Footlose waren Kassenschlager und zählten zu meinen Lieblingsfilmen. MTV bereicherte mein Leben mit Musikvideos und es eröffnete sich mir eine neue, aufregende Welt. Da waren unzählige Charaktere mit denen ich mich identifizierte und durch die ich mich nicht mehr so alleine fühlte. Diese Zeit verhieß Hoffnung. Man konnte und durfte alles sein und alles werden, ganz gleich woher man kam. Und so stand es eines Tages für mich fest, dass ich wie meine großen Idole, Sängerin oder Schauspielerin werden wollte.

Und wie ich sang! Viele Stunden meines Tages verbrachte ich vor dem Spiegel, lernte Songs auswendig, tanzte und studierte sogar komplette Shows ein. Ich stellte mir vor wie ich meinen ersten Musikpreis erhielt, die ersten Filmangebote lockten und ich die Dankesrede für meinen ersten Oscar hielt. Dann würde für mich ein ganz neues Leben beginnen und ich könnte endlich, weit weg von meiner Familie und all den Monstern mein Glück finden.

Diese Träume hielten mich am Leben. Ohne sie und die Hoffnung dass ich mein Schicksal selbst in der Hand hatte, wäre ich mit

Sicherheit nicht mehr hier oder ganz tief am Abgrund. Die Musik und Filme der 80er retteten mich.

Wenn ich groß bin, so sagte ich mir werde ich meinen Traum wahr machen und so wie Romy, Schauspielerin werden Ich werde singen und tanzen. Mein Leben wird großartig.

»Seufz«, ertönt es aus der niedlichen Hasenschnauze.

Außer Fernsehen und Musik brauchte ich in den folgenden Jahren nichts um glücklich zu sein. Warmherzige Eltern vielleicht, aber der Zug war schon längst abgefahren. Da half nur noch die Flucht in eine andere Welt, eine erdachte Zukunft in der alles möglich scheint. Es war der einzige Strohhalm an den ich mich klammerte um nicht zu ertrinken. Sichtbar war bloß noch ein Teil meines Gesichts, ganz dicht an der Wasseroberfläche und der Rest dümpelte schon lange ganz tief im dreckigen Tümpel. Aber solange ich mich an meinem Strohhalm festhielt, hatte ich eine kleine Chance. Ich kämpfte mit aller Kraft um mein Überleben, träumte und hoffte, denn ich wusste ich war nicht für alle Zeit meinen Eltern ausgeliefert.

Eines Tages würde ich frei sein.


## Eiskalt


Krachen und Kratzen.

Nein, bitte nicht, rufe ich in meinen Gedanken. Was geschieht hier? Etwas reißt mich hinab, schnürt mir die Luft zu und zerrt mich weiter und immer weiter in die Tiefe. Arme krallen sich an mir fest, so tief in mein Fleisch dass sie tiefe Kratzer an meiner zarten Kinderhaut hinterlassen. Was auch immer mit mir passieren soll, das wird auch geschehen. Da hilft kein Treten, kein Schreien und auch kein Flehen. Ich bin allein, im Stich gelassen und vollkommen ausgeliefert. Dann, völlig unerwartet lassen die Arme los und ich knalle mit voller Wucht auf den harten Boden. Mein Körper schmerzt, aber ich beiße die Zähne zusammen und richte mich schließlich auf. Ich weiß nicht wo ich bin. Um mich herum nichts als Spiegel. Ein runder Raum ohne Fenster oder Türen der nur aus Spiegeln besteht. Es ist kalt, so kalt dass ich meinen Atem sehe.

Die Spiegel sind vereist, der Raum nur spärlich beleuchtet und es herrscht Todesstille. Plötzlich wird die Ruhe von einer unbekannten Stimme durchbrochen.

"Dorothy!", ruft es aus dem Nichts. Ich blicke mich um und werfe auch einen Blick nach oben, von da wo ich gekommen bin, doch es ist niemand zu sehen. Der Tunnel, durch den ich wenige Sekunden zuvor herabgefallen bin ist verschwunden und es gibt keinen Weg zurück.

»Dorothy«, flüstert die Stimme. Ich suche nach einem Spalt durch den dieses seltsame Flüstern dringen könnte, aber auch nachdem ich mich an den Spiegel entlang getastet habe finde ich nicht die geringste Spur einer Öffnung.

»Dorothy … Ich bin hier!«, ruft es leise.

»Hallo?«, gebe ich zurück.

»Wer ist denn da?«

»Dorothy. Dorothy, ich bin hier direkt vor dir. Komm doch ein kleines Stück näher.«

Die Stimme klingt mit jedem Mal verzerrter. Mein Verstand, das Unterbewusste oder was auch immer hierbei eine Rolle spielen mag, ich habe allmählich genug davon. Mein Geist ist nur noch eine Ruine, braches Land, verdreckt und vollkommen zerstört.

»Wer ist denn da, verdammt nochmal? Ich habe keine Lust mehr auf diesen Unsinn!«, schreie ich. Ich erschrecke, denn einen Augenblick bildete ich mir ein, ein Schatten sei hinter den Spiegeln vorbeigehuscht. Mit dem Saum meines Kleides wische ich die dünne Eisschicht vom gefrorenen Glas und je mehr ich davon entferne, desto deutlicher kann ich sehen dass es sich nicht um einen gewöhnlichen Spiegel handelt, denn es spiegelt sich nicht mein eigenes Konterfei, sondern offenbart etwas das sich scheinbar hinter den Spiegeln verbirgt.

»Ja, Dorothy. Gleich hast du mich gefunden. Noch ein Stück näher. Hab keine Angst«, sagt die unmenschliche Stimme, die sich immer noch niemandem zuordnen lässt. Meine Nasenspitze ganz nah an den Spiegel gedrückt, versuche ich zu erkennen was oder wer sich hinter der Spiegelwand versteckt. Vorsichtig strecke ich meinen Arm aus und berühre mit der flachen Hand die eiskalte Oberfläche. Blitzschnell legt sich Eis über meine Haut, meine Fingerspitzen gefrieren in wenigen Sekunden und ich sehe mit stoischer Ruhe dabei zu wie sich die wunderschönen, glitzernden Eiskristalle sanft um meinen Arm legen. Eisige Kälte und eine angenehm schmerzende Leere breiten sich langsam in mir aus. Ich atme tief ein und wieder aus, inhaliere die klirrend kalte Luft. Noch nie ist mir das Atmen so leicht gefallen.

Unterdessen wandern die Eiskristalle weiter von meinem Arm, bis hinauf zu meiner Brust.

»Bald bist du bei mir«, stöhnt die immer tiefer werdende Stimme.

»Bald gehörst du mir.«

Die Kristalle legen sich um meinen ganzen Körper. Ein Stich durchfährt mein erkaltetes Herz. Nein, das darf nicht sein. Noch nicht! Was mache ich hier bloß? Ich darf das nicht zulassen! Das will ich nicht, nicht so. Mein Herz, es drückt und schmerzt, so als ob es jemand mit bloßer Hand zu zerdrücken versucht.

»Ja! Bald ist es so weit. Komm zu mir.«

»Nein!«, schreie ich und reiße meine Hand vom Spiegel.

»Ich werde innerlich nicht erkalten und sterben. Das lasse ich nicht zu. Niemals!«

Hinter den kalten Spiegeln zeichnet sich das Gesicht einer blassen Gestalt mit leeren, beinahe weißen Augen ab. Sie blickt mir starr entgegen, streckt ihre Hand aus, fasst nach meiner und versucht mich in die Spiegelwand zu ziehen.

»Gib auf, es ist besser so. Vertrau mir. Komm zu mir … Folge mir in meine Welt. Hier wird dir nichts mehr weh tun«, spricht die Gestalt.

»Nein, ich will das nicht. Lass mich los. Sofort!«, schreie ich und reiße mich los.

»Da draußen werden sie dir dein Leben lang immerzu weh tun. Willst du das wirklich? Ich kann dir eine Welt zeigen, in der dir niemand mehr etwas anhaben kann. Eine Welt, in der ich dich beschütze. Komm, gib mir deine Hand und alles wird gut!«

»Neeein!«, schreie ich der eisigen Gestalt aus voller Brust, mitten in ihr blasses Gesicht.

Lautes Klirren und Krachen. Der Raum wird von zerschmetterndem Lärm heimgesucht. Risse bilden sich in den Spiegeln und werden mit jeder verstreichenden Sekunde größer. Die Gestalt reißt ihre leeren Augen auf und brüllt mir wutentbrannt entgegen:

»Wir sehen uns wieder.«

Die Spiegel zerbersten. Dunkelheit sucht den Raum heim.

Ich schrecke auf. Wieder bin ich aus einem Traum erwacht. Ich habe Angst und mir ist bitter kalt. Mein kleines Herz schlägt mir bis zum Halse. In meiner Seele tut es entsetzlich weh. Wie gerne möchte ich jetzt aus meinem Bettchen kriechen und von Mutter in den Arm genommen werden. Nein, das wäre ihr bloß wieder lästig und sie würde mich sowieso nicht ernst nehmen. Würde nur wieder sagen, dass ich weinerlich und dumm bin. Also rolle ich mich unter meine Bettdecke, mache mich ganz klein und weine leise in das Kopfkissen. Morgen lasse ich mir nichts anmerken. Aber ganz so läuft es nicht, denn ich habe wieder ins Bett gemacht und fürchte mich vor den Konsequenzen weil das bestimmt wieder Haue gibt. Dabei hat sich in mir bloß jede Form von Angst manifestiert und mein Körper will all das loslassen was so schwer zu ertragen ist. Es hat keinen Sinn ihnen zu erklären, dass ich einen schlimmen Traum hatte, mich einsam fühlte und Angst davor hatte wieder einzuschlafen. Sie würden das nicht verstehen. Was sind denn schon schlimme Träume? Wahrscheinlich hatte ich bloß etwas Gruseliges im Fernsehen gesehen das mich ein wenig ängstigte, also war ich ohnehin wieder selbst schuld wenn ich mir Sachen ansehe die nichts für mich sind. Ich kann Mutters Worte jetzt schon deutlich hören. Jedes fiese Wort das wie ein

Messerstich erbarmungslos mitten in mein Herz sticht. Und so nehme ich den Ärger den ich mir mit dem Bettnässen eingehandelt habe, einfach hin.

## Albtraumwelten

Klopf, klopf.

Klopf, klopf.

Es ist dunkel, jemand möchte offenbar herein und hämmert dabei gewaltig an unserer Eingangstür. Zaghaft drücke ich mein Auge an den Türspion, doch es ist niemand zu sehen. Nichts weiter als absolute Dunkelheit und dieses eindringliche Klopfen, das mit jedem weiteren Hämmern an die massive Holztür das lähmende Gefühl der Angst in mir verstärkt. Die Bedrohung die von der anderen Seite ausgeht ist deutlich spürbar.

Die Türe rumpelt heftig, so als versuchte sie jemand aus der Verankerung zu reißen. Dieser unsichtbare jemand auf der anderen Seite drückt und schlägt mit aller Gewalt dagegen. Ich versuche entgegenzuhalten, doch ich weiß nicht wie lange ich noch in der Lage bin standzuhalten. Zu guter Letzt geht auch noch das Schloss kaputt und die Türe einen Spalt auf.

Bitte lass mich in Ruhe, ich möchte das nicht, schreit es in meinem Kopf. Doch nicht ein Wort verlässt meinen Mund. Meine Kraft hat mich verlassen, mein Herz schlägt schwer in meiner Brust, meine Beine sacken zusammen und ich gehe zu Boden. Jetzt kann ich bloß noch gute Miene zum bösen Spiel machen und werde so tun, als hätte ich keine Angst und als wäre da nichts wovor ich mich fürchten müsste. Wer auch immer sich hinter dieser Tür verbirgt, ich werde ihn hereinlassen und freundlich lächeln. Ich muss gefällig tun damit er mir nicht weh tut, also erhebe ich mich quälend vom Boden und ergreife in Todesfurcht den Türknauf als ein blitzartiges Leuchten den Raum erhellt.

Stille. Das Klopfen hat aufgehört. Die schwarze Tür ist verschwunden und ich habe keine Ahnung wo ich mich schon wieder befinde.

»Dorothy!«, ruft eine vertraute Stimme, und aus der Ferne kommt langsam ein Licht auf mich zu. Sanft, bedacht und stetig lauter werdenden Schrittes nähert sich mir meine kleine Freundin und ich bin so froh sie wiederzusehen.

»Hallo, alles in Ordnung?«, fragt sie.

»Ja, es geht schon wieder. Ich bin froh, dass du hier bist.«

Wir stehen in einem langen, endlos dunklen Korridor und bis auf das kleine Licht der Lampe die meine Begleiterin vor sich her trägt, ist es schwarz wie die Nacht.

»Gib mir deine Hand, schnell,« schreit sie plötzlich. Sie ergreift meine Hand und wir laufen durch den dunklen Gang, vorbei an unzähligen verdreckten Türen hinter denen widerwärtiges Gestöhne zu hören ist. So wie das eklige Gegrunze meiner Eltern wenn sie miteinander ficken. Gelächter, Geschrei und Ächzen, alles völlig verworren. Die Luft in diesem Korridor ist unerträglich schwül. Eine schwarze, schleimige Suppe läuft an den Wänden herab und legt sich über die schäbigen Holzdielen. Das pechartige Zeug bleibt bei jedem meiner Schritte hartnäckig an meinen Schuhsohlen kleben und ich bin bemüht meine Füße wieder vom Boden zu bekommen.

»Es ist keine Zeit. Wir müssen schnell machen, bevor sie uns sehen«, flüstert sie und zerrt mich durch den miefigen Gang. Ich wage nicht etwas zu sagen. Jede Faser meines Körpers ist von Angst und Ekel erfüllt. Ich zittere am ganzen Leib und mir ist schlecht von dem fauligen Geruch. Die Luft ist inzwischen so dick, dass man sie mit einem Buttermesser zerschneiden könnte.

Die Türen schlagen ruckartig auf und zu und wir Laufen im Eiltempo daran vorbei. Ich versuche meinen Blick starr nach vorne zu richten, doch die ganze Zeit über registriere ich im Augenwinkel ungewollt die abartigen Szenen, die sich in den Zimmern abspielen. Nackte Männer und Frauen mit überdimensional großen Schweineköpfen, weißen Fratzen mit riesigen Augen die sich geil aneinander reiben, miteinander ficken und dabei unsäglich laute Grunz- und Stöhnlaute von sich geben. Gestalten mit unnatürlich langen Zungen, die sich an ihren Intimzonen lecken oder sich gegenseitig anpinkeln. Wieder andere stopfen sich während sie es miteinander treiben vermodertes Essen in ihre Mäuler. Sie erspähen mich im Vorbeilaufen und halten für einige Sekunden inne, treten schließlich einige Schritte aus den geöffneten Türen und stellen sich mir in den Weg. Sie glotzen mich an, strecken ihre Zungen heraus, reiben sich an ihren Geschlechtsteilen und verfallen in lautes Gelächter um sogleich wieder in einem der Räume zu verschwinden.

»Lass dich von denen nicht aufhalten. Lauf einfach weiter«, ruft meine Begleiterin und wir laufen bis an das Ende dieses schier endlosen Korridors.

»Oh nein! Es ist zu spät«, sagt sie.

»Was hat das zu bedeuten. Was ist los?« Ganz langsam und mit einem Knarren öffnet sich eine große rote Tür.

»Ich darf da nicht hinein. Es tut mir so leid«, sagt sie und tritt voller Angst einen Schritt zurück.

»Aber…« Ich bin nicht mehr in der Lage meinen Satz zu beenden, da ist sie bereits verschwunden und ich kann nur noch zusehen wie sich die monströse Tür vor mir auftut. Regungslos warte ich auf das Ungeheuer, das ich dahinter vermute. Und schon ist er da; dieser altbekannte Gedanke der mir sagt:

»Was auch immer geschieht, lass dir die Angst nicht anmerken. Spiel einfach mit, dann wird er dir schon nichts tun.«

Ich werde wie all die anderen male, die ich schon gelähmt vor dieser Tür stand gefällig tun, ganz gleich was passiert. Doch als ich schließlich sehe was sich da vor mir auftut, sind meine mutigen Vorsätze dahin. Eine übergroße Gestalt, so groß dass sich mir durch den Türrahmen bloß der nackte, verschwitze Oberkörper offenbart, kommt zum Vorschein. Dieses Bild kenne ich nur allzu gut aus diesem grauenhaften Traum der mich seit meiner frühesten Kindheit heimsucht. Jener Traum, in dem mich eine übermenschlich große Männergestalt mit schwarzen Hörnern auf dem Kopf und einem wuchtigen, muskulösen roten Körper immer wieder brutal fickt. Er vergewaltigt mich in diesem stickigen, von einer alles erdrückenden Hitze umgebenen Zimmer auf einem mit rotem Satin überzogenen Bett. Ich weine und schreie, doch er nimmt keine Notiz davon und vergeht sich solange an mir bis ich das Bewusstsein verliere. An dieser Stelle wache ich für gewöhnlich morgens in meiner eigenen Pisse auf.

Dieser kranke Traum, der mir versucht etwas zu offenbaren dessen Bedeutung ich bis heute nicht begreife. Etwas, das so tief in meinem Innersten verborgenen und vergraben ist und das so schrecklich sein muss, dass mein Unterbewusstsein es nicht zu enthüllen wagt. Das zugedeckt und unauffindbar hinter einer verschlossenen Tür verborgen ist, zu deren Schloss ich den Schlüssel verloren habe. Ich besitze dutzende Schlüssel zu den vielen Türen meiner Erinnerungen und jede hat eine eigene Nummer. Einige dieser alten abgegriffenen Nummern aus Messing sind unvollständig und schlecht leserlich. Während ich immerzu diese dunklen Korridore entlanglaufe, erscheinen und verschwinden diese Türen und nicht jede lässt sich aufschließen. Auf der Suche nach meinen verlorenen Erinnerungsfetzen, öffne ich von Zeit zu Zeit eine dieser verdreckten Türen, doch viele der Bilder die sie enthüllen sind so schaurig und dermaßen abartig, dass es mir kalten Schauer über den Rücken jagt. Wie ein verblichener Achtmillimeter-Film laufen diese Erinnerungen vor mir ab. Bilder die mich fast zum Erbrechen bringen. Dinge, die mir so schrecklich vertraut erscheinen und von denen ich lieber nichts weiter wissen möchte. Stimmen, Wort- und Erinnerungsfetzen voller Schmerz, Schmutz und Verderben.

Und da ist Er, und wartet hinter der feuerroten Tür auf mich. Er, der mich immerzu in Besitz nimmt, der personifizierte Teufel, der männliche Körper ohne Gesicht und ohne Seele, frei von Mitleid und ganz ohne Gefühl. Der Ort ist von trommelartiger, bewusstseinsbetäubender Musik durchdrungen. Das Monster packt mich an der Taille und zieht mich zu sich. Mit seinen langen Fingern tastet sich das Raubtier in Menschengestalt von meinem Gesicht bis zu meiner Brust hinab, an der er sich schließlich gewaltsam festkrallt und ich spüre wie alles in mir zusammenbricht.

»Laaauuuf!« Ein Schrei ertönt plötzlich aus dem Korridor. So schrill und eindringlich, dass der schreckliche Höllenfürst von mir ablässt und mit Gebrüll zu Boden sackt. Ich klammere mich am Türrahmen fest und krieche auf Knien in den Gang.

Schlagartig fällt der Korridor in sich zusammen. Lautes Grollen. Wände stürzen ein, die Erde bricht auseinander und vor mir inmitten des steinernen Mauerwerkes öffnet sich ein Spalt. Ich quetsche mich hindurch und nachdem ich mich mit allerletzter Kraft durch den Spalt drücke, stürme ich davon.

Ich werde so lange weiterlaufen bis mein Körper ganz von selbst aufgibt, ich zu Boden falle und alles um mich herum verschwindet. Ich werde in das unendlich Weite, friedvolle Nichts abtauchen. Schwerelos, leicht und unbeschwert. Frei von der Folter und der Vergangenheit die ich stets auf ein neues erleben muss und der ich nicht entkommen kann. Und doch, schnell und leicht wie eine Feder im Sturm, laufe ich jetzt einfach weiter.

## Griechenland

»Aufstehen, wir müssen bald los!«, rief Mutter frühmorgens. Heute starteten wir unserer Reise in den lang ersehnten Urlaub nach Griechenland. Es war mein allererster Urlaub überhaupt und den verbrachten wir am Meer. Bisher kannte ich das Meer bloß von Bildern oder aus dem Fernsehen und ich konnte es kaum erwarten, dass ich es endlich wahrhaftig vor mir hatte.

Auf der langen Fahrt die wir in unserem weinroten Volvo machten, trug ich meine Lieblingsjeans und ein kurzarmiges rotes Shirt. Klein Jack, der die Fahrt über gemütlich mit dem Schnuller im Mund in seinem Kindersitz saß, trug ein gelbes Shirt und Jeans-Latzhosen. Für ausreichend Verpflegung war auch gesorgt, denn wir hatten eine große Menge an Sandwiches und Limos in einer orangen Kühltruhe mit an Bord.

Damit es uns die lange Fahrt über nicht langweilig wurde, hatten meine Eltern selbstaufgenommene Musikkassetten eingepackt. Darauf waren hauptsächlich bekannte Popsongs aus den 70er und 80er Jahren. Aber ein Song blieb mir ganz besonders in Erinnerung: Islands in the Stream. Bis zum heutigen Tag verbinde ich mit diesem Lied diese schönen Momente, die wir über viele Stunden durch die idyllischen Weiten der überwältigend malerischen Landschaften fuhren. Nie zu enden scheinende Straßen lagen vor uns und ich atmete pure Freiheit ein. Die Fenster auf dem Rücksitz waren geöffnet und ich fühlte ganz bewusst den warmen Wind der von draußen herein blies. Die unübertreffliche Schönheit dieser Erde die ich gerade erst entdeckte, vertrieb alle negativen Gefühle und ich empfand bloß noch unbändige Freude. Es war eine Welt ohne Grenzen und ich spürte wie nie zuvor meine eigene Lebendigkeit.

Von unserem ersten gemeinsamen Familienurlaub machten unsere Eltern natürlich auch diese typischen Urlaubsfotos. Beim Essen, am Strand und beim plantschen im Wasser. Aber es gab auch ein paar Bilder über deren Entstehung ich mich lange Zeit wunderte und deren Bedeutung mir erst Jahre später klar werden würde. Wie dieses sonderbare Foto, auf dem Mutter mit hinuntergezogenem Rock auf dem Boden hockend, belustigt in die Kamera lächelt während sie auf die Erde pinkelt. Skeptisch blickte ich durch das Autofenster und fragte mich, warum Mutter sich ausgerechnet dabei fotografieren ließ. Schließlich war das nicht die Art Foto, die man in das Fotoalbum klebte um es bei einem gemeinsamen Essen Freunden oder Verwandten zu zeigen.

Die Sommer damals waren noch richtige Sommer. Beinahe jeder Tag war brütend heiß und selbst die verregneten Tage waren angenehm und mild.

Die Fahrt über konnte ich bloß noch daran denken, wie es wohl sein würde wenn wir endlich das Meer erreichten. Ich stellte mir vor, wie ich vom Strand aus darauf zulief und mich voller Wucht in die

Wellen warf. Nur Schwimmen konnte ich noch nicht so richtig, aber mein Stiefvater hatte bereits angekündigt es mir dieses Jahr beizubringen.

Dann endlich. Griechenland! Aus dem Auto konnte ich das Meer, den Strand und die Boote die im Hafen vor uns lagen sehen! Das Meer war so gewaltig, dass ich den Mund vor Staunen nicht mehr zubekam. Das es so berauschend war, hatte ich nicht erwartet. Tatsächlich aber war es sogar viel schöner als in meiner Vorstellung.

Was ich in diesem Augenblick fühlte war kaum in Worte zu fassen. Griechenland war unbeschreiblich schön, so über die Maße beeindruckend und ich war berauscht von all den Eindrücken. Alles schien heller, viel lebendiger als zu Hause und ich hatte mich sofort unsterblich in dieses traumhafte Land verliebt.

Als wir an der kleinen Pension in der wir für die kommenden drei Wochen wohnten ankamen, wurden wir von einem freundlichen, älteren Griechen in Empfang genommen. Lächelnd und mit weit ausgebreiteten Armen ging er auf meinen Stiefvater zu und sie umarmten sich herzlich. Offenbar kannten sie sich, denn ihr Umgang schien sehr vertraut. Der Mann sprach mit einem Akzent, beherrschte unsere Sprache jedoch sehr gut. Die beiden unterhielten sich einige Minuten angeregt und im Anschluss zeigte der Mann uns die Zimmer.

Zwei Zimmer wurden für uns reserviert, denn zu meiner Freude bekam ich eines ganz für mich alleine. Gott sei Dank, dachte ich und mir fiel sofort ein riesen Stein vom Herzen. Ich musste nicht mit meinen Eltern in einem Raum schlafen. In meinem sehr gemütlich eingerichteten Zimmer, befanden sich eine Dusche, ein kleiner Tisch, zwei Stühle und natürlich ein Bett. Wir luden unsere Sachen ab und folgten dem Gastgeber in das zur Pension gehörige Restaurant. Dort hatte uns seine Frau, mit der zusammen er die Pension betrieb bereits ein üppiges Willkommens-Mahl zubereitet. Da wir nach der langen Fahrt doch etwas ausgehungert waren, kam uns der reichlich gedeckte Tisch mit all den leckeren Speisen gerade Recht. Und sofort war mir klar: ich liebte die griechische Küche!

Nach dem Essen luden wir die Badesachen in das Auto und fuhren zum Strand. Da war es. Das Meer und es hatte mich restlos in seinen Bann gezogen, mich völlig überwältigt. Aufgeregt schlüpfte ich unter meinem großen Badetuch in den gelben Kinderbikini, klemmte die silberfarbene Luftmatratze, die fast doppelt so groß war wie ich fest unter meinen Arm und rannte auf das Meer zu. Wie in meiner Vorstellung warf ich mich in die wogenden Wellen und mein Herz zersprang beinahe vor Glück, so atemberaubend fühlte es sich an als ich meinen Körper in das salzige, erfrischende Nass stürzte. Noch nie in meinem Leben war ich so glücklich, so über die Maße überwältigt und völlig außer mir vor Begeisterung.

Die Tage in Griechenland schienen fast zu schön um wahr zu sein. Es machte mir auch nichts aus, dass meine Eltern sich wie zu Hause nicht mit mir beschäftigen, denn ich war an diesem wunderschönen Ort und nichts konnte mir mein Glück nehmen. Nichts. Na ja nichts, bis auf die kleine aber doch zu erwähnende Tatsache, dass es nun an der Zeit war das Schwimmen zu lernen.

Doch großen Anlass zur Freude gab es nicht, denn um es richtig und effektiv zu lernen, scheuchte mein Stiefvater mich kurzerhand auf einen mittelgroßen Felsen um mich nach einem prüfenden Blick in das Gewässer ohne Vorwarnung hineinzustoßen. Ich tauchte ein und mein kleiner Körper versank im tiefblauen Wasser. Hektisch strampelte ich mich an die Oberfläche, spuckte etwas von dem vor Schreck verschluckten Wasser aus und schnappte panisch nach Luft. Um sicher zu gehen, dass ich nicht ertrank sprang mein Stiefvater stets hinterher. So ging das tagelang, bis ich es endlich konnte. Es war dabei auch völlig unerheblich, dass ich mir aus Angst vor dem Ertrinken fast in die Badehose machte, ich lernte dieses Jahr Schwimmen und basta.

Eine andere Option als die mich fortwährend von einem meterhohen Felsen in das tiefe Wasser zu stoßen, gab es nicht. Meine, seiner Meinung nach völlig unbegründete Angst machte es für eure Hoheit ganz besonders mühsam. Er musste sich ja schließlich all das immer wieder antun. Rauf auf den Felsen und wieder runter, dann erneut hinauf, bis das Kind es endlich schnallte. Ich war eben zu dumm, zu ungeschickt um das Schwimmen schneller zu lernen. Am Ende lernte ich es natürlich aber wenn man immer aufs Neue um sein Leben strampelt, gibt man sich auch allergrößte Mühe dem Albtraum ein schnelles Ende zu bereiten.

Dass ich ohnehin für alles zu dumm war, hörte ich ständig. Auch deswegen weil ich die Uhr immer noch nicht lesen konnte. Das wollte nicht in meinen Kopf. Da kamen mir schon ganz schöne Schuldgefühle wenn ich ständig hörte wie blöd ich war und wie viel Mühe ich meinen Eltern damit machte. Da musste es mich nicht wundern, dass sie mich hassten und das obwohl ich stets gute Noten schrieb. Die guten Leistungen wurden gar nicht erst gewürdigt. Thema war bloß das, was ich alles nicht begreifen konnte. Wenn ich etwas falsch machte, zu fordernd war oder gar außerhalb der regulären Essenszeiten Durst oder Hunger verspürte. Bei meinen Eltern war das nun mal so: Kinder waren keine gleichberechtigten und schon gar keine anspruchsberechtigte Menschen. Sie hatten keinerlei Rechte und das bezog sich bei mir auf alles, denn sie waren der Meinung, dass Kinder froh sein sollten überhaupt etwas zu bekommen. Ein Kind hatte für jeden Krümel den man ihm vorwarf dankbar zu sein. Eltern entschieden auch wann das Kind satt war. Da spielte das eigene Bauchgefühl keine Rolle. Das Kind kann schließlich gar nicht wissen ob es satt ist. Aber zumindest im Urlaub war die Sache mit dem Essen ganz anders. Da durfte ich mir, weil ohnehin jeder etwas anderes bestellte, aussuchen was auch immer ich haben wollte.

Abgesehen vom unliebsamen Schwimmunterricht, genoss ich die ganze drei Wochen lang jede Minute des Urlaubes. Wenn ich nicht im Wasser plantschte, saß ich auf meiner Luftmatratze, grub die Füße in den weißen Sand und lies mir die Sonne auf mein Gesicht scheinen. Manchmal buddelte ich mich zur Gänze im Sand ein und empfand es als äußerst angenehm mir den glühend heißen Sand über den Körper rieseln zu lassen. Ein Bedürfnis nach Wärme, nach dem ich mich mein Leben lang verzehrte. Von klein an sehnte ich mich nach dieser nährenden Wärme, die ich bloß in den neun Monaten im Mutterleib gespürt hatte, bevor ich in diese kalte herzlose Welt hineingeboren wurde.

Noch heute fühle ich mich vollkommen geborgen wenn das warme Wasser der Dusche meinen Körper berieselt. Dann schließe ich meine Augen, denke zurück an die Tage am Strand, weit weg von all dem Schmerz und erinnere mich wieder an die unendliche Weite des Meeres, das zur Liebe meines Lebens und zur größten Energiequelle wurde, die mich jedes Mal aufrichtete wenn ich mutlos am Boden lag.

## Zwischenwelt

Zwischen meinen Träumen und der Realität liegt eine geheime Welt, ganz tief in meinem inneren verborgen.

Ich falle herab in das tiefe, schier unendlich blaue Meer. Der Liebe meines Lebens. Ich möchte mich von ihm verschlingen lassen, mich darin begraben. Vor dem Meer fürchte ich mich nicht.

Das weite Meer. Unbändig, unbezwingbar und alles verschlingend. Ich schwebe, alles ist wie im vollkommenen Zustand eines ewig während Traums.

Ein wohliger Schlaf.

Ich gebe mich ihm hin.

## Manifestationen

Der Urlaub war vorbei. Zu Hause angekommen begab ich mich zurück in meinen Kerker. Den Ort, den sie offiziell das Kinderzimmer nannten. Das Zusammenleben mit meinem Stiefvater war weiterhin von Schlägen auf den nackten Hintern, mitten ins Gesicht oder gern auch auf den Schädel geprägt. Die schallende Ohrfeige, weil ich zu dumm zum Scheißen war oder seiner Ansicht nach zu vorlaut. Prügel weil ich nicht aufessen mochte, es wagte eine Frage zu stellen oder einen Wunsch zu äußern. Jedes meiner doch so harmlosen Worte führte dazu, dass er mich verprügelte. Es ging nicht bloß darum meinem kleinen Körper Gewalt anzutun, sondern auch darum mich auf tiefster Ebene zu demütigen und meine Seele zu verletzen. Wenn die flache Hand, die mit voller Wucht auf meinem Gesicht aufschlug nicht ausreichte, musste wieder der Kochlöffel her, mit dem er mir dann minutenlang auf den Arsch schlug. Kopfüber auf seinem Schoß, unter Tränen und schrecklichen Schmerzen, flehte ich ihn an doch bitte mit dem Schlagen aufzuhören. Doch mein Weinen und Bitten spornte ihn nur noch mehr an.

»Dir - prügle - ich - schon - noch - die - Scheiße - aus - dem - Hirn.«

Jedes Wort, ein Schlag auf den nackten Arsch.

»Aua«, wimmerte ich unter Tränen.

Nach jedem weiteren Hieb holte er noch stärker aus, und je mehr ich weinte oder schrie, desto mehr Freude bereitete es ihm. Das ging so weit, dass ich am nächsten Tag nicht mehr sitzen konnte weil mein Hintern mit blauen Flecken übersät war. So ging das über Jahre und ich wurde immer stiller, ängstlicher und verdrängte schließlich alle nicht primär lebensnotwendigen Bedürfnisse.

Zur Freude meiner Eltern bekam ich zu dem bestehenden Problem mit dem Bettnässen auch noch Verstopfung. Allem Anschein nach hatte ich auch andere, natürliche Bedürfnisse verdrängt, was schlussendlich dazu führte dass man mich erneut zu einem Arzt zerrte weil mein Bauch entsetzlich dick wurde und Mutter einen Darmverschluss vermutete. Nicht auszudenken was sie das wieder an Nerven gekostet hätte. Doch der Doktor diagnostizierte lediglich chronische Verstopfung und verordnete regelmäßige Einläufe mit einem birnenförmigen Ding aus Gummi in das heißes Wasser gefüllt wurde und das man mir dann in den Arsch drückte. Alles schon schlimm genug, aber da ich bereits über das Säuglingsalter hinaus war fand ich diese Prozedur, die Mutter eine Zeit lang fast jeden Nachmittag durchführte schrecklich beschämend. Nachdem sie mir das Wasser in den Darm drückte, musste ich den Einlauf etwa eine halbe Stunde in mir drin behalten bevor ich mich schließlich erleichtern durfte. Es gab für alles die perfekte Lösung. Tabletten gegen das Bettnässen und Einläufe gegen die Verstopfung aber keine für die Ursache an sich, denn in den Augen meiner Eltern war ich selbst das Problem. Etwas in meinem Körper hatte irreversibel umgeschaltet, weil sich die fortwährende Unterdrückung meiner Gefühle körperlich manifestiert hatte. Aber auch das war bloß eine weitere von vielen Manifestationen, die sich im Laufe meines Lebens an mir festbissen. Man hatte bereits sehr früh ein seelisches und körperliches Wrack aus mir gemacht.

Nachts konnte ich nicht pinkeln und scheißen, weil meine Eltern bei geöffneter Türe lautstark fickten und tagsüber, wenn wir unterwegs waren oder ich in der Schule saß, musste ich dieses Bedürfnis erst recht unterdrücken. Während des Unterrichts durfte man schließlich nur mit Erlaubnis des Lehrers aufs Klo und die bekam man gerade dann wenn man am dringendsten musste ohnehin nicht. So wurden all meine natürlichen, körperlichen Funktionen zu einer absurden Form des Überlebenstrainings.

»Tupfer, Desinfektion.«

»Bitte sehr, Herr Doktor.«

»Skalpell.«

»Hier, bitte.«

»Was, was ist hier los?« Ich versuche die Augen zu öffnen, doch das Licht über mir ist so furchtbar grell dass ich es gerade so zu einem Blinzeln bringe.

»Hallo?«, rufe ich mit kratziger Stimme. Mein Mund ist trocken, ich kann kaum sprechen. Ich kann mich nicht bewegen und weil der Raum durchdrungen ist vom beißenden Geruch eines Desinfektionsmittels, vermute ich dass ich mich auf einem Operationstisch befinde und man mich zudem auch noch betäubt hat.

»Herr Doktor, ich glaube sie ist wach,« sagt eine weibliche Stimme.

»Ach, das macht nichts. Sie wird es schon überleben. Ist ja nur ein klitzekleiner Schnitt. Alles rausholen und fertig ist die Sache. Nicht wahr, Schwester?«

»Oh ja, ahahaha!« Schallendes Lachen. Die Betäubung lässt allmählich nach, denn ich spüre ein leichtes Kribbeln in meinen Finger- und Zehenspitzen.

»Du solltest dich nicht zu viel bewegen, Schätzchen. Am Ende reißt noch etwas«, sagt die Frauenstimme in einem sarkastischen Tonfall.

»Sollen wir ihr nicht doch noch eine Dosis verpassen, Herr Doktor?«

»Nein, Schwester. Das ist wirklich nicht nötig. Soll sie zusehen. Aber nicht zu viel herumwedeln mit den Ärmchen und Beinchen!«

In meinem Unterleib spüre ich ein dumpfes Ziehen.

»Na, da haben wir ja was ganz Hübsches.«, ruft der Arzt begeistert.

Ein stechender Schmerz schießt durch meinen Bauch, ich reiße die Augen auf und hebe meinen Kopf. Am Ende des Tisches stehen der Arzt und die Krankenschwester die sich voller Enthusiasmus an mir zu schaffen machen. Der Doktor schnippelt an mir herum und hebt voller Schwung, seine mit einem blutigen Skalpell ausgerüstete Hand. Er faselt etwas Unverständliches vor sich her und neben ihm steht die dauerkichernde Krankenschwester mit Mundschutz und alter Schwesternkluft, die ihm fortwährend mit einem Tuch über das schwitzende Gesicht tupft.

»Du sollst doch liegen bleiben, du dumme Göre!«, schreit die Schwester. Sie kommt schnellen Schrittes zu mir hinüber und drückt meinen Kopf nach unten. Aber ich denke gar nicht daran mich wieder hinzulegen und richte meinen Oberkörper auf.

»Na hier ist er auch schon, der Übeltäter«, freut sich der Arzt erneut und holt etwas aus meinem Körper. Es ist ... mein Darm! Mir wird schlecht, ich glaube ich muss mich auf der Stelle übergeben.

»Ich fürchte es geht ihr nicht ganz gut, Doc«, sagt die Schwester.

»Ich werde sie ein wenig beruhigen, Herr Doktor.«

»Ja, machen Sie das, Schwester. Sonst tut sie sich am Ende noch weh und das wollen wir doch nicht.«

Sie nimmt ein Tuch aus ihrer Manteltasche und träufelt etwas klare Flüssigkeit, die auf einem Schränkchen neben mir steht darauf.

»Gleich ist alles vorbei, Miststück. Bleib doch einfach nur still«, flüstert sie mir ins Ohr, bevor sie mit der Hand meinen Kopf fixiert.

»Haaase!«, rufe ich immer wieder.

»Hase! Hilf mir!«

»Niemand kann dir helfen, Schätzchen. Niemand.«

Noch einmal hält sie mit Gewalt meinen Kopf und drückt das Tuch fest auf mein Gesicht.

Dunkelheit.

Schweißgebadet liege in meinem Bett und mein Bauch grummelt fürchterlich. Das muss wohl von diesem verdammten Einlauf kommen den Mutter mir am Nachmittag verpasst hat. Stundenlang ging gar nichts und jetzt mitten in der Nacht bekomme ich diesen Drang. Aus dem Zimmer meiner Eltern höre ich wieder die widerlichen Sexgeräusche. Oh Gott, das darf doch wohl nicht wahr sein!

Warum ausgerechnet jetzt? Ich halte es zurück und wenn ich die ganze Nacht wach bleibe. Es ist der Albtraum in meiner Realität. Ob in meinem Schlaf oder im Wachzustand, es ist alles das gleiche. Es sind nur zwei unterschiedliche Arten von Realität. In meinen Träumen wiederholt sich mein im Leben manifestierter Horror immer wieder aufs Neue. Mein gestörter Verstand ist zugeschissen. Alles ist voll mit Dreck, Ekel, Angst und Verstörung.

Jetzt liege ich hier und versuche krampfhaft meine Eingeweide im Zaum und mein Innerstes auch in mir drin zu halten. Ich werde zu einer Art Alien, das all seine Körperfunktionen irgendwie ausgeschaltet oder in einen Schlafzustand versetzt hat. Ich bin Bettnässer und habe Probleme mit dem großen Geschäft.

Und das alles schon mit knapp acht Jahren.

# Schule

Auch die Schulzeit brachte nicht die erhoffte Veränderung. Wie schon im Kindergarten blieb ich eine Außenseiterin, sprach wenig mit anderen und schloss mich keiner dieser Gruppen an, die sich typischerweise in jeder Klasse im ersten Schuljahr allmählich bildeten. Zwar wurde ich gerade so akzeptiert, das heißt: sie lehnten mich nicht grundsätzlich ab, da sie aber keinen wirklichen Zugang zu mir fanden blieben sie auf Distanz. Meine Gedanken, Träume und Ängste konnte ich nicht teilen. Ich wusste, dass niemand in meinem Alter in der Lage war zu verstehen was in mir vorging. Mir selbst kam das alles so absurd vor, dass ich das Gefühl hatte verrückt zu sein. Zu erzählen, dass ich von einem roten Monster träumte, das sich auf mich legte und seinen Penis in mich hineinsteckte, hätte bestimmt bis zu den Lehrkräften und meinen Eltern die Runde gemacht. Ich war ein Kind mit absurden, kranken Träumen, das sich niemandem anvertrauen konnte. Die Welt in der ich lebte, war selbst für mich ein seltsam verdrehter Ort und so blieb ich in der Schule lieber für mich. Ich empfand mich als krank, schmutzig, und wollte nicht dass etwas von all dem wirren Zeug in meinem Kopf nach draußen drang.

Meine Klassenlehrerin war eine sehr warmherzige Frau Mitte fünfzig, trug eine Brille mit dicker Fassung und hatte kupferfarbenes Haar. Sie war stets freundlich und hatte viel Geduld. Laut wurde sie nur dann, wenn man sie richtig ärgerte.

Ich fand die Schule an sich bis dahin in Ordnung, aber was ich nicht mochte war der Religionsunterricht. Das lag vor allem daran, dass ich mit Gott einfach nichts am Hut hatte. Schon sehr früh zweifelte ich an seiner Existenz, denn die Frage die ich mir immerzu stellte lautete:

»Wo ist denn dieser Gott, der seine schützenden Arme um die unschuldigen Kinder legen sollte?«

Wenn es ihn tatsächlich gab, hatte er mich wohl übersehen, dabei schrie ich so laut dass er mich längst hätte hören müssen. Ist schon klar, dass man bei den vielen Menschen auf der Erde schon mal den Überblick verlor aber er hatte mich auf das Sträflichste vernachlässigt. Es war ja nicht so, dass ich nicht sogar versuchte an ihn zu glauben, aber es gab nie eine Rückmeldung auf meine kleinen holprigen Kindergebete, in denen ich ihn anflehte etwas dagegen zu tun wenn mein Stiefvater mir wieder einmal wegen nichts mit aller Kraft den nackten Arsch versohlte oder mich mit Füßen in mein Zimmer trat weil ich nicht gehorchte. Weil ich nicht aufgegessen oder wieder einmal ins Bett gemacht hatte, nachdem ich ewig mit voller Blase an die Decke starrte und mich nicht rührte weil meine Eltern bei offener Tür bumsten. Wo war denn dieser Gott, als ich mir wünschte dass Mutter mich nur einmal in den Arm nimmt?

Ich hatte gebetet und gefleht, dass das alles bitte endlich aufhört, meine Eltern mich endlich lieben und nett zu mir sind. Mich wenigstens wie einen richtigen Menschen behandeln. Ich hatte Gott oft genug mitgeteilt, dass ich mir nicht viel wünschte, bloß eine Familie die mich liebte und die mir hin und wieder etwas Nettes sagte. Etwas wie:

»Ich hab dich lieb.«

Vor allem aber eine Mutter, die mich nicht für meine bloße Existenz verabscheute.

Nach all den endlosen und ungehörten Gebeten, hörte ich schließlich auf an Gott zu glauben. Der existierte für mich von nun an nicht mehr. Vielleicht war er bloß ein sadistisches Arschloch, aber ein Gott der die verzweifelten Rufe eines kleinen Mädchens nicht hören wollte, an dem hatte ich kein Interesse. Und was den freien Willen betraf, nun Kinder sind dem freien Willen bösartiger Eltern unterworfen und können sich nicht dagegen wehren. Da bestand für mich der große Haken in Gottes System. Ich war ihnen schutzlos ausgeliefert. Ich, unschuldig und wehrlos und sie konnten mit mir machen was immer sie wollten. Nie hatte ich irgend jemandem etwas böses getan und dennoch misshandelten sie mich. Gott war taub und blind oder er sah einfach gerne dabei zu wenn sie mich schlugen, demütigten und bestraften.

»Wo also bist du, Gott? Warum sind meine Eltern so gemein zu mir? Gott, sag es mir!«

Ich war bloß ein Kind, wer also sollte mir helfen wenn nicht Gott? Aber ab jetzt war Gott für mich gestorben, das wars. So viel zum Religionsunterricht. Glücklicherweise hatte ich einen amüsanten Sitznachbarn, der sich zum Spaß etwa zwanzig Mal im Schnelldurchlauf bekreuzigte. Wenn er seine Show abzog, stand ich jedes mal kurz vor einem Lachanfall. Aber es blieb meist nur bei einem leichten Zischeln, das der Lehrerin nie unangenehm auffiel.

Doch es gab auch Fächer, die ich sehr gerne mochte. Wie etwa Zeichnen oder Musikunterricht. Da war ich ganz in meinem Element. Den Turnunterricht überlebte ich gerade so, denn ich war nie besonders sportlich gewesen. Hätte es ein Unterrichtsfach mit der Bezeichnung Tanzen gegeben, wäre ich mit vollem Einsatz dabei gewesen aber Leibesübungen, so nannten sie das damals, war nichts für mich.

## Oz und die böse Hexe

Meine Lieblingsmärchen als Kind waren Der Zauberer von Oz und Alice im Wunderland. In diesen Geschichten ging es für mich vor allem um Selbstfindung und den Umgang mit der Welt, so wie sie nun mal ist. Darum zu lernen in ihr zurechtzukommen, auch wenn man eigentümlich oder ein Träumer war. Ich hatte es stets so empfunden, dass es darum ging erwachsen zu werden, ohne sich und das innere Kind in sich zu verlieren. Und um die Angst nicht mehr träumen zu dürfen und das die Fantasie schließlich im Keim erstickt wird.

Wenn Misses Gulch es auf Toto abgesehen hatte und damit drohte ihn zu töten, sah ich mich wieder in die Zeit zurückversetzt als Mutter meinen geliebten Hund Billy von einem Tag zum anderen abholen lies. Billy war ein kleiner, schwarz-brauner Mischling mit lustigen Schlappohren die wild durch die Luft wirbelten wenn er in der Gegend herum lief. Billy war eigentlich ein braver Hund, aber aus irgend einem Grund kratzte er ab und zu an der Wand unter der Esszimmer-Garnitur und dieses kleine Vergehen reichte Mutter schließlich aus um ihn eiskalt wegzugeben. Für mich war das Entreißen meines geliebten Hundes so schlimm als wäre er gestorben. Er verschwand von einem Tag auf den anderen aus meinem Leben und ich sah ihn nie wieder.

Als ich eines Nachmittags von der Schule nach Hause kam, war Billy weg, und nachdem ich überall in der Wohnung nach ihm gesucht hatte gestand Mutter mir, dass sie ihn an eine Ärztin verschenkt hatte. Doch ich glaubte ihr diese Geschichte nicht. Ich war mir ganz sicher, dass sie Billy herzlos wie sie war ins Tierheim gebracht hatte. Dort saß er nun, völlig verängstigt, ganz allein und eingesperrt in einem viel zu kleinen Käfig, weit weg von zu Hause. Die kaltherzige Hexe hatte mir dieses Wesen, das ich von ganzem Herzen liebte entrissen. Ich weinte unaufhörlich, war nicht in der Lage zu essen und sperrte mich in meinem Zimmer ein.

Ein ähnliches Szenario spielte sich ab, als Mutter meine Katze Sheena auf die gleiche Weise verschwinden ließ. Nachdem ich kurz zuvor erst ihre Erlaubnis bekam eine Katze zu halten, suchte ich mir im Beisein meines Vaters unter den dutzenden herrenlosen Tieren eine vier Jahre alte, getigerte Katze aus und gab ihr den Namen Sheena. Mutters Einverständnis war jedoch an sehr harte Bedingungen geknüpft. Zum einen durfte Sheena mein Zimmer niemals verlassen und so hatten auch das Katzenklo, sowie sämtliche Futternäpfe ausschließlich in meinem Zimmer zu bleiben. Zu guter Letzt notierte Mutter alle Kosten, die die Katze verursachte – bis auf den kleinsten Cent –, um das Geld, sobald ich eine Lehre gefunden hatte, zurückzufordern. Und obwohl ich mich strikt an die Vereinbarungen hielt ließ sie Sheena, wie zuvor schon Billy eines Tages ohne Vorwarnung abholen.

Beide Male war ich zutiefst traurig, völlig verzweifelt und dieser Schmerz brannte sich quälend in meine Seele. Ich hatte gehorcht, mich an die Vereinbarung gehalten und trotzdem nahm sie mir meine geliebten kleinen Freunde einfach weg. Meine Mutter war in jederlei Hinsicht die böse Hexe von Oz und zugleich war sie auch die Herzkönigin aus dem Wunderland, die jeden Tag schrie:

»Ab mit dem Kopf!«, und vor der sich alle zu Tode fürchteten, weil ja schließlich niemand gerne seinen Kopf verliert. Ich bin Dorothy und Alice in einer Person, rutsche von irgendwo über dem Regenbogen von Oz direkt hinüber ins Wunderland. Fliege hin und her zwischen den Welten und laufe die Yellow Brick Road entlang auf der Suche nach dem Zauberer der mich endlich nach Hause zurück bringt. In mein richtiges zu Hause. Irgendwo anders, nur nicht bei Mutter. Ich hatte immer noch die Hoffnung, dass meine gelebte Realität in Wahrheit nur ein schlechter Albtraum war aus dem man mich bloß wecken musste.

Traum und Realität verschmelzen miteinander und ich kämpfe gegen Hexen, böse Königinnen und fiese Drachen. Aber zu guter Letzt wird doch noch alles gut und ich komme zu der Erkenntnis, dass ich auch als Erwachsene noch träumen und hoffen darf. Dass das Leben mit dem Erwachsenwerden nicht gleich hoffnungslos und trist ist. Ich mich nicht aufgeben und mein Herz in einer mit Stahlkette umwickelten und großem Schloss versperrten, massiven Holzkiste im Ozean versenken muss. Ein schwarzes, totes Herz am Grunde des Meeres, weil im Erwachsenenleben kein Raum für mehr Gefühl ist als bloß Hunger, Durst, Müdigkeit und Geilheit. Wo die Scheinheiligkeit die einzige Wahrheit ist, die man anzuerkennen hat. Wo kein Raum ist für kindlichen Unsinn, sondern bloß für besoffene Unsittlichkeit. Genau deswegen wusste ich nicht genau ob ich wirklich erwachsen werden wollte, aber zugleich war ich als Kind stets gefangen und hoffte, dass wenn ich erst einmal erwachsen wäre, ich von all dem loskäme. Hatte ich mich denn tatsächlich in so vielen Dingen geirrt oder mich einfach nur in meiner kindlichen unschuldigen Naivität einer falschen Hoffnung hingegeben? War der

Wunsch nach elterlicher Liebe und Zuwendung lächerlich naiv oder gar nichts weiter als eine Illusion?

## Weißes Kaninchen

Noch heute jage ich diesem verdammten weißen Kaninchen hinterher, in der Hoffnung einen Ort zu finden an dem ich glücklich sein darf. Ein Ort, der sich nicht auf eine geographische Landschaft bezieht, sondern einer der mir ein Zuhause ist. Tief in mir drin. Aber wenn ich dem weißen Kaninchen hinunter in den Abgrund folge, brauche ich eine halbe Ewigkeit bis ich überhaupt die Tür zum Wunderland finde. Vor allem deshalb, weil ich mich zuerst durch all die dunklen klebrigen Korridore quälen muss. Außerdem habe ich keine Lust verschimmelte Kekse und saure Milch zu mir zu nehmen. Es sieht so aus, als hätten sie jedes Mal eine halbe Ewigkeit auf mich gewartet, da unten im Wunderland. Aber weil ich immer viel zu lange brauche, ist wenn ich ankomme, alles längst verdorben und verfault.

»Iss mich.«

»Trink mich.«

Ich habe Angst mich zu vergiften und traue mich nicht etwas davon zu essen. Ich möchte diese vergammelten Kekse und die saure Milch nicht in meinem Mund haben und so versuche ich verzweifelt diese eine gottverdammte Tür zu finden durch die ich hindurch passe. Und das dauert eben seine Zeit, weil ich mich erst einmal durch den ganzen Dreck hindurch rollen muss und dann sind da ja auch noch diese Arme und Augen die mir ständig nachstellen. Wie im Wahn reiße ich eine Tür nach der anderen auf. Aber manche dieser Türen sind nicht einfach bloß verschlossen, es hängen sogar riesig schwere Metallschlösser daran. Deshalb spähe ich angestrengt durch die Schlüssellöcher, in der Hoffnung dahinter etwas Hilfreiches zu entdecken. Doch nur einen Augenblick später stellt sich meine Neugier als schwerer Fehler heraus, denn hinter einigen der Türen spielen sich erneut die altbekannten, albtraumhaften und absurd perversen Szenen ab. Bilder von jenen schrecklichen Ereignissen, die ich lange schon verdrängt hatte.

Gerade als ich eine weitere verschlossene Tür ins Auge fasse, ist es auch schon ganz deutlich zu hören, dieses elende Gestöhne das mich an jenes meiner Eltern erinnert. Das Ächzen und das Geschrei klingen so ekelhaft, dass es mich schaudert und weil ich es nicht ertrage, halte ich mir ganz fest meine Ohren zu. Doch es ist bereits zu spät, es hat schon seine Übermacht wie eine Unterschrift in mein Herz geritzt. Mit messerscharfen Krallen hat es tiefe Wunden in meine Seele gerissen und ich spüre plötzlich wie etwas Warmes ganz langsam meine Beine hinabläuft. Vor lauter Angst kann ich mein Pipi nicht mehr in mir drin behalten.

Aber dieses Mal gehe ich gewiss nicht durch diese Tür. Ich wende mich ab und laufe weg. Versuche das alles aus meinem Kopf zu bekommen, doch die ekligen Geräusche hallen hinter mir her. Wo zur Hölle ist nur dieses Kaninchen? Ich will auf der Stelle hinaus aus diesem Kerker perverser Erinnerungen. Im Vorbeilaufen ziehe ich beinahe an jedem gottverdammten Türgriff. Irgendwo muss doch die richtige Tür sein. Bei der nächsten die sich öffnet, sehe ich mich selbst. Ich bin noch sehr klein und liege mit dem Bauch nach unten auf dem Schoß meines Stiefvaters, der mir die Unterhose bis zu den Knien hinuntergezogen hat und mit dem Kochlöffel auf meinen nackten Hintern eindrischt. Tränen laufen über das Gesicht meines jüngeren Ichs. Es sieht mich an, versucht mir etwas mitzuteilen, doch ich verstehe nicht was es sagt und versuche von den Lippen abzulesen.

»Hilf mir.«

Doch alles was ich verspüre ist meine eigene Hilflosigkeit. Ich trete zurück und schleiche feige weg von dieser Tür. Immerzu stehe ich meiner Vergangenheit gegenüber und begegne mir dabei selbst. Hilflos stehe ich daneben, weil ich mich gegen all die Dinge die längst schon geschehen sind nicht zur Wehr setzen kann. Aber warum fühle ich mich dann trotzdem wie ein elender Feigling? Ich habe das alles lange schon hinter mir gelassen und kann nicht mehr zurück. Meine eigene Vergangenheit versetzt mich immer noch in Angst und Schrecken. Was bringt es mir also, mich immerzu meinen Dämonen zu stellen, wenn sie jedes Mal von mir Besitz ergreifen? Und so laufe ich weiter und sehe nicht mehr zurück.

Als ich mich in Sicherheit wähnte, gönne ich mir eine kurze Verschnaufpause. Doch da sind sie auch schon wieder, diese widerlichen, körperlosen Hände die sich sogleich an mir vergreifen. Der Boden klebt. Es ist jedes Mal das gleiche Szenario und es scheint, als ob dieser Ort mich zu einem Teil von sich machen möchte. Dieses grässlich abartige Labyrinth meines Unterbewusstseins und meine innere so erkrankte Welt lassen mich nicht los und mit jedem weiteren Aufenthalt wird es schwieriger ihr wieder zu entkommen.

Diesmal aber habe ich Glück, denn Hilfe von außen naht. Nur wenige Meter vor mir im Boden öffnet sich ganz unerwartet eine kleine Luke aus der das weiße Kaninchen seinen großen Kopf steckt und mir mit Pfotenzeichen zu verstehen gibt, dass ich ihm folgen soll. Mein plüschiger Freund winkt mir den Weg und rettet mich aus dem Sumpf. Ich ziehe meine Beine vom klebrigen Boden und laufe auf die Luke zu, schlüpfe hastig hinein und das Kaninchen macht sie leise hinter mir zu.

»Wir müssen gaaanz still sein, damit sie uns nicht hört«, sagt das Kaninchen.

»Wer denn?«, frage ich.

»Na die Herzkönigin«, antwortet es mir und schüttelt den Kopf. Es gibt mir zu verstehen, dass meine Frage eben ein wenig naiv war. Ich frage gar nicht erst weiter. Das hätte, wie auch der Rest in meinem verdrehten Verstand, kaum Sinn. Genauso wenig wie ein sprechendes, weißes Kaninchen von fast zwei Metern Körpergröße.

Ich umarme das weiße Kaninchen und es wehrt sich ein wenig. Aber ich bin ihm so unendlich dankbar dafür, dass es mich da herausgeholt hat und ich möchte es am liebsten gar nicht mehr loslassen. Weiter einen schmalen mit Holz verkleideten Korridor entlang, finden wir endlich den Weg aus dem unterirdischen Labyrinth. Und da ist es, das so ersehnte Wunderland! Es ist unfassbar schön, ich möchte für alle Zeit auf den bunten, saftigen Blumenwiesen verweilen. Voller Begeisterung werfe ich mich auf das frische, blumig duftende Feld und schließe meine Augen. Ich fühle mich schwerelos und frei. Langsam werde ich müde und beschließe mich ein wenig auszuruhen. So viel Zeit muss sein. Ja. Ausruhen, nur ausruhen …

So schön …

Friedlich …

## Freundschaften

Während meiner gesamten Volksschulzeit waren die Schwestern Mimi und Kate meine allerbesten Freundinnen. Die beiden, die stets ein Herz und eine Seele waren trennte bloß ein Altersunterschied von drei Jahren. Sie kamen aus einer sehr großen Familie mit sieben weiteren Geschwistern und lebten gemeinsam mit ihrer Mutter in einer mittelgroßen Vier-Zimmer-Wohnung, in der sich jeweils zwei bis drei Geschwister ein Zimmer teilten. Trotz des Platzmangels störte sich ihre Mutter nicht daran, dass Freunde bei ihnen übernachteten und da die Wohnung meiner Freundinnen nur eine Minute von der unseren entfernt lag, bekam ich von Mutter tatsächlich zwei- oder dreimal im Jahr die Erlaubnis dort zu übernachten. Dann schliefen wir zu dritt auf der großen ausziehbaren Couch im Wohnzimmer und schauten die ganze Nacht hindurch Horrorfilme wie; Nightmare on Elm Street, Fright Night, Der Exorzist oder Tanz der Teufel. Dabei tranken wir Eistee und aßen jede Menge Popcorn.

Wenn wir uns an den warmen Tagen des Jahres draußen aufhielten, vertrieben wir uns die Zeit mit Tempel- oder Gummihüpfen, schlugen Räder in der Wiese oder hockten im Gras und erzählten uns Geschichten. Das Zusammensein wurde uns niemals langweilig. Wir konnten ohne Mühe den ganzen Tag über Stunden hinweg miteinander verbringen und fanden stets etwas Neues das uns Spaß machte. Ich genoss diese wundervollen Momente der Unbeschwertheit, denn zumindest für diese wenigen Stunden am Tag entkam ich der bitteren Realität zu Hause.

Manchmal trat Mutter mich regelrecht aus der Wohnung, um mich nicht den ganzen Tag um sich haben zu müssen. Aber es war mir nur recht, denn das erste Mal verbrachte ich Zeit mit anderen Kindern und war sogar Teil einer richtigen Freundschaft. Endlich fühlte ich mich angenommen und akzeptiert so wie ich war. Die Tatsache, dass andere Kinder mich auch genauso mochten machte mich unsagbar glücklich. Für Mimi und Kate war ich kein Sonderling. In ihrer Gegenwart musste ich mich nicht zurückhalten oder verstellen. Nach all der Zeit war ich nicht mehr ganz allein auf dieser Welt und vor allem nicht mehr so schrecklich einsam.

In den Sommermonaten erhielt ich von Mutter ab und zu sogar die Zustimmung zusammen mit Mimi, Kate und ihrer älteren Schwester Susan, das nächstgelegene Freibad zu besuchen. Jede einzelne Minute aus Mutters unmittelbarer Reichweite bedeutete für mich vollkommene Freiheit und so war jeder dieser Tage eine Kostbarkeit.

## Die Sache mit den Pornos

In diesen wenigen schönen Stunden die ich mit meinen Freunden im Bad verbrachte, konnte Mutter nicht wie eine Verrückte aus dem Fenster nach mir rufen, bloß um mich für eine Schachtel Zigaretten oder andere Sachen zum Tabakladen zu schicken. Sie selbst war zu faul um einen Schritt vor die Türe zu machen und wozu sonst hatte sie ein Kind, wenn sie es nicht zu Tätigkeiten, zu denen sie selbst keine Lust hatte heranziehen konnte? Doch es war nicht bloß das Besorgen von Zigaretten für das sie mich extra nach Hause beorderte, sondern auch diese gewisse andere Sache. Dieser ganz spezielle Botengang den ich ab und zu erledigen musste, und der ein so schreckliches Geheimnis verbarg, dass ich dessen Enthüllung lieber ungeschehen gemacht hätte.

Dieses geheime Etwas, das zu holen mir meine Eltern einmal die Woche auftrugen und in das einen Blick hineinzuwerfen sie mir strickt untersagten, war sorgfältig in ein blickdichtes, dunkles Plastiksäckchen gewickelt. Ein Anruf im Tabakladen genügte und das Paket war innerhalb weniger Minuten abholbereit. Doch in meiner kindlichen Neugier ließ ich es mir irgendwann nicht nehmen doch einen verstohlenen Blick in das Innere des Plastikbeutels zu werfen. Und wie sehr wünschte ich nur einen kurzen Augenblick später ich hätte es nicht getan. Die Bilder die sich mir offenbarten als ich das Heft schließlich aus dem schwarzen Säckchen nahm, konfrontierten mich mit derbsten sexuellen Handlungen, die zu begreifen ich noch zu jung und vor allem viel zu unschuldig war.

Die widerwärtigen Pornohefte die meine Eltern mich schamlos als Achtjähriges Mädchen holen ließen, waren der Gipfel der Dreistigkeit. Schockiert und über die Maße beschämt, packte ich das Heft zurück in die Verpackung und machte mich auf den Rückweg um es umgehend abzuliefern. Kinder sind nun einmal von Natur aus neugierig und jedes andere hätte ebenso einen Blick in das so mühevoll verpackte, geheimnisvolle Paket geworfen. Für meine Eltern war es undenkbar, dass sie hier eine Verantwortung trugen und dafür zu sorgen hatten derartiges von mir fern zu halten. Aber sie scherten sich bloß um sich selbst und für mich war es ein erneuter aber keinesfalls der letzte Schritt auf der schnellen Straße der Zerstörung meiner kindlichen Unschuld. Meine Kindheit war wie ein schlechtes Theaterstück, aufgeführt in mehreren Akten und in jedem einzelnen verlor ich ein weiteres kleines Stück meiner unschuldigen Seele, die stetig einen unerbittlichen Krieg in meinem Innersten führte. Einen Kampf mit mir, meinem Körper und meiner späteren Sexualität. Auf den Bildern die ich an diesem Tag erblickte, sah ich nackte Frauen die als Gebrauchsgegenstände für Männer fungierten und ausschließlich deren roher Lustbefriedigung dienten. Frauen die angekettet, von Männern mit schwarzen Masken ausgepeitscht und mit allen möglichen Gegenständen malträtiert wurden. Die gefoltert, misshandelt und sexuell missbraucht oder von mehreren Männer zugleich gefickt wurden. Ihnen wurden Gegenstände brutal in den Leib geschoben, sie wurden an den Haaren gezogen, gewürgt und auf jede andere erdenkliche Weise entmenschlicht. Was bedeutete das nun für ein heranwachsendes Mädchen, das eines Tages das Alter erreichte in dem Sexualität zum Thema wurde?

Wer war ich in meiner eigenen Sexualität? Wer oder was war ich für einen Jungen, und was werden Männer später einmal in mir sehen? Ich möchte nicht bloß der lebendige Masturbationsgegenstand eines Mannes sein.

Jetzt da ich herausgefunden hatte was sich in der Tüte befand, beschämte es mich zutiefst dem Verkäufer in die Augen zu sehen. Er wusste ganz genau was er mir da in meine unschuldigen Kinderhände legte und hegte mit Sicherheit bereits den Verdacht, dass ich schon einmal in die Tüte gelinst hatte. Ich wollte da nicht mehr hin, aber das konnte ich meinen Eltern nicht sagen, denn dann müsste ich ja erklären warum ich das plötzlich nicht mehr tun mochte. Und wenn sie erfuhren, dass ich unerlaubt in das Säckchen hineingesehen hatte, bekäme ich wieder großen Ärger.

Auch heute noch, als mehr oder weniger erwachsene Frau, ist es mir unbegreiflich wie meine Eltern so etwas Unverantwortliches tun konnten. Es gibt nun einmal Dinge, die sollten Tabu sein. Bloß für meine Eltern waren sie das nicht. Sie entzogen sich ihrer Verantwortung und vernachlässigten ganz klar ihre Pflicht. Die Pflicht mich vor all jenen Dingen zu schützen, die ich als Kind nun einmal nicht in der Lage war zu begreifen. Dinge, die mich aufgrund ihrer Gleichgültigkeit schwer traumatisierten.

## Aschenputtel

Zu meinen Pflichten als Leibeigene, gehörte es auch dem König, meinem Stiefvater eine Tasche beladen mit Bier der Marke

Schwechater Lager von der gegenüberliegenden Tankstelle zu besorgen. Meist acht bis zehn Flaschen. Flaschen, auf keinen Fall Dosen. Darauf bestand er, wegen der angenehmen Temperatur die nur in der Glasflasche möglich war. Meist bemerkte er erst dann, dass der Biervorrat im Kühlschrank nicht mehr für das ganze Wochenende ausreichte, wenn bereits alle Geschäfte geschlossen hatten und das bedeutete zur damaligen Zeit, dass Samstags ab zwölf Uhr mittags, die Rollläden im Supermarkt heruntergefahren wurden. Also beauftragte mich mein Stiefvater mit einer großen Einkaufstasche in der Hand, das Bier von der gegenüberliegenden Tankstelle zu holen.

Die Tankstelle war durch eine stark befahrene Straße von unserem Wohnhaus, an der es weit und breit keine Ampel oder einen Schutzweg gab abgeschnitten, daher nahm ich bei jedem Gang dorthin all meinen Mut zusammen und lief quer über die belebte Hauptstraße.

Aber abseits der Gefahren die mich beim überqueren der Straße erwarteten, gab es auch noch andere Aspekte die es unverantwortlich machten ein kleines Mädchen dorthin zu schicken. Immerhin hätte ich ganz leicht Opfer eines Übergriffes werden können. So etwas geschieht schließlich jeden Tag und an der Tankstelle hingen zu jeder Tages- und Nachtzeit allerhand Gestalten herum. Meist alkoholisierte Männer, Lastwagenfahrer die dort ihr Bier tranken und sich unterhielten.

Ich hätte ganz leicht verschwinden, entführt und missbraucht werden können. Jeder Ausflug zur Tankstelle bescherte mir ein mulmiges Gefühl, denn ich wusste, dass sie mich bemerkten wenn ich arglos an der Theke stand und den Einkauf bezahlte.

»Na Mäuschen, kaufst du mir ein paar Bier? Das ist aber lieb von dir.« Mit solchen und ähnlichen Sprüchen machten sie auf unangenehme Weise auf sich aufmerksam. Doch ich antwortete nicht, bezahlte schnell, drehte mich um und lief nach Hause.

Ich hasste es Bier von dort zu holen, aber der König wünschte und was er wollte hatte er zu bekommen. Wortlos und ohne Murren musste ich tun was man von mir verlangte, ganz gleich ob bei Schnee, Regen oder höchsten Temperaturen.

An einem dieser Tage, an denen mein Stiefvater mich wieder einmal zur Tankstelle hetzte, merkte ich nicht dass mir auf dem Heimweg schon minutenlang Blut über den Oberschenkel lief. Zwei der Flaschen waren unbemerkt zu Bruch gegangen und ein abgebrochenes Stück des braunen Glases steckte bereits tief in meinem Fleisch. Es war mir wohl entgangen, dass die Tasche wegen ihres unmöglichen Gewichtes ständig auf dem Boden aufschlug und die Flaschen durch den Aufprall kaputtgingen.

Vielleicht lag es an meiner inzwischen extrem hohen Schmerztoleranz durch all die Schläge die ich ständig einsteckte, dass ich die abgebrochene Scherbe in meinem Bein nicht spürte. Zu Hause jedenfalls bekam ich wegen der beiden kaputtgegangenen Flaschen sofort eine riesen Standpauke zu hören die sich wie zu erwarten zu einem schier endlosen Monolog aus wüsten Beschimpfungen ausweitete und nahtlos zu der Frage überging, wie mir so etwas Dämliches nur wieder passieren konnte. Mein Stiefvater gab sich sogleich selbst und auch mir die einzige mögliche Antwort: dass ich zu blöd zum Scheißen war und gar nichts richtig machen konnte.

Als er schließlich mit seiner Beleidigungsarie fertig war, ging er seelenruhig ins Badezimmer, holte Verbandszeug und etwas um meine immer noch blutende Wunde zu desinfizieren. Er zog die Scherbe mit einer Pinzette aus meinem Oberschenkel, kippte das Desinfektionszeug darüber und klebte ein Pflaster über die aufklaffende Wunde. Trost gab es nicht, aber das hatte ich auch nicht erwartet, selbst wenn ich aus dem Oberschenkel blutete wie das frisch geschlachtete Lamm. Für den Mist den ich gebaut hatte, konnte ich gewiss kein Schulterklopfen verlangen, sondern mich glücklich schätzen dass ich nicht als Zugabe eine Ohrfeige bekam.

Zwei Flaschen weniger, das reichte schon um mich fertig zu machen. Zudem die Sauerei vom auslaufenden Bier und meinem Blut, das ja irgendwer wieder weg machen musste. Ein Abstecher in die Ambulanz um auszuschließen ob nicht vielleicht noch ein Stück der

Flasche in meinem Fleisch steckte, oder um die klaffende Wunde nähen zu lassen, war der Mühe nicht wert. Abgesehen von der Tatsache, dass sie sich extra anziehen und das Haus hätten verlassen müssen, war da noch der lange Weg in die Ambulanz samt Wartezeit auf die sie keine Lust hatten. Außerdem stank ich nach Bier und sie hätten sich eine gute Geschichte ausdenken müssen um nicht wie die allerschlimmsten Rabeneltern zu erscheinen. Also kam das Krankenhaus nicht in Frage und ein schlichtes Pflaster musste es auch tun.

Noch heute ziert eine breite, wulstige Narbe meinen Oberschenkel und erinnert mich jeden Tag an diesen ereignisreichen Nachmittag.

Auch während der Woche durfte ich täglich, zu den regulären Öffnungszeiten die nötigen Einkäufe erledigen. Schließlich waren sie keine Unmenschen die mich bloß zu den unmöglichsten Zeiten hin und her jagten.

Mutter verließ nur das Haus wenn sie Besorgungen zu machen hatte, die sie nur im Einkaufszentrum erledigen konnte. Oder für einen Arzttermin, aber das geschah nicht öfter als einmal alle zwei Wochen. An den anderen Tagen schrieb sie eine Liste, drückte mir etwas Geld und eine Tasche in die Hand und schickte mich zum Laden. Hin und wieder ein paar Kleinigkeiten zu holen hätte mich auch nicht gestört, aber wenn Mutter mich zum Einkaufen schickte ging es nicht bloß um ein paar wenige Dinge, sondern um einen Tageseinkauf den ich ohne Hilfe nach Hause schleppen musste. Die bis zum Rand beladene Einkaufstasche, die beinahe so viel wog wie ich selbst, zog ich mehr hinter mir her anstatt sie zu tragen. Ab und zu musste ich sogar noch eine extra Tüte kaufen, weil die eine die ich bei mir hatte für den Einkauf nicht ausreichte.

Bepackt mit all den schönen Dingen und Schmerzen in meinen Händen, machte ich mich auf den Heimweg. Dazwischen gönnte ich meinen Armen ein wenig Ruhe und legte eine kleine Pause ein. Aber diese Stops durften nicht zu lange dauern, da Mutter mir sonst wieder Trödeln vorwarf und mich dafür bestrafte. Meine Ausreden, zum Beispiel dass die Taschen so schwer waren und ich mich deshalb auf dem Weg kurz ausruhte, ließ sie nicht gelten. Für Mutter fiel das in die Kategorie Lügen oder Unfolgsamkeit und hätte mir wieder eine Reihe von Schlägen beschert. Ganz wichtig zu beachten war auch, dass bloß nichts kaputt ging, denn auch dafür gab es Ärger. Wenn die Fleischwaren die Mutter ausdrücklich verlangte, nicht ihren besonderen Vorstellungen entsprachen, schickte sie mich umgehend mit einer Notiz für den Fleischwarenverkäufer zum Laden zurück um die nicht genehme Ware umzutauschen. Diese Aktionen waren mir richtig peinlich und ich wäre vor Scham am liebsten im Erdboden versunken als ich dem Mann an der Fleischtheke die Nachricht von Mutter überreichte. Zumindest das hätte sie getrost selbst erledigen können, dann hätte sie den Fleischwarenverkäufer persönlich in den Boden stampfen können und ihm nicht mittels Boten feige aus der Ferne eine böse Nachricht zukommen lassen müssen. Sie war schließlich nicht krank oder litt an einer körperlichen Behinderung die ihr das Gehen erschwerte. Sie zog es überhaupt nicht in Erwägung bloß die geringste Kleinigkeit selbst zu tun. Mich konnte sie ohne Weiteres, Tag ein, Tag aus wie einen Esel beladen hin und her schicken.

Hatte sie einen besonders guten Tag, belohnte sie mich sogar mit einem Schilling oder erlaubte mir die paar wenigen Groschen die übrig blieben zu behalten. Mit meinem kleinen Lohn gönnte ich mir, sofern ich auch einen ganzen Schilling zusammen hatte, meine über alles geliebten kandierten Erdnüsse aus dem Automaten direkt neben dem Laden. Dafür lohnte es sich schon beinahe die Strapazen auf mich zu nehmen; aber eben nur beinahe.

Manchmal verlor ich in der Hektik auch etwas auf dem Weg, weil es unbemerkt aus der überfüllten Tasche fiel. Das war natürlich unentschuldbar und führte sofort zum Abzug meiner Belohnung für die kommenden zwei Einkäufe. Unverzeihlich war es auch die Rechnung zu vergessen, denn die diente nicht nur dem Nachweis, dass ihr im Laden nichts falsch verrechnet wurde, sondern auch dazu herauszufinden ob ich vielleicht nicht doch hin und wieder ein paar Groschen unterschlug. Wenn ich trotz der Bemühungen alles richtig zu machen versagte, ging es gleich wieder los: die übliche Leier ich sei zu blöd zum Scheißen und sowieso völlig unnötig und all das Bla Bla. Das war die einzige Platte die zu spielen sie in der Lage war. Ich bestand nur noch aus Angst. Angst davor etwas falsch zu machen und dafür bestraft zu werden. Dabei gab ich was ich konnte, mühte mich ab um alles zu ihrer Zufriedenheit zu erledigen und sie ja nicht wütend zu machen in der Hoffnung, dass sie endlich bemerkte wie sehr es mir am Herzen lag ein braves Kind zu sein. Doch das war gar nicht möglich, denn ich war ein Kind und keine Maschine. Sie aber brauchte meine Fehler wie andere die Luft zum Atmen, um sich selbst die Legitimation zu erteilen sich an mir abzu-reagieren. Wenn ich mit dem ganzen Einkaufen, Hin- und Herlau-fen, Fleisch umtauschen fertig war und auch nichts vergessen oder verloren hatte oder nicht doch noch einmal etwas zurückbringen musste, durfte ich – wenn sie gute Laune oder mein Gesicht satt hat-te – auch noch zum Spielen raus. Fiel ihr später doch noch etwas ein das sie vergessen hatte, schrie sie minutenlang aus dem Fenster nach mir. Auch für solche Fälle gab es die ganz klare Anweisung mich stets in Reichweite aufzuhalten. Sozusagen auf Abruf, damit ich – falls sie noch etwas benötigte – stets griffbereit war. Hatte ihr Ge-schrei nicht den nötigen Erfolg, weil ich mich in meiner kindlichen Kühnheit doch ein paar Meter zu weit weg wagte, bat sie ihre Freun-din die Nachbarin mich während des täglichen Ganges mit ihrem Pudel ausfindig zu machen und auf der Stelle heimzuschicken.

»Hat dir deine Mama nicht gesagt, dass du in der Nähe bleiben sollst? Sofort heim mit dir«, keifte sie. Und dann blieb mir keine Wahl als mich nach Hause zu begeben um hinterher erneut in den Laden zu stapfen.

Die Nachbarin wohnte ein Stockwerk unter uns, war Ende vier-zig, Hausfrau, verheiratet und hatte diesen kleinen grauen Pudel mit dem sie mehrmals täglich zum Spazieren ging. Ihr Haar war leuch-tend orange und sie trug es stets hochtoupiert, so ähnlich wie das zurechtgestutzte Fell auf dem Kopf ihres Hundes. Ich mochte sie nicht. Sie war in ihrer Art viel zu laut, schrecklich schrill und mir gegenüber ständig etwas bissig.

Mutter hatte das besondere Talent, die Wahrheit zu verdrehen und andere Glauben zu machen sie sei die geplagte Mutter mit einem so unfolgsamen Kind wie mir. Sie erfreute sich daran wenn Außenstehende mich ermahnten doch etwas braver zu sein, denn schließlich täte meine Mama alles nur zu meinem Besten und eines Tages wäre ich sogar dankbar dafür.

Frau Nachbars Mann, war ein ruhiger, freundlicher Mensch der seit Jahren als Sanitäter bei der Ambulanz tätig war. Ihren täglichen Nachmittagskaffee nahmen Mutter und Tante Mildred, wie ich sie zu nennen hatte, stets in ihrer direkt unter der unseren liegenden Wohnung ein. Das gab mir die Gelegenheit, mein Zimmer für ein oder zwei Stunden zu verlassen und ganz leise, um keinen Ärger zu bekommen im großen Wohnzimmer zu spielen. Es gab so Vieles worauf ich als Kind zu achten hatte. Dinge von denen ich gar nicht wusste, dass ich darauf aufpassen musste. Davon erfuhr ich erst, wenn es bereits zu spät und der Ärger schon geschehen war. Das Bösartigste, das ich anstellte wenn Mutter ihren Kaffee bei Tante Mildred einnahm, war zum Beispiel dass ich eine Scheibe Brot mit den Händen zu einer teigigen Masse knetete, diesen Teig dann in ein Gefäß stopfte, Nutella und Marmelade hinzufügte und das Ganze danach im Backofen aufwärmte. Heraus kam ein teigiges, Nutella-Marmelade-Gemantsche, bei dem anderen wohl übel geworden wäre.

Schrecklich war es auch wenn ich im Wohnzimmer, aus den großen Kissen der Couch eine Höhle baute. Links und rechts jeweils ein großes Kissen als Mauer, oben drüber die Decke für das Dach und fertig war mein Reich. Damit konnte ich mich ohne Unterlass beschäftigen. Aber selbst das brachte Mutter stets zur Weißglut. Jedes Mal wenn sie von Tante Mildred zurückkam und die übereinander gestapelten Kissen auf dem Boden sah, rastete sie aus. Dabei hätte ich doch alles selbst wieder aufgeräumt.

»Ab in dein Zimmer. Ich will dich den Rest des Tages nicht mehr sehen. Sei froh, wenn ich das nicht deinem Vater erzähle!«, schrie Mutter wenn sie mich beim Schloss bauen erwischte. Das mit dem Frohsein war so eine Sache, denn schließlich erzählte sie Stiefvater doch von meinem ungebührlichen Verhalten und dass ich ihr den letzten Nerv geraubt hatte. Abends, müde und genervt von der Arbeit gab es von ihm deswegen gleich eine Standpauke, während sie unterdessen mit übereinandergeschlagenen Beinen – und einer Zigarette in der Hand – vom Sofa aus die Show genoss.

## Vater

»Kuckuck«, flüstert Hase.

»Ach was. Kuckuck. Lass mich doch in Ruhe, Ka- … nin- … chen.«

»Schön geteilt hast du das. Wirklich bravourös. Du bist auch ganz schön geteilt, nicht wahr? Innerlich zer- … rissen.«

»Danke vielmals für diese ausgezeichnete Analyse meines Gefühlslebens.«

»Na, na. Nicht so sarkastisch wenn ich bitten darf.«

»Weniger sarkastisch geht nun mal nicht. Ich bin doch nicht blöd. Ich weiß selbst am besten was in mir vorgeht und auch warum, aber los werde ich es nicht. Was nicht da ist, kann man nicht finden. Und was in Stein gemeißelt ist bekommt man nicht weg.«

»Du bist also ein Stein … Hm.«

»Wenn man es genau betrachtet: ja, so fühle ich mich. Wie ein kalter, harter Stein in den man gewaltsam Scheiße eingemeißelt hat.«

»Hmm, Scheiße in Stein gemeißelt. Moment, dass muss ich mir schnell notieren.«

»Schreibst du etwa schon wieder mit?«

Hase sieht mich gar nicht mehr an, sondern bloß noch auf das Papier das sich in seinen pelzigen Pfoten befindet.

»Wie gefällt dir denn das Zimmer heute?«

Teilnahmslos sehe ich mich um.

»Es interessiert mich nicht wie das Zimmer aussieht. Lenk jetzt bloß nicht vom Thema ab.«

»Du bist das Zimmer, Dorothy.«

»Hä?«, sage ich verwirrt.

»Papperlapapp, lassen wir das. Erzähl mir von deinem leiblichen Vater.«

»Wie du meinst. Bis zu meinem siebten Lebensjahr wusste ich nicht einmal wer mein Vater war oder dass ich überhaupt einen leiblichen Vater hatte. Zu diesem Zeitpunkt schien es als wären all die Erinnerungen an ihn aus meinem Gedächtnis gelöscht worden.«

»Und heute?«, fragt Hase.

»Nun, heute weiß ich wer er ist und er weiß auch, wer ich bin, aber wir haben in Wahrheit nicht die geringste Ahnung wer wir zusammen sind. Ich frage mich inzwischen, ob er überhaupt je etwas mit mir anfangen konnte. Was soll man denn auch mit einem abnormalen Kind, das sich ständig so sonderbar verhält und emotional abwesend ist schon anfangen? Mein Vater musste vorab erstmals gerichtlich für das Besuchsrecht kämpfen, denn Alimente bezahlte er schließlich schon einige Jahre. Mutter aber war bloß eine fiese Ziege die aus Prinzip nicht wollte, dass mein Vater mich sieht. Zu der Zeit als sie sich trennten, war ich erst zwei Jahre alt und hatte keinerlei Erinnerung mehr an damals. Erst als ich mein siebtes Lebensjahr erreichte, sah ich ihn das aller erste Mal seit der Trennung wieder.«

»Gut. Mach jetzt die Augen zu und hör nur auf das Ticken der Uhr

Tick, Tack ... Tick, Tack ... Tick, Tack ...«
10 ... 9 ... 8 ... 7 ... 6 ... 5 ... 2 ... 1...

Ich öffne die Augen. Zu meiner Rechten steht das kleine Mädchen, das mich schon viele Male zu all den seltsamen Orten und Ecken meiner längst vergessenen Erinnerungen geführt hatte. Ich habe begriffen, dass sie mir all das woran ich mich nicht mehr erinnern kann oder vielleicht auch nicht erinnern will, aus einem bestimmten Grund zeigt. Eine Sammlung verdrängter Ereignisse, deren Zurückschleichen in meinen Verstand mir dabei helfen sollen zu verstehen warum ich heute fühle wie ich fühle. Meist schuldig, fehl am Platze oder im Leben. Aber noch hege ich starke Zweifel, dass mich diese Ausflüge ans Ziel führen und meist habe ich bloß Angst vor den Schreckensszenarien die sich hinter den Türen die ich gezwungen bin zu öffnen, verbergen. Ganz gleich wie viele Monster mir entgegen brüllen, an sie gewöhnen werde ich mich nie. Manchmal bin ich mir sogar sicher, dass ich bald schon meinen Verstand verliere und dann möchte ich all die Türen von außen zunageln und lieber weiter in meinem selbstgebauten, sicheren Käfig verrotten. Weil mir da auch ganz bestimmt nichts geschehen kann und dafür nehme ich auch in Kauf, dass ich am Ende vielleicht gar nichts mehr fühle.

Vor all dem was ich lange vergessen und verdrängt hatte, habe ich so unermesslich große Furcht als liefe ich dem Tod höchstpersönlich davon. Aber das wovor ich in Wirklichkeit weglaufe ist etwas Unsichtbares, etwas tief in mir selbst. Etwas, das ich nicht zu sehen vermag und das macht es mir unmöglich mich dagegen zu wehren. Also existiere ich bloß irgendwie und bin hin und her gerissen zwischen dem Leben, dem Tod und meinen Ängsten.

Diesmal aber habe ich, was diese spezielle Erinnerung betrifft, ein gutes Gefühl. Anders als sonst wenn ich mich diesen abartigen Szenarien stellen muss, welche sich tief in meinem Verstand verbergen, dann und wann ganz unverhofft mit einer derartigen Wucht ausbrechen und mich mit einem mal erschlagen. Aber schon der Geruch der zu mir durchdringt ist nicht wie sonst, sondern angenehm weich; irgendwie riecht es hier wundersam gütig.

Wir befinden uns in einem wunderschönen Garten und die Sonne scheint. Dieser Ort ist mir irgendwie vertraut und nachdem ich mich genauer umsehe, erkenne ich dass es hier genauso aussieht wie im Garten meiner Großeltern als ich noch klein war und sie noch lebten. Meine Begleiterin reicht mir die Hand und wir gehen auf das Haus zu. Als wir uns nähern höre ich vom inneren des Hauses die mir vertraute, aber lange nicht mehr vernommene Stimme einer Frau. Ich werfe einen Blick durch das Küchenfenster und da ist meine Oma! Sie trägt ein grünes Dirndl mit weißen Punkten darauf, ihre alte Hornbrille mit den dicken Gläsern und ihr kurzes lockiges, bereits schütteres Haar wird von kleinen Haarnadeln zusammengehalten. Ich habe sie so sehr geliebt. Sie war ein guter Mensch und als einer der wenigen kein einziges Mal gemein zu mir.

Durch die Küchentür die zum Garten hinaus führt, betreten wir das Haus. Oma steht am Herd und brät meine Lieblingsspeise; Fischstäbchen. Dazu gab es meist Reis oder Püree und Ketchup, genauso wie ich es mir wünschte. Ich sehe in das kleine Zimmer nebenan, und dort sitzt mein Opa, schwer beschäftigt hinter seiner alten Nähmaschine.

Wie ein Film läuft die Erinnerung, die nun endlich wieder zurück kommt vor mir ab. Opa und Oma können mich nicht sehen, denn meine Begleiterin und ich sind bloß unsichtbare Beobachter. Oma verlässt jetzt die Küche, begibt sich in den Wohnbereich meines Vaters und stellt mein Leibgericht auf den Tisch, wo sich mein sieben Jahre altes Ich so unaussprechlich über diesen einfachen Teller Fischstäbchen freut, als wäre es das außergewöhnlichste Mahl der Welt. Für mich waren die Tage bei meinem Vater wegen Omas Freundlichkeit, ihrer liebevollen, sorgsamen Art die schönsten meines Lebens. Bei meinen Besuchen bekam ich stets mein Lieblingsessen und sogar Pistazieneis zum Nachtisch. Hier gab es nichts zu essen wovor mich ekelte, und ich musste niemals aufessen wenn ich satt war. Niemand wurde böse mit mir wenn ich keinen Hunger mehr hatte.

Ein Lichtblitz erhellt den Raum. Eine weitere Erinnerung. Mein jüngeres Ich sitzt mit meinem Vater auf dem Boden des Wohnzimmers und voller Enthusiasmus bauen wir ganze Städte aus Legobausteinen; Krankenhäuser, Schulen oder Feuerwehrstationen. Wenn ich zu Besuch war, verbrachten wir Stunden spielend auf dem Boden und bauten immerzu neue Städte, die wir dann wieder abrissen. Mit zusammengebundenen Zopf, einem dunkelblauen Sweater und Blue Jeans hocke ich neben ihm auf dem Teppich und versuche mit einem schüchternen Lächeln im Gesicht ein paar Steine auseinanderzunehmen. Beim Beobachten dieser Szene wird mir ganz warm ums Herz. Ich war so zart, so klein und so schrecklich verunsichert. Und dennoch scheint es als hätten mir diese wenigen Stunden mit meinem Vater richtig Spaß bereitet.

«Wir müssen weiter,« sagt meine Begleiterin.

»Aber das ist eine gute Erinnerung. Warum kann ich nicht noch ein wenig hier bleiben? Ein bisschen, bitte?«, frage ich meine kleine Freundin.

»Das geht nicht, tut mir leid. Wir haben nur begrenzt Zeit.«

Weitere Lichtblitze und wieder läuft ein Film vor meine Augen ab. Wir befinden uns in der Wohnung meiner Tante Sue, der Schwester meines Vaters. Selbst die kleine rote Plastikwanne in der sie mich als Kind badete wenn ich bei ihr übernachtete, steht hier in der schmalen Küche. Ich weiß nicht warum das damals so war, aber ich erinnere mich daran dass ich oft bei Tante Sue über Nacht blieb und ich fragte mich, wo Mutter in all dieser Zeit gewesen war.

Tante Sue war eine resolute Frau, doch im Grunde ihres Herzen und trotz ihrer Strenge ein guter Mensch, der sich mit großer Fürsorge um mich kümmerte wenn Mutter es nicht tat. Ich erinnere mich auch, dass ich sie liebend gerne in den Wahnsinn trieb indem ich die große Brille die ich bereits früh tragen musste immerzu verschwinden lies. Nachdem ich mir ein gutes Versteck suchte, tat ich so als wüsste ich nichts über ihren Verbleib und half sogar eifrig bei der Suche. Ich wußte, dass Tante Sue sie niemals finden würde und ich machte mir aus der minutenlangen und erfolglosen Suche einen riesen Spaß.

Das Zusammensein mit meinem leiblichen Vater ab dem Zeitpunkt unseres Wiedersehens, dass ihm nach dem Besuchsrecht erlaubte mich jeden ersten Sonntag im Monat zu sich zu holen, verlief sehr oberflächlich. Aber dafür, dass Mutter mir die Sache nicht gerade auf schonende oder kindgerechte Weise beibrachte, ging ich recht gut damit um. Natürlich ängstigte es mich, als sie mir in ihrer typisch kalten Art mitteilte, dass mich nun einmal im Monat ein Mann zu sich holte. Tausend Fragezeichen schwebten panisch über meinem kleinen Kopf. Ich verstand es nicht. Mutter wollte mich einem fremden Mann überlassen?

Nachdem sie mir eine Weile schweigsam gegenüber saß, fügte sie hinzu:

»Der ist übrigens dein echter Vater.«

Dann stand sie auf und ging in die Küche. Da saß ich, mit all diesen wirren Gedanken und Gefühlen die meinen Verstand wie eine wilde Achterbahnfahrt durchschüttelten. Mein echter Vater also. Nun, das würde einiges erklären. Zum Beispiel warum mein Stiefvater, Stiefvater heißt und nicht sonderlich nett zu mir ist. Der muss mich ja auch nicht lieb haben, noch viel weniger als Mutter. Warum sollte er auch? Ich war schließlich niemand für ihn. Bloß das Mitbringsel meiner Mutter und er hatte gleich von Beginn an abgelehnt mich gern zu haben.

Die Frage nach einem leiblichen Vater hatte ich mir nie gestellt, aber nun gab es ihn plötzlich, diesen Vater den ich von jetzt an regelmäßig sehen sollte. Nur was ich genau davon halten sollte, wusste ich selbst nicht.

Die Erinnerung an die Tage bei meiner Tante, den Garten und meine Oma werden allmählich wieder klarer. Doch an die ganz frühen Jahre mit meinem Vater erinnere ich mich kaum. Ich weiß im Grunde nicht wer der Mann eigentlich ist und hinzu kommt, dass ich gar nicht weiß ob ich diese Treffen wirklich will, weil ich unheimliche Angst vor dieser Begegnung habe. Was, wenn auch er mich nicht mag? Wenn er mich dumm findet, so wie auch Mutter und mein Stiefvater? So dumm, dass er mich nicht lieb haben kann, mich vielleicht am Ende sogar hasst?

Lieber Gott. Wenn es dich doch gibt: bitte, bitte mach dass mein echter, richtiger Vater mich lieb hat. Mach, dass wenigstens ein erwachsener Mensch auf der Welt mich wirklich lieb hat, so wie ich bin.

An das allererste Treffen mit ihm erinnere ich mich nicht mehr, und überhaupt ist die erste Zeit mit ihm zu einem undurchsichtigen Erinnerungsgemisch verschmolzen. Ich weiß, dass ich bei ihm zu Hause auf dem Boden saß, mit ihm malte und spielte. Dass ich damals meine liebe Oma kennenlernte und dass Vater zu diesem Zeitpunkt diese hübsche, coole Freundin hatte. Daran, dass Oma, wenn ich zu Besuch war mir kurz vor der Heimfahrt immer ein wenig Geld zusteckte. Zehn oder zwanzig Schilling; ein kleines Taschengeld mit dem ich mir zu Hause meist Eiscreme kaufte, weil ich die von Mutter nur selten bekam. Oma war eine warmherzige Frau und ich kann mit Sicherheit sagen, dass sie mich auch wirklich von ganzem Herzen mochte. Und mein Opa, den ich ebenso sehr mochte und der Schneider von Beruf war. Damals, als er für mich die tollen Röcke und Blusen im Stil der alten Schuluniformen nähte, war er bereits in Rente. Meine Großeltern behandelten mich stets gut und das empfand ich nicht bloß aufgrund der Tatsache, dass sie mich beschenkten, sondern weil sie wirklich nett zu mir waren und mich wie einen Menschen behandelten. Zum ersten Mal in meinem Leben fühlte ich mich wertvoll. Sie freuten sich über meine Anwesenheit und gaben sich alle Mühe meinen Besuch so angenehm wie möglich zu gestalten.

Mein Vater und meine Großeltern lebten gemeinsam in einem Haus, hatten aber getrennte Lebens- und Schlafbereiche. Der Wohnbereich meines Vaters war brandneu ausgestattet mit; einem großen Esstisch, vier Stühlen, einer orange-braunen Ledercouch und einem großen beinahe die komplette Wand zierender Schrank. Das Zimmer hatte auf beiden Seiten große Fenster, die auf der einen Seite zur Straße und auf der anderen Richtung Garten hinaus gingen. Der Lebensbereich meiner Großeltern, der von dem meines Vaters durch die Küche getrennt war, lag auf der anderen Seite des Hauses mit Blick zum Garten und war vollgepackt mit alten Möbeln; ein in die Jahre gekommenes Radio, ein ebenso alter Fernseher, sowie Opas geliebte Nähmaschine die auf einem antiken Tisch in der Ecke des Zimmers stand. Die Wand an der das alte Sofa seinen Platz hatte, war mit wunderschönen, hinter verzierten Glasrahmen gefangenen Schmetterlingen behangen. Dass man sie gefangen und ihnen das Leben genommen hatte um sich stets an ihrer atemberaubenden Schönheit erfreuen zu können, machte mich ein wenig traurig. Aber dennoch konnte ich meine Augen nicht von ihnen abwenden, denn die waren so unfassbar schön dass ich bei jedem Besuch vor dieser Wand stand und sie minutenlang betrachtete. Es waren so viele, in allen nur erdenklichen Arten, vorstellbaren Farben und Musterungen. Wenn ich sie lange anblickte, stellte ich mir vor wie sie plötzlich mit einem Flügelschlag das Glas der kleinen Holzrahmen zerbrachen und nach draußen, durch das stets geöffnete Küchenfenster in die Freiheit flogen. Für mich waren Schmetterlinge höchst faszinierende Wesen und die Vorstellung dass aus einer kleinen, unscheinbaren Raupe am Ende ein bildschöner und majestätischer Schmetterling wurde, brachte mich zum Schwärmen. Tief in meinem Innersten hoffte ich inständig, dass auch mir eine solche Verwandlung widerfuhr und ich eines Tages ebenso überwältigend schön wie einer dieser Schmetterlinge strahlte.

Auch wenn unsere Beziehung etwas distanziert blieb, war mein Vater bei meinen ersten Besuchen nett zu mir. Er hatte sich zumindest in der wenigen Zeit die ich mit ihm verbrachte mit mir befasst und das war schon etwas Besonderes. Vater schlug mich schließlich nicht und das reichte völlig aus um dankbar zu sein. Dass ein Erwachsener sich mit mir auseinandersetzte, ohne am Ende auf mich einzuschlagen war eine neue Erfahrung. Doch wie all das andere, wenig Schöne in meinem Leben hatte auch das einen hohen Preis. Es war wie Yin und Yang. Für etwas Gutes musste zum Ausgleich etwas Schlechtes folgen. Ganz unweigerlich, wie ein ungeschriebenes Gesetz.

Der neu entstandene Kontakt zu Vater veranlasste Mutter dazu jeden meiner noch so kleinen Wünsche, ob zu meinem Geburtstag oder zu Weihnachten auf meinen Vater abzuwälzen. Sobald ich einen Wunsch äußerte, hieß es sogleich:

»Sag's doch deinem Vater.« Oder:

»Wenn du etwas willst, geh zu deinem Vater.« Dazu kamen Floskeln wie:

»Wozu ist der denn da?«, oder:

»Der tut doch sonst nichts für dich.«

Und mit derartigen Sätzen brachte sie mich wieder in eine zutiefst bedrückende und belastende Situation. Ich würde die neugewonnene Beziehung zu meinem Vater nicht gefährden, indem ich ihn mit all meinen kindlichen Wünschen belästigte. Er war doch eben erst in mein Leben getreten. Ich wollte ihm nicht gleich zu Beginn zur Last fallen und riskieren, dass er wegen meiner lästigen Art vielleicht sogar den Kontakt zu mir abbrach. Deshalb kam es für mich nicht infrage ihn auch nur um die geringste Kleinigkeit zu bitten.

Und so stand ich erneut vor der große Frage warum all das Gute, immer von etwas Dunklem überschattet wurde. Warum die Dinge nicht einmal bloß gut bleiben konnten, zumindest für eine Zeit? Auf all diese Fragen hatte ich keine Antworten, doch was ich mit Sicherheit wusste war, dass ich es mir mit meinem Vater auf keinen Fall verderben wollte. Also hielt ich meinen Mund und verzichtete lieber darauf ihm mit meinen Wünschen und Bedürfnissen lästig zu fallen.

Die monatlichen Besuche bei meinem Vater verliefen die kommenden Jahre ohne Zwischenfälle, und ich hatte, soweit ich überhaupt derartige Empfindungen benennen konnte, sogar Freude an unseren Begegnungen.

## Jürgens Pimmel

In der Schule war ich auch in den Folgejahren – was die Leistungen anging – zwar nach wie vor sehr gut, aber ich hatte in meiner Klasse immer noch keine Freunde gefunden. Den anderen Kindern war ich zu eigenbrötlerisch und ich konnte nun einmal mit den meisten Dingen für die sie sich begeisterten nichts anfangen. Schon in frühen Jahren wehrte ich mich gegen die typischen Gruppenzwänge und fügte mich nicht in das erwartete Rollenverhalten. Wenn ich etwas ablehnte oder als falsch empfand, dann blieb ich dabei und niemand konnte mich etwas anderes glauben machen. Versuche mich zu manipulieren, oder seelisch zu erpressen scheiterten. Was das betraf war ich längst schon abgehärtet, denn bereits früh hatte ich von meinen Eltern gelernt: wenn Menschen mich nicht mochten, war es völlig gleich was ich tat oder wie sehr ich mich verbog um ihnen zu gefallen, sie würden mich trotzdem nicht lieber mögen. Und so gab ich diesem Druck gar nicht erst nach. Einsam war ich ohnedies und inzwischen hatte ich auch ganz gut damit zu leben gelernt.

Der einzige Umstand an den ich mich jedoch nie gewöhnen wollte, war es zu handeln wie andere es aufgrund ihrer engstirnigen und festgefahrenen Vorstellungen von mir erwarteten. Wie an diesem Morgen als sich in der großen Pause im Klassenzimmer, um etwas das ich nicht erkennen konnte ein dichter Kreis aus kichernden Gören bildete und ich mich aus Neugier entschloss, der Sache auf den Grund zu gehen.

»Was ist denn hier so lustig?«, fragte ich. Die fünf Mädchen hielten kurz inne und brachen dann erneut in Gelächter aus. Anastasia, das Alphatier der Clique, drehte sich zu mir um und sagte:

»Jürgen zeigt uns gerade sein Ding, hihihi.«

Ich wußte, dass sie eine Reaktion von mir erwartete, doch ich spürte wie meine Stirn sich in eine Million Falten legte weil es mir so schrecklich schwer fiel meinen Ekel zu verbergen. Aha, na wie schön, dachte ich und wandte mich unbeeindruckt ab. Kaum hatte ich ihr den Rücken zugekehrt, konnte ich Anastasia schon rufen hören:

»Möchtest du ihn denn nicht sehen?«

Völlig abgestoßen von dieser absurden Idee warf ich ihr einen verächtlichen Blick zu und sagte ganz entschieden:

»Nein, Danke!« Damit war die Sache besiegelt, und noch bevor ich überhaupt drin war, war ich auch schon wieder raus aus der ach so illustren Mädchenclique. Unter so bescheuerten Bedingungen wollte ich auch gar nicht mit dabei sein. Im Gegensatz zu Jürgens Pimmel fand ich die alte, langsam dahinvegetierende Kartoffel die im Schrank neben der Türe des Klassenzimmers lag und die schon jede Menge Auswüchse hatte, wesentlich interessanter. Da konnte Jürgens kleines Ding nicht mithalten. Hätten diese naiven Gören gewusst was ich zu diesem Zeitpunkt schon alles gesehen und gehört hatte, wäre ihnen wohl das freudige Betrachten eines kleinen, unausgewachsenen Schuljungen-Penis' vergangen. Es war nicht Jürgens Pimmel an sich der mich anekelte, dafür war er viel zu wenig ausgereift und kaum bedrohlich. Vielmehr ging es darum, dass ein Haufen blauäugiger Mädchen sich so sehr dafür interessierte und daran erfreute, während ich gegen meinen Willen schon längst durch die Pforten sexueller Perversion getreten worden war. Das brachte mich dazu sie für ihre Naivität zu verachten. Meine seltsame, nicht mit den anderen konforme Art und dieser unbändige Widerwille mich den Dingen zu fügen, bescherte mir stets herabwürdigende Blicke. Die Sorte Blick, die sie einem im Vorbeigehen zuwerfen und mit dem sie sagen wollen:

»Da sieh dir diesen Sonderling an. Die gehört nicht zu uns.«

Mit meiner sonderbaren Art wurde ich von den meisten Menschen abgestempelt. Es war auch nicht das letzte Mal, dass ich aufgrund meines enormen Widerwillens und meiner Ablehnung gegenüber anderer Leute Schwänze abgeschrieben und für gestört erklärt würde. So ist das mit den Menschen, du machst mit oder du bleibst allein; am besten da wo der Pfeffer wächst. Mach mit oder geh, das ist die Devise und im schlimmsten Fall sind sie dann auch noch gemein weil sie deinen Widerstand bis aufs Blut nicht ausstehen können. Meine Aversion gegen sie war wie eine Mauer durch die sie trotz aller Mühen nicht durch kamen. Meine Individualität hielt ihnen schmerzlich vor Augen, wie wenig sie selbst in der Lage waren eigenständig zu denken. Und so gab es niemanden, der sich auch nur annähernd mit mir auf Augenhöhe befand. Zwar waren da abseits der Schule meine Freundinnen Mimi und Kate, doch auch mit ihnen konnte ich bloß über oberflächliche Dinge sprechen.

Sobald unsere Treffen vorüber waren und ich alleine war, tauchten sie wieder auf, diese einnehmenden Gedanken und die tausend Fragen mit denen ich mich bloß allein auseinandersetzen konnte. Da war so vieles, dass ungeordnet in meinem kleinen Kopf herumschwirrte und das ich aus Scham und Angst unausgesprochen ließ, weil ich alles an mir als krank und gestört empfand. Auch Mimi und Kate hätten mich bloß belächelt, sich vielleicht sogar von mir abgewandt, hätte ich ihnen von all den schlimmen Dingen zu Hause und in meinem Kopf erzählt. Und da ich nur diese beiden Freundinnen hatte, wollte ich diese Freundschaft auch nicht dadurch aufs Spiel setzen indem ich diese für sie wahrscheinlich unverständlichen und zutiefst verstörenden Gedanken aussprach.

## Die Sache mit dem Blinddarm

Es war ein bis dahin unspektakulärer Fernsehabend im Herbst, den ich mit meinen Eltern auf unserer Wohnzimmercouch verbrachte. Wenn mein Stiefvater das TV- Programm für mich aussuchte, durfte ich nur Sendungen sehen die seiner Meinung nach von pädagogischem Wert waren und dabei handelte es sich meist um Kram für Kleinkinder. Ich langweilte mich gerade zu Tode als diese üblen Bauchschmerzen, die sich im Laufe des Tages langsam angekündigt hatten überhand nahmen. Da ich jedoch aufgrund meiner ständigen Verstopfung nicht das erste Mal unter derartigen Qualen litt, schenkte ich ihnen zu Beginn keine allzu große Aufmerksamkeit. Erst als die Schmerzen gegen Abend nicht nachließen und ich mich auf der Couch hin und her wand, hegte ich den Verdacht dass etwas nicht stimmte. Nur Mutter war der unumstößlichen Überzeugung, dass ich bloß etwas Schlechtes gegessen hatte. Etwas, das ich mir unerlaubt genommen hatte und die Schmerzen seien nun die gerechte Strafe für meinen Ungehorsam. Doch als meine Temperatur mit rasender Geschwindigkeit neununddreißig Grad erreichte war klar, dass sie sich irrte.

Als sich zu den Bauchschmerzen auch noch Schwindel und verschwommenes Sehen gesellten, konnte Mutter nicht mehr verleugnen dass etwas nicht in Ordnung war. So sehr es ihr missfiel weil es ihre Abendplanung ruinierte, fasste sie sich schließlich ein Herz und rief Tante Mildred an. Sie bat darum uns ihren Mann hochzuschicken, damit er sich als erfahrener Sanitäter meinen Zustand ansah. Lieber auf Nummer sicher gehen bevor ich am Ende doch nicht bloß krank spielte und vielleicht krepierte. Bei dem guten Ruf den sie genoss, wäre eine üble Nachrede unerträglich.

Nach ein paar Minuten klingelte es auch schon an der Tür. Tante Mildreds Mann kam zu mir an die Couch, beugte sich hinunter und drückte ein paar Mal auf meinen Bauch, der bei der kleinsten Berührung so sehr schmerzte, dass ich einen lauten Schrei ausstieß. Er erkundigte sich nach der zuletzt gemessenen Temperatur und nachdem Mutter ihm mitteilte, dass ich inzwischen bereits über vierzig Grad Fieber hätte, sagte er wie aus der Pistole geschossen:

»Es ist der Blinddarm! Ohne Zweifel. Sie muss sofort ins Krankenhaus.«

Selbst das Offensichtliche – und das konnte ich trotz meines Deliriums noch feststellen – fand Mutter meinen Zustand nicht sonderlich besorgniserregend. Aber auf Anraten des Nachbars, der es als Sanitäter schließlich besser wusste, brachten sie mich ins Krankenhaus und ich wurde noch am selben Abend am Blinddarm operiert. Weil ich bereits kurz vor einem Blinddarmdurchbruch stand, musste alles äußerst schnell über die Bühne gehen. Man brachte mich umgehend in den Operationssaal, stach mir eine Nadel in den Arm und eine Krankenschwester bat mich sogleich langsam von zehn rückwärts zu zählen. Ich fühlte bloß noch dieses seltsame Brummen in meinem Kopf und bevor ich gänzlich abdriftete, durchfuhr mich der

Gedanke, dass ich vielleicht nie mehr aufwachte. Unweigerlich fragte ich mich in diesem letzten Augenblick, ob das nun alles gewesen war.

Endete mein Leben nach acht Jahren in der Hölle einfach so, ohne großartige und weltbewegend schöne Ereignisse? Zu ändern war es jetzt ohnehin nicht mehr und mit jeder Sekunde die verstrich, flogen meine Gedanken weiter fort.

5 ... 4 ... 3 ... 2 ...

Tick, Tack. Tick

Tack. Tick, Tack

Alles dreht sich. Oder ist das bloß mein Verstand? Mir geht es gar nicht gut. Mein Kopf ist so seltsam trüb und ich kann keinen klaren Gedanken fassen. Wahrscheinlich bin ich gerade gestorben; da, unter den scheußlich grellen Lampen auf dem OP-Tisch. Es war zu spät. Mutter hatte zu lange gewartet, weil sie mich nicht ernst nahm und jetzt bin ich eben tot. Endgültig aus dem Leben gerissen.

»Ganz ruhig, es ist alles in Ordnung.«

Woher nur diese Stimme kommt? Unter großer Anstrengung öffne ich meine Augen. Ich liege auf gelb leuchtenden Blumen, inmitten meines so geliebten Traumlandes. Mein Oz, mein selbst erdachtes Wunderland und einziger Zufluchtsort. Sanft gebettet auf dem weichen Feld, streife ich mit den Fingern über die zarten Blüten. Vielleicht kommt man hier hin nach dem Tod, als Wiedergutmachung oder Belohnung für all die Pein die man im Leben zu ertragen hatte. Nach dem Tod ins Wunderland! Ein wirklich beruhigender Gedanke.

»Halloo!«, ruft jemand fröhlich.

Über mir erhebt sich der große Kopf des weißen Kaninchen.

»Was machst du denn hier? Bin ich in Oz?«, frage ich verwirrt.

»Ach, iwo. Du mit deinem Oz. Ich hab es dir doch schon gesagt: Es ist alles eins, alles in deinem kleinen Köpfchen«, kichert Hase belustigt.

»Alles Schöne ist da drin. Klopf, klopf.« Er hämmert mit seiner zarten wuscheligen Pfote leicht gegen meine Stirn.

»Was mache ich denn hier?«, frage ich mit kratziger Stimme.

»Du bist wieder geflüchtet!« Und da lächelt er wieder ganz breit und bis über beide Hasenohren.

»Geflüchtet?«, frage ich.

»Ja, ja, ja. Geflüchtet. Darin besteht doch der Sinn, dafür sind wir hier. Dafür ist all das hier. Nur für dich. Aber jetzt ist nicht die rechte Zeit zur Flucht und du musst schleunigst wieder zurück.«

»Werde ich jetzt sterben?«, frage ich erschöpft.

»Hihi … Ach was … Du bist kurz weggetreten. Jetzt musst du aber gehen. Wir sehen uns bald wieder. Also dann: Nachtilein.«

Ein schwaches Hmh ist alles was ich noch imstande bin zu murmeln bevor meine Augen wieder schwer werden und schließlich zufallen.

Tick, Tack ...
Tick, Tack …

Als ich aufwache befinde ich mich in einem Krankenzimmer. Das Licht der grellen Beleuchtung tut mir in den Augen weh. Mir ist durchaus klar, dass sie mich wach bekommen wollen aber das ist jetzt wirklich ein wenig übertrieben finde ich. Viele leere Betten stehen in diesem Zimmer. Die Bettwäsche ist hellgelb mit weißen Streifen und man hat mir ein kratziges Nachthemd verpasst. Eines, das hinten vollkommen frei ist, sodass man – wenn ich aufstehe – freien Blick auf meinen Hintern hat. Mein Bauch tut zwar immer noch etwas weh, aber anders als vor der Operation. Der Schmerz ist jetzt etwas dumpfer und natürlich weitaus weniger schlimm.

Ich lege die Bettdecke zur Seite und greife vorsichtig hinunter um ganz behutsam das Nachthemd hochzuheben. Damit ich einen Blick auf meinen Bauch bekomme, beuge ich den Kopf nach vorne und bekomme das riesengroßes Pflaster zu sehen, dass dort unten klebt. Das Heben meines Kopfes verursacht mir Schmerzen, also lasse ich es sein und lege mich wieder flach zurück. Die Operation ist offenbar gut verlaufen, zumindest lebe ich noch. Wie nicht anders zu erwarten, ist Mutter nicht da. Enttäuscht sehe ich andauernd zur Tür hinüber, in der Hoffnung, dass sie endlich hereinschneit. Es war immerhin sehr knapp mit der ganzen Blinddarmgeschichte. Vielleicht hatte sie sogar Angst um mich gehabt und würde mich nun vor Erleichterung umarmen. Die Minuten vergehen und es erscheint wie eine Ewigkeit, doch niemand kommt zur Tür herein.

Dann schließlich, der Zeiger der großen Uhr hat sich inzwischen ganz schön viel bewegt, kommt Mutter doch noch in das Zimmer gestapft. Doch auch diesmal gibt es anstelle eines Kusses auf die Stirn oder ein paar netter Worte, nichts. Alles was sie zu sagen hat ist:

»Na, das hast du ja gut überstanden.«

Hatte ich denn tatsächlich erwartet, Mutter auch nur einmal in einem richtigen Gefühlsausbruch zu erleben, abgesehen ihrer gewohnten Wut gegen mich? Ist denn absolute Gleichgültigkeit auch ein Gefühl oder ist es ein antiemotionaler Zustand?

Ihr Besuch ist sehr kurz und bevor sie geht sagt sie mir, dass ich noch einige Tage bleiben muss, sie mich aber nochmal besuchen kommt wenn sie kann. Wenn sie kann? Was heißt das nun wieder? Mutter ist den ganzen Tag zu Hause. Was hatte sie denn sonst zu tun? Da war nur mein kleiner Bruder aber den konnte sie mitnehmen, darüber würde ich mich sogar riesig freuen und schließlich hatte ich keine ansteckende Krankheit.

Mit vor Wut zusammengekniffenen Augen sehe ich ihr dabei zu wie sie ein paar Dinge aus ihrer Tasche kramt. Gütigerweise lässt sie mir noch etwas zu Lesen und zum Malen da bevor sie mich wieder verlässt.

Die öde Zeit im Krankenhaus ging glücklicherweise schnell vorüber und nach einigen Tagen war ich endlich wieder zu Hause.

# Die Sache mit den Haaren

Im dritten Jahr der Volksschule erkrankte unsere Lehrerin und blieb dem Unterricht für mehrere Wochen fern. Doch für Ersatz in Gestalt einer jungen, attraktiven Aushilfslehrerin mit freundlichem Auftreten war bereits gesorgt. Die ersten Tage mit der neuen Lehrkraft verliefen reibungslos, doch nach etwa einer Woche kam ich zu dem Schluss, dass ich mich wohl in ihr getäuscht hatte oder sie – und das vermutete ich ganz stark – bloß mich nicht sonderlich mochte. Denn welches Vergehens ich mich an diesem Tag in ihren Augen auch schuldig machte, es konnte niemals Nährboden für ihr gemeines Verhalten mir gegenüber gewesen sein. Ich zermarterte mir den Kopf woran es wohl lag, dass sie mir mit solcher Aggression begegnete. War es mein Lachen gewesen? Zugegeben, ich gackerte manchmal richtig schlimm. Vielleicht vermittelte ich aber auch den Eindruck ich wäre nicht aufmerksam genug, aber ganz  gleich wie viel ich darüber nachdachte, ich kam nicht dahinter. Sicher aber war, dass mein Herz mir an diesem besagten Tag beinahe in die Hose rutschte als sie mit böser Miene auf mich zuschritt, mit der Hand auf meinen Tisch schlug und mir voller Wut ins Gesicht schrie:

»Was denkst du eigentlich wer du bist. Du mit deinen hässlich langen Zotteln!?« Kaum hatte sie diesen Satz zu Ende gezischt, fasste sie mir auch schon grob an den Schopf und griff sich unversehens eine dicke Haarsträhne, die sie nur wenige Sekunden später mit einem abfälligem Blick wieder fallen ließ. Ihre Augen blitzten mir wutentbrannt entgegen und ich saß mit einem dicken Kloß im Hals eingeschüchtert auf meinem Platz. Ich wusste nicht, was ich falsch gemacht hatte und was das alles mit meinen Haaren zu tun hatte. Doch als wäre das nicht genug, befahl sie mir aufzustehen, mich in die Ecke neben der Tafel zu stellen und über mein Fehlverhalten nachzudenken. Während ich beschämt in der Ecke stand, schossen mir tausend Fragen durch den Kopf. War ich zu laut gewesen und hatte es nicht bemerkt? Oder lag es tatsächlich an meinen, wie sie es ausdrückte hässlichen Zotteln, die sie provoziert hatten? Doch ich fand einfach keine Lösung. In der Klasse herrschte Totenstille. Die übrigen Kinder saßen schockiert und mit weit geöffneten Mündern auf ihren Stühlen. Niemand hatte mit einem derartigen Ausbruch gerechnet. Bisher war sie stets freundlich gewesen und nie war ihr ein unfreundliches Wort über die Lippen gekommen.

Nach einer weiteren Woche stellte sich heraus, dass es nicht unbedingt nur an mir oder meinen Haaren lag. Sie hatte offensichtlich eine sehr geringe Toleranzschwelle und war die erreicht, verwandelte sie sich innerhalb weniger Sekunden von der freundlich lächelnden Schönheit, zur Furie. Nach vier Wochen kam unsere Lehrerin endlich gesund zurück und die Klasse war sichtlich erleichtert. Wochenlang hatten wir es kaum gewagt uns zu rühren, um die Aushilfslehrerin bloß nicht durch das geringste Fehlverhalten zu verärgern. Wie in einer Schockstarre klebten wir auf unseren Plätzen und hofften, dass sie uns bald wieder verließ. Aber ganz gleich ob sie nun einen Groll gegen mich hegte oder generell leicht zu erzürnen war, was an diesem Tag geschah hallte noch Jahre wie ein böses Echo durch meinen Verstand.

Mein Haar war immer schon unbändig gewesen und sah ständig aus, als wäre es nie mit einer Bürste in Berührung gekommen. Dabei bürstete ich es sogar mehrmals täglich. Einmal nach dem Aufstehen und einmal vor dem zu Bett gehen. Es war nicht meine Schuld, dass es nach ein paar Stunden wieder unfrisiert aussah. Doch das Problem mit meinen provokanten Haaren sollte sich bald lösen, denn nachdem an der Schule eine Läuseepidemie ausbrach entschied Mutter kurzerhand dass es viel zu zeitaufwendig und vor allem zu anstrengend war meine fast hüftlangen Haare intensiv mit Shampoo und Kamm zu traktieren. Also beschloss sie das Ärgernis kurzerhand mit der Schere zu entfernen und beauftragte eine befreundete Frisörin mit dieser ehrenvollen Aufgabe. Ich wurde gar nicht erst gefragt. Mutter beschloss und die Sache wurde durchgeführt ohne mit mir über mögliche Frisur-Optionen zu verhandeln. Ihre besonderen Wunschvorstellungen in Bezug auf meine Frisur, die sie mir wie einem Bonsai-Bäumchen verpassen ließ, boten keinerlei Raum für meine persönlichen Vorlieben. Sie entschied buchstäblich über meinen Kopf hinweg. Bei der erwählten Frisur handelte es sich um einen typischen Ende 70er Modehaarschnitt, einen sogenannten Stufenschnitt. Dass der bei einem kleinen Mädchen womöglich unvorteilhaft aussah, spielte keine Rolle. Zusammen mit der neuen Brille die mein halbes Gesicht bedeckte, und die vor allem billig sein musste weil Mutter nicht bereit war über den von der Kasse erstatteten Betrag hinaus etwas mehr zu bezahlen, sah ich schlicht ausgedrückt wie ein Dummkopf aus.

Als wäre ich innerhalb meiner Klasse nicht schon Sonderling genug, war ich jetzt für eine Weile auch zur Lachnummer geworden. Sicher, nach einiger Zeit fiel es niemandem mehr auf weil sich ohnehin alle irgendwann an den bescheuerten Anblick gewöhnten. Und die Haare wuchsen schließlich auch wieder nach, aber in den ersten Wochen mit meinem lächerlichen Haarschnitt und der Monsterbrille fühlte ich mich wie die Hauptattraktion einer Freakshow.

Was Mutter betraf, so war ich davon überzeugt, dass das Stutzen meiner Mähne wieder bloß einer dieser Akte war die ihr seelische Befriedigung verschafften. Sie wusste genau wie sehr ich mein Haar liebte und wie stolz ich darauf war. Doch mein Betteln es mir nicht abzusäbeln, spornte sie erst richtig dazu an.

Mutter agierte stets auf diese gefühllose Weise; sie empfand kein Mitleid für mich, fasste sich kein Herz um mir eine Freude zu machen oder mir Leid zu ersparen. Sie war eiskalt und hart wie Stein, gefühlsmäßig vollkommen abgeschnitten. Im Jahr zuvor, nachdem ich die Kommunion hinter mich gebracht hatte, verschenkte Mutter ohne mein Wissen mein Kommunionskleid an das Kind einer Bekannten. Mutter zeigte sich anderen Menschen gegenüber stets generös und spielte die Rolle der großherzigen Frau mit Bravour. Aber wenn es um mich ging zeigte sie sich alles andere als großzügig. Schon die Bitte, mir im Sommer den billigsten Eislutscher zu kaufen, hing stets davon ab ob sie gut oder mies gelaunt war. War Letzteres der Fall, bedeutete das – wie sie selbst stets zu sagen pflegte –, dass ich mir das Eis aufzeichnen konnte. Da ich wusste, dass selbst das originalgetreuste Aufmalen kein Eis herbeizauberte, fand ich die Bemerkung in höchstem Maße dumm.

So war das mit Mutter und ich wusste in dem Augenblick als ich sie darum bat das Kommunionskleid behalten zu dürfen, suchte sie bereits emsig nach einem Weg es mir wegzunehmen. Dabei hätte es gereicht das Kleid für einen Tag zu verleihen und es anschließend wieder zurückzuverlangen. Es waren schließlich auch meine Erinnerungen, ganz gleich ob mir die Erstkommunion etwas bedeutete oder nicht. Wenn ich ehrlich bin war mir dieses Event sogar höchst zuwider, weil ich das Gewese das die Erwachsenen darum machten lächerlich fand. Es nervte mich unheimlich, dass ich den ganzen Weg zur Kirche gezwungen war die Hand eines mir völlig fremden Jungen zu halten. Mit Berührungen hatte ich es ohnehin nicht so sehr, sie waren mir unerträglich und lösten großes Unbehagen in mir aus. In der Hoffnung er würde schließlich loslassen, drückte ich immerzu brutal seine Hand, aber der arme Kerl hielt sich tapfer. Mir war bewusst, dass mein Benehmen ihm gegenüber völlig daneben war, er konnte ja schließlich nichts dafür. Er war wie ich selbst, bloß eine Marionette in einem von Erwachsenen erdachten und skurrilen Theaterstück. Aber nichtsdestotrotz liebte ich dieses wunderschöne mit Spitzen besetzte Kleid in dem ich mich wie eine Prinzessin fühlte. Wie gerne hätte ich es behalten, es ab und zu getragen, solange bis ich schließlich rausgewachsen war. Später würde ich es in meinem Schrank verstauen und mich als erwachsene Frau schmunzelnd daran erinnern, wie ich den armen Jungen den ganzen Weg über gequält hatte.

## Mord

In diesem Jahr warf ein weitaus schlimmeres Ereignis, das alles bisher Erlebte in den Schatten stellte mein Leben aus den Fugen. Geschehnisse die mir erneut den Beweis erbrachten, dass das Schicksal mir erbarmungslos alles was mir etwas bedeutete, wie ein

Raubtier auf der Jagd nach seiner Beute entriss. Ein Mensch, der mir alles war und dem auch ich etwas bedeutete, wurde mir mit einem Mal genommen. Mein Herz war erneut gebrochen und der Schmerz hinterließ eine weitere tiefe Narbe in meiner Seele. In meinem Leben gab es ohnehin nur eine Handvoll besonderer Menschen und dann wurde mir eines dieser wertvollen Wesen auf so brutale Weise weggenommen.

Meine Tante Maggie, eine von Mutters Schwestern war einer dieser Menschen. Sie war eine herzensgute Frau über deren Lippen nicht ein einziges Mal auch nur ein böses Wort kam. Sie hatte eine alles einnehmende, positive Ausstrahlung und ihre Besuche bei uns brachten ein ganz besonderes Strahlen in diese für mich sonst so düsteren Räume. Gerne hätte Mutter mich bei Tante Maggies Besuchen in mein Zimmer geschickt, doch diese bestand immer auf meine Anwesenheit. Während sie sich mit Mutter unterhielt, saß ich auf ihrem Schoß und malte. Sie bewunderte meine Zeichnungen, die ich in freudiger Erwartung ihres Besuches schon Tage zuvor für sie gemalt hatte. Ganz anders als Mutter die kaum auf meine Malereien reagierte. Zumindest nicht in einer positive Weise. Maggie allerdings fand immer freundliche und lobende Worte für meine Werke und es war eine Wertschätzung die ich von Mutter nie bekam. Sie fand wenn überhaupt, nur kritische Worte für meine Arbeiten und im Vergleich zu den Bildern meines Cousins, die sie in allerhöchsten Tönen lobte bezeichnete sie meine Zeichnungen stets als weniger gelungen und gab mir durch diese Geringschätzung das Gefühl ich wäre als Ganzes unvollkommen. Es verletzte mich unaussprechlich, weil ich doch so sehr darum bemüht war Mutter eine Freude zu bereiten und sie mit Stolz zu erfüllen. Doch all meine Bilder verschwanden wieder in meiner Schublade. Mutter tat nicht einmal so als hätte sie Interesse daran. Sie betrachtete sie kurz und drückte sie mir anschließend wieder in meine kleinen Hände.

Tante Maggie jedoch packte die ein oder andere Zeichnung, die ihr besonders gefiel in ihre Tasche und nahm sie mit nach Hause. Diese kleine Geste machte mich unbeschreiblich glücklich. Maggie hatte selbst keine Kinder und vielleicht war diese Tatsache sogar der Grund dafür, dass sie so unglaublich nett zu mir war. Sie wäre ohne Zweifel eine gute Mutter geworden, eine bessere als meine. Ab und zu brachte sie auch kleine Geschenke mit: Malstifte oder Zeichenblöcke für meine Zeichenleidenschaft. Ich liebte sie so sehr, für all das was sie mir auf menschlicher Ebene gab und ich bin mir sicher, wäre sie noch hier wären wir heute gute Freunde.

In einer kalten Winternacht, ich war etwa neun oder zehn Jahre alt, erreichte uns die Nachricht von ihrem Tod. Das laute Klingeln des Telefons in dieser schicksalhaften Nacht hatte mich geweckt und da sonst zu so später Stunde nie jemand anrief, kam ich nicht umhin meiner kindlichen Neugierde zu folgen.

Nachdem ich mich leise aus dem Bett schlich, blieb ich neben der Tür meines Kinderzimmers stehen und lauschte. Mutter sprach aufgeregt, war völlig aufgelöst und weinte. Ich hatte sie zuvor noch nie weinen hören und auch danach nicht mehr. Ich konnte kaum ein Wort verstehen, bloß ein paar Wortfetzen die durch das laute Schluchzen hindurch drangen. Nachdem sie den Hörer auflegte, ging sie zurück ins Wohnzimmer wo mein Stiefvater vor dem Fernseher saß. Mit zitternder Stimme verlautbarte sie die folgenschweren Worte:

»Maggie ist tot.«

Einen Augenblick schien mein Herz stehenzubleiben. Mir wurde heiß und ich fühlte einen fürchterlichen Druck in meiner Brust. Das konnte nicht wahr sein. In meinem Kopf drehte sich alles, mir wurde schwindlig und ich hatte Angst den Boden unter meinen Füßen zu verlieren. Am liebsten wäre ich weinend zu Mutter gelaufen, aber da mir dafür der Mut fehlte blieb ich noch eine halbe Ewigkeit allein mit all diesen grauenhaften Gefühlen in der Tür stehen.

»Er hat sie umgebracht. Erschossen!«, hörte ich Mutter schluchzen. Erschossen? Meine Tante Maggie wurde erschossen? Ich rutschte zu Boden und hielt den Atem an.  Bilder davon wie sie blutüberströmt auf dem Boden lag schossen durch meinen kleinen Kopf.

Wer war nur in der Lage so etwas Schreckliches zu tun? Paralysiert saß ich auf dem Fußboden meines Kinderzimmers und mit jeder verstreichenden Sekunde kam mir immer klarer zu Bewusstsein, dass ich Tante Maggie von nun an nie wieder sah. Nie mehr würde sie mein Leben durch ihr wundervolles Strahlen bereichern. Diese gute Seele, die mir stets das Gefühl gab liebenswert zu sein war für immer aus dem Leben gegangen.

Von all diesen Gedanken wurde mir nur noch schwindliger und ich fühlte mich betäubt, konnte nicht aufhören über diese schrecklichen Dinge nachzudenken. All die grauenhaften Bilder drängten sich immer tiefer in meinen Verstand. Ängstlich kroch ich auf dem Boden zurück in mein Bett und rollte mich dort zusammen. Die Decke bis zur Nasenspitze hochgezogen, wimmerte ich solange vor mich hin bis ich erschöpft einschlief.

Erst viele Jahre später erfuhr ich die ganze Wahrheit über die schicksalshafte Nacht in der Tante Maggie aus dem Leben gerissen wurde. Dass sie sich während ihrer unglücklichen Ehe mit einem brutalen und besitzergreifenden Ehemann in einen anderen Mann verliebt und ihr krankhaft eifersüchtiger Gatte, sie in einem Anfall von rasender Wut mit einem Kopfschuss hingerichtet hatte. Danach nahm er sich selbst mit der gleichen Waffe das Leben und ging neben ihr zu Boden. Als die Polizei eintraf, war es bereits zu spät. Mitten in einer riesigen Blutlache fanden sie bloß noch die leblosen Körper vor.

Maggie war tot. Ich hätte ihr ein so viel schöneres, vor allem längeres Leben gewünscht und ihr gerne so vieles erzählt. Vielleicht hätte ich mich ihr eines Tages auch anvertraut, ihr gestanden wie elend ich mich zu Hause fühlte und wie meine Eltern mich behandelten. Ich weiß, sie hätte mir geglaubt.

*Ich hoffe, dass Du da wo Du jetzt bist, Dein Glück und Deinen Frieden gefunden hast.*

# Sterben der Unschuld

Ich hasse es wenn man mich anfasst, und ich möchte auch nicht von fremden Kerlen angelächelt werden. Ich möchte auch nicht freundlich sein oder lächeln müssen, bloß damit irgend so ein Typ sich gut fühlt. Ich halte stets einen großen Sicherheitsabstand wenn mir ein fremder Mann auf der Straße entgegen kommt. Meine speziellen Ausweichmanöver, wie das wechseln der Straßenseite die ich anwende als befände ich mich im Krieg, um nur nicht zu dicht an einem von ihnen vorbeigehen zu müssen, sind eine absolute Notwendigkeit.

Ich raste richtiggehend aus wenn mir ein Mann den ich nicht gut kenne bloß auf die Schulter fasst. Da bekomme ich schreckliche Aggressionen und würde ihn am liebsten totschlagen, ihm seine Eier eintreten dafür dass er es gewagt hat mich unerlaubter Weise zu berühren. Nein, für mich ist es ganz und gar nicht normal, dass ein Mann eine Frau nach Lust und Laune anfasst. Wie oft schon wurde ich als Zicke bezeichnet oder gar als prüde Emanze weil ich mich gegen derartige Übergriffe zur Wehr setzte. Mein Leben lang war ich solchen Situationen ausgesetzt und mein Widerstand hatte stets zu Unverständnis geführt. Nicht nur bei Männern, sogar von Frauen musste ich mir Unhöflichkeit den armen Männern gegenüber vorwerfen lassen. Es wäre schließlich kein Leichtes für einen Mann, eine derartige Abfuhr wegzustecken. Männer hätten immerhin ihren Stolz und diesen zu verletzen ist eine Unart die gesellschaftlich nicht geduldet wird.

Wer bringt Jungs und Männern eigentlich bei, dass es in Ordnung ist Mädchen und Frauen gegen ihren Willen zu betatschen? Wer lehrt sie, dass es ein Kompliment sei wenn ein Mann sich ihr ungefragt nähert? Nicht nur, dass mein Großvater seinen Penis beim Hoppe Reiter-Spielen auf seinem Schoß an mir rieb und sich daran aufgeilte. Mutter – die selbst Opfer sexueller Übergriffe durch ihren Vater gewesen war – duldete dieses Verhalten auch. Wenn Opa es wollte, musste ich ihm einen dicken Schmatzer auf den Mund geben und das obwohl es mich so sehr vor ihm und seinem nach Rauch und Alkohol stinkenden Atem ekelte. Er meinte das alles doch nur lieb. Genauso fühlt es sich auch an wenn man von einem fremden Mann einen Klaps auf den Hintern bekommt. Ist doch schließlich ein Kompliment. Für diese Geste sollte man am Ende noch dankbar sein und sich um Gottes willen nicht wie eine blöde Zicke aufführen. Aber ich wollte mich genauso aufführen. Ich hasste es und ich hatte ein Recht darauf es zu hassen. Es ist mein Körper und der war nie und wird auch niemals für irgendjemand Freiwild sein. Ich hasse es entmenschlicht zu werden und dass auch nur ein Kerl auf den Gedanken kommt ich würde mich bereitwillig betatschen lassen oder nur darauf warten von ihm gefickt zu werden. Dabei wird mir so übel, dass ich kotzen möchte, ihnen mitten ins Gesicht aus Rache dafür, dass sie mich und andere Frauen nicht als Menschen, sondern bloß als Objekt wahrnehmen dass der Befriedigung ihrer Bedürfnisse dient und das sie sich aneignen können wann immer sie wollen. Und wenn er sie nicht haben kann, zerstört er sie auf jede nur erdenkliche Weise.

»Dorothy, es tut mir sehr leid. Hier hast du ein Taschentuch. Es ist in Ordnung zu weinen. Lass alles raus«, sagt Hase mitfühlend.

»Danke, Hase.« Ich nehme das Stofftuch das Hase mir sanft in die Hand legt und trockne meine Tränen. Es gibt so viele Erinnerungen über die ich bisher nie mit jemandem gesprochen habe, nicht einmal mit Psychiatern. Diese Ereignisse beschämten mich viel zu sehr, obwohl ich wusste, dass all das nicht meine Schuld war und man mich brutal gegen meine Willen in diese Situationen hineingedrängt hatte. Es war schon schwer genug über die ständigen Ficklaute meiner Eltern, die mir zugetragenen Pornoheft-Abholdienste und all die anderen Erlebnisse die in den kommenden Jahren noch folgten zu sprechen. Manchmal wünschte ich, ich könnte das alles einfach ausradieren, weil sich in mir drin alles so grässlich krank und so schmerzlich kaputt anfühlt. Da ist so viel Ekel und Wut die ich nicht mehr loswerde. Dabei frisst es mich schon mein Leben lang auf. Wie ein

Monster, das sich tief in mir verbirgt und mein Innerstes mit seinen scharfen Haifischzähnen zerfleischt.

»Es ist gut, lass dir Zeit und dann erzähl mir in aller Ruhe die Geschichte die sich zugetragen hat, als du etwa neun Jahre alt warst. Konzentriere dich auf die Uhr«, sagt mein pelziger Freund.

Ich verharre eine Weile in Stille und sehe zu diesem gigantischen Hasen hinüber. Wie er da sitzt, so groß und wuschelig und mit seiner Uhr vor meinen Augen hin und her wackelt.

Tick, Tack ... Tick, Tack ...
10 ... 9 ... 8 ... 7 ...

Auf die Sommerferien 83`freute ich mich riesig. Die Meteorologen hatten einen Jahrhundertsommer vorausgesagt und tatsächlich wurde es in diesem Jahr so heiß wie schon lange nicht mehr. Es war der perfekte Badesommer und die Tage die ich mit Mimi und Kate im Schwimmbad verbrachte waren für mich das Allergrößte. Frei und völlig losgelöst sprang ich leidenschaftlich gerne vom Zehnmeter-Sprungbrett. Ohne Angst und vor allem ohne Mutters Versuche mich davon abzuhalten. Immerhin war ich ein Mädchen und Mädchen sollten nicht so wilde Sachen machen wie Jungs. Etwa auf Bäume klettern, sich schmutzig machen oder eben vom Zehnmeter-Turm zu springen. Die Höhe machte mir nichts aus, ich liebte es gerade deshalb weil es sich wie Fliegen anfühlte oder zumindest so, wie ich mir Fliegen vorstellte.

Das Schwimmbecken ging fünf Meter in die Tiefe und nach jedem Sprung tauchte ich bis zum Boden des Beckens hinunter. Damals war ich völlig furchtlos. Vielleicht lag es an der unbändigen Sehnsucht nach dem wahrhaftigen Leben, oder dem Wunsch nach Freiheit und danach mich und die Welt um mich herum ganz stark zu spüren, dass ich keinerlei Angst empfand. Ich wollte das Leben inhalieren, meine ganze Lebendigkeit auf die ich ein naturgegebenes Recht hatte und die man mir zu Hause verwehrte auskosten. Ich fühlte alles ganz intensiv und ging bis zum Äußersten. Ich liebte das

Gefühl der Sonne auf der Haut wenn sie brannte und das kühle Nass wenn es meinen Körper wieder abkühlte. Es war ein wundervolles Wechselspiel und ich war süchtig danach. Ich genoss diese Tage in Unbeschwertheit und auch später waren es jene heißen Sommertage die mich mit größtem Glück erfüllten. Doch die Zeit der Unbeschwertheit verstrich viel zu schnell und gegen Ende diese Sommers wurde ein weiterer Teil meiner Unschuld brachial zu Grabe getragen.

Die letzten Tage dieses großartigen Sommers blieben sonnig warm, doch der leichte Wind der in den frühen Abendstunden angenehm über meine Haut strich, brachte die ersten Vorzeichen des langsam herannahenden Herbstes mit sich. Kate und ich saßen an einem spätsommerlichen Nachmittag auf der Wiese hinter unserem Haus und unterhielten uns angeregt, während wir an den umliegenden Grashalmen und Gänseblümchen zupften. Wir waren so sehr in unsere Unterhaltung vertieft, dass wir um uns herum nichts weiter wahrnahmen. Und so bemerkten wir auch nicht wie sich uns langsam jemand näherte. Erst als die Schuhpaare dreier Personen unmittelbar vor uns hielten, hoben wir unsere Köpfe und nahmen die Anwesenheit von drei Teenagern wahr. Die Personen die uns aus unserer angeregten Unterhaltung gerissen hatten, waren ein Mädchen Namens Gina, das in unserer Wohnhausanlage lebte und zwei uns unbekannte Jungs. Gina hatte ich noch nie gemocht. Sie war hinterhältig, verlogen und wo sie auftauchte gab es Ärger. Sie ließ keine Gelegenheit aus andere zu manipulieren und deswegen ging ich ihr – so weit es mir möglich war – aus dem Weg.

An diesem Nachmittag tauchte sie überraschend mit diesen beiden, etwa sechzehn oder siebzehn Jahre alten Jungs auf. Einer der beiden war groß, etwas dicklich und hatte dunkelblonde kurze Locken. Der andere war kleiner, wesentlich schmächtiger und hatte dunkles glattes Haar.

»Na, was macht ihr beiden denn da?«, fragte der Große und warf dem anderen ein anstößiges Lachen zu.

»Gar nichts«, antwortete ich und senkte meinen Kopf.

»Habt ihr schon mit Kerlen rumgemacht oder seid ihr zwei noch Jungfrauen?«, wollte er wissen. Ich sagte erst gar nichts und hoffte, dass sie sich wieder zurückzogen wenn wir sie nur lange genug ignorierten. Doch sie ließen nicht locker und der große Typ sprach mich ein weiteres Mal an.

»Hey, du kleine Schlampe. Ich rede mit dir!«

Ich brachte nur ein abfälliges:

»Was willst du?«, über meine Lippen.

»Na ob euch schon einer da unten angefasst hat will ich wissen. Oder ob ihr schon mal einem Typen an seinen Penis gefasst habt«, hakte er weiter nach. Kate und ich sagten zeitgleich und resolut:

»Nein!«

»Sollen wir euch zeigen wie das alles geht. Das mit dem Sex und so? Das wird euch sicher gefallen.« Er ließ nicht locker und beugte sich auch noch zu mir hinunter. Mir war klar, dass sich nichts Gutes anbahnte. Mein Gesicht lief rot an und eine unangenehme Hitze breitete sich in mir aus. Ich wusste, dass ich unter allen Umständen da weg musste aber die Typen und Gina stellten sich uns bei jedem Versuch uns zu entfernen, in den Weg.

»Lasst uns verdammt noch einmal in Frieden!« Jetzt bekam ich es richtig mit der Angst zu tun. Sie dachten nicht daran uns in Ruhe zu lassen. Der Größere drehte sich zu Gina um, fasste mit der Hand in ihre Jeans und bewegte sie in kreisenden Bewegungen in ihrer Hose.

»Seht, Gina findet das richtig gut, stimmt's?«, sagte er lüstern und fasste Gina mit der anderen Hand unter das Shirt.

»Ja, das ist richtig geil. Lasst sie doch mal bei euch machen«, sagte sie und gab dem anderen mit einer Kopfbewegung ein Zeichen.

»Ich sagte: lasst uns in Ruhe!« Während ich ihnen diese Worte entgegen brüllte, sprang Kate auf und lief ohne mich davon. Da war ich nun völlig allein und diesen Kerlen ausgeliefert.

»Lass die gehen«, sagte der große Typ.

»Die da ist eh viel herziger.«

Und da begannen sie auch schon mich von beiden Seiten zu bedrängen. Der große Junge griff nach mir. Ich flehte ihn an mich loszulassen, doch er beschwichtigte und ermahnte mich mich nicht so anzustellen. Mit einem Mal steckte er seine Hand von hinten in meine Unterhose. Mit seinen Fingern an meinem Höschen, drückte er mich mit voller Wucht und seinem ganzen Körpergewicht zu Boden. Ich wehrte mich, doch er war viel zu schwer und mit meiner zarten Statur hatte ich kaum eine Chance gegen einen fast ausgewachsenen Teenagerjungen. Er lachte die ganze Zeit während er auf mir lag und an mir herumfummelte. Er befahl mir endlich mit dem Rumgezicke aufzuhören und mich nicht wie eine frigide Jungfrau anzustellen, denn letzten Endes gefiele es mir sowieso. Alle Mädchen mögen das schließlich, ich wüsste es bloß noch nicht.

Er gab dem anderen Jungen ein Zeichen und der öffnete wie auf Knopfdruck seine Hose. Ich versuchte zu schreien, doch der Große presste seine Hand so fest gegen meinen Mund, dass meine Zähne schmerzlich gegen die Innenseite meiner Oberlippe drückten. Gina lachte, und je stärker ich mich wehrte, desto mehr amüsierte sie sich. Vor meinen Augen holte der schmalere Junge seinen Penis aus der Hose und als der große Typ seine Hand von meinem Mund nahm und mein Gesicht festzuhalten wollte sah ich nur noch rot. Mir wurde heiß, kalt und furchtbar schlecht. Ich schlug um mich und biss dem dicken Typen in die Hand. Nachdem ich so fest zugebissen hatte, dass er schließlich von mir abließ, stieß ich einen sirenenhaften Schrei aus. Alle erstarrten und aus einem benachbarten Fenster schrie jemand:

»Was ist da unten los? Ich komme gleich runter wenn nicht sofort Ruhe herrscht!«

Der Große sprang hoch und rief den anderen zu:

»Kommt schon, weg hier. Die ist ja irre!« Sie machten sich aus dem Staub und ich blieb auf dem Fleckchen Wiese vor unserem Haus zurück. Ich brachte es eine ganze Weile nicht fertig mich von der Stelle zu rühren und saß paralysiert und zitternd im Gras.

Bis heute erzählte ich niemandem davon. Auch Kate und ich sprachen niemals darüber. Es blieb ein schreckliches Geheimnis, das mich jahrelang jede Nacht in meinen Träumen verfolgte. Was man mir an diesem Tag angetan hatte zerstörte mich. Ich war noch nicht einmal zehn Jahre alt und hatte mehr gewaltsame sexuelle Übergriffe erlebt als andere in ihrem ganzen Leben.

Ich war bloß ein unschuldiges Kind, und doch versuchten so viele Menschen mir mit aller Gewalt diese Unschuld zu stehlen. Wieder schämte ich mich dafür ein Mädchen zu sein und niemals wollte ich zu einer Frau heranwachsen. Der Gedanke an die unvermeidlichen Veränderungen machte mir unaussprechliche Angst. Man hatte mich immer wieder und ohne schlechtes Gewissen missbraucht, so als wäre es völlig normal jemandem gegen seinen Willen solche Dinge anzutun.

Ich fragte mich was an diesem besagten Tag noch geschehen wäre, hätte ich nicht so instinktiv um mein Leben geschrien? Was geschehen war hatte bereits ausgereicht um zerstörerisch in mir zu wüten. In diesen endlosen Minuten in denen ich um mein Leben bangte, zog ich auch die Möglichkeit in Betracht, dass die Typen vielleicht sogar imstande waren mich zu verletzen oder auch Schlimmeres zu tun sobald sie mit mir fertig waren. Gedemütigt, unerlaubt betatscht und penetriert von jenen die sich einen Spaß aus meiner Angst machten und es trotzdem wagten sich Menschen zu nennen. Wie konnten sie sich das Recht nehmen so etwas mit mir zu machen und zugleich davon ausgehen ich würde Spaß dabei empfinden? Weil sie es in Pornos gesehen hatten und tatsächlich dachten all das spiegelte die Realität wieder? Hatten sie gelernt, dass Frauen sich erst wehrten um letztlich Gefallen an erzwungenem Sex zu finden? War das die Wahrheit an die sie tatsächlich glaubten? Oder machte es ihnen bloß Spaß, Mädchen zu demütigen? Wie konnten sie sich selbst die Legitimation erteilen, einem Menschen auf diese Art weh zu tun? Ein Mädchen da zu treffen, wo es am verletzlichsten ist; der so leicht zu zerstörenden Unschuld.

Neben den Pornoheften, dem ständigen Rumgevögel meiner Eltern und dem Missbrauch durch Fremde oder Verwandte, sollte das lange nicht alles gewesen sein dass ich in meiner ohnehin bereits beschmutzen kindlichen Unschuld zu sehen bekam.

## Haifischmonster

Mit gespreizten Armen und Beinen liege ich fixiert von massiven Lederriemen auf einem Tisch. Über mir blendend grelles Licht. Ich trage keine Kleidung auf dem Leib und friere. Ich fühle mich wie gelähmt und diese Unfähigkeit mich zu bewegen versetzt mich in Panik. Laute, surrende Geräusche schallen durch den klinisch kühlen Raum und über mir an der Decke befindet sich ein großer Spiegel der mir Schreckliches offenbart. Es ist nicht bloß die Tatsache, dass ich an Armen und Beinen festgeschnallt bin die mir das Blut in den Adern gefrieren lässt. Bei genauerem Hinsehen bemerke ich, dass meine Ober- und Unterlippe mit einem dicken, roten Faden zusammengenäht wurden. Durch das Bewegen meines Mundes versuche ich die Fäden zu lockern, doch es klappt nicht. Auch der Versuch meine Arme von den strammen Fesseln zu lösen ist zwecklos und zehrt nach nur wenigen Sekunden an meinen Kraftreserven. Mein Herz rast und mir wird schwindlig weil ich viel zu schnell atme.

Ich höre das durchdringende Geräusch einer schweren Metalltür, die zuerst auf- und dann langsam mit einem Knall zufällt. Jemand summt und kommt stetig näher. Erneut werfe ich einen Blick in den Deckenspiegel und sehe ein sonderbares Wesen auf mich zusteuern. Es hat lange, dürre, schlackernde Arme, einen breiten Kopf mit roten Glubschaugen, sowie dünne Beine und kaum einen Körper. Der graue Leib ist so schmächtig, dass man ihn mit dem übergroßen Kopf auf den kaum vorhandenen Schultern gar nicht richtig wahrnimmt.

Das Wesen bleibt neben meinem Haupt stehen, glotzt mich mit glubschigen Augen an und summt während es immerzu lächelt. Voller Entsetzen blicke ich in seine leeren Augen, doch es verzieht keine Miene. Seelenruhig holt es ein paar medizinische Instrumente aus einer kleinen Schublade und legt sie sorgfältig in einer Reihe auf ein Tablett. Anschließend nimmt es ein Skalpell in seine Pfote die bloß drei dicke Finger zählt, und richtet es auf meinen Mund. Panik überkommt mich und ich versuche meinen Kopf zu schütteln, doch er rührt sich keinen Millimeter. Das Geschöpf drückt seine Pranke fest an mein Kinn und setzt mit der anderen zum Schnitt an. Ich richte meine Augen auf den Spiegel, doch der Kopf der Gestalt verdeckt mir die Sicht. Sie summt weiter. Ich fühle wie sich langsam meine Lippen voneinander lösen und setze zum Schrei an. In diesem Moment legt das Monster auch schon seine Pfote auf meine Lippen, beendet sein Summen, sieht mich an und reißt urplötzlich sein breites, mit dutzenden spitzen Haifischzähnen versehenes Maul auf.

»Psssssssst.« zischt es drohend und lässt los. Ich bin starr vor Angst. Das hässliche Wesen summt weiter und kramt erneut in der Schublade. Ein Signalgeräusch ertönt. Ein rotes Licht-flackert Stroboskop-artig durch den Raum und erneut öffnet und schließt sich die Metalltür. Im Spiegel über mir sehe ich wie weitere Gestalten den Raum betreten. Unter ihnen auch das altbekannte Clownsmonster mit seinem Gefolge. Die Bestien – die mir schon so oft in meinen Träumen begegnet sind – kommen nun geradewegs auf mich zu. Der Signalton benebelt meinen Verstand und meine Augen beginnen zu flackern. Das Clownsmonster befindet sich nun neben mir und fasst mir an die Knie. Ich versuche zu schreien, doch da ist keine Stimme. Der eindringliche Signalton löscht alle anderen Geräusche aus. Das Clownsmonster gibt dem Haifischmonster Zeichen und das Biest mit den gezackten Zähnen trottet zu ihm an das Tischende. Inzwischen haben sich auch die anderen Fratzen um den Tisch geschart. Die Haifisch-Fratze beugt sich zwischen meinen Beinen über mich, schiebt mit weit aufgerissenem Maul, seine Pranke in meine Vagina und bewegt sie ungestüm darin während das

Clownsmonster verstohlen dabei zusieht. Auch die übrigen Gestalten begrabschen mich Tollpatschig. Ich stoße einen Schrei nach dem anderen aus, doch sie alle verklingen im Nichts.

Das Clownsmonster wackelt zu mir hinüber, streckt seine Zunge aus seinem ekligen Maul und leckt über mein Gesicht. Anschließend drückt es gewaltsam gegen meinen Kiefer und steckt sie bis in meinen Rachen hinunter. Die Monster vergehen sich nacheinander an mir, fahren ihre Krallen aus und bohren sie tief in mein Fleisch. Blut schießt aus meinem Mund, meiner Vagina und ich weiß, dass ich jetzt sterben werde.

Dunkelheit.

Wieder ein Albtraum. Ich schwitze, mir ist eiskalt und ich zittere am ganzen Leib. Jede Nacht seit diesem Vorfall vor dem Haus verfolgt mich dieser Albtraum. Ich öffne leise das Fenster in meinem Zimmer und übergebe mich vom ersten Stock. Nachdem ich mit der Hand die Kotze vom Mund gewischt habe, horche ich an der Tür ob meine Eltern schlafen. Es ist vollkommen still. Ich schleiche in die Küche, nehme eine Flasche Fanta aus dem Kühlschrank und mache einen großen Schluck um den Geschmack von Erbrochenem aus meinem Mund zu spülen. Dann hole ich ein paar Handtücher aus dem Badezimmerschrank, platziere sie auf meinem schweißnassen Laken und lege mich wieder hin.

Ich rolle mich zusammen, versuche mit aller Kraft einzuschlafen, und hoffe inständig, dass ich in dieser Nacht keinen weiteren Albtraum habe.

## Perversionen

In den folgenden Jahren erreichte ich neben den mir zugefügten körperlichen und seelischen Misshandlungen, dem sexuellen Missbrauch, den Perversionen meiner Eltern, einen weiteren Meilenstein auf dem Weg zur Auslöschung meiner kaum noch vorhandenen seelischen Unberührtheit. Das Bisschen, das nach all den

Erlebnissen davon noch übrig geblieben war hing bloß noch an einem abgescheuerten Seil das jede Sekunde zu reißen und mich in den Abgrund zu stürzen drohte. So dicht hing ich bereits am Schlund der imstande war mich jederzeit mit Haut und Haaren zu verschlingen.

Als am Wochenende der jährliche Weihnachtsbesuch der Verwandten vom Lande anstand, schliefen meine Eltern im neuen Stockbett des Kinderzimmers und ich erfuhr sogleich, wenn auch höchst unfreiwillig neues über ihre Sexpraktiken.

Nachdem wir den ganzen Nachmittag mit Onkel, Tante und den Cousins auf dem Weihnachtsmarkt verbrachten, gönnten sich die Erwachsenen zu Hause zum krönenden Abschluss noch Wein und ein paar Flaschen Bier. Bei meinen Eltern war Alkohol fest in den eintönigen Alltag integriert und offenbar Hauptbestandteil ihrer Ernährung. Doch bei ganz besonderen Gelegenheiten wie Weihnachten, Neujahr, Geburtstagen oder Besuch von Freunden und Verwandten durfte es auch etwas mehr sein. Da wurden schnell aus ein paar Flaschen Bier und ein paar Gläsern Wein, eine Kiste und ein paar Flaschen. Den Wein brachten Onkel und Tante aus dem großelterlichen Weinvertrieb mit. Der kostete nichts und war bei verschiedensten Gelegenheiten in das passende Geschenkpapier gewickelt, stets das perfekte Mitbringsel.

In dieser besagten Nacht, als Mutter und mein Stiefvater in unserem Zimmer schliefen, wurde ich erneut Ohrenzeuge ihrer ungenierten Sexspiele. Doch weder die Tatsache, dass ihre Kinder unmittelbar neben ihnen lagen, noch die nur ein Zimmer weiter schlafende Verwandtschaft hielt sie davon ab sich ihren Trieben hinzugeben. Die Bedeutung von Anstand war ihnen fremd und war Alkohol im Spiel, fiel auch der letzte Rest ihrer kaum vorhandenen Hemmungen. Es reichte nicht, dass ich mehrmals die Woche bei offener Zimmertür den ekelhaften Geräuschen ihres Geschlechtsaktes lauschen musste, sie gingen sogar einen Schritt weiter in ihrer unerträglichen Freakshow. Erstmals machte das absurde Griechenlandreise-Szenario Sinn. Jenes, als Stiefvater von Mutter beim Pinkeln auf der

Seitenstraße ein Foto geschossen hatte. Zwar war mir trotz allem nicht gänzlich klar was in der Nacht, als sie in unserem Zimmer fickten geschah, aber ich hatte eine Intuition, eine gewisse Ahnung oder Vorstellung davon was da passierte als ich die eigenartigen Geräusche vernahm. Ich wußte, wie sich ein Pinkelstrahl anhörte, das Plätschern, dazu lüsternes Gestöhne und Gurgeln. Schließlich war ich kein naiver Dummkopf und durchaus in der Lage zwei und zwei zusammenzuzählen. Aber erst viel später als ich älter wurde, kam mir diese Erinnerung in vollem Ausmaß zu Bewusstsein und da erst begriff ich, dass all das nichts anderes bedeutete als dass meine Eltern ihren Sex mit Pinkelspielchen aufmotzten.

Da ich es zum Glück nicht mit eigenen Augen sah, wusste ich zu diesem Zeitpunkt nicht genau was sie da anstellten und doch überkam mich eine schauderhafte Palette an negativen Gefühlen. Regungslos, nur knapp einen Meter entfernt und das Gesicht zur Wand gewandt, lag ich in meinem Bett. Starr vor Angst fürchtete ich durch die geringste Bewegung auf mich aufmerksam zu machen und hoffte, dass sie bald fertig waren. Doch es war wie eine Ewigkeit in der Hölle und ich kam nicht umhin mich zu fragen ob ich am Ende nicht vielleicht selbst psychisch krank war, weil sich in mir alles so schmutzig und böse anfühlte. Als hätte man etwas Verdorbenes in mich gepflanzt. Meine Seele war faulig und vergiftet von ihrem Dreck. Den Schmutz den ich auf und in mir spürte, konnte ich nicht einfach so abwaschen. Er haftete an mir und wurde wie ein resistentes Virus gegen das es kein Heilmittel gab. Man hatte meine Unschuld beschmutzt. Hatte ich tatsächlich erwartet, dass all diese Ereignisse spurlos an mir vorübergingen? Dass die Zeit diese Wunden heilte? Doch die Zeit war bloß ein aufbrausendes Monster, das die Kerben meiner Seele stetig weiter aufriss. Zeit, nichts weiter als bloß das Ticken einer Uhr. Sie lässt nicht vergessen und sie ist auch nicht fähig zu heilen.

Heute ist es mir unmöglich auf öffentlichen Toiletten zu pinkeln. Selbst wenn ich Besuch in meinem eigenen Zuhause habe, muss ich mir meinen Pinkeldrang stundenlang zurückhalten, weil ich es nicht schaffe in Anwesenheit anderer Menschen auf meine eigene Toilette zu gehen. Wenn ich es gar nicht mehr aushalte lege ich unzählige Schichten Toilettenpapier in die Kloschüssel, damit niemand meinen Strahl hört. Ich schäme mich für die normalste Sache der Welt, so als wäre ich total abartig. Wenn ich das Haus verlasse und weiß, dass weit und breit keine Toilette zur Verfügung steht, muss ich gerade dann auf jeden Fall Wasser lassen oder zumindest bilde ich mir das ein, weil mir meine Psyche jedes Mal Streiche spielt. Aber schon allein der Gedanke daran, dass sich in meiner Umgebung kein Klo befindet treibt mir den Angstschweiß aus den Poren. Deshalb habe ich mir schon sehr früh angewöhnt nur sehr wenig oder gar nichts zu trinken wenn ich nach draußen gehe.

Und dann gab es da auch noch diese unter den Teppich-Pinkel-Sache, wenn Mutter sich wieder lautstark ficken ließ und ich das Zimmer nicht verlassen konnte. In diesem Fall blieb mir nichts weiter als unter den kleinen Schaffellteppich, der vor meinem Kleiderschrank lag zu pissen. Wieder eine dieser unliebsamen Manifestationen meines Körpers die sich wie ein Blutegel an mir festgesaugt hatte. Da waren also die unzähligen Porno-Sadomaso-Hefte, der Pimmel von Jürgen, der sexuelle Übergriff dieser Jungs, mein Großvater, der seinen Schwanz an meinem Arsch rieb und mich dabei abschlabberte und last but not least, die Sexspiele meiner Eltern, inklusive Anpissen nur einen Meter von mir entfernt. Und so ganz locker nebenbei das obligatorische Versohlen meines nackten Arsches mit dem Holzkochlöffel oder dem Zwang zu essen. Die verbalen Demütigungen, das Übertragen jeglicher Verantwortung und dazu noch die Herzlosigkeit meiner Mutter. Das alles erzählte ich nie jemandem aus Angst man würde mir ohnehin nicht glauben, mich dann vielleicht sogar des Lügens bezichtigen und mich bestrafen.

Ich hatte all das über Jahrzehnte für mich behalten und mit mir herumgeschleppt, damit gelebt oder es zumindest versucht. Dabei hatte es mich so sehr gequält, jede Nacht Albträume in mir geweckt und die Frage in mir aufkeimen lassen, was Liebe und das Zusammensein zwischen Erwachsenen bedeutete. War es tatsächlich nicht mehr als das gelegentliche lieblose Penetrieren der dazu vorgesehenen Körperöffnungen?

Meine Eltern jedenfalls, fanden über ihr Sexualleben hinaus kein freundliches Wort füreinander oder berührten sich je in zärtlicher Weise, sondern lebten wie Roboter völlig emotionslos ihren Alltag.

## Übermonster

All das steht seither wie ein großes und alles in sich verschlingendes Monster über mir. Es hat viele Gesichter und wechselt seine Form nach Belieben. Wie etwa der gesichtslose Teufel, der mich immer wieder fickt. Der unsichtbare Mann der an meine Türe klopft oder aber auch das mir so verhasste Clownsmonster das mir den Hintern versohlt und mich missbraucht. Es lebt in meinem Kopf, meinen Gedanken, meiner Seele. Ernährt sich von meiner Angst, dem Schmerz und dem Ekel den man in mich hineingeplatzt hat. Es frisst den ganzen Dreck, lebt von ihm, schnappt nach mir und möchte mich verschlingen, weil ich bis oben hin voll von schleimigem Dreck bin. Es will mich restlos in sich aufnehmen, mich zu seiner Gefährtin, einer leeren kalten Hülle ohne die geringste Selbstachtung machen.

In meinen Träumen verfolgt mich das Monster und ist immer bloß wenige Schritte hinter mir, verborgen in den Schatten. Ich laufe und doch komme ich nicht weiter. Meine Beine sind schwer wie Blei, jeder Schritt eine Mühsal und ich wünschte ich könnte meinen Körper in die Lüfte erheben und davonfliegen. Ich nehme Anlauf und springe, aber nichts geschieht. In meinem Nacken kann ich bereits den schweren Atem des teuflischen Monsters spüren. Ich drehe mich um, doch da ist nichts weiter als die alles verschlingende Dunkelheit. Es darf mich nicht bekommen. Wenn es mich kriegt, frisst es mich mit Haut und Haaren auf oder es entführt mich in sein Reich, sperrt mich dort in einen Käfig um mich nach Lust und Laune zu quälen.

Ich versuche es weiter, springe vom Boden ab und dann mit einem Mal hebt sich mein Körper von der Erde ab und ich begebe mich in die Lüfte. Doch nur für wenige Sekunden, denn umgehend schlage ich mit voller Wucht am Boden auf. Mein Körper schmerzt, meine Knie bluten und meine Hände sind von Schrammen übersät.

Vor mir tut sich erneut die Tür zu diesem dunklen, ekelhaften und vor Dreck triefenden Korridor auf. Abermals jagt das Monster mich dort hindurch. Es ist aussichtslos, ich bin in die Falle getappt, gehe hundert Mal durch die gleiche Türe hinter der sich jedes Mal ein weiterer, schauderhafter Teil meiner Erinnerungen offenbart. Abgehetzt laufe vorbei, versuche nicht zur Seite zu blicken, doch die Türen schlagen wie verrückt auf und zu, und zwingen mich zu ungewollten Einblicken.

Eine Hand packt mich, zieht mich in ein dunkles Zimmer und die Tür fällt zu. Das Clownsgesicht mit dem eingebrannten Grinsen und den dicken Händen trägt meinen Körper in nur einer Hand neben sich her. Das scheußliche Clownsmonster wirft mich mit meinem Gesicht nach unten auf einen Metalltisch und meine Beine hängen lose an der Seite herab. Mit nichts weiter auf meinem Leib, als meinem dünnen Nachthemd liege ich frierend und voller Angst auf diesem kalten Tisch. Ich möchte sterben, bloß noch sterben um diesem Irrsinn ein für alle Mal zu entkommen.

All das ist ein niemals endender Albtraum dem ich nicht entrinnen kann. Ich bin so schrecklich müde, meine Seele und auch jede Faser meines Körpers schmerzen. Ich möchte schreien doch das Monster klebt sogleich beim ersten Versuch ein Klebeband auf meinen Mund und bindet meine Arme hinter meinem Rücken fest. Da steht sie, die grässliche Clownsgestalt mit dem übergroßen Holzkochlöffel in seiner Pranke, während sein Schwanz ihm wie eine alte Gummiwurst schlaff aus der Hose hängt. Hinter ihm, ekelhafte Bestien die dem Clown Beifall schenken und schadenfroh lachen. Die Clownsgestalt holt weit aus …

Dunkelheit.

# Umzug

Mein neuer kleiner Bruder Sam erblickte im April 1986 das grelle Licht der Welt. Mutter, die ja so gut mit Kindern konnte hatte ein weiteres Baby zur Welt gebracht und deshalb benötigten wir jetzt auch mehr Platz. Die neue Wohnung war bereits bezugsbereit und befand sich in einer riesigen, modernen Wohnhausanlage, die ein wenig an einen Gefängniskomplex erinnerte. Die Außenmauern waren mit hellgrauen und dunkelgrünen, wenig freundlich wirkenden Metallpaneelen überzogen. Im inneren der Anlage gab es dafür große Spielplätze und saftig grüne Rasenflächen. Wichtig jedoch war nur, dass unser neues Zuhause genug Platz für uns alle bot.

Als wir mit Sack und Pack am neuen Wohnort ankamen, beobachtete ich mit großem Staunen die unzähligen Kinder die sich wie Ameisen auf den Spielplätzen tummelten. Es war überwältigend und zugleich beängstigend, denn ich fragte mich ob mir die große Auswahl an Kindern die Suche nach möglichen neuen Freunden erleichtern oder doch bloß erschweren würde.

Als wir die neue Wohnung betraten, war ich restlos platt: sie war doppelt so groß wie unsere alte und von dem Vorraum, den man betrat wenn man durch die Eingangstüre kam, ging es in ein geräumiges Esszimmer. Von da aus führte eine Tür zur Küche und eine andere in das unfassbar große Wohnzimmer. Es gab sogar einen Balkon! Einen Balkon, der die Größe unserer früheren Küche hatte und aus dem man mühelos hätte ein weiteres Zimmer machen können. Vom Wohnzimmer ging es in den hinteren Teil der Wohnung, zu einem zweiten Vorraum von dem aus man Zutritt zu sechs weiteren Türen hatte. Zwei auf der rechten, drei auf der linken Seite und eine gerade aus. Links lag das neue Schlafzimmer meiner Eltern, sowie die Toilette und das Badezimmer. Geradeaus gab es eine kleine Abstellkammer und auf der rechten Seite befanden sich zwei Kinderzimmer! Eines gehörte mir ganz alleine. Das war also die Überraschung von der Mutter die ganze Zeit über gesprochen hatte.

Zugebenen, ich war etwas misstrauisch gewesen. Ich konnte ja nie sicher sein was mich erwartete wenn Mutter von einer Überraschung sprach. Doch dieses Mal war meine Freude unbeschreiblich groß. Womit hatte ich das verdient?

Aber trotz meiner Freude und der Aufregung packte mich ein wenig die Wehmut. Die Trennung von Mimi und Kate, die bisher meine einzigen richtigen Freunde gewesen waren fiel mir nicht leicht. Wir versprachen uns hoch und heilig uns zu besuchen so oft es ging. Aber es kam wie es kommen musste. Unsere Treffen fanden zuerst alle paar Wochen statt und später bloß noch einmal in sechs Monaten, bis wir uns schließlich ganz aus den Augen verloren.

Die ersten Tage in unserem neuen zu Hause waren wir mit Auspacken, Einrichten sowie der Teppich- und Tapetenauswahl beschäftigt. Ich bekam eine komplett neue Einrichtung für mein Zimmer und durfte sie sogar selbst auswählen. Ich entschied mich für ein Jugendzimmer, gehalten in weiß mit blaugrauen Zierleisten das aus einem Kleiderschrank, Schreibtisch, einem Bett und einem Regal bestand. Die Tapeten, die ich aussuchte, waren ebenfalls hell und mit unzähligen kleinen Wolken verziert. Nur den Teppich wählte Mutter aus rein praktischen Gründen selbst aus. Der musste robust und vor allem pflegeleicht sein und war daher entsprechend unspektakulär in verschiedenen Grautönen gehalten.

Sam war ein richtiger Schreihals und schrie Tag ein, Tag aus. Was das betraf war er das genaue Gegenteil von Jack, aber nur was das Schreien und die Schlafgewohnheiten anging. Denn sonst war er mindestens genauso süß und ich hatte ihn ebenso lieb wie Jack. Aber Sams Dauergeschrei wurde vor allem für Mutter zur Belastungsprobe. Mein Stiefvater der erst abends von der Arbeit nach Hause kam, bekam die Hälfte des Geschreis gar nicht mit. Aber selbst die wenigen Stunden genügten ihm bereits um sich nach dem Essen völlig entnervt vor den Fernseher zurückzuziehen.

Sams Geburt war eine Strapaze gewesen und Mutter brauchte lange um sich davon zu erholen. Bei der Entbindung hatte sich die Nabelschnur um Sams Hals gewickelt und hätte ihn beinahe stranguliert. Dem Arzt blieb daher nichts anderes übrig, als mit beiden Händen in den Unterleib meiner Mutter zu fassen, die Nabelschnur vom Hals meines Bruders zu entfernen und ihn herauszuziehen. Das alles ganz ohne Betäubung oder Schmerzmittel. Sam war bereits blau angelaufen und nur knapp dem frühen Tod entkommen, doch der Arzt hatte durch sein schnelles Handeln das Leben des kleinen Kerls gerettet. Wahrscheinlich lag es auch an dem enormen Geburtstrauma, dass Sam so ein Schreihals war und uns allen den Schlaf raubte. Mutter, die von der Entbindung erschöpft und am Ende ihrer Kräfte war, hatte sehr große Schwierigkeiten mit der zusätzlichen Belastung umzugehen. Hinzu kam, dass sie den ganzen Tag allein mit uns Kindern war und auch von meinem Stiefvater keine Unterstützung erwarten konnte. Nachdem Sam durch nichts ruhig zu stellen war und Mutter kurz vor dem Nervenzusammenbruch stand, bat sie ihren jüngsten Bruder Ethan für eine Weile bei uns einzuziehen. Er bekam das freie Bett im Zimmer meiner Brüder weil Sam immernoch bei meinen Eltern schlief und wohnte von da an einige Wochen bei uns. Ethan war der einzige von Mutters Brüdern den ich wirklich mochte. Von ihm kam niemals etwas Abfälliges oder ordinäres Gerede. Er war ein lustiger, freundlicher junger Mann mit einer großen Leidenschaft für Elvis Presley. In mir hatte er jemanden gefunden, dem er diese Leidenschaft näher bringen konnte und so erfuhr ich alles was es über Elvis zu wissen gab. An vielen Nachmittagen, wenn Mutter ihren Erholungsschlaf nahm und auch Sam für ein oder zwei Stunden vom Schreien eine Pause einlegte, zeigte er mir die alten Elvis-Filme und spielte mir die Schallplatten seiner großen Sammlung vor.

Was das Freundefinden betraf, war ich mir noch nicht sicher wie ich das hier angefangen sollte. Einfach so auf andere zuzugehen schaffte ich nicht und wenn andere auf mich zukamen, verfiel ich in einen Schockzustand und bekam erst einmal kein Wort heraus. Also sah ich mir für den Anfang den ungewohnten Trubel aus sicherer Entfernung, von unserem Esszimmer aus an. Wenn ich aus dem Fenster sah, konnte ich direkt auf einen der belebten Spielplätze sehen, doch immer wenn ein Kind an unserem Fenster vorbeiging machte ich einen Schritt zur Seite und versteckte mich hinter dem Vorhang. Man stelle sich vor einer von ihnen hätte mich gesehen und angesprochen? Darauf war ich nicht vorbereitet. Ich brauchte noch etwas Zeit um mich an die vielen neuen Gesichter zu gewöhnen.

Jedes Haus der Anlage hatte fünf Stockwerke und in jedem lebten vier bis fünf Parteien. Der Gebäudekomplex umfasste 422 Wohnungen und fast alle waren bei unserem Einzug belegt. Ich hatte das Gefühl auf einem anderen Planeten zu leben. Wo man hinsah tobten Kinder. In den Ferien sogar von früh morgens bis spät abends. Danach war es mit einem Mal totenstill. In der umliegenden Umgebung gab es alles, was man für das tägliche Leben benötigte; einen großen Supermarkt, Tabakladen, eine Apotheke, einen Frisör, Elektrofachgeschäfte, Drogeriemärkte, Bäcker, einen Eissalon und noch vieles mehr.

Wie bereits in unserem früheren Zuhause, hatte ich auch hier meine Pflichten, wie den täglichen und unumgänglichen Gang zum Supermarkt. Der fiel mir am neuen Wohnort umso schwerer, weil es mir hier nicht möglich war meine viel zu großen Einkaufstaschen unbemerkt nach Hause zu schleifen. Es war mir schrecklich peinlich wenn ich bloß daran dachte, dass mir ein Dutzend Kinder dabei zusahen wie ich die prall gefüllten Taschen hinter mir her zog. Es gab gewisse Dinge, bei denen mochte man nicht von allen gesehen werden. Am Ende war ich vielleicht noch dieses seltsame kleine Mädchen mit den viel zu großen Einkaufstaschen, das man sonst nie zu Gesicht bekam. Dann stünden sie alle da und zeigten mit den Fingern auf mich, während ich mich vom Supermarkt nach Hause mühte.

Es wäre auch möglich gewesen um die Anlage herum zu gehen, aber das hätte mich fünf Minuten mehr gekostet. Und wie mit dem Drang zu pinkeln, konnte eine so schwere Tasche wenn man sie auch nur zwei kurze Minuten länger tragen musste einen fast umbringen. Auch konnte ich mir nicht aussuchen zu welcher Tageszeit ich den Einkauf erledigte, denn wenn Mutter beschloss, dass ich das jetzt zu erledigen hatte, dann musste ich das ohne Widerrede tun. Alternativen gab es also keine und so sah ich mit großer Furcht meinem allerersten Gang zum neuen Supermarkt entgegen.

Neben den Einkäufen bekam ich sogar noch ein paar neue Aufgaben zugeteilt. Wie etwa das Zimmer meiner Brüder aufzuräumen, die Wäsche in die Waschküche zu bringen und wieder hinauf zu holen. Das Waschmittel und den Weichspüler in die Maschine füllen und das Gerät einschalten. Und das mehrmals am Tag, einmal die Woche.

»In zwei Stunden bist du wieder hier. Dann muss die Wäsche in den Trockner«, sagte Mutter an jedem Waschtag. Und damit ich auch pünktlich wieder erschien, schenkte sie mir eine Digitaluhr. Die zaghaften ersten Schritte nach draußen, die zu machen ich wagte nachdem ich lange genug am Fenster die anderen Kinder beobachtet hatte, waren zeitlich stark begrenzt und durch das allstündliche Hin- und Herlaufen unterbrochen. Aus diesem Grund entfernte ich mich nie sehr weit von unserer Wohnung, um sobald die Zeit abgelaufen war, in die Waschküche zurückzueilen und umgehend meiner Pflicht nachzukommen. Das führte dazu, dass ich aus Panik alle paar Minuten nervös nach der Uhrzeit sah, um bloß nicht eine Minute zu spät zum Wäschewechsel anzutreten. Ich wusste genau, Mutter würde keine Sekunde die ich zu spät kam entschuldigen. Ich hatte schließlich Augen im Kopf und auch ein kleines bisschen Gehirn. Wenn ich dennoch ein einziges Mal, weil ich nach dem Ablegen meiner Schüchternheit in ein Gespräch mit vermeintlich neuen Freunden vertieft war, ein paar Minuten zu spät kam, schrie sie schon aus dem Fenster. Ganz laut und ganz schrill, mitten in die herumtollende Kinderschar. Aber nicht nur wenn ich zu spät war. Wie früher schon brüllte sie wegen jeder Kleinigkeit nach mir und erlangte so unter den Anwohnern der neuen Anlage schnell hohen Bekanntheitsgrad. Schon bald wusste jeder wer meine Mutter und somit auch wer ich war. Ich war das Mädchen, dessen Mutter wie eine Irre mehrmals am Tag minutenlang laut aus dem Fenster schrie.

Für jegliches Vergessen auf die Zeit und anderes Fehlverhalten gab es beim Abendessen von meinem Stiefvater die übliche Predigt, gefolgt von einer Bestrafung. Je nachdem was ich gerade am liebsten tat. Musik hören, Fernsehen oder rausgehen. Entweder wurde mir eines davon gestrichen, oder aber auch alles. Und wenn er in Fahrt war, bekam ich noch Mathe-Übungen als Strafbonus aufgebrummt. Zudem durfte er mir endlich meine enorme Undankbarkeit vorhalten, denn schließlich hatte er mir ein eigenes Zimmer ermöglicht und es auch ganz neu eingerichtet. All das hatte unheimlich viel gekostet und ich war zum Dank eine so undankbare Göre die nichts richtig machen konnte und nicht einmal imstande war eine lächerliche Uhr zu lesen.

»Von uns kriegst du garantiert nichts mehr.« Mit diesem bevorzugten Satz waren die Gespräche abrupt beendet und es konnte fröhlich weitergegessen werden. Oder auch nicht, denn auch das Thema Essen blieb wie gehabt, kein angenehmes. Allerdings hatte ich inzwischen eine besondere Lösung für dieses Problem gefunden. Im neu eingerichteten Esszimmer befand sich eine rustikale Essecke, die unterhalb der Sitzflächen Stauraum bot und dort ließ ich, wenn ich meine Strafminuten absaß, Häppchen für Häppchen meines Essens unauffällig verschwinden. Aber niemals das ganze Essen. Das war wohl überlegt, denn es wäre viel zu auffällig gewesen wenn ich plötzlich jede Mahlzeit bis zum letzten Bissen aufgegessen hätte. Nachdem ich stets einen kleinen Rest auf dem Teller zurück ließ, wartete ich auf den erlösenden Satz meines Stiefvaters:

»Ja ist gut, verpiss dich jetzt auf dein Zimmer.«

Später in der Nacht, wenn alle schliefen holte ich das verschmähte Essen aus dem Geheimfach und spülte es die Toilette hinunter. Das klappte immer und es kam auch nie jemand dahinter. So verschaffte ich mir eine ideale Möglichkeit, zumindest dem leidlichen Frust mit dem Essen zu entkommen. Es gab ohnehin tausend andere Gründe mich fertig zu machen. Und es fanden sich stets neue. War es nicht das Essen, dann das fünf Minuten zu spät kommen oder Ärger weil ich beim Einkaufen etwas vergaß. Wenn sie nach Gründen suchten, fanden sie auch welche und die brauchten sie um ihre Wut und die Gewalt gegen mich vor sich selbst, und anderen zu rechtfertigen. Denn wenn ich mich ihrer Meinung nach nicht gebührlich verhielt, war es auch ihr Recht mich zu schlagen um aus meinem Fehlverhalten zu lernen. Dafür hatte schließlich jeder Verständnis.

Auch die Pornohefte durfte ich weiterhin aus dem neuen Tabakladen holen. Was das anbelangte war sogar noch eine Steigerung möglich. Früher waren es die alten Projektoren gewesen mit denen wir uns ab und zu Disneyfilme ansahen oder meine Eltern sich lautstark Pornofilme reinzogen. Doch nun eröffnete sich ihnen eine ganz neue Welt des Entertainements, denn in unserer Gegend gab es eine Videothek. Dort konnten sie sich jetzt nach Belieben und völlig unkompliziert Pornovideos ausleihen. Und natürlich hatte ich die große Ehre sie wieder zurückzubringen. Dass es sich um diese Art Videos handelte, konnte man an den roten Aufklebern erkennen auf denen ganz groß eine schwarze achtzehn geschrieben stand. Zu Beginn suchten sie ihre Filme noch selbst aus. Später riefen sie in der Videothek an, ließen sich via Telefon beraten und ich durfte beim Retourbringen der Kassetten gleich wieder ein paar neue mit nach Hause nehmen. Und obwohl meine Eltern jetzt ein eigenes Schlafzimmer hatten, trieben sie es mit Vorliebe im Wohnzimmer weil dort der Videorecorder stand den sie brauchten um sich während des Aktes ihre Pornos anzusehen. Hinzu kam, dass die Wand meines Zimmers direkt an das Wohnzimmer grenzte und ich so erneut in den ungewollten Genuss kam die ganze Scheiße mitanzuhören. Die gleiche Hölle. Jetzt bloß in neuer Umgebung und auf mehr als hundert Quadratmetern.

## Die Neue

Die Ferien sind zu Ende und vor mir liegt der erste Tag in der neuen Schule. Mutter bringt mich anstandshalber hin, weil ich den Weg noch nie alleine gegangen bin und weil man sich als Mutter wenigstens am ersten Schultag des eigenen Kindes sehen lassen sollte. In der alten Schule musste – oder durfte ich, je nachdem wie man es sehen möchte – schon immer allein zur Schule und wieder nach Hause gehen. Aber damals waren da auch Kate und Mimi, die den gleichen Schulweg hatten und daher empfand ich es nicht als schlimm.

Vor der neuen Schule tummeln sich bereits die unzähligen Kinder. Für viele ist es der erste Schultag überhaupt und sie tragen hübsch gestriegelt und frisiert ihre viel zu großen Schultüten vor sich her. Beinahe wie bei einer Modeschau, oder wie kleine Weihnachtsbäumchen. Auch ich wurde für diesen Tag fein herausgeputzt, denn schließlich musste ich einen guten Eindruck machen oder vielmehr sollte es den Anschein erwecken, ich käme aus einer anständigen Familie.

Fast überpünktlich um halb neun Uhr morgens, stehen Mutter und ich vor dem Schulgebäude. Mutter packt die kleine Fotokamera aus ihrer Handtasche, macht ein oder zwei Schnappschüsse von mir und wendet sich dann plötzlich ab. Sie kommt mit einer fremden Frau ins Gespräch, deren Tochter heute den allersten Schultag hat. Sie wechselt auch ein paar freundliche Worte mit dem Mädchen, das ich jetzt schon abgrundtief hasse weil Mutter so nett zu ihm ist. Dann nimmt sie erneut ihre Kamera und fotografiert diese Göre auch noch.

»Kennst du das Mädchen?«, frage ich sie verwundert.

»Nein«, antwortet sie kühl.

»Warum fotografierst du die dann?«

»Na weil sie lieb und hübsch ist.«

Lieb und hübsch? Lieb und hübsch? Wann hat sie so etwas je über mich gesagt? Nie! Das hätte ich mir nämlich bestimmt gemerkt. Rot im Kalender angestrichen und eine Party geschmissen. Es versetzt mir einen brutalen Stich mitten in mein kleines Herz und mir bleibt eine gefühlte Minute lang die Luft weg. Ich bin starr vor

Wut, völlig fassungslos. Das war der Gipfel aller Demütigungen und Verletzungen die sie mir bisher zugefügt hat. Ich weiß nicht wie ich darauf reagieren soll. Am liebsten würde ich sie auf der Stelle umbringen, sie vor ein Auto stoßen. In meinem Innersten brodelt es und hört nicht mehr auf. Ich bin nichts, ich bin einfach ein Nichts. Überhaupt nichts wert. Ein Stück Scheiße. Jetzt ist es ganz klar: ich bin dumm, hässlich, wertlos und meine Mutter hasst mich so dermaßen, dass sie mir jetzt auch noch den Todesstoß versetzt, indem sie ein wildfremdes Mädchen auf einen Sockel stellt und es als lieb und hübsch bezeichnet. Sie hätte wohl lieber dieses Mädchen als ihr eigenes Kind gehabt und dabei kannte sie es nicht einmal. Was war nur los mit dieser Frau, dass sie ihr eigenes Kind so sehr verachtete?

In ihren Augen war jedes andere Kind besser als ich. Aber das war es jetzt. Ich habe genug. Ich war stets brav, zumindest habe ich mein Bestes gegeben, habe immer getan was ich sollte und mir allergrößte Mühe gegeben alles richtig zu machen. Ich bin super in der Schule, kann richtig gut zeichnen und sogar singen. Verdammt noch einmal: ich bin DEIN Kind!

»Warum hast du mich überhaupt geboren!«, schreie ich. Doch nur in meinem Kopf. Erst viele Jahre später würden all diese Worte den Weg aus meinem Verstand finden und für Mutter hörbar werden. Ich würde ihr all das mitten in ihr saudummes Gesicht brüllen. Aber heute tue ich es nicht. Ich schweige, aber meine Seele schreit und mein ganzer Leib zittert vor Wut. Nur ein einziges Mal wünschte ich mir von dieser Frau zu hören, dass sie mich lieb hat. Aber stattdessen reibt sie mir unentwegt unter die Nase, wie sehr sie mich verachtet und wie toll sie andere Kinder findet.

Dann nimm dir doch eines von denen, ich möchte auch lieber woanders sein als hier bei dir, du blöde Kuh! Aber wo sollte ich denn hin? Mein Kopf ist so voll, dass mir schwindlig wird. Gedanken über Gedanken. Fragen über Fragen. Die ganze Zeit über, während all diese Dinge in mir wüten, starre ich Mutter an und muss machtlos dabei zusehen wie sie freundlich lächelnd dieses Mädchen fotografiert. Nein, die kommt sicher nicht zu uns nach Hause. Schmink dir das gleich mal ab. Wenn du es wagst wird sie freiwillig wieder gehen, dafür werde ich sorgen. Von heute an bin ich nicht mehr so brav. Du kannst mich mal am Arsch lecken. Jetzt kriegst du das Kind, das du verdienst, du elendes Miststück. Und wenn du mich windelweich prügelst, es ist mir scheiß egal.

In mir ist es jetzt nur noch düster und so pechschwarz wie mein kleines krankes Herz.

## Fall

Ich falle tiefer, und immer tiefer in die alles verschlingende Dunkelheit. Um mich wird es unaufhaltsam dunkler und stiller. Die sich immer weiter ausbreitende Leere verzehrt auch noch den letzten schwachen Lichtstrahl, der von oben auf mich herab scheint und zieht mich unerbittlich hinab in endlose Tiefen. Bei den zahllosen Versuchen mich an den scharfkantigen Wänden des düsteren Tunnels festzukrallen, reißen meine Körperteile wie die Gliedmaßen einer alten Porzellanpuppe ab. Meine Arme und Beine werden wie durch die unsichtbare Hand eines zornigen Kindes auseinandergerissen. Mit Schrecken sehe ich an meinem verwundeten Körper hinab und da wo mein Herz schlägt, beißt sich eine schwarze, klebrige Masse fest. Die pechartige Brühe legt sich allmählich über meine Brust, verbreitet sich mit jedem schweren Schlag meines kaputten Herzens und frisst sich nach und nach in meine Seele.

Was geschieht nur mit mir? Ich verliere mich. Da ist eine Macht gegen die ich mich nicht wehren kann und jeder Widerstand ist zwecklos. Die Luft wird mit jedem weiteren Meter hinab dünner. Eisige Kälte. Ich atme schwer. Mein Herz ist zu einem klebrigen Fleck verkommen. Freier Fall in den Luftleeren Raum. Meine Seele gefriert und zerspringt in tausende kleine Teilchen. Splitter aus stechend scharfem Eis, setzen sich an meiner Haut fest. Kristallklares Nichts. Totenstille. Ich erstarre. Seelenkalt. Meine Welt ist düster und leer, so wie ich selbst.

Man hat mich in diesen kalten, einsamen Raum hineingeboren. Er ist dunkel, eisig und unbewohnt. Die Splitter meiner kaputten Seele habe ich in eine Truhe gepackt, mit Ketten umwickelt, ein großes Schloss daran gehängt und im Ozean versenkt. Das bisschen Lebendigkeit, das sich noch hinter meiner Unzugänglichkeit verbirgt wirst du mir niemals nehmen können, Mutter. Du bist wie krankes Gewebe in meiner Seele, das sich immer weiter ausbreitet und von mir Besitz ergreift. Doch jetzt bedeutest du mir nichts mehr. Ich bin wie der wilde Tiger in Gefangenschaft, der in seinem Käfig auf und ab läuft, darauf wartend dass die alten Gittertüren aufspringen um endlich in die Freiheit zu entlaufen. Doch bevor ich endgültig gehe, zerfleische ich euch, meine Peiniger und eure Überreste werden mir als Wegzehrung dienen. Nicht die stärksten Ketten dieser Erde werden mich je wieder halten.

Geduldig warte ich auf den Tag, an dem ich meine Freiheit wiedererlange, weit weg von dir Mutter, wo du keine Macht mehr über mich hast. Mir nicht mehr weh tun kannst, nicht mehr an meiner Seele kratzt und mich zerstörst.

## Schock

Unterrichtsbeginn.

Nach diesem unerträglichen und schmerzvollen Ereignis gehe ich schweren Schrittes hoch in den ersten Stock wo sich meine neue Klasse befindet. Ich habe ein wenig Angst das Zimmer zu betreten, denn ich kenne hier niemanden und die anderen Schüler waren bereits eine zusammengeschweißte Truppe.

Ich versuche der Angst nicht allzu viel Raum zu geben und es auf mich zukommen zu lassen. Was konnte jetzt noch Schlimmes geschehen? Ich betrete so unvoreingenommen wie möglich das Klassenzimmer. Von der Türe aus halte ich Ausschau nach einem freien Platz. Die Klasse ist fast voll und die anderen sitzen bereits auf ihren Plätzen. Wie die meisten Kinder, möchte ich nicht unbedingt direkt in der ersten Reihe, unmittelbar im Blickfeld des Lehrers sitzen. Noch dazu sind die Tische in dieser Klasse ganz anders angeordnet als in meiner alten Schule. Die erste Tischreihe besteht aus vier nebeneinander stehenden Tischen, die in einem nicht ganz vollständigen Halbkreis angeordnet sind. Dahinter wieder das gleiche und darauf folgt die nächste Tischreihe und wieder die nächste. So gesehen sitzen alle in den jeweiligen Reihen wie in einer Wurst, Tisch an Tisch. Ganz dicht aneinander gereiht. Nun gut. Zu meinem Pech ist auch tatsächlich nur ganz vorne ein allerletzter Platz frei. Zwar nicht genau vor dem Lehrer aber für meinen Geschmack viel zu nah dran; eben gerade so, dass man einen guten Blick auf mich haben wird.

Ich nehme Platz, und da ich sowieso keine Wahl habe rede ich mir ein, dass es schon nicht so schlimm werden wird. Es läutet zur vollen Stunde. Neugierig auf die Erscheinung des neuen Klassenvorstandes drehe ich mich erwartungsvoll um. Doch so schnell wie ich meinen Kopf nach hinten gewandt habe, richte ich ihn auch augenblicklich wieder nach vorne. Ich bewege mich keinen Millimeter. Das kann doch nicht wahr sein. Mir wird schlecht, mein Herz fängt wie verrückt an zu rasen und mein Mund ist trocken.

Ich würde wirklich gerne wissen was ich verbrochen habe, dass man mich so schrecklich straft! Ich hätte doch nie im Leben daran gedacht, dass das passieren könnte. Wie groß war schon die Wahrscheinlichkeit, dass ich diese Person, die Furie je wieder sah und sie dann auch noch meine Klassenlehrerin werden würde?

Ich bekomme es mit der Angst zu tun, möchte nicht mehr atmen um bloß nicht die Aufmerksamkeit auf mich zu ziehen. Eigentlich würde ich jetzt gerne umfallen und ins Koma fallen. Dann kommt in Windeseile der Notarzt und fährt mich ins Krankenhaus. Oder ein Komet. Ja, ein Komet soll in das Schulgebäude einschlagen. Ist mir vollkommen gleich was, nur es muss sofort etwas geschehen. Aber natürlich geschieht nichts. Die Lehrerin durchquert den Raum, ich senke den Kopf, sie setzt sich auf ihren Stuhl und sagt:

»Guten Morgen, Kinder.«

Ich werde sie nicht ansehen. Nein, ich sehe nicht hin. Oh Gott. Gleich wird sie die Namen verlesen und darauf aufmerksam machen, dass es eine neue Mitschülerin in der Klasse gibt. Aber vielleicht erinnert sie sich gar nicht mehr an mich. Ist doch schon eine Weile her und sie bekommt in ihrem Leben bestimmt so viele Schüler zu Gesicht, da kann es gut sein, dass sie mich vergessen hat. Ich kann es nur hoffen, denn wir werden von nun an ein Jahr lang jeden Tag miteinander leben müssen und wenn sie mich erkennt, bin ich ihr vollkommen ausgeliefert.

Da geht es auch schon los, Tata, hier ist eine neue Mitschülerin! Gemeint bin, ganz klar ich. Und wie kann es anders sein, muss ich – weil das so üblich ist – aufstehen um mich vorzustellen. Ich sehe hoch und unsere Blicke treffen aufeinander.

»Wir beide haben uns doch schon einmal gesehen, stimmt's?«, wirft sie fragend ein. Sie scheint sich nicht sicher zu sein aber es wird nicht lange dauern bis es ihr wieder einfällt. Ich zucke mit den Schultern, als wüsste ich überhaupt nicht was sie meint und gehe nach vorne zur Tafel. Ihre Augen funkeln mich an. Sie kneift sie zusammen und ich sehe wie sie angestrengt nachdenkt während sie mich ohne Unterlass mustert.

»Na dann, erzähl doch mal ein bisschen über dich.«

Gott, wie ich so etwas hasse. Ich möchte am liebsten schon wieder im Boden versinken. Vielleicht sollte ich in Erwägung ziehen unterirdisch zu leben, das wäre wesentlich einfacher. Also was soll ich über mich erzählen? Und warum sollte ich das tun? Ich fühle mich wie eine Gazelle die bloß darauf wartet von den Hyänen zerfleischt zu werden. Alle Augen sind auf mich gerichtet, aber da muss ich jetzt wohl durch. Wenn ich mich weigere bleibt das ewig an mir haften. Dann gibt es wieder Gerede und ich bekomme den Stempel des Sonderlings aufgedrückt. Den Gefallen tue ich ihnen bestimmt nicht und schon gar nicht ihr. Also könnte ich ja zum Beispiel erzählen, dass Jürgen aus meiner alten Klasse seinen kleinen Pimmel herausgeholt hat, oder dass mein Großvater mütterlicherseits ein perverses Schwein ist, dass meine Eltern auf Pinkelspiele stehen und ich total gestört bin im Kopf. Na lieber doch nicht. Also spreche ich darüber, dass wir erst vor kurzem umgezogen sind weil ich einen kleinen Bruder bekommen habe. Dass ich gerne singe und tanze, überhaupt gerne Musik höre, dass ich Filme liebe und mein Lieblingseis Pistazieneis ist. Dass meine Lieblingstiere Katzen sind und ich gerne Schauspielerin werden möchte. Stille. Ein seitlicher Blick zur Lehrerin.

»Gut, danke. Du kannst dich wieder setzen.«

Ja, ich danke auch. Endlich vorbei denke ich und begebe mich wieder auf meinen Platz. Man sagt Kindern gerne nach, dass sie übertreiben, überempfindlich sind und eine Situation oftmals nicht richtig erfühlen oder einschätzen könnten. Wenn ich also meiner Mutter gegenüber behauptete, dass meine Lehrerin mich verachtet und mir das Leben schwer macht, hätte sie mir nicht geglaubt und gesagt ich wäre zu empfindlich oder bilde mir das bloß ein. Aber ich war selbst dabei und rückblickend kann ich ganz klar sagen, dass meine Angst vor dieser Frau die mich ein Jahr zuvor so gekränkt hatte, vollkommen berechtigt war. Sie hatte es tatsächlich auf mich abgesehen, das bildete ich mir nicht bloß ein. Für sie war ich dieses Mädchen mit den zotteligen Haaren, das sie nicht mochte und das jetzt von ihrem guten Willen abhängig war. Denn offenbar fiel ihr irgendwann schließlich doch noch ein woher sie mich kannte und von da an war es ganz egal was ich tat oder sagte, es war stets falsch oder unzureichend. Dieses Schuljahr wurde zur totalen Katastrophe und der Einschlag eines Meteors wäre weniger fatal gewesen. Es war das erste Jahr meiner bisherigen Schullaufbahn in dem ich keine gute Note schrieb. Anstelle der Einsen oder Zweien gab es hauptsächlich Vieren und ein paar wenige Dreien. Das allererste Mal wussten meine Eltern das Zeugnis zu würdigen, denn sie mussten es nicht belohnen, sondern hatten Grund mich für mein Versagen in die Mangel zu nehmen. Sie durften mich bestrafen, quälen und beschimpfen. Jetzt hatten sie natürlich mit allem was sie bisher vom mir hielten recht. Dass ich dumm sei. Genauer gesagt: zu dumm zum Scheißen, ich wirklich zu gar nichts zu gebrauchen wäre und dieses miese Zeugnis natürlich Konsequenzen zur Folge hätte. Aber das alles schüchterte mich nicht ein, denn ich wusste dass es so kommen würde und an den Ärger war ich ohnehin schon gewöhnt.

Von nun an hatte ich nicht mehr das geringste Interesse daran mich in der Schule abzumühen, weil die guten Leistungen für sie ohnehin nie eine Rolle spielten. Wenn sie Gründe brauchten um mich fertig zu machen, schenkte ich ihnen welche. Ihr Wunsch war mir Befehl. Natürlich wurden sofort Maßnahmen ergriffen. Von da an musste ich täglich zwei Stunden lernen und sie gaben mir einen Haufen zusätzliche Lernaufgaben. Doch all das brachte nichts. Es war bereits zu spät und interessierte mich nicht weiter. Jetzt, da ich nicht mehr bereit war mich sinnlos anzustrengen, spielte ich das Spiel nach meinen Regeln.

## Die Sache mit dem Pipi

Das Bettnässen hatte nach einer Weile von selbst aufgehört. Vielleicht lag es am Wechsel des Wohnortes, an der Wirkung der Placebo-Tabletten oder auch daran, dass ich dem Bettnässen vorbeugte indem ich aus der Not heraus anfing unter den kleinen Schaffellteppich in meinem Zimmer zu pinkeln. Von einem Tag zum anderen war es vorbei und ich wachte nie mehr in einem durchnässten Bett auf. Dafür aber manifestierte sich mein Problem mit dem Wasserlassen auf andere Weise. Nicht nur, dass ich mehrere Nächte die Woche, wenn meine Eltern wieder zu Gange waren aus Angst beim Gang auf die Toilette von den beiden gehört zu werden unter den besagten Teppich pinkelte. Die ganze Pipi-Sache nahm immer mehr Überhand und alles drehte sich bloß noch um den Gang aufs Klo. Auch in der Schule verspürte ich bereits zu Beginn jeder Unterrichtsstunde den starken Pipi-Drang,  aber bloß deshalb weil mein Unterbewusstsein  genau wusste, dass es mir unaussprechlich peinlich, vor allem aber unumgänglich war den Lehrer vor den anderen Kindern um Erlaubnis zu bitten. Der Gedanke, dass sie mich alle mit durchdringenden Augen anglotzten, wohlwissend dass ich abartige Kreatur wasserlassen musste war unerträglich. Ich sah sie vor meinem geistigen Auge, die Kinder des Zorns wie sie schließlich mit ihren dünnen Fingern auf mich zeigten.

Für mich war es etwas Unnatürliches und schrecklich Peinliches geworden. Etwas von dem ich nicht wollte, dass andere darüber Bescheid wussten. Krampfhaft versuchte ich es mir bis zum Ende der Stunde zurückzuhalten, indem ich meine Oberschenkel fest zusammenpresste und den obersten Knopf der Hose öffnete. Aber die Sache mit dem Pipi wurde trotz, oder gerade wegen der Überlebensmaßnahmen zu einem unerträglichen Drahtseilakt. Ich war auf Kriegsfuß mit meiner Blase und das rund um die Uhr.

Standen Wandertage auf dem Schulplan, war die Katastrophe in meinem Kopf bereits vorprogrammiert. Ich wusste, dass ich auf einem Ausflug lange Zeit keine Toilette zu Gesicht bekam und das Ganze unausweichlich ein Horrortrip werden würde. Daher blieben mir nur wenige Optionen um dieses Problem zu lösen. Wenn ich richtig Panik vor einem anstehenden Wandertag hatte, spielte ich die Krankspielen-Karte aus und stellte meine schauspielerischen Fähigkeiten unter Beweis um Mutter glaubhaft zu vermitteln ich wäre tatsächlich krank und deshalb nicht in der Lage an dem Ausflug teilzunehmen. Meist simulierte ich unerträgliche Bauchschmerzen und das klappte auch sehr gut, weil Mutter wegen der Blinddarmgeschichte immernoch Schuldgefühle hatte. Oder ich lief mit etwas Wasser in meinem Mund auf die Toilette und täuschte Kotzgeräusche vor. Wenn nichts davon funktionierte und ich nicht umhin kam an dem ein oder anderen Wandertag teilzunehmen, bediente ich mich eines anderen Tricks. Ich trank den ganzen Tag nichts. Inzwischen hatte ich gelernt, selbst bei hohen Temperaturen mit ganz wenig oder gänzlich ohne Flüssigkeitszufuhr zu (über-)leben. Lieber ertrug ich die Kreislaufprobleme und die damit einhergehenden Schwindelanfälle und nahm sogar das Risiko auf mich, unter Umständen zusammenzubrechen. All das war weniger schlimm als stundenlang mit diesem Harndrang umherzulaufen. Aus dieser Not heraus entstand ein seltsamer Überlebensmechanismus und mein Körper lernte tatsächlich dauerhaft mit nur wenig Flüssigkeit auszukommen. Das führte über die Jahre dazu, dass ich kaum mehr als zwei Gläser Wasser täglich trinken konnte und das ist bis heute auch so geblieben. Dennoch und trotz des Verzichts auf Wasser, blieben Wandertage ein zur Realität gewordener Albtraum. Schon das Wissen darüber, dass weit und breit keine Toilette zur Verfügung stand, reichte aus um totale Panik in mir auszulösen.

Was wenn meine Blase platzte und ich mir vor allen anderen in die Hose machte? Gegen diese Zwangsgedanken kam ich nicht mehr an. Sie hatten sich in meinen Verstand gefressen. Aber auch das würde niemand verstehen. Man hätte mir bestimmt gesagt, dass all das nicht so schlimm sei wie ich glaube es zu fühlen. Ja, wie ich glaube es zu fühlen. Denn meine Gefühle waren – wenn es nach den Erwachsenen ging – nicht echt, sondern eingebildet, gar forciert. Aber doch, genauso schlimm war es. Kinder sind schließlich keine gehirnamputierten Idioten. Erwachsene sind meist kaum noch in der Lage sich selbst zu fühlen, also betrinken sie sich um nichts mehr zu empfinden weil ihre Emotionen von Kindheit an zurechtgestutzt wurden.

Und weil ich das schon sehr früh wusste, schwieg ich und versuchte all die Jahre mit meinen ganz eigenen Strategien zu überleben. Die Ängste und der Missbrauch, die seelische und die körperliche Gewalt an mir hatten sich nicht geändert. Sie waren auf perverse Weise das einzig stabile in meiner instabilen Kindheit.

## Greta

Nachdem Onkel Ethan nicht ewig als Babysitter und Hausgehilfe bei uns wohnen bleiben konnte, musste schleunigst adäquater Ersatz her um Mutter im Haushalt zu helfen. Und weil man ihr zu der ganzen Misere auch noch die Gebärmutter entfernte, bekam sie vom hiesigen Amt eine Haushaltshilfe zugeteilt. Mutter war körperlich am Ende und nicht in der Lage – noch weniger als zuvor –, sich um irgendwas zu kümmern. Und das obwohl ich ihr unfreiwillig schon so viel abnahm. Mit drei Kindern war es nicht so leicht wie sie vielleicht gedacht hatten. Wenn mein Stiefvater abends nach Hause kam, wollte er außer seinem Fraß und dem abendlichen Fernsehen bloß seine Ruhe. Sex war nun auch für einige Zeit kein Thema, weil Mutter wegen der Operation auf keinen Fall ficken durfte und das wurde für meinen Stiefvater zu einer unerträglichen Last. Fressen, Fernsehen, Ficken. Das war sein ganzes Leben nach der Arbeit und letzteres bekam er nun für eine lange Zeit nicht.

Das war der Augenblick wo ich begriff, dass sie sich überhaupt nicht liebten. Von Harmonie hatte das jedenfalls nichts. Es war zwischen ihnen nicht mehr alles eitel Wonne Sonnenschein. Da war das schreiende Kind, sie war körperlich beschädigt und durfte auf strikte Weisung des Arztes keinen Geschlechtsverkehr mehr haben. Also war sie für ihn nutzlos geworden. Deshalb kam nun die Heimhilfe zur Unterstützung, damit zumindest das mit dem Haushalt klappte.

Greta, so hieß die Heimhilfe, war eine resolute und robust gebaute Frau Ende vierzig. Im Laufe der kommenden Monate in denen sie dreimal die Woche bei uns aushalf, freundete sie sich mit Mutter an und wurde immer mehr zu einem unliebsamen Eindringling. Als Mutters neue beste Freundin bekam sie den Ritterschlag und das räumte ihr jede Menge Rechte ein. Auch das Recht über uns Kinder zu bestimmen. Wieder übergab Mutter die Verantwortung für uns in die Hände einer fremden Person. In Greta fand sie jemanden, der ihr bedingungslos zur Seite stand wenn sie aus tausend erfundenen Gründen auf mich oder meine Brüder losging, nur um sich den Zuspruch ihrer neuen Freundin zu erschwindeln. Sie erfand alle nur möglichen Geschichten über Dinge die wir angeblich taten, bloß um zuzusehen, wie Greta verbal über uns herfiel. Mutter stellte uns mit ihren irren Lügen dar, als wären wir Ausgeburten der Hölle. Anschließend sagte sie:

»Da seht ihr. Nicht nur ich finde, dass ihr euch abscheulich benehmt.«

Dieselbe Farce spielte sie später mit ihren Liebhabern, die sie auf die gleiche Weise zu gerne gegen uns aufhetzte, bloß um sich an diesem kranken Theater zu erfreuen. Sie hätte gleich Geld dafür nehmen können. Kinder quälen für einen Schilling! Nur herein, hier sind sie, die unartigen, dummen Nichtsnutze, auch Kinder genannt. Nur einen Schilling und Sie können mit ihnen machen was Sie wollen. Prügeln, beleidigen oder demütigen. Jetzt zum Sonderpreis von nur einem Schilling! Greifen Sie zu. Nutzen Sie diese einmalige Gelegenheit.

## Ende 1. Akt

Hier liege ich nun auf dieser weichen, saftig grünen Wiese und die Sonne brennt mir ins Gesicht. Dieser märchenhafte Ort ist so friedlich, hier möchte ich für immer verweilen. Ich mache die Augen zu und genieße die Hitze, bin süchtig nach der Wärme die ich so dringend brauche wie die Luft zum Atmen. Und hier atme ich mit Leichtigkeit.

Schweißperlen tropfen von meiner Stirn auf das grüne und watteweiche Gras. Die knallgelben Blumen strahlen in einer Pracht, wie ich sie noch nie zuvor gesehen habe. Alles leuchtet in unrealistisch bunten, prächtigen Farben. Das ist die Realität von der ich immerzu träume und doch ist sie nur eine von mir erschaffene Welt in meinem Kopf, die ich in den seltenen Augenblicken in denen mich all die grauenhaften Dämonen, Monster und Gestalten nicht finden entstehen lasse. Ganz tief verborgen halte ich mich in dieser von magischen Mauern umgebenen Welt, durch die niemand sonst hindurch gelangen kann. Ich wähne mich für eine Weile in Sicherheit aber meine Gedanken dürfen nicht eine Sekunde abschweifen, denn durch jeden noch so schwachen, negativen Impuls nehmen die abscheulichen Kreaturen meine Witterung auf.

Eine weitere Schweißperle. Tropf, tropf. Moment. Das ist kein Schweiß, das ist … Regen. Sanfter, warmer Regen. Ich öffne meine

Augen, doch der Himmel über mir hat sich mit einem Mal verdunkelt und aus der Ferne kann ich schon das Grollen hören. Tiefschwarze Wolken ziehen auf und die gelben Blumen verfaulen. Unter mir rumort es und die Luft wird eiskalt. Ich möchte weglaufen, doch als ich versuche mich vom Boden aufzurichten, halten mich unsichtbare Hände fest.

»Neiiiiiiiin!«, schreie ich in den Himmel hinauf.

Es reißt mich nach unten, die Dämonen haben mich wiedergefunden. Dann plötzlich, Stille.

»Pssst, ganz leise jetzt, Dorothy.«

»Hase?«

»Es ist so dunkel, ich kann nichts sehen.«

»Warte, nur noch einen kleinen Augenblick.«, sagt die Stimme in der Dunkelheit.

Licht geht an.

»So, alles wieder gut. Du bist jetzt in Sicherheit«, plappert Hase zufrieden.

»Alles wieder gut?! Von wegen. Ich habe nicht eine friedliche Sekunde die nur mir allein gehört. Kein Frieden währt hier länger als bloß ein Augenblinzeln. Kein andauernder Moment, der es mir erlaubt mich an der Schönheit des Lebens zu erfreuen. Kaum habe ich einen Platz gefunden der nicht beschmutzt und vollkommen verdorben ist, werde ich erneut in die dunklen Tiefen meiner zerrissenen Seele hinabgerissen. In mir ist es ebenso dunkel wie in den rabenschwarzen, verdreckten Tunneln und Korridoren in denen ich mich ständig verirre. Warum? Warum sehe ich bloß noch Dunkelheit und Dreck?«

»Hm, ja. Warum ist das so? Weißt du es, Dorothy?«, fragt Hase.

»Sie können und dürfen nicht gedeihen. Sie werden in dem Dreck der mir eingepflanzt wurde, der Perversion die man in mein Gehirn und meine Seele gehämmert hat, erstickt. Ich bekomme sie da nicht mehr hinaus. Man hat mich mit Dreck imprägniert, mich markiert, mir in mein Gehirn gewichst. All diese Bilder und Geräusche die sich in mich eingebrannt haben. Dinge über die ich doch noch gar nichts wissen sollte.

Obwohl mein kleiner Kinderverstand eigentlich nicht erfassen konnte was all das bedeutete, war es als ob etwas in mir bereits alles wusste.

Seither sitzt das Kind in mir weinend und beschämt in einer dunklen Ecke. Selbst wenn ich erwachsen werde, es wird dort bleiben und sich für alles schämen wofür es doch in Wahrheit nichts kann. Es wird sich weiterhin selbst hassen und ganz gleich wie sehr die Frau in mir sich auch dagegen wehrt. Das Kind weint viel zu bitterlich, schreit viel zu laut und es schämt sich viel zu sehr.«

»Aber wofür schämt es sich denn? Du hast doch nichts Schlimmes getan.«, sagt Hase

»Für all das was ich sehen, hören und erleben musste. Dass ich es überhaupt erleben musste. Dafür, dass man mich gegen meinen Willen angefasst, betatscht und mir auf den nackten Hintern geschlagen hat. Mir Geschlechtsteile gezeigt und mich fast vergewaltigt hat. Mich missbraucht und gedemütigt hat. Für all das schäme ich mich! Weil es mich krank macht. Seither laufe ich vor dem Leben, dem Tod, meinem eigenen Selbst das ich nicht verstehen und schon gar nicht lieben kann davon. Ich laufe weg, weil ich ständig von irgendetwas oder jemandem verfolgt werde. Ich habe Angst, dass das woran ich mich erinnere bloß ein harmloser Bruchteil dieser Wahrheit ist und es noch viel mehr gibt, das mein Verstand aus gutem Grund vor mir verbirgt. Ich habe das Gefühl langsam im Nichts zu verschwinden, weil innerlich alles so höllisch schmerzt, dass ich mich unweigerlich auflösen muss. Bis zu meinem zwölften Geburtstag war ich schon so kaputt und dabei war es noch lange nicht vorbei …«

»Gut, Kleines. Ruh dich jetzt aus«, sagt Hase besänftigend.

Tick, tack.

Tick, tack.

10 … 9 … 8 … 4 … 2 …

Wenn ich heute für dich tanze, mit nichts weiter am Leib als das womit ich geboren wurde, mich räkle und für dich aufgebe, dann tue ich das nicht aus Liebe, sondern aus krankhafter Wut, Schmerz und Trauer. Aus der Wertlosigkeit heraus, die in mir erwachsen ist, und die sich von deiner Unfähigkeit mich zu lieben nährt. So tue ich, wonach du dich am meisten verzehrst, und schenke dir ein kleines Stück dieser, meiner Unwirklichkeit, etwas Unwahrheit. Und so wie mir, ist es auch dir völlig gleich.

Für diesen kurzen vergänglichen Augenblick, bin ich dein Geist und du bist der meine, so unberührbar wie meine Seele.

## Rosenrot

Eine Million Rosenblätter fallen betulich und voll anmutiger Schönheit vom Himmel auf mich hernieder. Zwischen ihnen, den leichten Regentropfen und den herab gleitenden zarten Blütenblättern tanze ich voller Freude in einem luftig weißen Kleid, barfuß auf der blanken nassen, schmutzigen Erde und drehe mich dabei immerzu im Kreis. Wie in Trance rotiere ich mit ausgestreckten Armen, den Regen und die zarten Rosenblätter in nie enden wollenden Zirkeln empfangend. Unbändig, lebendig und vollkommen losgelöst

Ich schwebe nahezu über dem Boden. Treibe, gleite, verliere mich in dieser unwirklichen und doch so absoluten Vollkommenheit. Die verletzlichen Blütenblätter die zwischen den Regentropfen ihre Pirouetten drehen und dabei den einen oder anderen sanften Tropfen zu Boden tragen, tanzen wie ein zauberhaftes Kinderballett in der Luft. Meine kleinen nackten Kinderfüße sind von schlammiger Erde bedeckt. Nie zuvor hat es einen schöneren, anmutigeren Regen gegeben. Ein schier niemals zu enden scheinender Schauer der in vollkommener Stille zu Boden fällt; bis nach und nach die schmutzige Erde restlos bedeckt und in leuchtendes, alles durchdringendes Rot getaucht ist. So feurig rot wie mein wild schlagendes, kleines Kinderherz. Unzähmbar und stark.

Die Rosenblüten, mein Herz und ich tanzen im gleichen Takt. Meine Haut ist von tausend kleinen Regentropfen bedeckt und mein Haar von Nässe durchdrungen. Ich nehme einen tiefen Atemzug und bin berauscht von dem frischen blumigen Duft und der schwindelerregenden Farbenpracht. Wie in Zeitlupe erscheint dieser Moment in dem ich mich – den Rosenblättern anvertrauend – wie auf ein weiches Federbett zu Boden fallen lasse. Die Blüten dämpfen meinen Fall, fangen mich sachte auf und ich sinke gemächlich in dieses ergreifend schöne, wunderbar duftende Blumenmeer.

Während ich hier liebevoll eingehüllt liege, ertönt Musik in meinem Kopf. Streicher, Tuba, Tamburine, eine Fanfare, ein ganzes Orchester spielt auf, wird mit jeder Sekunde lauter und imposanter. Restlos durchdrungen von unbändiger Energie rast mein Puls und meine Seele ist erfüllt von Licht. Selig und vollkommen erfüllt verweile ich auf meinem seidigen Rosenbett. Friedvoll ist dieser Augenblick. Kraftvoll tobend wie ein zur Musik gewordenen Sturm spielt das Orchester und untermalt lautstark das Geschehen. Rosenblätter tanzen über mir, während ich in den klaren Nachthimmel blicke. Sie wirbeln zu dieser gewaltigen Melodie, flattern zu mir herunter und fallen auf mich nieder. Ein Tusch, noch ein Tusch und noch lauter erschallt schließlich ein weiterer. Das Spiel des Orchesters erreicht seinen Höhepunkt.

Heute bin ich das Fest, der Anlass dieses Spektakels. Mein Leben, mein Ich, mein Dasein auf diesem Planeten. Heute tanzen die anmutigen Blüten nur für mich. Es regnet und es spielt nur für mich. Ein magisches Spektakel, das mir zu Ehren gegeben wird.

## Die Zahl 12 & die Liebe

»Steh auf. Du musst noch einkaufen gehen«, reißt mich Mutters resolute Stimme unsanft aus meinem schönen Traum. Heute ist mein zwölfter Geburtstag und ich bin total aufgeregt. Der zwölfte Geburtstag ist etwas ganz Großes, Gigantisches. Ein völlig neuer Lebensabschnitt. Nun, eigentlich war mein Geburtstag schon vorgestern aber heute darf ich in einem kleinen Rahmen und dem dafür vorgesehenen Gemeinschaftsraum mit meinen neuen Freunden feiern. Mit ihnen verbringe ich inzwischen einen Großteil meiner Freizeit. Wir machen Fahrradrennen, spielen Serien nach oder betrachten an warmen Sommerabenden den Sonnenuntergang. Meine neue allerbeste Freundin Maya, ihre Schwester Melissa, Midge, seine kleine Schwester Nancy, Penny und Michael. Mit ihnen ist mein Leben abseits von Mutter, meinem Stiefvater, den Schlägen und Demütigungen unbeschwert. Meine Freunde sind mein ganzer Halt und ohne sie wäre ich mit Sicherheit elend zugrunde gegangen.

Ich kann es kaum erwarten, denn es ist meine erste Geburtstagsparty überhaupt und ich bekomme sogar eine Torte! Doch zuvor muss ich schnell noch den Einkauf für Mutter erledigen. Es ist Samstag und die Supermärkte machen mittags um Punkt zwölf die Ladentüren dicht. Also weckt Mutter mich wie jedes Wochenende gegen zehn Uhr Vormittag und schickt mich mit der gewohnt langen Einkaufsliste, etwas Geld und zwei Tragetaschen auf den Weg. Am Supermarkt angekommen, schnappe ich mir einen der letzten Einkaufswagen die noch übrig sind. Samstags ist der Laden zu dieser Uhrzeit bereits knallvoll und die Einkaufswagen sind Mangelware. Ich quetsche mich mit aller Kraft durch die Massen um von einer Abteilung zur nächsten zu gelangen. Die Liste ist für das ganze Wochenende gedacht und deswegen auch viel länger als bei den täglichen Einkäufen während der Woche.

Ein grüner Salat, zwei Kilo Kartoffeln, eine Gurke, Fisolen, ein Kilo Äpfel, ein Bund Bananen aus der Obst- und Gemüseabteilung. Dann weiter zu den Milchprodukten. Milch, Joghurt, Pudding, Obstgarten, Butter, Rahm und die von meinem Stiefvater über alles geliebten fürchterlich stinkenden Quargel. Ein Stück weiter, die Wurst und Fleischtheke. Das ist ja bekanntlich meine Lieblingsabteilung, weil da ständig diese fürchterlichen Dinge geschehen: die Wurst ist zu dünn, das Fleisch zu dick geschnitten oder das Hackfleisch nicht gut genug. Ich bin schon richtig panisch was das betrifft, da – wie wir bereits wissen – ich in drei von vier Fällen von Mutter mit einem handgeschriebenen Zettel zurückgeschickt werde, auf dem sie erbost vermerkt was ihr an der Ware nicht passt. Und, dass sie auf sofortigen Umtausch besteht. Also hoffe ich inständig, dass heute alles zu ihrer Zufriedenheit geschnitten und durch den Fleischwolf gedreht wird.

Auf dem Zettel stehen diesmal fünfhundert Gramm Hackfleisch, sechs Stück dünn geschnittenes Schnitzelfleisch, dreihundert Gramm Extrawurst und dreihundert Gramm Krakauer. Jetzt sind die Getränke an der Reihe; damals noch in den weitaus gewichtigeren Glasflaschen. Davon Cola, Fanta und Mineralwasser. Dazu noch eine Packung Orangensaft und Himbeer-Zitronen-Sirup. Und zuletzt das restliche Zeug wie Mehl, Semmelbrösel, Reis, ein Kilo Brot, Bratensaft, Eier und andere Kleinigkeiten. In Summe ergibt das fast mehr als die beiden Tragetaschen in der Lage sind aufzunehmen. An der Kasse werfe ich hektisch die Lebensmittel wie einen Football nach dem anderen in den Wagen, weil die Kassiererin die damals noch die Preise aller Produkte im Kopf hatte, schneller mit dem Tippen ist als ich mit dem Einräumen. Ich bezahle, nehme das Restgeld an mich und stopfe den Einkauf in die beiden Taschen. Dabei versuche ich stets das Gewicht richtig zu verteilen, sodass ich nicht auf einem Arm mehr zu tragen habe als auf dem anderen. Ich habe große Sorge, dass nach all den Jahren der mühseligen Schlepperei womöglich ein Arm länger werden würde als der andere. Anschließend nehme ich eine Tasche in die rechte und die andere in die linke Hand und mache mich auf den Weg nach Hause. Fast hätte ich noch das Allerwichtigste vergessen: Ich muss noch zum Tabakladen an der Ecke neben dem Supermarkt, um für Mutter die Tageszeitung, das TV-Programm und eine Stange Zigaretten mitzunehmen. Das alles auch noch in eine der Taschen gestopft geht es weiter Richtung Heimwärts. Das Gewicht zieht natürlich an meinen kurzen Armen und ich zerre die Taschen wie immer mehr hinter mir her, als ich sie eigentlich trage. Aber anders geht das nicht. All paar Meter bleibe ich kurz stehen um zu verschnaufen. Meine Hände sind  taub vor

Schmerz und ich habe überall Striemen von den Griffen der Plastik-taschen. Alles Gute zum Geburtstag kann ich nur sagen. Nicht ein-mal heute bleibt mir dieser Mist erspart. Zumindest an meinem Ge-burtstag hätte Mutter eine Ausnahme machen und selbst einkaufen gehen können. Aber Traditionen soll man bekanntlich nicht bre-chen. Ich könnte mich sonst noch an so einen Zustand gewöhnen und ich bin ohnehin schon viel zu verwöhnt.

Heute brauche ich mit dem Einkauf wieder eine ganze Weile län-ger, weil die Taschen viel schwerer sind als sonst. Ich höre Mutter schon in diesem herablassenden Ton darüber meckern wie lange das alles wieder gedauert hat. Auch wird sie mir unterstellen, dass ich mich auf dem Weg mit jemandem verquatscht habe. Und wenn ich verneine, weil es ja auch nicht stimmt, wird sie gleich noch wütender da sie die Vermutung hegt, dass ich sie belüge. Wenn Mutter mich dann vom Fenster aus zusammen mit einem Freund erspäht, ist das für sie ein klares Anzeichen dafür, dass ich rumalbere. Sie ver-schwendet keinen Gedanken an die Möglichkeit, dass mir bloß je-mand beim Tragen der viel zu schweren Taschen behilflich ist, denn in ihren Augen übertreibe ich bloß um Aufmerksamkeit zu erregen. Aber das zieht bei ihr nicht und ich soll mir die scheiß Lügerei ein für alle Mal abgewöhnen. Überhaupt soll ich aufhören mich so blöde anzustellen, es ist immerhin Zeit für mich Verantwortung zu über-nehmen.

Und genauso wie ich es vermute, läuft es auch ab als ich bei der Türe herein stolpere. Völlig außer Atem, weil ich die letzten paar Meter noch einen Zahn zugelegt habe, stelle ich die Taschen ab und Mutter keift sogleich los. Heute gehen ihre Schimpftiraden allerdings eindruckslos bei dem einem Ohr rein und zum anderen wieder hin-aus. Davon lasse ich mir weder meinen Geburtstag noch meine Feier verderben. Es hätte sie sicher gefreut mich den ganzen Tag mit trau-riger Miene herumlaufen zu sehen, nur um mir dann erst recht vor-zuwerfen wie undankbar ich war nachdem sie sich schließlich so viel Mühe mit dem Organisieren meiner Party gemacht hat. Ihre ganze Organisation besteht darin, zum Hauswart hinüber zu stöckeln um den Schlüssel für den Partyraum zu holen. Und nicht zu vergessen, die Torte. Die erste die sie überhaupt für mich gebacken hat in den ganzen zwölf Jahren. Mutter notiert jede Kleinigkeit die sie für mich machte wie eine Art Strichliste auf ein imaginäres schwarzes Brett. Ein Gut-Konto. Und wenn da ein paar Striche drauf sind, zeigt sie mir das Brett und sagt:

»Sieh mal was für eine gute Mutter ich bin, du undankbares Stück.«

Über ein Jahr wohnten wir jetzt schon in der neuen Anlage und ich hatte bereits ein paar neue Freunde gefunden. Es dauerte zwar eine Weile bis ich mit jemandem in Kontakt trat. Aber allmählich, während meines täglichen Gangs zum Supermarkt oder beim sitzen auf meiner Lieblingsschaukel, kam ich mit dem ein oder anderen Kind schließlich ins Gespräch. Zu dieser Zeit hatte ich auch meinen allerersten festen Freund. So ganz offiziell. Sein Name war Michael. Er wohnte einen Stock über uns und saß oft allein auf den Stufen vor der Eingangstür unseres Hauses. Nachdem wir uns ständig über den Weg liefen, begann unsere Bekanntschaft mit einem freundlichen Hallo seinerseits. Dadurch ergaben sich ein paar Sätze mehr und je öfter wir uns trafen, umso länger wurden unsere Gespräche bis wir schließlich gute Freunde wurden. Wir verbrachten von nun an jede Minute unserer freien Zeit zusammen und darüber hinaus bildeten wir mit Midge, Penny, Melissa und Maya unsere unzertrennliche Clique.

Unsere Liebelei war natürlich vollkommen unschuldig und dass ich so sehr auf ihn flog, lag an seinem tollen Charakter und der guten Erziehung. Aber am meisten angetan war ich von seinen feurigen, kastanienbraunen Augen. Er hatte mich völlig in seinen Bann gezogen. Nie zuvor hatte ich einen Jungen getroffen, der so freundlich, so unaufdringlich und charmant war wie Michael. In seiner Gegenwart fühlte ich mich richtig wohl. Er mochte mich so wie ich war und für ein junges Mädchen war er der perfekte erste Freund..

Die Abende verbrachten wir auf dem Boden in der Wohnung seiner Eltern und sahen unsere Lieblingsserien wie Knight Rider oder Magnum P.I. Seine Mutter brachte zwischendurch Snacks oder Fruchtgetränke und wenn es spät wurde, waren es nur ein paar wenige Schritte bis nach Hause.

Wenn wir nicht fernsahen, spielten wir mit seinen Star Wars-Figuren oder anderen Sachen seiner großen Spielzeugsammlung. Wir waren unzertrennlich und alles andere wurde zur Nebensache.

Am Nachmittag meines Geburtstages klingelte es an unserer Tür.

»Geh aufmachen. Aber lass ja niemanden rein!«, schrie Mutter, die mit einem Glas Weißwein gespritzt in der einen und einer Zigarette in der anderen Hand auf der Wohnzimmercouch saß und fernsah. Mutter gönnte sich nach aller Anstrengung mit der selbstgebackenen Torte eine Auszeit. So sah ich sie täglich. Trinkend, rauchend und die mit Hornhaut befallenen Füße mitten auf dem Tisch in den Fernseher glotzen. Ich öffnete die Tür und da stand Michael. Nett zurechtgemacht, in dunkelblauen Jeans, einem weißen Hemd und einem üppigen Strauß roter Rosen in seinen Händen. Zwölf wunderschöne rote Rosen! Eine halbe Minute brachte ich kein Wort über meine Lippen und sah ihn schweigend an. Mich überforderte diese liebevolle Geste, doch ich hatte Angst er könnte meine Unsicherheit bemerken, also lächelte ich etwas verkrampft, nahm ihm den Blumenstrauß ab und sagte zaghaft:

»Danke.«

»Alles Gute zum Geburtstag«, erwiderte er. Ich wäre ihm am liebsten sofort um den Hals gefallen, doch ich konnte es nicht. Überhaupt brachte ich es nicht fertig meine Freude über seine Geste zum Ausdruck bringen, denn ich hatte Angst mich lächerlich zu machen wenn ich zu überschwänglich war. Daher tat ich das einzige, dass mir schnell einfiel und sagte noch einmal ganz leise:

»Danke.« Und gerade als ich meinen Blick aus lauter Unbeholfenheit senken wollte, drückte er mir einen sanften Kuss auf die Lippen. Wir verharrten in diesem innigen Kuss und ich dachte nur an Michaels wundervoll weiche Lippen. Daran wie gut er roch. Ich war so überwältigt, dass ich vergaß zu atmen. Mir wurde schrecklich schwindlig und in meiner Angst zu Fallen drückte ich meine Füße fest gegen die kalten Fliesen des Flurs. Das war er, der magische Augenblick meines ersten harmlosen Kusses mit diesem gutaussehenden Jungen. So unvergesslich und für immer in meiner Erinnerung, tief eingebrannt in meinem Herzen. Ich war so unbeschreiblich verliebt und wünschte mir, dass diese Liebe für immer währte.

Und vielleicht, wenn ich nicht bereits so kaputt gewesen wäre, hätte diese Beziehung, zumindest für längere Zeit eine Chance gehabt. Doch für unsere jungen Jahre und in Anbetracht der Tatsache, dass der schon damals kranke Teil in mir so stark wütete, hatte diese Liebe sogar eine beachtliche Lebensdauer, denn immerhin waren wir fast ein Jahr zusammen. Meine inneren Unsicherheiten, Ängste und mein Hass auf mich selbst führten zu unbeschreiblichen Wutausbrüchen die bis zum Ende unserer Beziehung langsam und schleichend alles zerstörten. Michael war in jederlei Hinsicht liebenswürdig, doch diese unschuldige, wohltuende und nichts von mir einfordernde Art der Nähe ertrug ich nicht. In meiner Welt war das nicht die Normalität. Das war nicht meine Realität und alles in mir schrie auf. Es trieb mich in den Wahnsinn und dabei wollte ich ihn bloß lieben. Doch ich bekam beklemmende Todesangst. Angst davor er würde mich eines Tages verlassen weil ich nicht normal war und er früher oder später erkannte, dass mit mir etwas nicht stimmte. Mit Sicherheit würde ein anderes Mädchen ihn mir am Ende wegnehmen, so wie man mir auch alles andere das ich liebte erbarmungslos entriss. Und ich würde völlig hilflos, inmitten all der Scherben die erneut und brutal alte Wunden aufrissen, zurückbleiben.

Es zerriss mich und schmerzte so unaussprechlich, bis ich es irgendwann nicht mehr ertrug und sich all diese Gefühle wie ein Tier den Weg aus mir hinaus gruben. Ich begann ihn bei jeder Gelegenheit fertig zu machen. Nur ein falsches Wort von ihm, ein Tag an dem er keine Zeit hatte und sofort dachte ich er hätte das Interesse an mir verloren. Jemand anderes, Besseres an meiner Stelle gefunden. Nach einem Drama, das sich über die letzten Monate unserer Freundschaft hinzog, endete die Geschichte mit einer schallenden

Ohrfeige mitten in sein hübsches Gesicht. Direkt vor den Augen unserer Eltern die zum Nachmittagskaffee zusammensaßen. Und er stand bloß da, sagte kein Wort, wandte sich schweigend von mir ab und verschwand in seinem Zimmer. Insgeheim hatte ich nur auf die richtige Gelegenheit gewartet um unsere Bindung zu lösen, damit diese elende Gefühlsachterbahn endlich ein Ende fand. Es war schmerzlich und zugleich auf wundersame Weise erlösend. Die Angst war mit einem Mal weg und ein Gefühl der Erleichterung breitete sich in mir aus. Es war vorbei. All die Unsicherheiten und die Qualen; mit einem Mal verschwunden.

Eine sehr lange Zeit in der wir nicht miteinander sprachen lag vor uns. Aber nachdem wir über den ersten großen Schmerz hinweg waren, wurden wir sogar wieder Freunde bis wir uns im Laufe der Jahre schließlich aus den Augen verloren. Vergessen konnte ich ihn nie. Viele Jahre später begegneten wir uns zufällig in einem Supermarkt, doch keiner von uns brachte mehr über die Lippen als ein verhaltenes:

»Hallo.«

Aber heute ist mein zwölfter Geburtstag und meine Welt ist noch in Ordnung. Ich bitte Michael mich im Partyraum zu treffen, packe die Rosen in eine Vase die Mutter mir vom Küchenschrank reicht und bereite mich auf meine Feier vor. Ich trage mein Haar offen, eine schwarze Hose und einen weißen Pullover. Mutter hat meine Geburtstagstorte mit knallroter Lebensmittelfarbe eingefärbt, um den gewöhnlichen Biskuitteig der kaum Zeit in Anspruch genommen hatte, aufzumotzen. Schließlich mimt sie vor ihren neuen Freunden die Vorzeige-Mutter. Dass bei Mutter nichts aus purer Liebe geschieht ist mir vollkommen bewusst, und auch längst nicht mehr von Bedeutung. Daher nehme ich was ich kriegen kann.

Ich packe die Limos und Snacks in eine Tasche und bringe sie hinüber in den Gemeinschaftsraum. Das muss ich natürlich alles selber machen und auch für das Schmücken und Vorbereiten trage ich die alleinige Verantwortung. Nur die Torte trägt Mutter eigenhändig und hübsch aufgetakelt, den kurzen Weg grazil stöckelnd von unserer Wohnung hinüber in den Partyraum. Es ist stets eine große Show wenn Mutter das Haus verlässt. Mit ihren gelbstichigen blondierten Haaren, der intensiv gebräunten Haut, den neon-pinken Fingernägeln und dem farblich dazu passenden Lippenstift, stolziert sie wie ein Pfau über den Hof. Meist trägt sie ein viel zu eng anliegendes, nicht gerade ihrer Figur schmeichelndes Stretchkleid in neon-rosa oder einer anderen schrillen Farbe und dazu die passenden, hochhackigen Schlappen. Gesehen und bewundert werden ist ihr Motto, darum dreht sich alles in ihrer Welt. So schreitet sie erhobenen Hauptes – mitsamt hausgemachter Torte in ihren sauber manikürten Händen – den Weg entlang und stellt diese drüben auf einem Tisch ab. Sie knipst ein paar Fotos und geht wieder.

Ab und zu wirft sie einen kontrollierenden Blick zu uns herein um sicher zu gehen, dass auch alles mit rechten Dingen zugeht und macht bei der Gelegenheit noch ein paar Bilder. Dabei entsteht auch dieses Foto von mir und Michael während er mir einen Geburtstagskuss auf die Lippen drückt. Dieser unvergessliche Moment, für alle Zeit festgehalten auf einem kleinen Stück fast dreißig Jahre altem Fotopapier.

Wir hatten jede Menge Spaß an diesem Tag. Spielten Spiele, unterhielten uns und tanzten zu Achtzigerjahre-Musik. Meine Freunde waren meine Welt, mein Halt, mein ganzes Leben, meine Familie.

## Gefangen

»Kommen Sie näher, meine Damen und Herren. Treten Sie ein. Hier ist die Sensation zu Hause!«

Ohrenbetäubende Jahrmarktsmelodie erklingt. Ein auffällig gekleideter Mann ruft der umherstreifenden Menge zu.

»Das lebendige Herz. Gefangen im Käfig! Das gibt es nirgendwo sonst!«

»Ahhhhh…« und »Ohhhh…«, ertönt es im Chor. Dutzende Menschen stehen um ein nicht zu erkennendes Gebilde. Raunend und kopfschüttelnd erwarten die geifernden Jahrmarktsbesucher die Besichtigung des Objektes. Der Jahrmarkt birgt viele sonderbare und zugleich faszinierende Figuren, die sich hier zu Hauf tummeln. Die bärtige Frau, das Mädchen mit vier Beinen, sowie der Mann ohne Beine, Gummimenschen, Messerwerfer, Feuerschlucker und der Muskelmann mit seinen Gewichten die er den ganzen Tag hoch und nieder stemmt, während er dabei unmenschliche Töne ausstößt. Auch sonst findet sich hier alles was ein Jahrmarkt zu bieten hat. Eismaschinen, Zuckerwattestände und Würstchenbuden, sowie ein großes, rot-weiß-gelb gestreiftes Zelt, das sich in der untergehenden Abendsonne erhebt.

Die Luft ist zum Ersticken schwül und selbst in der anbrechenden Dämmerung herrscht eine sengende Hitze.

»Treten Sie näher. Nur nicht schüchtern. Bewundern Sie, das gefangene Herz!«, ruft der Jahrmarktsschreier. Trotz des Widerstandes, der sich mir in Form rücksichtslos schubsender Zuschauer entgegenstellt, presse ich mich nach vorne. Etwas zieht mich hin zu dem geheimnisvollen Objekt. Nach minutenlangem Gerangel durch den dicht gedrängten Menschenschwarm bin ich endlich nur noch wenige Schritte von der Attraktion entfernt. Der Marktschreier steht stolz auf einem Podest. Auf seinem Kopf befindet sich ein schwarzer Samthut, dazu trägt er eine rote Jacke kombiniert mit einer eleganten schwarzen Hose. In seiner Hand hält er einen Stock und ein lustiger Schnauzbart untermalt sein breites Grinsen.

Einen halben Meter vor dem schnauzbärtigen Jahrmarktsschreier bleibe ich schließlich stehen und blicke zu ihm hoch. Es dauert keine Sekunde bis mich seine blitzenden Augen erfassen und einer alles durchdringenden Musterung unterziehen.

»Da bist du ja, mein Kind. Wir haben schon auf dich gewartet. Hast du dich etwa verirrt?« Sein diabolischer Blick bleibt ungerührt.

Ich verstehe nicht ganz. Meint er tatsächlich mich? Unsicher drehe ich mich nach hinten um. Vielleicht spricht er ja doch mit jemand anderem, aber sein eindringlicher Blick weicht keinen Augenblick von mir ab.

»Nun, komm hoch…Du willst es doch auch sehen, das gefangene Herz. Nicht wahr?«, sagt er und streckt mir seine Hand entgegen.

»Ich? Ich weiß nicht«, antworte ich schüchtern.

»Na los, Kleines. Gib mir deine Hand. Ich tu dir schon nichts.« Sein hämisches Grinsen macht mir Angst und doch kann ich nicht anders. Völlig von der Attraktion deren bloße Anwesenheit der jubelnden Menschenmenge den Atem verschlägt in den Bann gezogen, trete ich nach vorne an das Podest. Ich steige mit einem Bein hoch und reiche dem Marktschreier meine Hand. Sofort packt er sie und zieht mich harsch zu sich hoch.

»Einen Applaus meine Damen und Herren, für das mutige kleine Mädchen…Unsere…Hauptattraktion!«

»Was?«, frage ich. Mit verunsicherten Kinderaugen sehe ich zu dem plötzlich überdimensional großen Marktschreier hoch. Die Jahrmarktsmusik wird zunehmend lauter und er lacht, während das Publikum tobt.

»She wears her heart on a sleeve!«, singt er mit tiefer Stimme und immer wieder bricht er in Gelächter aus. Die Menge applaudiert und mir wird schwindlig von dem Getöse. Ich möchte mich von ihm losreißen, doch er hält mich eisern an meinem Handgelenk fest und zerrt mich zu einem bedeckten Objekt, das neben ihm auf dem Podest steht.

»In wenigen Sekunden, meine Damen und Herren ist es so weit! Der Moment der Enthüllung ist gekommen. Holen Sie tief Luft und halten Sie den Atem an. Was Sie jetzt sehen, werden Sie nie mehr vergessen. Ich präsentiere…die Attraktion! Das Phänomen…DAS GEFANGENE HERZ!«

Das Publikum starrt gebannt auf die Bühne. Ein kurzer Augenblick der Stille bricht herein und wird jäh von tosendem Applaus vertrieben. Ich drehe meinen Kopf und vor mir ein übergroßer, goldener Vogelkäfig..

»Komm, geh ruhig ein Stück näher heran. Sieh ganz genau hin«, sagt der skurrile Marktschreier mit gespielt freundlicher Miene, während er mich an meiner Hand zu dem Käfig zerrt.

»Da ist es, hier schlägt es…Dein gefangenes kleines Herrrrzzz«, zischt er und lässt unversehens meinen Arm los. Ich falle vor dem Käfig auf die Knie und richte meinen Kopf nach oben, um in das Innere des Käfigs zu sehen. Da hinein wo sich das große Geheimnis befindet, die von allen bestaunte und bejubelte Jahrmarktsattraktion. In einem Glaskasten innerhalb des Käfigs, befindet sich ein körperloses, lebendig schlagendes Herz. Es klopft mutterseelenallein in diesem Käfig. Je näher ich ihm komme, desto schneller wird sein Schlag.

Ich ziehe mich mit den Händen an den Gitterstäben hoch und betrachte fassungslos das einsam schlagende kleine Herz. Mein Puls klopft synchron mit dem seinem. Ein stechender Schmerz durchfährt meine Brust. Mir ist unwohl, ich fühle mich benommen und drücke meine Hand gegen meinen Brutkorb. Das gefangene Herz schlägt wie wild, so als versuchte es auszubrechen. Meine Brust brennt wie Feuer und ich blicke hinab zu der Stelle an der es so unheimlich weh tut. Doch da wo eben noch mein Herz schlug, ist jetzt bloß ein Schwarzes Loch.

»Wo ist mein Herz?!«, rufe ich verstört. Der Marktschreier kommt ganz nah an mein Gesicht.

»Hier drin, mein Kind.« Er zeigt auf den Käfig.

»Das ist dein Herz. Gefangen in einem goldenen Käfig, vollkommen abgetrennt von dir schlägt es gaaanz allein und einsam in Gefangenschaft vor sich hin, während du von nun an ein großes schwarzes Loch in deiner Brust trägst. So ist es und so wird es immer sein. Leere und Einsamkeit. Ahahahaha.«

»Ich will mein Herz zurück, gib es mir wieder!«, schreie ich und reiße mit aller Kraft an den Gitterstäben des goldenen Käfigs. Doch die Stäbe sind zu massiv und meine kleinen Hände richten nicht das Geringste aus. Das Publikum lacht und grölt. Ich klammere mich an die Gitterstäbe und sinke erschöpft zu Boden.

»Meine Herrschaften: Vielen Dank, dass Sie vorbeigekommen sind. Ich hoffe unsere Vorstellung hat Ihnen gefallen. Spenden Sie doch eine Kleinigkeit und erhalten Sie das gefangene Herz als An-

hänger in Miniaturausgabe. Danke und bis zum nächsten Mal …
LICHT AUS!«

»Dorothy…Pssst, Dorothy. Wach auf!«

»Hmmm…Hase?« Es ist dunkel und völlig still geworden. Kein
Jahrmarkt mehr, keine Menschen, kein Käfig, kein Herz. Nur ein
kratzendes, zischendes Geräusch. Plötzlich ein kleines Licht. Ein
Streichholz geht an.

»Hihihi, richtig geraten. Ich bin es«, kichert Hase.

»Die haben mir mein Herz gestohlen«, schluchze ich.

»Ich werde nie richtig lieben können. Niemals. Ich bin eine leere
Hülle! Ich habe meinen ersten Freund verjagt und werde mein Leben lang vor der Liebe Angst haben. Ich kann die Liebe kaum fühlen. Ich weiß nicht wie Liebe geht. Es ist wie ein Nebel, der sich vor
mir zu einer undurchdringlichen Mauer verdichtet und alles ab-
schottet.«

»Ach was, so ein Unsinn. Nichts bleibt immer so wie es ist. Du
hast nur Angst, das ist doch ganz normal bei allem was dir widerfah-
ren ist.« Hase versucht mich zu beruhigen und tut etwas, dass er zuvor noch nie getan hat. Er hebt seine plüschigen Arme, legt sie um
meine Schultern und umarmt mich. Ganz fest, ganz plüschig weich
und ich bin erleichtert.

## Familienfeste

1987.

Die vierte Klasse hatte ich mehr schlecht als recht hinter
mich gebracht und freute mich deshalb umso mehr auf den bevorstehenden Wechsel in die Hauptschule. Vor allem weg von dieser
mich so abgrundtief hassenden Lehrerin.

Die neue Schule lag bloß eine Straße weiter und da einige Kinder
unserer Anlage ebenfalls diese Schule besuchten, fiel mir die Einge-
wöhnung nicht sonderlich schwer. Der neue Klassenlehrer war sehr

nett, stellte zugleich aber auch hohe Anforderungen an die Schüler. Er bestand auf Genauigkeit, Ehrgeiz, und absolute Pünktlichkeit. Doch als kreative Chaotin waren diese Eigenschaften bei mir nicht in großem Maße vorhanden. Es wäre auch eine Lüge zu behaupten, dass ich mir Mühe gab. Ich hatte bloß kein Interesse mehr am schulischen Alltag. Nur in den Fächern Zeichnen und Musik blühte ich regelrecht auf und erbrachte Leistungen, die selbst die Lehrer zum Staunen brachten. In allen anderen Fächern war ich mäßig gut bis grottenschlecht. Immer noch auf Platz eins meines meist gehassten Schulfaches stand unangefochten: Religion. Aber das erste Mal hatten wir eine richtig nette Lehrerin in diesem Fach. Sie war jung, sehr hübsch und die Jungs fuhren total auf sie ab. Sie unterrichtete nicht im traditionellen Sinne, sondern zeigte uns Entspannungs- und Meditationsübungen oder griff spannende Themen auf, über die wir uns in der Stunde unterhielten.

Als ihre unkonventionellen Unterrichtsmethoden bis zu den Eltern durchsickerten, kam es zu heftigen Beschwerden und letztlich auch zu ihrer Versetzung. Es war nicht etwa so, dass unser aller Eltern streng nach dem christlichen Glauben lebten oder überhaupt abseits von Hochzeiten oder Taufen je eine Kirche betraten. Keiner von ihnen war auch nur im entferntesten fromm. Doch dabei ging es ums Prinzip. Das Fach hieß nun einmal Religion und hatte auch angemessen unterrichtet zu werden. Die Scheinheiligkeit musste unter allen Umständen gewahrt werden.

Ich selbst hatte die Sache mit Gott ja bereits aufgegeben und gar keine Lust scheinheilig zu tun. Auch meine Eltern nahmen nie an einer Sonntagsmesse teil oder benahmen sich christlich anständig. Trotzdem legten sie größten Wert auf die Teilnahme am Religionsunterricht und bestanden sogar auf meine unbedingte Anwesenheit bei den Schulmessen.

In vielen dieser pseudochristlichen Familien hing das Jesuskreuz hübsch für alle sichtbar an der Wand, während sie darunter ihren Kindern den Arsch versohlten. Und weil auch meine Eltern solche Heuchler waren, die auf all diese scheinheiligen Traditionen Wert legten und mich zwangen an den Messen teilzunehmen, benahm ich mich bei diesen Anlässen dementsprechend daneben. Dann sang ich absichtlich und richtig laut den falschen Liedertext oder spielte das lustige Auf- und Nieder-Spiel. Im Klartext hieß das, ich stand auf wenn alle anderen sich setzen und setzte mich wieder wenn alle anderen aufstanden. Bei Beichten erzählte ich frei erfundene und schockierende Geschichten, mit der Absicht den Priester zu beschämen. So machte ich mir – in der Hoffnung man würde mich eines Tages von den Messen ausschließen – einen Spaß aus dieser langweiligen Pflicht. Man konnte mir den Glauben nun einmal nicht aufzwingen. Woran ich glauben wollte entschied ich zumindest noch selbst.

Dass es das Christkind nicht gab lernte ich ebenfalls sehr früh. Die schlechten Vorsichtsmaßnahmen die Mutter und mein Stiefvater ergriffen hatten, um uns Kindern glaubhaft zu machen, dass jedes Jahr am Weihnachtsabend ein kleiner, blond gelockter Engel durch das Fenster geflogen kam um Geschenke zu bringen, führten schließlich dazu dass ich ihr Spiel durchschaute. Wenn unsere Eltern, wie sie behaupteten mit dem Christkind gemeinsam den Baum schmückten, war es uns strikt untersagt das Zimmer zu betreten. Das hatte nämlich zur Konsequenz, dass das liebe kleine Ding samt Geschenken wieder abrauschte. Für mich und meine Brüder bedeutete das jedes Jahr einen längeren Aufenthalt draußen in der Kälte oder in unseren Zimmern. So lange bis wir schließlich den erlösenden Glockenschlag vernahmen. Aber ich hatte das starke Gefühl, dass an dieser Geschichte etwas nicht passte und nachdem sie in ihrer Unachtsamkeit eine Tasche, aus welcher die Ecken der Spielzeugverpackungen ragten, hinter der Schlafzimmertüre stehen ließen, hatte ich schließlich den Beweis für meine Vermutung. Von da an machte ich mich jedes Jahr auf die Suche nach den schlecht versteckten Geschenken um in Erfahrung zu bringen, ob es Anlass zur Freude gab oder ich diese beim Auspacken der Geschenke vortäuschen musste.

Die Geschenke befanden sich immer an derselben Stelle in Mutters Kleiderschrank. Waren sie und mein Stiefvater nicht zu Hause, packte ich die Gelegenheit beim Schopf und warf einen Blick auf die Präsente. Meinen Brüdern erzählte ich davon natürlich nichts, deren Welt wäre sonst unter ihren kleinen Kinderfüßen zusammengebrochen und für mich waren ihre aufgeregten, weit aufgerissenen Augen wenn sie den hell erleuchteten Weihnachtsbaum erblickten, eine Freude die mich tief in meiner Seele berührte.

Das Fest der Liebe. Das großartige Event an dem bei uns am Ende des Abends die Erwachsenen sturzbesoffen auf einander losgingen. Damit war das Fest vorbei und wir Kinder wurden mitsamt der Geschenke kurzerhand in unsere Zimmer geschickt. Die lautstarken Auseinandersetzungen endeten fast immer mit klirrenden Gläsern, knallenden Türen und weinenden kleinen Brüdern.

Der Weihnachtsbaum war jedes Jahr beinahe zwei Meter hoch, und neben den glitzernden Christbaumkugeln und einem goldenen Weihnachtsstern an der Spitze, mit nichts weiter als leckeren Süßigkeiten behangen. Musikalisch untermalt wurde der Weihnachtsabend mit Heimatmelodien von Heintje oder Heino, denen wir für ganze vier Minuten unfreiwillig lauschten, bevor wir endlich die Geschenke auspacken durften.

Irgendwie erschienen mir meine Eltern bei solchen Ereignissen wie ferngesteuerte Roboter. Dieses sonderbare, plötzlich fromme Verhalten entsprach nicht ihrem gewöhnlichen Auftreten und daher legten sie es nur wenige Minuten später wie eine kurz geliehene nicht ganz passende Haut wieder ab. Eine Haut, die viele Nummern zu groß war und die ganz leicht verrutschte.

Neujahr verlief ähnlich.

Wir blieben zu Hause, Mutter und mein Stiefvater luden Freunde und Verwandte ein, es wurden Feuerwerke gezündet und so viel gesoffen bis alle hacke dicht waren und wegen irgendwelcher Nichtigkeiten Streit anfingen. Dann war der Abend gelaufen und wir Kinder mussten zu Bett gehen. Im Suff und nach der großen Versöhnung ließen es sich meine Eltern natürlich nicht nehmen zu ohrenbetäubend lauter Musik auch ohrenbetäubend laut zu ficken.

*Frohes neues Jahr.*


Es folgte Ostern 1988.

Obwohl ich inzwischen schon fast dreizehn Jahre alt war, fanden meine Eltern es immer noch sehr belustigend mich nach den von ihnen versteckten Osterkörbchen suchen zu lassen. Meine Freude hielt sich zwar in Grenzen, zumal ich dieses ganze Getue lächerlich fand aber bevor ich wegen meiner Sturheit am Ende gar nichts bekam, spielte ich eben mit. Wie jedes Jahr fuhren meine Eltern auch dieses Osterfest zu den Verwandten aufs Land. Wahrscheinlich hatten sie mein ewiges Genörgel und das angesäuerte Gesicht, das ich die ganze Fahrt über machte satt und gaben mir deshalb die Erlaubnis zu Hause zu bleiben. Ich war immernoch von dem Erlebnis ein paar Jahre zuvor als man mir meinen geliebten Hasen auf einem Teller servierte angewidert und hatte daher keine große Lust auf ein Wiedersehen mit der mir so verhassten Verwandtschaft. Ich freute mich auf die Zeit alleine und vor allem darauf, von morgens bis abends zu tun worauf immer ich Lust hatte. Für diese wenigen Stunden zumindest war ich frei. Ich schnappte mir ein paar Kleider aus Mutters Schrank, zog ein Paar ihrer hochhackigen Schuhe an, schaltete die Stereoanlage ein und tanzte. Ich stellte mir ein Leben vor, das sich Tag für Tag so frei, grenzenlos und unbeschwert anfühlte.

Ein Leben ohne Zwang, Demütigungen und Prügel.

Diese wenigen Momente ohne meine Eltern, nährten meine Seele für viele Tage. Ich hielt mir stets vor Augen, dass ich nicht bis in alle Ewigkeit mit den beiden Leben würde und dass einmal der Tag kam an dem ich wegging und endlich frei war.

# Vogelscheuche

Ein großer Teil des Sonnenblumenfeldes war hell erleuchtet und stand bereits in Flammen als ich für einen Moment in den schützenden, doch nur noch spärlich vorhanden Sonnenblumen ein wenig Ruhe suchte. Wie schon viele Male zuvor war ich gezwungen vor der grauenhaften Vogelscheuche, die mich stets unerbittlich über die weiten Felder getrieben hatte die Flucht zu ergreifen.

Das Feuer, das plötzlich ohne Vorwarnung ausbrach, hatte die messerscharfen Pranken der Vogelscheue angesengt und ihre von Pein erfüllten Schreie hallten wie ein nicht enden wollendes Echo aus weiter Ferne hinter mir nach. Doch auch die unermesslichen Qualen hielten sie nicht davon ab mich weiter gnadenlos durch die vom Brand zerstörten Gefilde zu jagen. Vor Wut schäumend, strecke sie ihre verkohlten Arme in meine Richtung aus. Doch die dichten, alles im Keim erstickenden Rauchschwaden hatten sie erneut daran gehindert meine Fährte aufzunehmen und so gelang es mir schließlich durch den sich über alles legenden Qualm, der sich schmerzlich vom Hals bis zu meiner Lunge drängte zu entkommen.

Am Ende des Pfades, ich war kaum noch in der Lage einen Atemzug zu machen, fand ich einen Weg aus dem glühenden Sonnenblumenfeld. Eine alles verschlingende Feuersbrunst, die über die strahlenden Blumen hereingefallen war und unerbittlich alles auslöschte zog hinter mir her. Das gewaltig lodernde Flammenmeer legte sich wie eine große Decke über das ganze Land.

Da hockte ich nun, keuchend, erschöpft und angeschlagen am Rande des Feldes und erholte mich langsam von der wilden Hetzjagd. Doch der Frieden währte nicht lange. Aus dem fast zur Gänze abgebrannten Gebiet kamen die leidgeplagten Schreie der Vogelscheuche schließlich näher. Sie würde niemals aufgeben, nicht solange ich noch einen Atemzug tat. Unaufhaltsam und mit jeder Sekunde bedrohlicher, näherten sich ihre dumpfen Schritte. Wie lange ich ihr noch entkommen konnte war ungewiss. Das Sonnenblumenfeld war nahezu abgebrannt, bloß noch das leichte Knistern des klein lodernden Feuers war zu vernehmen. Jede Aussicht, Schutz in den dicht aneinander gedrängten Blumen zu finden, war für alle Zeit zerstört. Die zwei Meter hohen, triumphalen Sonnenblumen hatten mich stets überragt und es der Vogelscheuche schwer gemacht mich zu finden. Doch da inzwischen alles in Schutt und Asche lag blieb mir nichts weiter als den weiten, offenen Weg der als einziger noch vor mir lag zu beschreiten. Immer tiefer in das Ungewisse hinein, so schnell und solange ich dazu noch in der Lage war.

Die brütend heiße Luft die vom Wind in meine Richtung getragen wurde, brannte beinahe so heiß auf meiner Haut wie die Flammen selbst.

Mit übermächtiger Furcht im Nacken, lief ich durch die bereits hereingebrochene Nacht. Die Vogelscheuche war mir inzwischen dichter auf den Fersen und auch die stetigen Blicke, die ich im Lauf nach hinten warf, halfen mir nicht im geringsten den Abstand noch einmal zu vergrößern.

Als ich auf meiner Flucht auch noch über ein Erdloch stürzte, wähnte ich mein Schicksal ein für alle Mal besiegelt.

Laut und bedrohlich erhob die Bestie noch einmal ihre Arme und stieß einen wütenden Schrei aus bevor sie schließlich noch an Geschwindigkeit zulegte. Doch ich entschloss mich, nicht klein beizugeben. Nicht jetzt und schon gar nicht so.

In Windeseile entledigte ich mich meiner Schuhe, von denen einer fest in dem Erdloch steckte und lief barfuß weiter. Die umherliegenden Steine schmerzten unter meinen Füßen. Die Bestie hatte mich kilometerweit über das weite Land gejagt, immerzu auf ein neues dieses kranke Spiel mit mir gespielt und ich hegte die Befürchtung, dass es dieses Mal keinen Ausweg mehr gab.

Entkräftet und vom Schmerz ausgezehrt fiel ich zu Boden und kroch bloß noch wenige Meter, bis ich schließlich aufgebracht liegen blieb. Ich schloss meine Augen und nahm nur noch die dumpfen Geräusche der immer näher heranschreitenden Vogelscheuche wahr, als plötzlich unter mir der Boden zu beben begann. Mit letzter Kraft hob ich den Kopf. Hinter mir in der Ferne, die Reste des lo-

dernden Feuers und nur noch wenige Schritte entfernt, die wutent-
brannte Vogelscheuche. Das Erdreich rumorte, brach mit einem Mal
auf und unzählige Risse die Kurs auf das Monster nahmen, breiteten
sich unaufhaltsam aus.

Als der aufreißende Grund das Untier schließlich erreicht hatte,
brach der karge Landstrich unter ihm entzwei. Mit einem einzigen
Ruck und lautem Grollen verschlang der höllische Schlund die Vogelscheuche. Sie stieß noch einen allerletzten Schrei aus und als das
Erdreich sich schlagartig wieder schloss, verstummte auch dieser im
Dunkel der Nacht. Erschöpft ließ ich meinen Kopf auf die Erde fallen und gab mich der erlösenden Stille hin.

10 … 9 … 8 … 7 … 6 … 5 … 4 …

»Dorothy?… Dorothy!«

»Hmmm … Ich bin müde. Lass mich schlafen, Hase.«

»Dorothy, wir müssen doch weitermachen. Komm, lass uns ein
wenig über deine Vogelscheuche sprechen, ja?«

»Es ist nicht meine Vogelscheuche, Hase. Es ist eine monströse
böse Vogelscheuche mit langen Armen und Beinen. An ihren Händen hat sie messerscharfe Krallen. Aber davon habe ich dir bereits
erzählt.«

»Ich weiß wie das hässliche Ding aussieht. Ich hab ein Bild davon
gezeichnet. Möchtest du es sehen?«, fragt Hase erwartungsvoll.

»Ein anderes Mal«, sage ich desinteressiert. Hase zuckt mit den
Schultern.

»Du sollst mir sagen, was sie von dir will«, fährt er fort.

»Ich weiß nicht, was diese Monster immerzu von mir wollen.
Verdammt nochmal, sag du es mir! Du scheinst doch immer über
alles genau Bescheid zu wissen.«

»Nun, vielleicht weiß ich es. Aber ich möchte, dass du es mir
sagst. Es ist wichtig, dass du es weißt. Denkst du nicht?«

Es kratzt an mir aber doch muss ich mir eingestehen, dass Hase
irgendwie recht hat..

»Ganz wie du meinst, Hase. Bitte sehr ... Also ich denke ...«

»Nun?«

»Pfff ... Vielleicht steht die Vogelscheuche symbolisch für Mutter, die übermächtig über meiner ganzen Existenz steht. Die mir keinen Raum zum Atmen lässt und ihre langen hässlichen Arme um mich geschlungen hat und mich nicht freigeben möchte. Sobald ich mich einen Schritt zu weit weg wage, streckt sie diese erneut aus und greift nach mir. Herrgott, ich weiß es nicht! So wie dieser Traum fühlt sich jedenfalls mein ganzes Leben an. Ich versuche zu fliehen und sie jagt mir unerbittlich hinterher. Sie sieht mich als ihren Besitz, genau wie die fiese Vogelscheuche.«

»Denkst du, dass es das ist?«

»Ja, so im Großen und Ganzen schon. Die Fratze ist schließlich beinahe die gleiche, also ist die Antwort wohl: ja. Mutter hat mir nie Luft zum Atmen gelassen, mir Freiraum erlaubt oder mir gar in irgendeiner Weise gestattet mich zu entfalten. Sie hat alles was ich je wollte unterbunden, jeden Traum im Keim erstickt und alles unter Kontrolle gehalten. Ganz gleich welche Wünsche und Sehnsüchte ich hatte, sie wütete wie die brutale, alles verwüstende Vogelscheuche.«

»Gut, das war sehr gut, Dorothy.«

»Sagst du mir jetzt endlich was du da die ganze Zeit schreibst?«, frage ich ungehalten.

»Hab doch Geduld, Liebes. Es dauert nicht mehr lange, dann wird das Geheimnis gelüftet. Jetzt aber schließe wieder deine Augen«

Tick, tack

Tick, tack

10 ... 9 ... 8 ... 7 ... 6 ... 5 ...

# Kinderträume

Als in den achtziger Jahren eine Welle von Tanzfilmen auf die Kinos zurollte, riss sie mich förmlich mit. In Flashdance und Chorus Line hatte ich mich ja bereits Hals über Kopf verliebt, aber dank unseres Nachbars Mr. Simmons, der als Lichttechniker am Theater arbeitete bekam ich die Chance, das gerade erfolgreichste Musical der Welt live zu erleben: Cats! Da Mr. Simmons für viele der Vorstellungen Freikarten erhielt, luden er und seine Frau mich schließlich ein, zusammen mit ihnen und ihren beiden Kindern die Vorführung zu besuchen. Was ich an diesem Abend sah war das schönste und magischste, das ich bis dahin erlebte. Es erschien mir übermächtig, wie von einer anderen Welt. Lebensgroße Katzen die sangen und tanzten. Natürlich wusste ich, dass es sich bloß um Menschen handelte die Katzen spielten, aber an diesem Abend wich die Realität einem überwältigendem Wachtraum.

Und als schließlich Old Deuteronimo auf der Bühne erschien und von den anderen Katzen besungen wurde, war es gänzlich um mich geschehen. Sprachlos von den atemberaubenden Bildern und der unvergleichlichen Musik, flossen die Freudentränen unaufhaltsam über mein kleines Gesicht.

Wenig später lief Dirty Dancing in den Kinos und eroberte mein Herz im Sturm. Jeden Nachmittag verbrachten Maya und ich damit die Schritte nachzutanzen, um sie dann den Jungs in der Anlage, ob die es mochten oder nicht beizubringen.

Meine große Leidenschaft für das Tanzen wurde erneut entfacht als die Serie Anna bei uns ausgestrahlt wurde. Die Geschichte handelte von einem Mädchen, dessen großer Traum eines Tages eine berühmte Ballerina zu werden, von einem schweren Unfall überschattet wurde. Doch trotz aller Hindernisse kämpfte sie mutig weiter und erreichte schließlich mit eiserner Willenskraft am Ende ihr Ziel.

Bereits im Alter von sechs Jahren, verliebte ich mich in das Ballett und hätte selbst für mein Leben gerne Unterricht genommen. Doch auch das war eines jener Dinge, die für Mutter nicht infrage kamen. Ballettstunden waren schließlich teuer aber das für sie bedeutendste Argument war, dass mich so ein Unsinn ohnehin nicht weiterbrachte. Während Sam unterdessen in einem Fußballverein spielte und Jack bei den Pfadfindern war, durfte ich keiner meiner Leidenschaften nachgehen. Doch durch Anna wurde meine Leidenschaft für das Tanzen unbändiger als je zuvor und ich versuchte, auch ohne Mutters Erlaubnis in den Tanzstudios die ich ausfindig machte, einen Platz zu bekommen. Doch die Enttäuschung folgte schnell. Nachdem man mir wiederholt gesagt hatte, dass ich für den Ballettunterricht zu alt war, suchte ich nach Alternativen und so eröffnete ich Mutter, dass ich Schauspielerin werden, und sobald ich die Schule abgeschlossen hatte, Unterricht nehmen wollte. Die nötigen Informationen dafür hatte ich bereits eingeholt um sie Mutter Hieb- und stichfest vorzulegen. Damit wollte ich ihr beweisen, wie wichtig und überaus ernst es mir mit dieser Sache war.

»Und wer glaubst du soll diesen ganzen Scheiß bezahlen? Du kannst mir nicht ewig auf der Tasche liegen. Du machst nach der Schule eine Lehre und bringst Geld nach Hause. Das war mein letztes Wort.« Das und einige andere nicht gerade freundliche Worte schrie sie mir minutenlang entgegen. Jeder erneute Versuch ihr klar zu machen wie wichtig es mir war, machte sie bloß noch wütender. Ganz gleich was ich mir erträumte, es interessierte sie nicht. Und obwohl ich unbestreitbar großes Talent hatte, schmetterte sie meine Bitte eiskalt ab. Der Traum war ausgeträumt und all meine Hoffnungen zerplatzten in nur wenigen Sekunden wie Seifenblasen.

## Die Sache mit der Nase

Mit einem zu erwartendem schlechten Zeugnis in der Hand, endete das erste Jahr der Hauptschule und ich nahm die Standpauke die Mutter und mein Stiefvater mir wegen der schlechten Noten hielten, wie ein Mann.

Ich freute mich auf die bevorstehenden Ferien und vor allem darauf meine Zeit mit Michael zu verbringen. Schwimmen, Eis essen und mit unserer Clique abhängen. Doch es kam alles anders. Es war jener schicksalhafte Sommer der mein Leben auf eine Weise veränderte, wie ich es mir in meinen schlimmsten Albträumen nie hätte vorstellen können. Das tragische Ereignis, das mich vollkommen aus der Bahn warf, trug sich an einem sonnigen Tag im Juli zu als Maya, Melissa, Midge, Penny, Nancy und Michael sowie mein kleiner Bruder Jack und ich beschlossen uns in einem Fahrradrennen zu messen. Sobald das Startzeichen gegeben war führte uns die wilde Fahrt entlang eines langen Weges parallel zu den Bahngleisen, die vor unseren Wohnungen entlang liefen. Die mit Kieselsteinen übersäte Strecke erschwerte es mir erheblich mit meinem klapprigen roten Mädchenfahrrad voranzukommen aber ich wollte gewinnen, also trat ich noch stärker und schneller in die Pedale. Meines Sieges schon sicher, machte mir ein kurzer Moment der Unachtsamkeit jedoch einen Strich durch die Rechnung und das Rennen fand ein jähes Ende als Jacks Vorderrad mit meinen Speichen kollidierte. Danach ging alles unsagbar schnell. Der Crash schleuderte mich mit voller Wucht in die Luft und ich landete mit meinem Gesicht auf einigen im Gras liegenden Steinen. Eine Weile lag ich benommen in der Wiese, bis ich schließlich realisierte was geschehen war, oder besser gesagt: dass etwas geschehen war.

Mein Gesicht fühlte sich taub an, ähnlich wie nach einem Zahnarztbesuch und ich bekam hämmernde Kopfschmerzen. Um mich herum liefen alle hektisch umher, riefen laut durcheinander und als mein Stiefvater nach einer gefühlten Ewigkeit aus der Wohnung gerannt kam, meine Verletzungen begutachtete und mich anschließend in unserer Auto trug, sah ich erst das viele Blut, das offenbar von meinem Gesicht auf die hellgrauen Steine getropft war. Alles was ich noch wahrnahm als ich in den Armen meines Stiefvaters lag, waren die entsetzen Gesichter meiner Freunde die in einem Halbkreis um mich herum standen. Ihre Blicke verhießen nichts Gutes und ließen darauf schließen, dass ich stark verletzt war. Eine Tatsache durch die es meinen Eltern nicht erspart blieb, mich in das nächstgelegene Krankenhaus zu fahren. Dort angekommen, wurde ich umgehend behandelt und unter örtlicher Betäubung an meiner zerschundenen Nase operiert. Es wurde geschnippelt, genäht und nach etwa einer Stunde und etwas Ruhe im Krankenbett entließ man mich noch am selben Abend.

Wieder zu Hause und mit den Nerven völlig am Ende, betrachtete ich mit Schrecken das große Pflaster das mitten auf meiner Nase klebte. Vorsichtig tastete ich mit dem Zeigefinger am Verband entlang, doch schon die kleinste Berührung schmerzte schrecklich. Ich weinte bitterlich, dabei waren es weniger die Schmerzen, die mir zu schaffen machten als vielmehr die schreckliche Ahnung was sich wohl unter dem großen Pflaster verbarg. Dieses grässlich braune Ding, dessen Anblick mir so unerträglich war, verunstaltete nun drei lange Wochen für jedermann sichtbar mein Gesicht. Ich schrieb den Sommer ab. Kein Schwimmen, keine Sonne, keine große Anstrengung für fast einen Monat.

Meine Ferien waren im Arsch und ich sah aus wie ein Monster. Wie konnte ich Michael denn so noch unter die Augen treten? Mich überhaupt je wieder auf die Straße wagen? Wie sollte Michael sich nicht schämen, wenn er sich mit mir in aller Öffentlichkeit zeigte? Mein Leben war zu Ende. Er würde bestimmt mit mir Schluss machen weil er ein hübscheres Mädchen fand. Eines ohne Lappen im Gesicht. Zu allem Übel war auch noch einer meiner unteren Vorderzähne bis zur Hälfte abgebrochen, was den scheußlichen Anblick komplettierte. Es war mehr als offensichtlich: ich war zu einer Missgeburt geworden.

Ich zog mich erst einmal zurück und wollte keinen meiner Freunde sehen. Jeder Versuch meiner Clique mich vor die Tür zu bekommen, scheiterte. Bis Michael klingelte und darauf bestand mich zu sehen. Mutter klopfte an meine Zimmertür.

»Michael wartet draußen. Ich hab keine Lust ständig deine Freunde abzuwimmeln, also sag ihnen gefälligst selbst, dass du nicht rauskommst.«

Nun hatte ich keine Wahl, und ich musste es ohnehin früher oder später hinter mich bringen. Ob nun gleich Schluss war oder in drei Wochen, spielte keine Rolle. Ihn so im Ungewissen zu lassen war schließlich nicht fair, also schleppte ich mich schwerfällig und mit meinem Lappen im Gesicht zur Haustür.

»Hi«, murmelte ich mit gesenktem Kopf. Ich schaffte es nicht ihm in die Augen zu sehen, so sehr schämte ich mich.

»Hi«, erwiderte er.

»Wie geht es dir?«

Ich zuckte bloß mit den Schultern.

»Mein Vater und ich gehen in den Eissalon. Wir wollen dich gerne einladen, kommst du mit?« Er sagte das mit so einer Selbstverständlichkeit, als wäre da überhaupt nichts in meinem Gesicht. Er sah mich mit großen, freundlichen Augen an während er geduldig auf meine Antwort wartete. Ich grübelte.

»Okay, ich zieh mir nur schnell meine Schuhe an.« Da stand er, so sehr darum bemüht mir meine Unsicherheiten und Ängste zu nehmen. Ich brachte es nicht übers Herz ihn abblitzen zu lassen, also zog ich mich an und verabschiedete mich von Mutter. Für einige Momente vergaß ich den hässlichen Lappen in meinem Gesicht und wagte mich auch wieder öfter vor die Tür. Aber trotz Michaels Anstrengungen, mir die Zeit – ungeachtet der schweren Verletzung meines Gesichts – so schön wie möglich zu machen, bekam ich die zerstörerischen Selbstzweifel nicht aus dem Kopf. Möglicherweise hatte es mit der absoluten Gleichgültigkeit meiner Eltern zu tun, die eine Heilung in meinem Innersten scheinbar unmöglich machte. Anstelle tröstlicher Worte, machte vor allem mein Stiefvater unpassende und äußerst verletzende Bemerkungen.

»Na, wie geht's heute, Nasenbär?« Oder:

»Glaub mir, die Nase interessiert bei einem Mädchen sowieso niemanden.« Aber auch noch Sätze wie:

»Eine Papiertüte über den Kopf und die Sache ist geritzt.«

Mutter sagte gar nichts. Sie hatte auch schon am Tag des Unfalls nichts gesagt. Warum also sollte sie jetzt etwas Hilfreiches von sich geben? Etwas wie, dass ich bestimmt nicht ein Leben lang entstellt bliebe, dass alles gut verheilen würde und ich mir deshalb keine zu großen Sorgen machen müsste. Vielleicht hätte ich mich dadurch ein wenig besser gefühlt, darauf vertraut, das alles nicht ganz so schlimm war wie es sich im Moment anfühlte. Doch sie ließ es Wort- und gefühllos auf sich beruhen und mich vollkommen mit meinen zermürbenden Unsicherheiten allein. Sie überließ mich meiner Angst, den brennenden Zweifeln, der tiefen Trauer und dieser unbändigen alles erstickenden Wut.

Es verging kein Tag, an dem ich nicht aus Verzweiflung weinte. Nur vor meinen Freunden ließ ich mir nichts anmerken. Sie sollten nicht sehen wie ich mich wirklich fühlte. Doch der Gedanke an die Tage ohne Michael zerfraß mich. Ich wusste, er hatte ein Recht darauf seinen Sommer so zu verbringen wie es ihm gefiel, doch meine Angst nahm Überhand und führte schließlich zu immer größeren Streitereien. Ständig warf ich ihm Egoismus vor und beschuldigte ihn, keinerlei Rücksicht auf meine Situation zu nehmen obwohl ich wusste, dass ich mich nur selbst belog. Die Wahrheit war dass ich mich für austauschbar hielt, sobald wir auch nur einen Tag getrennt waren. In all dem Gefühlschaos kam es letztlich zu der berühmten Ohrfeige durch die unsere Beziehung schließlich endete. Doch am Ende hatte ich mich selbst am meisten verletzt und ein Stück meines Herzens tief im Ozean versenkt. Es tat weitaus weniger weh mich selbst zu zerstören, als darauf zu warten von dem Menschen den man über alles liebte verletzt und vernichtet zu werden. Ich wollte nicht darauf warten, dass er mir eines Tages mein Herz brach. Ich liebte ihn so sehr, doch die Liebe zu ihm fühlte sich unheimlich und sogar lebensbedrohlich an. All das schmerzte so sehr, dass ich mich schlussendlich von Teilen meiner Gefühlswelt abgrenzte. So als hätte ich mein Herz in einen goldenen Käfig gesperrt und dabei hörte ich es doch immerzu aus der Ferne schlagen.

Drei Wochen waren seit dem Horror-Unfall vergangen und heute wurde mir endlich der Verband abgenommen. Aber als der Arzt meinen braunen Lappen entfernte, runzelte er skeptisch seine Stirn und es folgte ein langer Seufzer.

»Ich fürchte ich muss Ihnen sagen, dass der Heilungsprozess nicht gut verlaufen ist. Das Gewebe ist entzündet und eitert«, sagte er zu Mutter. Ich saß wie eine unbeteiligte daneben und fühlte plötzlich ein sonderbares Gefühl der Beklemmung.

»Was wird jetzt weiter passieren?«, fragte Mutter. Ich merkte wie langsam die Wut in ihr hochkam und krallte meine Hände in den Stuhl.

»Nun, wir werden noch einmal operieren müssen. Alles aufschneiden und das kaputte Gewebe wegschneiden.«

»Das ist eine unfassbare Frechheit!«, schrie Mutter. Ich fing an zu zittern. Jetzt würde sie gleich wieder losgehen. Da war es am besten keinen Mucks von mir zu geben.

»Ich werde Sie verklagen! Und operieren lasse ich sie hier bestimmt nicht noch einmal. Auf Wiedersehen! Komm jetzt, wir gehen.« Mutter packte mich am Arm und stürmte wutentbrannt durch die Tür. Sie hatte nicht einmal zugelassen, dass mir der Arzt einen neuen Verband auf die Nase klebte. Auf dem Weg nach draußen gab ich vor auf die Toilette zu müssen, doch in Wahrheit wollte ich mich selbst von dem Grauen in meinem Gesicht überzeugen. Der Blick in den Spiegel war entsetzlich. Die Nase sah aus, als hätten sich Ameisen oder Käfer daran zu schaffen gemacht.

So konnte ich keinesfalls weiterleben, das war zu viel. Mutter bemerkte nicht, dass meine Augen vom Weinen blutunterlaufen waren. Völlig verstört lief ich neben ihr her, während sie indes ihren verbalen Müll entlud.

»Die werden schon sehen. Denen reiß ich die Ärsche auf, die werden zahlen!« Das tat Mutter am liebsten. Ärsche aufreißen.

Ich sagte nichts. Mein Kummer war zu groß und die ganze Zeit über versuchte ich weitere Tränen zu unterdrücken. Jetzt, da Mutter so in Rage war, würde sie mich für meine Trauer bloß wieder anschnauzen. Sie sah mich nicht ein einziges Mal an während ich neben ihr her stapfte und gezwungen war ihren Schimpfmonologen zu lauschen. Sie schaute stur geradeaus und zerrte mich den ganzen Weg nach Hause, an meinem Arm hinter sich her.

Einige Tage später war eine erneute Operation in einem anderen Krankenhaus anberaumt worden. Dort schnitt man mir unter örtlicher Betäubung das zerfressene Gewebe weg und verpasste mir einen neuen Lappen. Meine Stimmung war auf dem Nullpunkt und ich hatte nicht die geringste Hoffnung, je wieder normal auszusehen.

Als nach weiteren drei Wochen endlich die Nähte gezogen wurden, war alles gut verheilt. Trotzdem, die knallrote Narbe stach hervor wie der Arsch eines Pavians. Obwohl mir der Arzt versicherte, dass die Narbe mit der Zeit verblassen würde, war ich mit den Nerven völlig am Ende. Ich glaubte ihm kein Wort und überhaupt glaubte ich nicht mehr daran, dass alles gut werden würde. Ich hatte nun einmal kein Glück. Da spielte es keine Rolle was man mir erzählte um mich zu beschwichtigen. Das klappte bei mir nicht, ganz gleich wie sehr sich alle bemühten so zu tun als fiele ihnen der penetrant rote Fleck in meinem Gesicht nicht auf.

Für mich waren sie allesamt Heuchler, die sich nicht trauten mir die Wahrheit ins Gesicht zu sagen. Wie schon viele Male zuvor in meinem jungen Leben, spürte ich mit einem Mal wieder diese schreckliche Todessehnsucht.

## Meeresspiegel

10... 9 ... 8 ... 7 ... 2 ...
Endlose Weiten in der Tiefe des dunklen Ozeans der mich langsam verschlingt, mich hinabzieht in die schwarze Unendlichkeit. Mit weit ausgestreckten Armen umfasse ich die wogenden Wellen meines angebeteten Elements: dem Meer, das nun innig meinen Körper umschließt und mich mit sanfter Zärtlichkeit gefangen nimmt. Immer tiefer sinke ich hinab zu deinem eiskalten Kern, um

eins zu werden mit dir geliebtes Gewässer. Du bist wie ich: frei, unbändig und wild, nur den Gezeiten unterworfen. Mal lieblich still oder stürmisch grausam und alles mit sich in den Abgrund reißend.

Milliarden Tränen die ich weinte, hast du aufgefangen und in dich hineingesogen. Jetzt bin ich hier und erbitte Einlass. Du hältst mich mit unerbittlicher Kraft fest und ich bin dein, gebe mich dir mit ganzer Seele hin. Weiter hinab, tiefer hinein. Lebendige Stille. Ein Lichtstrahl leitet mich. Mein Gesicht umschlungen von meinem wogenden Haar. Jetzt endlich werde ich bis in alle Ewigkeit mit dir vereint sein.

Auf dem Meeresgrund, grelles Leuchten und ich falle auf nasse Erde. Wasser läuft von kargen Wänden zu Boden, die Luft ist feucht und kühl. Meine triefenden Haare kleben an meinem Körper, meine Haut ist bleich und kalt. Ich stütze meine Arme auf dem Boden ab und stehe auf. Mitten in dieser Grotte befindet sich ein von Licht umgebener Spiegel. Ich gehe langsam darauf zu und werfe einen Blick hinein. Mein Spiegelbild offenbart mir, dass ich zu einer jungen Frau geworden bin. In dem roten Kleid, das sich eng um meinen Körper schmiegt kann ich die neu gewachsenen Rundungen deutlich erkennen. Von meinem Bauch bis zu meiner Brust taste ich mich mit den Fingerspitzen entlang und berühre sanft die Stellen meines Körpers die mir so fremd erscheinen. Das bin ich nicht, denke ich und betrachte mich kritisch.

»Das kann einfach nicht sein«, rufe ich in die Stille.

Da wo bisher alles flach und unauffällig gewesen war, erheben sich nun diese für alle Augen unübersehbaren, üppigen Formen die mich zur Frau werden lassen. Ich fühle mich zum Abschuss freigegeben. Wie ein unschuldiges Rehkitz, Freiwild für geifernde Gestalten, die sich an mir reiben, und mich von allen Seiten befingern. Sich an meiner Weiblichkeit aufgeilen und sich das Recht herausnehmen mir ihre Geilheit hemmungslos vor Augen zu führen. Sie werden mit ihren dreckigen Fingern auf meine wachsenden Brüste zeigen und darüber lachen.

»Wenn die ausgewachsen sind, dann melde dich mal bei mir.«

»Hoffentlich werden sie so groß, dass mein dicker Schwanz dazwischen passt.«

»Darf ich mal anfassen?«

»Jetzt wirst du endlich eine Frau, Schätzchen.«

»Du wirst sicher mal eine geile Sau.«

»Darf man dich rechtlich gesehen schon ficken?«, höre ich sie mir lüstern hinterherrufen, während ich mit gesenktem Haupt weitergehe und tue als könne ich nichts von all dem hören. Ihre hungrigen, nach Fleisch lechzenden Blicke drängen sich in meine Gedanken. Sie versuchen mit aller Gewalt in mich einzudringen. Resigniert falle ich auf die Knie und stoße einen alles durchdringenden Schrei aus. Ich habe Angst. Angst vor diesen Anzeichen der Weiblichkeit, dem Frau-Werden. Angst vor all den Blicken und den ekelhaft schmierigen Gedanken der Männer. Ich möchte um nichts in der Welt eine Frau sein.

»Nein!«, rufe ich flehend in den von der steinernen Höhlendecke verdeckten Himmel hinauf. Der Spiegel zerspringt mit einem lauten Knall, hunderte Scherben fliegen ziellos durch die Luft und scharf an mir vorüber bis sie schließlich klirrend zu Boden fallen.

»Hallo«, sagt eine vertraute Stimme.

»Ach, du bist es wieder«, sage ich zu dem Mädchen, meiner Vertrauten die erneut aus dem Nichts erschienen ist.

»Ich weiß du hast Angst«, sagt sie und nimmt liebevoll meine Hand.

»Aber solange du mich nicht vergisst, werde ich immer ganz nah bei dir sein. Dich an das Gute im Leben und deine Lebendigkeit erinnern.«

Sie lächelt freundlich.

»Jetzt mach die Augen zu und zähl langsam von zehn rückwärts.«

»Aber...« Sie ist wieder im Nichts verschwunden.

Ich tue was sie mir aufgetragen hat, schließe die Augen und zähle.

10 ... 9 ... 8 ... 7 ... 2 ...1 ...

»Schön dass du wieder hier bist, Dorothy.«

Es ist Hase. Als ich meine Augen öffne bin ich wieder in unserem geheimen Zimmer. Der Boden ist mit Rosenblättern bedeckt, die gemächlich in einer Wasserpfütze umher schwimmen.

»Setz dich Dorothy«, sagt Hase und zeigt auf den Platz gegenüber von sich. Ich stapfe durch die im Wasser treibenden Rosenblüten zu meinem Stuhl und lasse mich erschöpft hineinfallen.

»Ich bin so schrecklich müde, Hase. So müde vom Leben«, seufze ich.

»Du hast dich verändert«, sagt er, nachdem er mich eine Minute lang gemustert hat.

»Sag es nicht. Ja, ich bin jetzt fast schon eine Frau … bla bla«, schimpfe ich trotzig.

»Das wollte ich damit gar nicht sagen. Du bist anders. Ernster, bedrückter als zuvor.«

»Mein Körper verändert sich und alle warten nur darauf mich anzufassen, mich zu penetrieren. Aber ich will jemanden lieben wenn ich das tue«, sage ich und spüre wie Tränen unaufhaltsam wie ein Wasserfall aus meinen Augen laufen.

»Ich möchte geliebt, nicht nur begehrt werden. Möchte das beides eins ist und nicht voneinander getrennt. So als wäre ich nur ein Kör-per, der dem bloßen Vergnügen gierender Männer dient. Kaum bin ich richtig ausgereift, schon pfeifen sie mir hinterher. Selbst die, die schon weit über achtzehn sind sagen mir wie sehr sie sich darauf freuen wenn ich endlich eine Frau bin. Ich hasse es, dass sie so mit mir sprechen. In der Schule laufen die Jungs mit kleinen Spiegeln in der Hand durch die Gänge um den Mädchen unter die Röcke zu se-hen. Und auch im Turnunterricht fühle ich mich ihren geifernden Blicken ausgeliefert. Sogar mein Stiefvater macht ständig unange-messene Bemerkungen über meinen Körper. Über meinen Hintern im Speziellen, weil der auf einmal so groß geworden ist. Er nennt ihn Stockerl-Arsch. Ein Arsch der weit nach außen steht. Eigentlich ist damit ja ein Hohlkreuz gemeint, aber er ist eben ein einfacher, dummer Mann der selbst seine Beleidigungen nicht richtig formulieren kann. Aber die Hauptsache ist, er hat was zu lachen.

»Schwing deinen fetten Arsch ins Auto«, heißt es, wenn wir weg fahren. Oder:

»Mach dich nicht so breit«, wenn ich im Wohnzimmer auf der riesen Couch sitze und er sich direkt neben mich setzt um deutlich zu machen wie wenig Platz ich ihm wegen meines fetten Arsches lasse. Die geringste Veränderung an meinem Körper wird bemerkt und bewertet. Meist von Männern. Meinem Stiefvater oder meinem Onkel, der es sich nicht nehmen lässt mir bei seinem Besuch zu meiner Periode zu gratulieren und mich ungeniert fragt, ob ich denn schon Sex mit einem Jungen hatte. Dann macht er mich auf meinen ordentlich gewachsenen Busen aufmerksam und zwinkert mir mit aller Dreistigkeit zu. Im allerschlimmsten Fall sind es männliche Bekannte die mir ganz offen sagen wie schade sie es finden, dass sie nicht ein paar Jahre jünger sind aber gerne auf meine Volljährigkeit warten würden.

Meine heranwachsende Weiblichkeit wird ständig thematisiert. Ich fühle mich wie ein Gaul, der verkauft werden soll und dessen ganzen Körper man vorher ordentlich abtastet um zu sehen, ob die Ware auch in Ordnung ist.

Nach meinem ersten Freund bis zu meinem fünfzehnten Lebensjahr hatte ich einige ganz unschuldige Beziehungen. Zwei oder drei Wochen Bekanntschaften, wo nicht mehr geschah als romantisches Händchenhalten oder ein verstohlener Kuss auf die Lippen. Solange die Jungs nicht mehr von mir wollten war das auch in Ordnung aber sobald ich merkte, dass sie fummeln oder mich an gewissen Stellen meines Körpers berühren wollten, machte ich Schluss. Die penetranten Versuche mich in eine bestimmte Richtung zu drängen, sich langsam und geglaubt unauffällig meinen Brüsten oder anderen Stellen zu nähern, ließen mich den Jungen grenzenlos hassen. Der Gedanke, dass ein Junge sich nicht mit mir in einem Raum aufhalten konnte ohne mir auf die Pelle zu rücken, machte mich krank. Ein hübsches Gesicht, ein paar knackige Brüste und ein praller Arsch. Das war alles worauf sie aus waren. Dabei war ich so viel mehr als bloß ein heranwachsender Frauenkörper.

Die körperlichen Veränderungen, die sich bis zu meinem fünfzehnten Lebensjahr einstellten und die ich als so quälend empfand, trafen mich vollkommen unvorbereitet. Sie mutierten schließlich immer mehr zu einem real gewordenen Albtraum.

## Blut

Entblößt liege ich auf diesem kalten Marmorboden. Durch die Fenster strahlt das grelle Tageslicht in die menschenleere Halle. Mein Körper ist schwach. Blut strömt aus meinem Unterleib und bedeckt gänzlich den glänzenden Fußboden. Ich blute aus. Flehend rufe ich in der Stille nach Hilfe, doch meine Schreie bleiben ungehört. Mein Leib ist taub und mein Innerstes läuft unaufhaltsam nach außen.

Hier liege ich nun, bleich, blutleer und halb tot. Jetzt kommen sie auch schon, die Hyänen. Zähnefletschend und mit unbändigem Hunger stürmen sie auf mich zu. Lüstern laben sie sich an meinem zarten Fleisch und meine aus Angst weit aufgerissenen Augen berühren sie dabei nicht. Hyänen in Männergestalt die mein warmes Blut vom Boden auflecken und mich auffressen. Über den Flur kriechend kommen sie geifernd über mich, lecken über mein starres Gesicht und fallen Stück für Stück über meinen misshandelten Leib her. Ihre blutbeschmierten Münder grunzen gierig. Am Ende bleibt nichts weiter von mir übrig als meine kalte, tote Hülle. Sie haben alles verschlungen was ich zu geben hatte und lassen mich nun dahinscheidend zurück. Nachdem sie alles verzehrt haben, schleichen sie in ihre dunklen Ecken zurück und ich bleibe hier auf dem blutüberströmten, kalten Boden während ich meinen letzten Atemzug mache.

Ich wusste, dass ich nicht für immer ein Mädchen bleiben würde. Der Wandel zur Frau war unabwendbar.

Als ich an einem wunderschönen Frühlingstag von unerträglichen Bauchkrämpfen aus dem Schlaf gerissen werde und unter meinem Arsch etwas eklig feuchtes erfühle, reiße ich in Panik meine Bettdecke hoch. Das Bettlaken ist gänzlich rot und ein riesengroßer Blutfleck, der sich zwischen meinen Beinen ausgebreitet hat, ziert das weiße Laken. An meinen Oberschenkeln klebt getrocknetes Blut. Als ich mit meiner Hand zwischen meine Beine fasse wird mir mit Entsetzen klar, dass das Blut aus meiner Vagina kommt. So viel Blut und dazu diese fürchterlichen Bauchschmerzen, die sich anfühlen als fahre ein Traktor in meinem Uterus umher.

Beunruhigt laufe ich zur Toilette und hinterlasse auf dem Blitz Blank geputzten Vorzimmerboden eine satte Blutspur. Das Zeug fließt unaufhörlich aus mir heraus, so als hätte ich ein Leck. Ich presse meine Hand zwischen die Beine um das auslaufende Blut abzufangen und als ich gerade die Tür zur Toilette öffne, kommt Mutter mir entgegen.

»Was ist schon wieder mit dir los?«, fragt sie in ihrem typisch genervten Tonfall.

»Ich blute!«, antworte ich mit zittriger Stimme. Ich bin völlig überfordert mit der Situation und hoffe nur dieses eine Mal auf Mutters Unterstützung.

»Mach dir deswegen nicht gleich ins Hemd. Ist nichts Schlimmes. Jetzt bist du eben in dem Alter, wo du eine Frau wirst.« Sie sagt das so gleichgültig als wäre es nichts, aber es geht mir richtig mies und ich habe das Gefühl als hätte ich das halbe Blut meines Körpers durch meinen Unterleib verloren. Mutter verschwindet im Abstellraum und kommt mit einem bunten Putzlappen zurück.

»Hier, leg das zusammen und steck es dir in die Unterhose. Das muss inzwischen reichen. Wir besorgen später was Richtiges«, sagt sie nüchtern.

Irritiert nehme ich den Lappen an mich und mache die Tür der Toilette hinter mir zu. Als ich auf dem Klo sitze beobachte ich minutenlang wie das Blut im Sekundentakt die perfekt geputzte weiße Kloschüssel bedeckt. Mit zitternden Händen falte ich den Lumpen ein paarmal zusammen und lege ihn in mein Höschen. Dieser dicke Stofffetzen fühlt sich an als hätte ich eine riesen Windel in meiner Hose. Es ist wirklich beschämend. Damit muss ich jetzt den ganzen Tag rumlaufen?

Das ist mir alles zu viel. Betrübt lege ich meinen Kopf in meine Hände und bleibe noch ein Weilchen sitzen.

Als ich wieder bereit bin die Toilette zu verlassen um das Massaker in meinem Zimmer in Ordnung zu bringen, drückt Mutter mir im Vorbeigehen frische Bettwäsche in die Hand. Sie äußert sich auch nicht weiter zu der ganzen Angelegenheit. Für sie ist alles gesagt und in meinem Fall bleibt es ungesagt. Ich will auch gar nicht wissen wie man Babys macht, all dieses Bio-Zeugs, wusste ich längst aber für mich war die unerwartete Ankunft von Tante Rosarot, wie manche Leute die Periode nannten, eine lebensverändernde Situation und eigentlich hatte ich gehofft, dass Mutter dieses eine Mal eine Gefühlsregung zuließ. Bloß ein paar liebevolle Worte, die mir halfen all die Unsicherheiten zu überwinden. Doch alles was ich von ihr zu hören bekam war, dass ich mich bloß nicht so anstellen sollte. Das war das Signal mit dem sie mir durch die Blume sagte:

»Wenn du mir damit weiter auf den Senkel gehst, regnet es Ohrfeigen.«

Damit war es klar: kein weiteres Wort oder Heulen in ihrer Gegenwart. Das Weinen hatte ich auf Kommando abzustellen um zu verhindern, dass sie sich dadurch provoziert fühlte und in Rage geriet. Nachdem ich das Schlachtfeld – mein Bett – frisch überzogen und die blutigen Überreste des nächtlichen Blutbades in die Wäschetonne gestopft habe, lasse ich mir ein heißes Bad ein und hoffe, dass die Wärme des Wassers meine markdurchdringenden Bauchschmerzen lindert. Wie ich so mit einem Übermaß an verwirrenden Gefühlen in der Wanne liege und an die Decke starre, stelle ich mir vor dass ich mich der wohltuenden Wärme des warmen Wassers hingebe und in ihr ertrinke. Umgeben von der angenehm einnehmenden Ruhe die bloß von einem leisen, betörenden Rauschen begleitet wird, zähle ich bis drei, halte die Luft an und tauche meinen Körper unter Wasser. Die atemberaubende Stille ist so verführerisch schön, dass ich nicht mehr auftauchen möchte. Ich versuche dem Drang nach Luft zu schnappen zu widerstehen, doch es klappt auch nach dem vierten Versuch nicht. Dabei hätte ich all dem so gerne ein Ende gemacht. Aber so einfach war es wohl doch nicht mich selbst durch bloßes Luftanhalten umzubringen. Vielleicht hatte Mutter ja recht und ich war bloß ein viel zu sensibler, elender Schwächling dem es nicht einmal gelang sich auf unkomplizierte, saubere Art selbst zu töten. Wie schön wäre es wenn der ganze Scheiß endlich hinter mir läge und ich niemandem mehr, schon gar nicht mir selbst, zur Last fiele. Gedankenverloren und enttäuscht von meinem Versagen, starre ich wieder gegen die hässliche Fliesenwand.

Ebenso grausam empfand ich es, als ich meinen Busen bekam. Ich erinnere mich noch genau daran wie die Haut an meinem Oberkörper fürchterlich zu ziehen begann. Es waren unbeschreibliche Qualen die mir von einem Tag zum anderen das Leben zur Hölle und jede noch so leichte Berührung zu einer Tortur machten. Und als wäre das nicht genug, wurden die kleinen, sich durch jedes T-Shirt drängenden Ansätze auch noch von den Jungs bemerkt.

»Na, was machen deine Knospen?«, hieß es. Oder:

»Sieh mal, da sprießt es ja schon. Wird ja schon Zeit«, riefen sie mir lüstern und lachen hinterher. Und das offenkundig zum Leidwesen der körperlich schon sehr reifen Mädchen, die bereits all das zu bieten hatten was das Blut der liebestollen Jungs in Wallung brachte. Voll ausgereifte, pralle Brüste und knackige Ärsche.

Tag ein, Tag aus, saßen diese – wie die Täubchen auf dem Dach – auf einer Bank, in der Hoffnung von einem der Jungen bemerkt zu werden während sie mit kecken Gesten und Rufen auf sich aufmerksam machten.

An einem Nachmittag im Sommer hielt mich Tyra, eines der Mädchen auf dem Weg vom Supermarkt nach Hause an.

»Hey du. Komm mal kurz her.«, rief sie mir zu. Arglos ging ich hinüber. Tyra und ihre Freundinnen kicherten und als ich mich in ihrem Blickfeld befand, sagte Tyra abfällig:

»Na, du kleine Schlampe? Du denkst auch du bist was ganz Besonderes, nicht wahr?« Ich stand bloß betreten da, während sie sich lachend auf die Oberschenkel klopften. Ich verstand nicht warum sie so etwas sagte. Sie kannte mich doch kaum und ich hatte nie ein schlechtes Wort über sie oder ihre Freundinnen verloren. Vor allem aber hatte ich nie darum gebeten, dass mir die Jungs wie sabbernde Hunde hinterherliefen.

Mir wurde heiß und mein Gesicht lief vor Scham, rot an. Ohne diese Frage einer Antwort zu würdigen, wandte ich mich ab.

»Hey, du Schlampe! Ich rede mit dir«, rief Tyra mir hinterher. Doch ich reagierte nicht. Es verletzte mich, dass sie mich als Schlampe beschimpften obwohl ich noch nie etwas mit einem Jungen gehabt hatte. Diese Spielchen verstand ich nicht und ich wollte sie auch nicht verstehen. Es waren nichts weiter als sinnlose Gemeinheiten die sie anderen bloß aus ihrer eigenen Hilflosigkeit heraus zufügten. Was das Verliebtsein betraf, so fühlte ich mich wie eine zerbrechliche Porzellanpuppe die man immerzu von einer Klippe stieß und die schließlich in Millionen Teile zerbrach. Und weil mit jedem Bruch unzählige Teilchen verloren gingen, wurde das Zusammenkleben mit jedem weiteren Mal schwieriger. So lange, bis nichts mehr von mir übrig blieb, das man hätte reparieren können.

Irgendwann war nicht mal mehr genug übrig um es zusammenzukehren und in den Müll zu werfen. Meine verzweifelte Suche nach Liebe, zu der ich jedoch gar nicht fähig war begann mich nach und nach zu zerstören. Sehr früh, sehr jung und sehr schnell.

Mein Gefühlsleben war wie ein Karussell, das sich so schwindelerregend schnell drehte, sodass man bei einer falschen Bewegung leicht den Kopf verlieren konnte.

# La Boum

Mit vierzehn Jahren, nachdem ich fünf oder sechs harmlose Beziehungen hinter mir hatte, verliebte ich mich Hals über Kopf in meinen Klassenkameraden Randy. Randy war wild, hatte ein spitzbübisches Lächeln und seine wundervollen, leuchtend blauen Augen strahlten vor Lebendigkeit. Nachdem er mich wochenlang in den Schulpausen geneckt hatte, ließ er mir eines Tages in der großen Pause mittels Boten den berühmten: Willst du mit mir gehen Zettel zukommen.

Antwortoptionen waren: Ja, nein, oder vielleicht. Zutreffendes war umgehend mit einem Kreuz in dem jeweiligen Kästchen zu versehen und anschließend dem Boten zu übergeben. Der brachte die Nachricht wieder dem Auftraggeber zurück und die Sache war geritzt. Ich zögerte keine Sekunde und machte ein dickes Kreuz bei der Antwortoption Ja. Damit stand fest, dass wir von jetzt an, höchst offiziell Freund und Freundin waren. Dieses Freund und Freundin-Ding zogen wir in den folgenden Jahren etwa neunmal durch. Es war eine intensive und gefühlsbestimmte On-Off-Beziehung, die stets unseren jeweiligen Launen unterworfen war. Wir stritten und versöhnten uns unzählige Male. Doch mit ihm ging ich das erste Mal sogar einen Schritt weiter in diesem schwindelerregenden Mädchen-Jungen-Karussell.

Bis dahin hatten wir alle mit Begeisterung La Boum gesehen und es war längst an der Zeit unsere eigene Fortsetzung zu schreiben. An einem angenehmen Spätsommerabend gab Mutter, nachdem ich sie mit meinem fortwährenden Gebettel genervt hatte nach und erlaubte mir mit meiner Freundin Betsi die Jugenddisco, nicht weit von unserem Wohnort zu besuchen. Inzwischen war ich vierzehn Jahre alt und doch gab es jedes Mal wenn ich mit Freunden ausgehen wollte ein riesen Theater. Doch gerade an diesem Abend war mir das Ausgehen wichtiger als je zuvor, denn Randy war dort und ich hatte ihm ohne Gewissheit darüber zu haben ob ich Mutters Erlaubnis bekam, bereits zugesagt.

An diesem Abend hatte Mutter jedoch eigene Pläne und deshalb wohl auch keine große Lust sich mit mir herumzuärgern. Sie verlies bereits früh die Wohnung und so konnten Betsi und ich uns in aller Ruhe zu unseren Lieblingssongs wie - Walk like an Egyptian oder Material Girl - zurecht machen.

Als wir an der Disco ankamen war Randy bereits da. Wir begrüßten und umarmten uns voller Freude und nahmen in einer gemütlichen Ecke platz. Zu den Klängen angesagter Achtzigerjahre-Hits, tanzten Randy, Betsi und ich uns durch den Abend. Als dann die ersten Sekunden von Cook da Books Song Your Eyes erklangen, forderte Randy mich zum Tanz auf. Das langsame Tanzen unter Jugendlichen war etwas besonderes. Etwas, das man nicht mit jedem tat und es machte Außenstehenden deutlich, dass man eine starke Zuneigung füreinander empfand. Ich legte meinen Kopf auf Randys Schulter und er seine Arme um meine Hüften. Fünf Minuten lang war ich in einer anderen Welt und vergaß alles um mich herum. Es war unbeschreiblich schön. Die Zeit stand still und für wenige Augenblicke wusste ich, was Glück bedeutete.

Den restlichen Abend verbrachten wir kuschelnd in unserer Ecke oder eng umschlungen auf der Tanzfläche. Als das Licht und die Musik langsam ausgingen und der Abend sich dem Ende zuneigte, gingen wir nach draußen. Weil wir nicht wussten was nun weiter geschehen sollte, standen wir erstmal unbeholfen und wortkarg voreinander. Eine Minute in der nichts geschah verstrich. Dann sah Randy mich plötzlich mit funkelnden Augen an, nahm mein Kinn in seine Hand und näherte sich mir mit seinem Mund. Ich dachte nicht darüber nach, schloss instinktiv die Augen, öffnete langsam meine Lippen und wir küssten uns. Als sich unsere Zungen berührten, wurde mir Angst und Bange. Doch ich schob meine Angst beiseite und ließ es geschehen. Minutenlang küssten wir uns heiß, voller Leidenschaft und ich glaubte zu spüren, dass sich meine Füße vom Boden abhoben.

Oh mein Gott, dachte ich. Er schmeckte wie Erbeereis!

Als sich seine Lippen wieder von meinen gelöst hatten, stand ich immernoch mit geschlossenen Augen vor ihm. Er strich mir sanft über meine Wange und sagte:

»Dann bis morgen.«

»Ja, bis morgen«, hauchte ich während ich mit meinen Fingern über meine Lippen strich. Paralysiert und völlig verzaubert stand ich da, bis Betsi mir auf die Schulter tippte und mich daran erinnerte, dass es Zeit war nach Hause zu gehen. In dieser Nacht fiel mir das Einschlafen schwer. Immerzu sinnte ich über diesen Kuss nach und starrte dabei glückselig an die Decke. In meinem Kopf spielte ich diesen Augenblick immer wieder von neuem ab.

»Schöne Geschichte«, applaudiert das Kaninchen.

»Wirklich schöne Geschichte.«

»Wie ging es weiter?«, plappert es aufgeregt.

»Du bist ganz schön neugierig«, sage ich mit einem verschmitzten Lächeln.

»Ich weiß«, kichert Hase.

»Es gab Trennungen, sowie Ohrfeigen weil er nicht für mich Partei ergriff oder weil er mit anderen flirtete. Ich wollte ja nur ihn, aber er war mit seinen Augen ständig bei anderen Mädchen. In sexueller Hinsicht war ich ihm vermutlich zu wenig offensiv und möglicherweise hatte er auf eindeutige Signale von mir gehofft. Aber ich hatte nun mal nicht das geringste Interesse an Sex, und nach all der Zeit die wir zusammen und wieder getrennt waren, fand er ein Mädchen das sich von jedem und natürlich auch von ihm flachlegen ließ. Er hatte nur einen Tag zuvor die Beziehung zu mir beendet und machte schon am nächsten Tag ungeniert vor meiner Nase mit diesem Mädchen in unserem Hobbyraum rum.

Nachdem ich von Randys Knutschereien mit seiner neuen Freundin genug hatte, verließ ich den Hobbyraum. Der Hobbyraum wurde von den ansässigen Jugendlichen gerne zum fummeln und saufen genutzt. Ich selbst hielt mich dort nur sehr selten und nie länger auf als bis zu dem Zeitpunkt an dem die anderen miteinander intim wurden. Wenn ich je dazu bereit war einem Jungen näher zu kommen, dann gewiss nicht vor den Augen der anderen. Viele Teenager in meinem Alter prahlten schon mit ihren sexuellen Erfahrungen, dafür musste man nicht zwangsläufig den Akt vollziehen. Was dort unten alles geschah wollte ich gar nicht wissen, auch wenn immer wieder Details von den nachmittägigen Sauf- und Fummel-Partys durchsickerten bei denen die Jungs sich von den Mädchen einen blasen oder sich die Mädchen von den Jungs fingern ließen.

Ich jedoch hatte überhaupt kein Interesse mich an den Gruppenfummeleien zu beteiligen. Meine Enthaltsamkeit war für die Jungs eine Herausforderung, wie eine Trophäe die sie nach erfolgreicher Jagd erhielten und mit der sie voller Stolz vor ihren Freunden prahlten. Doch sie scheiterten, denn ich zeigte keinerlei Ambitionen mich dem Gruppenzwang zu unterwerfen. Unablässig versuchten sie mir während eines Kusses an den Busen oder in die Hose zu fassen, redeten mir ein wie sehr sie mich mochten und dass auch ich ihnen zeigen sollte wie gern ich sie hatte.

»Wir Jungs brauchen Sex, das weißt du doch.« Diese oder ähnliche Ansagen bekam ich zu hören wenn ich mich, wie sie es nannten, zierte. Wenn das nicht zog und ich dennoch ablehnte, hieß es:

»Wenn du nicht willst wird sich eine andere finden. Es gibt so viele Weiber die mich gerne ranlassen.«

Doch auch diese Drohung beeindruckte mich nicht. Genau das Gegenteil geschah: ich begann den Jungen zu hassen. Während ich noch unschuldig war und die große Liebe suchte, sammelten viele meiner Freundinnen bereits die ersten sexuellen Erfahrungen.

Aber bei mir lief das anders. Ich konnte mich Hals über Kopf verlieben und dabei jedes Mal an die einzig wahre Liebe glauben. Denn das war es, was ich mir am sehnlichsten wünschte. Jemand der mich und den auch ich Bedingungslos liebte.

# Sex, Lügen & Videotapes

Als wir jung waren schienen alle Türen offen und die Zukunft uns zu gehören. Wir dachten, wenn wir erwachsen waren, beherrschten wir die ganze Welt. Meine Freunde und ich, unbesiegbar wenn wir nur zusammen waren. Aber der Wandel der Zeit brachte auch einen Wechsel meines über alles geliebten Freundeskreises mit sich. Meine bisher so fest zusammengeschweißte Clique zerbrach nach und nach und mit ihr auch ein weiterer und vielleicht sogar der letzte Teil meiner Kindheit. Obwohl wir immer noch am gleichen Ort lebten riss die Zeit uns ganz leicht, wie ein dünnes Stück Papier im Sturm brutal auseinander. Auch wenn wir uns noch ab und zu begegneten hielt nie jemand für einen Moment an, um ein paar Worte zu wechseln.

Mit dem Ende der 80er Jahre endete nicht nur meine bis dahin besondere Freundschaft zu meiner Clique und somit auch dem einzigen Halt in meinem Leben. Auch vieles andere das diese Ära zu einem einzigartigen Jahrzehnt machte, wurde von der Zeit fortgerissen. Wie ein leises Echo versuchten sich die 80er Jahre, bis Mitte der 90er Gehör zu verschaffen, um dann endgültig zu verstummen. Ein nie mehr wiederkehrender Zeitgeist war verloren.

Inzwischen fast fünfzehn Jahre alt, die On-Off-Beziehung zu Randy endgültig abgehakt, hatte ich neben den Fick- und Pinkel-Eskapaden meiner Eltern und dem ständigen Kassieren von Ohrfeigen noch andere Leckereien zu Gesicht bekommen.

Noch immer verfolgte ich mit sehr großer Leidenschaft das Singen und Tanzen und da meine Eltern inzwischen eine VHS-Videokamera angeschafft hatten, begann ich in Eigenregie meine ersten Musikvideos zu drehen. Dafür benötigte ich nur noch ein bespielbares Videoband und um sicher zu gehen, dass ich nicht versehentlich etwas Wichtiges löschte, sah ich eine Reihe umherliegenden Bänder durch. Und da fand ich etwas für das ich, bloß um es ungeschehen zu machen, meine Seele dem Teufel verkauft hätte. Die Aufnahme auf dem Band zeigte meinen Stiefvater der sich dabei gefilmt hatte, wie er mit Blick in die Kamera, seinen Schwanz aus der Hose nahm, und sich einen runterholte. Nachdem ich aus der Schockstarre wieder zurückfand, schaltete ich das Video aus und legte angewidert die Kamera zur Seite.

Einmal mehr fühlte ich mich beschmutzt. Diese Aufnahme war allerdings auch das Letzte, das ich in Sachen Perversionen von meinem Stiefvater zu sehen bekam. Kurze Zeit danach verließ er Mutter nachdem sie heraus fand, dass er schon seit einiger Zeit eine Affäre hatte. Doch die Geliebte war nicht irgendjemand, sondern Mutters beste Freundin. Sie war Bankangestellte, kinderlos und unabhängig. Das Wichtigste für ihn aber war: sie war unverbraucht. Eine jener Grausamkeiten die er Mutter in der Nacht bevor er auszog, an den Kopf warf. Weiters warf er ihr vor, sie wäre ausgeleiert und hätte schreckliche Hängetitten. Und zu guter letzt, beschwerte er sich noch darüber dass sie ständig übermüdet sei. Nachdem sie ihm zwei Kinder geboren hatte, sprach er derartige Gehässigkeiten aus. Er hatte eine neue, bessere Frau gefunden. Eine die nicht ausgezehrt und vollkommen fertig war. Eine mit der er frei, unabhängig und vor allem ohne die lästige Familie am Arsch sein Leben genießen konnte,

Als er schließlich von einem Tag zum anderen auszog, ließ er Mutter mit drei Kindern und ohne finanzielle Absicherung sitzen. Von da an drehte Mutter endgültig durch, betrank sich regelmäßig, kam nachts oder sogar tagelang nicht nach Hause und schleppte mehrmals die Woche fremde Männer an mit denen sie lautstarken Sex hatte. Am nächsten Morgen saßen diese Typen arglos in unserem Wohnzimmer und taten so als wären sie die neuen Herren im Hause, nicht ahnend dass wenige Tage später bereits ein anderer ihren Platz einnahm. Die Kerle bezahlten den Abend, ein Mittagessen, ein paar Tage Lebensmitteleinkauf und all das für einen Fick mit einer Säuferin. Wahrscheinlich aber war es ihre Verzweiflung, welche die Männer für sich nutzten weil Mutter alles für eine finanzielle Gegenleistung tat. Wenn einer von denen länger als nur eine Nacht bei uns ein und ausging, bildete er sich sogar das Mitspracherecht bei uns Kindern ein. Das versoffene Miststück erlaubte ihren Stechern uns zu behandeln als wären sie unsere neuen Väter.

Hatte Mutter beim Aufreißen kein Glück, betrank sie sich allein und spielte in übermäßiger Lautstärke bis spät in die Nacht hinein Schlagermusik. Wenn ich mich in so einer Nacht auf die Toilette schlich, riss sie – sobald sie mich hörte – die Tür zum Vorzimmer auf und lallte mir mit ihrem nach Alkohol stinkendem Atem unverständliche Beschimpfungen entgegen. Aber ganz gleich wie ich reagierte und versuchte dem zu entkommen, am Ende schlug sie mit der flachen Hand auf mich ein, ganz egal was sie dabei in ihrer Rage erwischte: Kopf oder auch Rücken, sie drosch darauf los und sobald sie fertig war, schrie sie:

»Und jetzt verpiss dich in dein scheiß Zimmer!«

So liefen viele Abende zu Hause ab. Ich hatte die Wahl zwischen dem ekligen Rumgebumse oder Mutter unter Alkoholeinfluss, die ihren Frust leidenschaftlich gerne an mir entlud. Das unerwartete Ende ihrer Ehe traf sie wie ein Vorschlaghammer. Weil ihr angeschlagenes Nervenkostüm zu zerreißen drohte, verschrieb ihr der Arzt schließlich Valium und eine Palette anderer Psychopillen die sie wie Bonbons schluckte. Sie ertrank in ihrem Leid und spülte den Schmerz mit Alkohol und verschreibungspflichtigen Tabletten hinunter. Sie wütete wie ihr gerade zu Mute war, zerstörte dabei sich selbst und zog mit sich auch alle anderen in die Tiefe.

Wenn Jack oder Sam nicht spurten, wie sie zu sagen pflegte, stellte sie die beiden um sie wieder folgsam zu machen mitsamt ihrer Kleidung unter die kalte Dusche. Diese und andere Methoden die sie sich einfallen ließ um ihren Frust an uns abzulassen, nannte sie Disziplinierung. Dann kam die Zeit, in der sie abends ausging und tagelang nicht wieder kam. Irgendwann meldete sie sich telefonisch um mir zu sagen, dass sie auch die kommenden Tage nicht nach Hause käme. Sie wies mich an, mir von ihrem Bekannten, dem Hausbesorger etwas Geld für Lebensmittel zu holen und meine Brüder unter Androhung von Konsequenzen falls ich versagte, zu versorgen.

Sie übertrug mir die volle Verantwortung für meine kleinen Geschwister und auch wenn mich die Situation maßlos überforderte, tat ich ohne Widerworte was sie mir auftrug. Ich versorgte meine Brüder wie das gewöhnlich eine Mutter tat mit Essen, badete sie, legte sie schlafen und passte wie ein Habicht auf sie auf. Die Tage und Nächte die Mutter von zu Hause wegblieb häuften sich. Sie behauptete, dass sie außerhalb der Stadt als Kellnerin arbeitete und wenn es sehr spät wurde bei Freunden übernachtete. Doch ich glaubte ihr die Geschichte nicht, und mein Misstrauen bestätigte sich als sie eines Tages einen gut betuchten, älteren Mann als ihren neuen Freund vorstellte. Da war ich mir ohne jeden Zweifel sicher, dass sie all die Zeit die sie nicht bei uns zu Hause war mit diesem Mann verbracht hatte. Er war ein arroganter Schnösel, verheiratet und Vater von zwei Kindern, der es nebenher mit einer abgewrackten Hausfrau trieb. Aber im Bett war Mutter willig und das gefällt den Männern. Da kann man schon über die ein oder andere Unzulänglichkeit, wie dem Fehlen von Intelligenz hinwegsehen.

Als Gegenleistung gab es seinerseits eine großzügige finanzielle Unterstützung. Die paar Tage in der Woche die er bei uns übernachtete, bekochte und verwöhnte sie ihn, während er gemütlich vor dem Fernseher saß. Genauso, wie sie es all die Jahre zuvor in ihrer Ehe tat. Wir Kinder waren auch diesmal bloß das notwendige Übel, das der neue Freund in Kauf nehmen musste. Aber Mutter sorgte schon dafür, dass wir nicht zu sehr an den Nerven des neuen Schwanzes kratzten. Wir hatten uns absolut unauffällig und still zu verhalten und am besten war es sowieso, wenn wir in unseren Zimmern blieben. Wenn Sam oder Jack in ihrem kindlichen Übermut zu laut waren, gab es umgehend Schimpfe oder Prügel von Mutter. Aber auch der neue Lover tadelte uns wie es ihm gefiel wenn Mutter sich darüber beklagte, wie undankbar und stressig wir wären. Dabei scherte sie sich einen Dreck um uns. Für ihn aber kochte sie, riss sich den Arsch auf, blies ihm einen oder ließ sich von ihm durchficken bis er genug von ihr hatte.

Für mich war sie bloß noch eine billige Schlampe die sich und ihre Kinder für einen guten Fick und ein paar Mäuse verkaufte. Wenn er uns anpflaumte stand Mutter daneben und sagte kein Wort. Sie schien es sogar zu genießen, aber ich hatte endgültig die Schnauze voll von ihren Mackern, ihrem lächerlichen Verhalten und ihrer Art mit uns umzuspringen. Als ihr Freund sich eines Abends durch Jacks zu lautes Sprechen beim Fernsehen belästigt fühlte und ihm wiederholt mit Ohrfeigen drohte, stellte ich mich ihm in den Weg und sagte:

»Bevor du Hand an meine Brüder legst musst du erst einmal an mir vorbei, und das überlebst du nicht.« Dabei blickte ich ihm tief in die Augen und verzog keine Miene. Es war mir ernst. In meinen Gedanken sah ich mich bereits das große Küchenmesser holen und stellte mir vor wie ich es ihm in seine Eingeweide drückte. Die Konsequenzen waren mir gleich, aber keiner dieser beschissenen, notgeilen Kerle würde je Hand an meine Brüder legen. Mutter zeigte sich entsetzt, schrie herum und fragte mich, warum ich mit allen Mitteln versuchte ihre Beziehung zu sabotieren. Ich schenke ihr keine Beachtung und sah ihrem reichen Freund weiter ohne zu blinzeln in die Augen.

»Die gehört ja in eine Anstalt«, rief er empört und zog sich wieder vor den Fernseher zurück.

Schon nach nur einem gemeinsamen Weihnachtsfest fand auch diese Beziehung ein Ende. Die Schuld gab Mutter natürlich uns, weil wir ihren Freund durch unser desaströses Verhalten verjagt hatten. Dabei verleugnete sie bloß die Tatsache, dass kein Mann lange an einer ungebildeten, sich ständig peinlich verhaltenden Säuferin Interesse hatte. Egal wie gut sie fickte. Sie war diejenige, die mit ihrem Leben nicht klar kam und verzweifelt nach falscher Liebe, sexueller Bestätigung und finanzieller Unterstützung bei den Männern suchte.

# Schulabschluss

Im letzten Jahr der Hauptschule hatte unsere Turnlehrerin für das Abschlussfest mit uns Mädchen ein Tanzstück eingeübt. Bei dem peinlichen Bodengeturne handelte es sich um eine Mischung aus Aerobic und Tanz, die wir in leuchtend gelben Spandex-Outfits zu Sabrinas Hit Boys Boys Boys vortragen sollten. Ich für meinen Teil hatte darauf allerdings nicht die geringste Lust, und kam auch nicht umhin mich am letzten Probetag im Umkleideraum über die Performance zu mokieren. Dabei bemerkte ich nicht, dass genau in dem Moment als diese nicht sehr freundlichen Worte aus mir heraus sprudelten, unsere sonnengebräunte, sportliche kleine Lehrerin direkt hinter mir stand. Ich hatte sie, wenn auch nicht beabsichtigt, gekränkt und aus diesem Grund entließ sie mich aus der Gruppe. Ich war erleichtert, denn dieser Umstand ermöglichte es mir eine eigene Performance zum Besten zu geben. Für meine Darbietung plante ich ein Playback zu Madonnas Papa don't Preach. Mein Outfit setzte sich aus einer blauen Militärkappe, einer zerrissenen Blue Jeans, einem gelben Netz-T-Shirt und einem weißen Spitzen-BH, den man durch das Shirt hindurch blitzen sehen konnte zusammen. Das genügte schon um kollektive Aufregung unter den Lehrern auszulösen, aber es war die Abschlussfeier und jetzt konnten sie mir gar nichts mehr. Es war mein Geschenk an sie: der symbolische Mittelfinger.

Mein Auftritt war ein überwältigender Erfolg. Die Performance die ich tagelang perfekt einstudiert und bis ins kleinste Detail geplant hatte, schlug selbst bei den Lehrern wie eine Granate ein und war ein Triumph auf allen Linien. Nach all den Demütigungen und den Ausgrenzungen, denen man mich ausgesetzt hatte weil ich mich nicht anpasste, hatte ich gesiegt. So oft hatte ich die Geringschätzung der Lehrer, sowie die meiner Mitschüler ertragen. Wie im Jahr zuvor auf Schulwoche als ich mit Mel, einem Mädchen der anderen Klasse für einen Gemeinschaftsabend einen Tanz einstudierte bei dem von der Musik bis zu den einzelnen Schritten alles meiner Idee entsprang. Und doch war sie es, die am Ende von allen Lob erntete. Denn es war schließlich undenkbar, dass jemand wie ich eine solche Leistung zu erbringen imstande war. Mel hatte nicht das geringste Interesse daran die Sache richtig zu stellen, sondern schmückte sich viel lieber stolz und ohne Schuldgefühle mit meinen Federn. Damals war ich außer mir. Doch am Tag des Abschlussfestes war all das nicht mehr von Bedeutung, denn ich war diejenige die auf der Bühne stand und allen zeigte was in mir steckte, während Mel in der Gruppe wie ein Püppchen zu Boys Boys Boys herumhüpfte. Erhobenen Hauptes verließ ich nach meinem Auftritt und den Beglückwünschungen den Schulhof und blickte nicht zurück. An diesem Tag wurde ich mit einem Mal für vier Jahre Einsamkeit in der Hölle entschädigt.

## 1990

Im Sommer 1990 trat Drew in mein Leben. Sie und ihre Eltern kamen aus der heute ehemaligen DDR und waren eben erst in unserer Anlage einzogen. Mit ihren fast schwarzen Haaren und ihrer schönen Haut erinnerte sie mich an Schneewittchen. Wir freundeten uns schnell an und waren von da an allerbeste Freundinnen. Sie wurde für mich wie die Schwester die ich nie hatte und wir blieben unsere gesamten Teenagerjahre bis über das Erwachsenwerden hinaus befreundet. Es gab nichts das wir einander nicht anvertrauten. In unseren wilden Teenagerjahren, der aufregendsten Zeit unseres Lebens verbrachten wir jeden Tag und auch viele Nächte die wir uns unbemerkt außer Haus in die gegenüberliegende Wohngemeinschaft schlichen, um dort mit Freunden und Wodka die Nacht durchzufeiern, miteinander. Wenn ich von Mutter die Erlaubnis bekam bei Drew zu übernachten, hinterließen wir uns am Morgen kurze Nachrichten auf kleinen Zettelchen. Darauf standen Dinge wie:
    »Ruf mich an wenn du wach bist, bis später!«, oder:
    »Wollte dich nicht wecken, sehen uns nachher!«

Drew und ich hatten im Billigwein-Rausch unseren ersten Mädchen-Zungenkuss, bildeten uns ein von zerriebenem Aspirin, das wir uns durch die Nase zogen high zu sein, joggten morgens um abzunehmen, bloß um uns unmittelbar darauf – ganz ohne schlechtes Gewissen – eine Tüte Chips und ein paar Dosen Red Bull einzuverleiben. Wir verfielen dem Twin Peaks-Hype und sahen keine Episode ohne die jeweils andere. Die Sommer verbrachten wir mit unseren Freunden am See und in den Wintermonaten vertrieben wir uns die Zeit im China Restaurant oder mit Film schauen zu Hause. Es war ein gutes Gefühl jemanden an meiner Seite zu haben dem ich bedingungslos vertrauen konnte. Sie war cool und sie scherte sich nicht das Geringste. Sie rauchte, trank und hatte bereits Erfahrung mit Jungs.

Neben Drew, zählte ich auch Maddox und dessen großen Bruder Mason zu meinem engsten Freundeskreis.

Als ich mich einige Jahre zuvor in Maddox verliebte, hatte Mutter mich wegen meiner miesen Noten zu Nachhilfeunterricht verdonnert und ich fürchtete wenn ich nicht jede Minute mit ihm verbrachte, meine Welt zerbrechen würde. Nachdem ich in meiner Angst, Maddox in meiner Abwesenheit zu verlieren wie eine wildgewordene Katze mit einer Gabel auf die Nachhilfelehrerin losging, wurde das Thema Nachhilfe wieder zu den Akten gelegt. Ich hatte sie zwar nicht verletzt und mir war durchaus bewusst, dass mein Ausbruch für sie gewiss kein schönes Erlebnis gewesen war, aber ich fühlte mich wie ein Tiger im Käfig der hinaus in die Freiheit wollte. Mutter gegenüber hatte sie den Vorfall wohl nie erwähnt, denn der Angriff blieb ohne Konsequenzen. Ich fragte mich lange welche Gründe sie Mutter gegenüber genannt hatte, denn es war das letzte Mal überhaupt, dass diese mich mit Nachhilfeunterricht quälte.

Meine Freundschaft zu Maddox und Mason blieb wie die zu Drew in gleichem Maße bis über das Erwachsenenalter hinaus bestehen. Doch gerade Anfang der 90er Jahre, der wildesten Zeit unseres Lebens waren wir sehr eng miteinander verbunden. Damals machte ich selbst meine ersten Erfahrungen mit dem Alkohol, aber nicht weil ich mich gezwungen sah in der Gruppe zu trinken, sondern weil mein Leben abseits meiner Freunde und der Zeit die ich aus der Reichweite von Mutter verbrachte, für mich stets unerträglicher wurde. Mutter hielt mich wie Aschenputtel gefangen. Ich hatte nicht mehr bloß die täglichen Einkäufe zu erledigen; den Waschküchendienst, das Zimmer meiner Brüder aufzuräumen, sie in den Kindergarten oder zur Schule zu bringen und am Nachmittag wieder abzuholen oder tagelang für sie zu sorgen wenn Mutter nicht da war. Neu hinzu kamen Aufgaben wie; das Bügeln der Wäsche, Staubsaugen in der ganzen Wohnung und das Ein- und Ausräumen des Geschirrspülers. Das Bügeln implizierte sogar Hand- und Badetücher, sowie die gesamte Bettwäsche und dauerte oft mehrere Stunden, denn es musste alles perfekt sein. Bis ich meine Arbeit nicht zu Mutters vollständiger Zufriedenheit erledigt hatte, durfte ich das Haus nicht verlassen. Da war sie strikt. Und wenn sie später noch etwas fand das ich nicht ihren Vorstellungen entsprechend erledigt hatte, machte sie mich draußen ausfindig, beorderte mich wieder zurück und lies mich den Großteil der Wäsche noch einmal bügeln. Und neben all den Hausarbeiten sollte ich so ganz nebenbei auch bessere Noten schreiben.

Bei diesem Anreiz wunderte es mich selbst, dass ich das nicht fertig brachte. Immerhin war sie ja fair, denn für jede schlechte Note folgten Hausarrest oder Fernsehverbot und für gute Noten gab es, gar nichts. Auch Mutters Alkoholkonsum steigerte sich enorm, ebenso die Anzahl ihrer wechselnden Liebhaber mit denen sie es lautstark bei offenem Fenster trieb. Inzwischen wusste die ganze Nachbarschaft über ihre Liebschaften Bescheid und Mutter ging, nachdem dieses Gerücht wie ein Bumerang zu ihr zurück kam, natürlich davon aus ich hätte die ganze Welt über ihre Bettgeschichten in Kenntnis gesetzt und warf mir ihr gegenüber pure Bösartigkeit vor. Als wäre es nicht peinlich die Sexgewohnheiten der eigenen Mutter auszuplaudern, doch sie verleugnete die Wahrheit und tat dieses Gerücht schließlich als meinem kranken Gehirn entsprungene Lüge ab.

# Luca

In den letzten Augustwochen des Sommers 1991, einen Monat vor meinem sechzehnten Geburtstag, fuhr ich mit meinem Vater, dessen Freundin samt ihrer beiden Kinder – Tracy und Fallon – nach Italien. Es war bereits der zweite Urlaub den ich mit Vater und seiner neuen Familie verbrachte. Neben den obligatorischen Abendessen als Familie und ein paar gemeinsamen Besuchen am Strand, beschlossen Tracy und ich einige Zeit alleine am Hotelpool zu verbringen. Vor allem dann, wenn unsere Eltern ihre ausgiebigen und langweiligen Stadtbummel unternahmen. Und dort, am klaren zyanblauen Pool sah ich ihn das allererste Mal. Er hatte kurzes dunkelblondes Haar, leuchtend blaue Augen und war unfassbar gut gebaut. Ganz langsam nahm ich meine weiße, übergroße Sonnenrille vom Gesicht. Ich traute meinen Augen nicht. Vielleicht halluzinierte ich bloß oder hatte einen Sonnenstich, denn er war so unglaublich schön dass es nicht real sein konnte. Selbst Tracy, der ich solche Gefühlsregungen bisher nicht zutraute lag mit weit offenem Mund auf ihrer Liege. Als er voller Anmut in den menschenleeren Pool sprang, stockte mir der Atem. Bisher war ich von den Körpern der Jungs unbeeindruckt geblieben aber es waren eben bloß Jungs. Er jedoch war ein Gott und ich hatte bisher kein männliches Wesen gesehen, das ihm gleich kam. Wenn er auftauchte und seinen nassen, gebräunten Köper mit abgestützten Armen aus dem Wasser zog, kam es mir vor, als befände ich mich inmitten eines sexy Coca Cola-Werbespots.

Da lag ich, in meinem türkisfarbenen Badeanzug und gab mein Bestes vor ihm gelassen zu wirken. Ich fühlte mich losgelöst, frei und genoss das Mädchensein in vollen Zügen. Das Leben weit weg von Mutters Grenzen und Ketten machte Spaß. Ich beschloss den Jungen kennenzulernen. Auch er hatte offensichtlich Notiz von mir genommen, denn wenn er da so ganz gelassen am Rande des Pools im Wasser lehnte und zu mir rüber sah, konnte ich ganz klar das Funkeln in seinen Augen erkennen.

Es folgte ein Lächeln oder ein prüfender Blick, immer kurz bevor er einen Hechtsprung in den Swimmingpool machte. Und dann, als er gerade zu seinem nächsten Sprung ansetzte nahm ich all meinen Mut zusammen, sprang auf und stieß ihn mit voller Wucht in den Pool. Nachdem er souverän wieder auftauchte fuhr er sich lässig mit den Händen durch sein nasses Haar und warf mir erneut ein Lächeln zu. Seelenruhig stieg er aus dem Wasser, steuerte auf mich zu, packte mich an meiner Taille und warf sich schwungvoll mit mir im Arm abermals in den Pool.

»Mein Name ist Luca, und wie heißt du?«, stammelte dieser italienische Gott in gebrochenem Deutsch. Auch das noch, dachte ich. Dieser Akzent. Nachdem wir die ersten Hürden überwunden und sogar schon ein klein wenig die Sprachbarriere durchbrochen hatten, erfuhr ich von ihm dass er aus Verona kam, hier Urlaub machte und achtzehn Jahre alt war. Wenn ich über den einen Monat der mir zu meinem vollen sechzehnten Lebensjahr fehlte hinwegsah, trennten uns nur zwei unerhebliche Jahre. Schließlich hatte ich ja nicht vor ihn zu heiraten.

Als wir alles Wichtige so gut es uns in der Sprache des anderen möglich war ausgesprochen hatten, kommunizierten wir bloß noch nonverbal. Etwas flirten, einen Stoß in den Pool oder wilde Rangeleien im Wasser durch die wir unsere gegenseitige Zuneigung zum Ausdruck brachten. Luca aber wollte mehr. Mehr Konversation, denn bereits am nächsten Tag erschien er mit einem Deutsch-Italienisch-Wörterbuch und versuchte all das, was er so zu sagen hatte über ein paar Worte aus dem Buch – zu holprigen Sätzen formuliert – zu vermitteln.

Die Tage mit Luca verschafften mir ein endloses Hochgefühl und ich schätzte an Tracy, dass sie sich aus den Flirts raushielt. Sie hatte verstanden, dass wir eine spezielle Bindung zueinander hatten und ich mich jeden weiteren Tag mehr in ihn verliebte. Er war süß, cool, unglaublich heiß und so ganz anders als die Jungs zu Hause. Keine seiner Berührungen war holprig oder unbedacht und er konnte mir minutenlang mit einer solchen Selbstsicherheit in die Augen sehen, dass ich richtig schwach wurde. Inzwischen blieben uns bloß zwei Tage bis zu unserer Abreise und der Gedanke an einen Abschied war unerträglich. Ich wusste, dass es für Luca und mich keine Zukunft gab. Die Entfernung war viel zu groß und ich hatte keine Möglichkeit jedes Jahr zu einem Treffen nach Italien zu reisen.

Am vorletzten Tag unseres Urlaubes lud Luca, Tracy und mich auf den nicht weit von unserem Hotel entfernten Rummelplatz ein, vor dessen Haupteingang wir uns um acht Uhr abends treffen sollten. Wir gaben Luca gerade unsere Zusage, als mein Vater vom Balkon rief:

»Kommt jetzt bitte rauf, ihr müsst euch zum Abendessen umziehen.«

»I have to go now«, sagte ich und sah ihn erwartungsvoll an.

Mit einem Mal griff er nach meiner Hand, hielt sie sanft in der seinen und sah mir tief in die Augen. Der Knoten in meinem Hals wurde immer dicker und die ganze Zeit über während er liebevoll meine Hand hielt, versuchte ich diese Worte die ich nie zuvor ausgesprochen hatte über meine Lippen zu bekommen. Ein ich mag dich oder ich hab dich sehr gern vielleicht, aber nie diese drei besonderen Worte. Ich nahm all meinen Mut zusammen. Was hatte ich denn zu verlieren? Morgen Abend waren wir bereits auf dem Weg nach Hause, was er davon hielt spielte daher keine Rolle.

Und dann sagte ich es.

»I love you«. Ich zitterte am ganzen Körper und in meinem Kopf drehte sich alles, aus Angst mich vor Luca völlig entblößt zu haben. Er Schwieg einen Augenblick, dann nahm er mich in seine Arme und sah mich intensiv an während er mit seiner Hand zärtlich über meine Wange strich. Ich fühlte seinen warmen Atem in meinem Gesicht und wie sich seine Lippen langsam den meinen näherten bis sie sich schließlich berührten und wir uns leidenschaftlich küssten. Als unsere Lippen sich wieder trennten, sah ich bloß beschämt zu Boden. All diese Gefühle die plötzlich in mir aufkeimten. Gefühle die ich zuvor nicht gekannt hatte und durch die ich mich mit einem Mal so klein fühlte. Ich hatte nicht einmal bemerkt, dass Tracy längst nach oben gegangen war bis sie mich vom Zimmerfenster aus daran erinnerte, dass wir in wenigen Minuten mit unseren Eltern zum Essen verabredet waren.

»Wir sehen uns später«, sagte er in seinem zum Sterben süßen Akzent und ging.

Nachdem Tracy und ich unser Abendessen eiligst runtergeschlungen und unsere Eltern die Rechnung bezahlt hatten, machten wir uns auf den Weg. Geduldig warteten wir vor dem Eingang des Rummelplatzes, doch Minuten die wie eine Ewigkeit schienen vergingen und von Luca keine Spur. Eine halbe Stunde warteten wir, doch er kam nicht und so beschlossen wir erstmal den Rummelplatz zu erkunden, in der Hoffnung ihn in der Menge vielleicht doch noch anzutreffen. Nach zwei weiteren Stunden hatten wir beinahe jeden Winkel ausgekundschaftet und unser ganzes Taschengeld für Zuckerwatte und glasierte Erdbeeren ausgegeben. Mit der Erkenntnis, dass Luca nicht mehr auftauchte machten wir uns auf den Rückweg. Die einzige Hoffnung die mir jetzt noch blieb, und an die ich mich wie an einen Strohhalm klammerte, war ihn vielleicht noch am Tag unserer Abreise am Pool anzutreffen. Doch ich wurde erneut enttäuscht. Luca kam nicht mehr und alles was mir von der Zeit mit ihm blieb waren die Fotos die ich in den Tagen unserer Bekanntschaft gemacht hatte und auf die ich noch lange sehnsüchtig blickte.

Die Ankunft zurück in mein gewohntes Leben fühlte sich surreal und kalt an, und doch erschien mir nichts mehr wie zuvor. Ich hatte eine Kostprobe davon bekommen wie das Leben abseits von Mutter war und wie das Verliebtsein sich anfühlte wenn man jemanden vor sich hatte, der mit gleicher Intensität fühlte. Dass Luca am letzten Abend nicht mehr gekommen war führte ich darauf zurück, dass es ihm wohl genauso wie mir schwer fiel, auf Wiedersehen zu sagen und dass er – so wie ich – wusste, dass wir keine Zukunft hatten.

# Geburtstage & andere Katastrophen

Die letzten Tage der Ferien gingen zu Ende und in wenigen Tagen feierte ich meinen sechzehnten Geburtstag. Anlass zur Freude hatte ich jedoch nicht, denn zum einen war der Schmerz den ich beim Betrachten Lucas Bilder verspürte immernoch zu groß und auch zu Hause blieb alles wie gehabt. Trotzdem hoffte ich, dass Mutter mir zumindest diesmal mehr als ein paar lumpige Scheine und eine unpersönliche Geburtstagskarte schenkte.

Im Jahr zuvor gab sie mir zu verstehen, dass sie sich einen Scheiß für mich und meinen Geburtstag interessiere und ich, wenn ich etwas brauchte meinen Vater Nerven sollte. Auch den Konzertbesuch meines Lieblingsidols; David Bowie hatte sie mir an meinem letzten Geburtstag verwehrt. Der Mann, der vom Himmel fiel und Labyrinth waren meine absoluten Lieblingsfilme. Mit jedem bisschen Geld das ich bekam, kaufte ich mir eines seiner Alben. Als er im letzten Jahr mit seiner Sound and Vision-Tour durch Europa tourte und in einer Stadt außerhalb unseres Wohnortes ein Konzert gab, wünschte ich mir nichts sehnlichster als diesen Musik-Gott endlich live zu erleben. Doch Mutter gab nicht nach, und alles was mir vom großen Traum mein Idol live zu sehen blieb, waren zwei Tourplakate.

Ich hätte es ja verstanden wenn sie mir erklärt hätte, dass sie mir aufgrund ihrer schlechten finanziellen Lage nichts oder nur wenig geben konnte, doch uns beiden war bewusst dass es nicht daran lag. Immerhin gab sie selbst genug Geld für allerhand Dinge aus. Für das Nagel- und Sonnenstudio, die Friseurbesuche alle vierzehn Tage, sowie Alkohol und Zigaretten. Und nicht zu vergessen, ihre schicken Kleider und Schuhe die sie benötigte um ihren Ruf als schillerndste Persönlichkeit der Anlage aufrechtzuerhalten. Doch in diesem Jahr bekam ich zu meiner Überraschung tatsächlich etwas mehr Geld. Fünfzehn Euro nach heutigem Wert. Das war für einen Teenager zu dieser Zeit viel. Vielleicht lag es an der Beziehung zu ihrem neuen Freund der sie, wie viele andere zuvor finanziell unterstützte dass sie sich dieses mal etwas großzügiger gab. Vielleicht aber auch daran, dass sie neben ihrer lächerlich changierenden Gestalt die Fassade der liebevollen Mutter aufrechterhalten wollte.

Mit Drew im Schlepptau lief ich in den Plattenladen unseres Einkaufszentrums und kaufte mir das neueste Tin Machine-Album sowie eines von David Bowies älteren Solo-Alben, Station to Station. Und weil ich Geburtstag hatte, bat ich Mutter um die Erlaubnis am Wochenende bei Drew zu übernachten, doch sie schlug die Bitte ohne Angabe eines Grundes ab. Aber ich wollte ihre Entscheidung schon gar nicht an meinem Geburtstag einfach hinnehmen und hakte nach. Ich bestand darauf von ihr einen akzeptablen Grund für diesen Entschluss zu erfahren.

»Weil ich es sage«, schrie sie mir entgegen. Doch ich dachte nicht daran diese Antwort zu akzeptieren. In Wahrheit war es lediglich ihre Bosheit die sie dazu veranlasste mir diesen Wunsch abzuschlagen. Auf keinen Fall, konnte sie laut aussprechen, dass sie mich eigentlich hasste und deshalb mit allen Mitteln verhinderte, dass ich bloß einen Tag lang glücklich war.

»Das ist keine Antwort!«, schrie ich zurück. So viel Widerstand duldete sie nicht, und nachdem sie sich schließlich von ihrer Couch, auf der sie es sich mit ihrem üblichen Glas Wein vor dem Fernseher gemütlich gemacht hatte erhob, endete die Diskussion mit einem wuchtigen Schlag in mein Gesicht. Meine Wange bebte und intuitiv legte ich meine Hand auf die brennende, heiß angelaufene Haut. Es schmerzte fürchterlich und ich hatte Mühe die sich langsam anbahnenden Tränen zurückzuhalten. Ich lief in mein Zimmer und ließ mich weinend auf mein Bett fallen.

»Weil ich es sage.« Das war Mutters Antwort auf alles. Oder:

»Darum!« Sie musste sich nicht erklären, sie gab Befehle oder stellte Verbote auf und übte all ihre Macht aus weil sie in ihrem Leben sonst nichts unter Kontrolle hatte. Sie wartete nur darauf dass ich einen Wunsch äußerte, bloß um sich daran zu erfreuen mir jeden Frohsinn zu nehmen. Wenn ich einmal zu viel fragte oder bettelte, sah sie das als Rechtfertigung mich zu schlagen. Mutter entschuldigte sich nie für die Schläge. Wenn es vorbei war sprach sie nicht mehr darüber und schickte mich in mein Zimmer. Ich war sechzehn Jahre alt und sie behandelte mich wie ein kleines Kind. Es hatte lange gedauert, aber nun war es an der Zeit mich endlich gegen sie aufzulehnen. Ich beschloss einen Weg zu finden um zu bekommen was ich wollte. Ob nun mit oder ohne Mutters Erlaubnis. Da wir im Erdgeschoss wohnten und sich die Doppelfenster, wenn sie gekippt waren von außen öffnen ließen, stopfte ich ein paar Stofftiere unter meine Decke und machte mich durch das Fenster aus dem Staub. Aber ich übernachtete nicht bei Drew. Um sie nicht in die Sache hineinzuziehen, disponierte ich um und entschied mich dazu die Nacht mit ein paar Freunden in der Wohngemeinschaft zu verbringen.

In jener Nacht betrank ich mich erst einmal so richtig, denn ich hatte eine Menge Frust zu ertränken und wollte mich keine Sekunde länger spüren. In den frühen Morgenstunden war ich bereits so betrunken, dass ich mich mehrmals übergab und kaum noch aufrecht stehen konnte. Nachdem mir ein Freund, um mich wieder auf die Beine zu bekommen abwechselnd Unmengen an Kaffee und Suppe eingeflößt hatte, ging es mir soweit gut um mich wieder nach draußen zu wagen. Mutter hatte inzwischen längst bemerkt, dass ich die Nacht über nicht zu Hause gewesen war und in Rage die ganze Anlage aufgestachelt und dazu aufgefordert umgehend Meldung zu machen falls man mich erspähte.

»Deine Mutter lässt schon überall nach dir suchen. Du solltest besser nach Hause gehen«, teile mir Joe, ein Bewohner der Wohngemeinschaft mit. Angst nach Hause zu gehen hatte ich nicht. Was sollte sie schon tun? Mich schlagen und Ausgehverbot verhängen? Als wäre das etwas Neues.

Nachdem ich die letzte Tasse Kaffee hinuntergespült hatte machte ich mich auf den Nachhauseweg und als wäre nichts geschehen, ging ich durch die Haustür, wo Mutter mich bereits wutentbrannt und mit einer schallenden Ohrfeige empfing. Wie ich es vorhergesehen hatte folgte meiner Aktion sogleich Stubenarrest. Meine Wut wurde unbändiger, meine Sehnsucht nach dem Tod größer. Es war wie eine schreiende Stimme in meinem Kopf, die über die Jahre in Gefangenschaft lauter wurde und die mir zurief, dass der einzige Weg in die Freiheit der Tod war. Noch aber gab ich nicht klein bei. Ich wollte nicht aufgeben, denn da gab es noch zu viel, das zu erleben es Wert machte noch ein wenig durchzuhalten. Und so ertrug ich auch weiterhin Mutters unerträgliche Tyranneien.

## Puppenkarussell

La La lalalala La La lala, ertönt eine sonderbare Melodie die von dutzenden heller Mädchenstimmen, sich in Endlosschleife wiederholend im Chor gesungen wird. Es ist eine kühle Nacht. Das kleine Karussell, getüncht in gold, gelb und rot das mit knallbunten Pferdchen bestückt hier mutterseelenallein unter dem glasklaren schwarzen Nachthimmel steht, dreht sich gemächlich im Kreis herum. Die unzähligen hübsch verzierten Pferde bewegen sich auf und nieder als nickten sie wiehernd im Galopp den funkelnden Sternen über ihnen zu.

Die kleinen Pferde wirken eigenartig lebendig in ihren toten Hüllen und blicken drein als musterten sie mich im Vorbeigaloppieren mit ihren schwarzen und gruslig starrenden Augen. Der Gedanke, dahinter könnte sich etwas unheimliches, vielleicht sogar Untotes verbergen das es auf mich abgesehen hat, lässt mich nicht los. In der endlosen dunklen Weite, die sich rund um den bunt erleuchteten Platz erstreckt, gibt es sonst nichts außer dem Karussell und dem sternenklaren Nachthimmel. Langsamen Schrittes gehe ich näher darauf zu. Die vielen bunten Lämpchen des farbenprächtigen Karussells funkeln eindrucksvoll aus der Ferne. Aus der Distanz wirkt es bloß wie ein buntes Lichterspiel in der Dunkelheit. Erst wenn man näher darauf zuschreitet, setzen sich seine besonderen Details wie ein Puzzle zu einem deutlichen Bild zusammen.

Am Karussell angekommen, betrachte ich eine Weile die vorüberziehenden und anmutig schönen Pferdchen. Durch das Drehen des Karussells entsteht ein leichter Wind der meine Kleidung kontinuierlich durcheinander wirbelt. Mit geschlossenen Augen genieße ich die angenehm kühle Brise, bis mich ein quietschendes Geräusch aus dem vergnüglichen Spiel mit dem Wind reißt. Ich öffne meine Augen, doch es ist nichts zu sehen. Vor mir dreht sich nach wie vor das hübsche Karussell unaufhaltsam im Kreise und gerade so schnell, dass ich mit einem Satz aufspringen kann. Der befremdliche Gesang ist mittlerweile lauter und scheint, wie auch das seltsame Geräusch aus einer ganz bestimmten Ecke zu kommen. Durch die Pferde hindurch versuche ich zur Mitte des Karussells vorzudringen und je weiter ich dorthin gelange, desto eindringlicher werden all die Geräusche die mich immer mehr mit Unbehagen erfüllen.

Was wird hier nur gespielt?, frage ich mich. Als ich schließlich in der Mitte des Karussells ankomme gibt es einen alles durchdringenden Knall. Ich drehe mich um und auf jedem der Pferdchen sitzt plötzlich eine absurd aussehende Puppe in Gestalt und Größe eines Teenagermädchens. Jede von ihnen ist gekleidet wie ich. Sie tragen zitronengelbe Kleider aus dünnem, weichen Stoff mit Puffärmeln und weißen Knöpfen an der Frontseite. Ihr Haar wird seitlich mit kleinen Schleifen zusammengehalten, und an ihren Füßen befinden sich sogar die selben roten Schuhe. Ihre Gesichter sind auffällig bemalt: dick geschminkte rosa Wangen und knallrote Lippen. Ihre großen Augen sind mit spinnenbeinartiger Wimperntusche verziert. Die Augenlider schlagen fortwährend auf und nieder und machen dabei unangenehme Klappergeräusche. Die kleinen roten Puppenmünder laufen spitz zusammen, und obwohl sie sich nicht bewegen ertönt daraus jenes furchteinflößende Gesinge. Die Beine der Puppen klappen zeitgleich auseinander, stramm nach oben in die Luft und schlackern hektisch hin und her, sodass man einen deutlichen Blick auf ihre weißen Höschen erhaschen kann. Gelächter mischt sich unter den verstörenden Mädchengesang und das Karussell dreht sich schneller. Ich schwanke von einer Seite zur anderen. Um nicht hinzufallen klammere ich mich an die nächstbeste Stange die ich erreichen kann. Die Augen der Pferde leuchten wie kleine sich bewegende Feuerbälle im Dunkel der Nacht, und aus ihren Nüstern entweicht übelriechender Dampf. Sie wiehern und blicken erbost, während ihr Schaukeln stetig schneller und wilder wird.

»Komm und nimm mich. Ich bin dein«. Dutzende Stimmen ertönen zeitgleich aus den Puppenmündern.

»Fass mich an, ich bin dein. Hahahahaha.«

Noch einmal nimmt das Karussell an Geschwindigkeit zu und die Puppen geraten immer mehr außer Kontrolle. Die Pferde wiehern, schnaufen und fletschen ihre Zähne wie grimmige Bestien.

»Ohhh, nimm mich, nimm mich, nimm mich, nimm mich ... Ich bin dein!«, schallt es immerzu im Chor.

»Niiimmmmm mich...Jetzt...Ahahahhaha.« Monoton geben die Püppchen ihre Sätze von sich, gefolgt von bissigem Lachen bis die Stimmen am Ende immer mehr verzerren und schließlich verstummen. Das Karussell dreht sich wieder langsamer und die Pferde sind zum Stillstand gekommen. Ich richte eilig mein Kleid zurecht, als ich plötzlich bedrohlich schwere Schritte vernehme.

Unmerklich mache ich kleine Schritte rückwärts, langsam weg von der Mitte des inzwischen ganz und gar zum Stillstand gekommenen Karussells. Stetig werden die drohenden Schritte, die mittlerweile den Boden des Karussells mit jedem Tritt zum Beben bringen lauter und ich bewege mich weiterhin so unauffällig wie möglich zurück. Ein dumpfes Grölen ertönt aus dem Dunkel. Durchdringend, schaurig und so verderblich, dass ich plötzlich erstarre und keinen Fuß mehr vor den anderen bekomme. Die unbekannte Bedrohung nähert sich mit rasender Geschwindigkeit und ein weiterer Schrei dringt aus ihrer Richtung durch die Nacht. Puppen wirbeln durch die Luft. Noch ein Schrei und eine weitere schießt in die Höhe.

Da ist sie, die Bestie mit ihren Hufen und Hörnern, der roten Haut, mehr als zwei Meter groß mit riesigen Pranken an denen sich messerscharfe Krallen befinden und läuft voller Wut auf mich zu. Im

Lauf reißt sie eine Puppe nach der andern von den Pferden, sieht sie an, schüttelt sie durch, stößt einen leidvollen Schrei aus um sie dann rasend in die Luft zu schmeißen. Jetzt hat er mich gesehen, der gesichtslose Teufel, das rote Monster in Mannesgestalt das mich schon ein Leben lang beharrlich verfolgt. Es hat mich erspäht, hält inne, schnauft und bewegt sich dann wieder zielsicher auf mich zu. Ich versuche mich aus meiner Regungslosigkeit zu lösen und reiße an meinen Beinen, doch ich komme nicht vom Boden los. Schlingpflanzen, die aus dem Grund des Karussells treten, legen sich blitzartig um meine Gliedmaßen bis hoch zu den Knien und verhindern so, dass ich auch nur einen winzigen Schritt machen kann. Mit jedem Versuch mich aus den Schlingen zu lösen, drücken sie fester zu. Auch das Bemühen sie mit aller Kraft abzuschütteln, scheitert. Da ist nichts das ich noch tun kann außer darauf zu warten, dass das Monster mich erreicht.

Und dann steht es auch schon vor mir. Beängstigend und imposant bäumt sich die Gestalt vor mir auf und streckt seine mächtigen Arme nach mir aus. Seine Hand ergreift meine Hüfte und hebt mich bis zu seinem Kopf in die Luft hinauf. Entsetzen steht mir ins Gesicht geschrieben.

Eisige Luft schießt durch meinen Körper. Ich blicke der Kreatur direkt in ihr nicht vorhandenes Antlitz und sie in meines. Erneut stößt sie einen leidvollen Schrei aus und ich verliere das Bewusstsein.

Als ich wieder zu mir komme liege ich auf einem roten, samtigen Kissen. Die Luft ist stickig, feucht und heiß. Als ich versuche mich aufzurichten, erblicke ich vor mir die massiven Gitterstäbe eines großen Käfigs aus Messing in den das Biest mich gesperrt hat. Jetzt bin ich da wo es mich schon immer haben wollte und es gibt kein Entrinnen.

Der ganze Raum ist vollständig mit leblosen und kaputten Puppen behangen. Vielen von ihnen fehlen Körperteile, wie: Arme oder Beine. Manchen fehlt der Kopf, andere haben unzählige Schnitte und Kratzer auf ihren leblosen Puppenkörpern und wieder andere haben bloß leere Höhlen anstelle von Augen. Alle sind sie nackt, haben pralle Titten und realistisch aussehende Vaginas. Unterhalb meines ovalen Käfigs, der einige Meter über der Erde hängt, liegen massenhaft von diesen Puppenleichen und eine ist schlimmer zugerichtet als die andere. Eine Tür öffnet sich, wird wieder geschlossen und erneut vernehme ich die bedrohlich schweren Schritte des roten Monsters. Warum hatte die teuflische Gestalt mich nicht getötet? Sie hatte jede Gelegenheit dazu gehabt aber offensichtlich war es nicht das, was sie mit mir im Sinn hatte.

Das Monster kommt vor mir zum Stehen. Es hat den Käfig so platziert, dass es sich auf Augenhöhe mit mir befindet und betrachtet mich eindringlich während es einen tiefen Seufzlaut ausstößt. Im Hintergrund springen ohrenbetäubend laute und rotierende Maschinen an. Die Bestie öffnet mit zwei ihrer langen dünnen Finger die kleine Türe meines Gefängnisses, greift hinein, hebt mich hoch und zieht mich zu sich heran. Ich bleibe ruhig, so ruhig wie ich nur kann. Das Monster hatte mich in seiner Gewalt und jeder Versuch mich zu wehren könnte es in Rage versetzen und wenn es dann in seiner unbändigen Wut zudrückte, war ich ein für alle Mal geliefert.

»Du gehörst mir!«, ruft eine tiefe Stimme aus dem nirgendwo. Die Bestie dreht sich um und geht unbeirrt auf die Maschinen zu. Ich zittere und habe unaussprechliche Angst. Behutsam stellt mich das Monster auf ein Laufband, welches von einer Maschine angetrieben wird. Als meine Füße den rotierenden Boden berühren, jagt das Biest mir sogleich eine Nadel in den Hals. Mir wird schwindlig und ich verliere erneut das Bewusstsein.

Als das Licht in meinem Kopf wieder angeht, stehe ich auf einer Plattform, die sich kontinuierlich im Kreise dreht. Wie das Püppchen einer übergroßen Spieluhr tanze ich mit nichts weiter als rosa Spitzenschuhen am Leib, zu einer hypnotischen Melodie die aus dem Inneren der Platte erschallt. Nun bin ich die kleine Marionette, die bis in alle Ewigkeit willenlos auf der Spieluhr ihre Pirouetten dreht. Völlig entblößt und für alle sichtbar die mir beim Tanzen zusehen wollen, drehe ich mich wie ein Spanferkelchen auf dem Spieß.

Immer noch hängt der Ersatz aus kaltem Porzellan an der Decke über mir. All die Zeit war die Bestie auf der Suche nach mir gewesen und hatte sich die Püppchen nach meinem Ebenbild erschaffen. Doch der tote Körper einer Puppe als Äquivalent für ein lebendiges Mädchen befriedigte das Monster nicht und in seiner Wut zerriss es eine nach der anderen. Lange und beharrlich wartete es da unten im Dunklen auf den Moment meines Erscheinens. Und hier war ich nun, zum Spielobjekt der Bestie gemacht. Seine willige Puppe.

Die Melodie der Spieluhr verstummt und die Platte kommt zum Stillstand. Mein Oberkörper sackt nach unten und eine schwarze Tür öffnet sich.

»Komm zu mir,« ruft eine gebieterische Stimme. Angstbebend und gegen meine weichen Knie kämpfend, steige ich von der Spieluhr hinab und gehe langsamen Schrittes durch die große Tür. Die teuflische Kreatur erwartet mich bereits voller Sehnsucht. Sie streckt ihre Klauen aus, erfasst mit festem Griff mein Handgelenk und zieht mich an sich. Der Teufel, ebenso übermächtig wie in all den Träumen in denen er mich heimgesucht hatte und so wie in diesen, begehrt er auch jetzt nach mir als er mich mit seinem wuchtigen Oberkörper auf sein Bett zieht, über mich kommt und brutal in mich eindringt. Ohne Ende bewegt er sich gewaltsam in mir und stöhnt inbrünstig, während ich vor Ekel und Schmerz meinen Kopf zur Seite geneigt, leise vor mich hin schluchze. Doch die Bestie nimmt mein Weinen nicht wahr. Er, der Teufel in Person hat meinen Körper entweiht, mich imprägniert. Jetzt bin ich sein willenloses Püppchen, sein Besitz. Ich gehöre ihm. Von jetzt an und für alle Zeit.

## James

Betäubt und vollkommen entblößt lag ich auf dieser abgenutzten alten Matratze in meinem unaufgeräumten Mädchenzimmer. Ich starrte regungslos an die Decke und fragte mich, ob das jetzt wirklich alles gewesen war, als ein fürchterliches Stechen und

Ziehen meinen Unterleib durchfuhr. Neben mir lag dieser Junge, der mir nicht das Geringste bedeutete und den ich nicht einmal ansatzweise anziehend fand. Um ehrlich zu sein fand ich ihn sogar abstoßend, aber dennoch hatte ich es getan, einfach so. Aus Wut, aus Rache und vor allem um mir selbst weh zu tun hatte ich ihm erlaubt mich zu ficken.

Das erste Mal, dass ich es überhaupt mit einem Jungen getan hatte und dann war es irgendjemand, ein Niemand. Ich hatte mich selbst verraten und meine Seele dem Teufel verkauft. Die Liebe die ich mir so sehr gewünscht hatte, nach der ich mich von Herzen sehnte gab es nicht. Und so ließ ich in mir jede Illusion, mich das erste Mal einem Jungen hinzugeben den ich und der mich über alles liebte, sterben. Beschmutzt, angeekelt von mir selbst und von dem Jungen, lag ich da. Aber außer diesem Gefühl von Abscheu und den Schmerzen in meinem Bauch fühlte ich nichts.

Vor meinem geistigen Auge sah ich immerzu wie er sich nur wenige Minuten zuvor mit seinem unspektakulären Teenagerkörper auf mich gelegt, sein schmales Ding in die Hand genommen und unbeholfen nach der vielverheißenden Öffnung zwischen meinen Oberschenkeln gesucht hatte. Dann, nachdem er sie endlich hatte drang er ohne Rücksicht in mich ein. Ich spürte diesen stechenden Schmerz in meiner Vagina, wie tausend spitze Nadeln und was darauf folgte war leblos und mechanisch. Während er wie zum Takt des Radetzkymarsches in mir hin und her stocherte, lag ich regungslos wie eine Puppe unter ihm und gab keinen Laut von mir. Meinen Kopf zur Seite gedreht biss ich mir vor Schmerz und Unbehagen auf die Lippen, bis ich das metallisch schmeckende Blut auf meiner Zunge spürte. Ich ließ es über mich ergehen und blieb dabei ganz weit von mir selbst und meiner Gefühlswelt abgetrennt. Zum Glück dauerte es nicht lange, der Junge hatte sein Geschäft schnell erledigt und kam schließlich zum Höhepunkt. Er stöhnte, wurde schwerer, ich bekam kaum Luft und stieß ihn mit einer schnellen Bewegung von mir hinunter. Sein stumpfes, roboterartiges Penetrieren und das Gestöhne kotzten mich an. Das war also Sex, die Sache um die alle einen so unglaublichen Wirbel machten. Ich lag da, völlig paralysiert und verstand es nicht. Jetzt wo ich es selbst getan hatte, begriff ich sogar noch viel weniger, weshalb all die anderen nicht genug davon bekamen. Zumal ich seinen viel zu kleinen Penis gerade mal im Moment des Eindringens ein wenig gespürt hatte. Während des ganzen Aktes fühlte ich nichts, außer seinem fest auf mich gepressten Körper der mich beinahe erdrückte. Nachdem er weg war stand ich auf, ging ins Badezimmer und nahm ein ausgiebiges Bad. Wieder starrte ich an die eklig beigefarbene Fliesenwand unseres Badezimmers und verlor mich in meinen Gedanken.

Ich hatte mich nicht gerade zufällig von ihm ficken lassen. Was schlussendlich dazu führte, dass ich diesen mir vollkommen gleichgültigen Jungen mit nach Hause nahm, waren die unüberwindbaren Gefühle der Wut und der Trauer. Aber auch aus Rache. Rache an mir selbst und an James. James, der mich zu diesem traurigen von der Liebe enttäuschten Mädchen gemacht hatte, das sein Herz nie mehr so sehr an jemanden verlieren wollte, wie an ihn.

*Oh, James.*

James war ein totaler Außenseiter mit einer absolut gelassenen Art, der nur schwer aus der Ruhe zu bringen war. Stets entwaffnete er Menschen die versuchten ihn zu provozieren, mit einem gleichgültigen Lächeln. Seine strahlend grünen Augen blieben dabei völlig ungerührt und seine stoische Art, die auf viele abgeklärt oder kalt wirkte, ließ ihn äußerst cool, vor allem aber mysteriös erscheinen. James und ich begegneten uns das erste Mal an einem lauen Tag im April vor der kleinen Hotdog-Bude, nicht weit von unserer Anlage, dort wo sich die ansässigen Jugendlichen jeden Nachmittag zum Saufen und rumhängen trafen. Schon von der ersten Sekunde an geschah etwas Magisches zwischen uns. Trafen unsere Blicke aufeinander, sah ich beschämt zu Boden und wenn er mich nicht ansah beobachtete ich ihn verstohlen. Ich betete ihn von der ersten Sekunde an, und beide verspürten wir sofort eine tiefe Zuneigung die selbst für die anderen die nur Zuseher waren, deutlich zu spüren war. Nachdem wir uns die ersten Stunden bloß aus der Ferne angeflirtet hatten, kam er in seiner lässig souveränen Art auf mich zu und sagte:

»Lass uns Eis essen gehen, ok?«

Widerstandslos und einfach so, sagte ich:

»Okay.« Und als wäre es die natürlichste Sache der Welt, gingen wir am Ende des Tages händchenhaltend durch die Stadt. Ohne Worte und ohne den Entschluss gefasst zu haben von nun an Freund und Freundin zu sein. Es war ganz klar und musste nicht ausgesprochen werden. Auf Fremde wirkten wir als wären wir schon eine Ewigkeit ein Paar, und als allmählich der Abend hereinbrach, verabschiedeten wir uns mit einer sanften Umarmung und verabredeten uns für den nächsten Tag. Doch schon sehr früh wurde unsere Liebe von seiner immer mehr zu Tage kommenden, gefühlskalten Art überschattet. In diesen Momenten sprach er kein Wort, nicht einmal zur Begrüßung und tat so als wären wir uns nie zuvor begegnet. Ich stand ohnmächtig daneben, wusste nicht wie ich darauf reagieren sollte und ließ es über mich ergehen. Und dann, noch am selben Abend als ich mich bereits völlig niedergeschlagen auf den nach Hause machen wollte, stand er plötzlich auf und sagte:

»Ich bringe dich nach Hause.« Auf dem Weg ergriff er meine Hand, küsste liebevoll meine Stirn und war wie ausgewechselt. Ich redete mir ein, dass er nur einen schlechten Tag gehabt hatte, und war bereit darüber hinwegzusehen. Schließlich machte er es auf dem Heimweg wieder gut und ich schwebte im siebten Himmel.

Es folgten die Tage an denen er ohne Vorwarnung gar nicht erst erschien, und da ich weder Telefonnummer oder Adresse hatte, blieb mir nichts weiter als drauf zu warten dass er, ohne ein Wort über sein tagelanges Verschwinden zu verlieren, aus heiterem Himmel wieder auftauchte. Und weil ich fürchtete ihn zu verlieren, fragte ich nicht nach den Gründen die ihn dazu veranlasst hatten ohne etwas zu sagen unterzutauchen. Am Ende kam er vielleicht überhaupt nicht mehr. Also schwieg ich. Denn solange er ab und zu bei mir war, ertrug ich seine immer wieder kehrende Emotionslosigkeit. Ich war ihm vollkommen verfallen, verzehrte mich nach ihm. Nie zuvor hatte mich jemand so tief in meiner Seele berührt. Doch etwas an ihm war erkrankt. Er war unfähig Gefühle zu zeigen oder gar dauerhaft etwas zu empfinden. Er schien emotional ständig hin und her gerissen zu sein, und allmählich hatte sein Verhalten auch erheblichen Einfluss auf meinen Gefühlszustand. Ganze Nachmittage verbrachten wir zusammen auf einer Bank, unterhielten und küssten uns. Und dann von einem Tag zum anderen existierte ich für ihn plötzlich nicht mehr. Dieses Auf und Ab ging wochenlang und es machte mich verrückt. In mir schrie alles auf, aber kaum stand er vor mir brachte ich kein Wort mehr heraus.

Wie gerne hätte ich ihm gesagt, dass mich seine Art verletzte und er mir das Gefühl gab unsichtbar zu sein. Doch ich tat es nicht. Das Gefühl nicht mehr ohne ihn leben zu können nahm Überhand. Der Schmerz und die Angst die er in mir auslöste wurden unerträglich, bis ich es schließlich nicht mehr aushielt. Nach einem weiteren Tag der emotionalen Unnahbarkeit, lief ich nach Hause, holte eine Rasierklinge aus Mutters Badezimmerschrank, rannte in mein Zimmer und drückte die Klinge ganz langsam in die Haut meines Unterarms. Immer fester, bis ich sie schließlich mit einem Satz über meine Haut bis tief in mein Fleisch zog. Blut strömte aus meinem Arm. Als es zu schmerzen begann merkte ich, dass es zugleich unheimlich gut tat und zudem auf eigenartige Weise erleichternd war. Ich verdrängte meinen unerträglichen seelischen Schmerz und tauschte ihn gegen den körperlichen. Anschließend schlüpfte ich in meinen Pullover, zog die Ärmel hinunter und ging wieder nach draußen. Gerade als ich das Haus verließ kam James mir entgegen und wollte nun tatsächlich eine Erklärung für mein plötzliches Verschwinden. Dabei war er es doch, der meine Anwesenheit den ganzen Tag über nicht zur Kenntnis genommen hatte. Was also erwartete er von mir? Dass ich bloß schweigend neben ihm saß bis er einen Moment der Überschwänglichkeit hatte und er mich eines Blickes würdigte?

»Es ist verletzend wenn du mich den ganzen Tag ignorierst. Mir ist schon klar, dass wir nicht jede Sekunde aneinanderkleben müssen, aber du sprichst oft stundenlang kein einziges Wort mit mir.

Wenn du mich nicht sehen willst, sag es mir aber das hier tut einfach nur scheiß weh,« platzte es aus mir heraus. Es dauerte fast eine Minute bis er seinen Mund aufmachte.

»Es tut mir Leid. Ich weiß nicht warum ich manchmal so bin. Es ist keine Absicht und ich möchte dir auf keinen Fall weh tun. Es kommt nicht wieder vor«, versuchte er mir zu versichern. Vielleicht stimmte es auch und deswegen wollte ich auch nicht weiter darauf rumhacken. Ich gab ihm die Chance es mir zu beweisen, denn er bedeute mir so viel. Es war ja tatsächlich möglich, dass er sich nicht mit Absicht so verhielt und offensichtlich tat es ihm aufrichtig leid.

Als wir unseren ersten Streit hinter uns hatten, unternahmen wir einen Abendspaziergang und hielten erneut bei unserer Parkbank. Auf dem Weg dorthin war Blut vom Arm auf mein Handrücken gelaufen, und als James es bemerkte fasste er mich am Handgelenk, zog den Ärmel meines Pullis hoch, betrachtete meine Schnitte und sagte:

»Und was bringt dir das?« Der missfallende Ton in seiner Stimme war unmissverständlich. So schnell fiel mir darauf keine Antwort oder eine passende Lüge ein, also entgegnete ich bloß ein:

»Ich weiß es nicht genau.« Ich konnte schlecht sagen, dass mich seine emotionale Kälte so sehr in den Wahnsinn trieb, dass die einzige Möglichkeit sie zu ertragen die Selbstverletzung war. Dass ich das alles bloß seinetwegen tat und ich es jederzeit wieder täte weil ich ohne ihn nicht leben konnte. Er würde mich für vollkommen irre halten, Angst bekommen und vermutlich auf der Stelle das Weite suchen. Ich selbst hielt mich ja nicht für normal und was ihn betraf, so war ich tatsächlich nicht zurechnungsfähig. Ich musste ihm das ehrliche Versprechen geben so etwas Dummes nie wieder zu tun und wenn mich etwas bedrückte, erst mit ihm zu sprechen. Mit gekreuzten Fingern gab ich ihm mein Ehrenwort und wir küssten uns.

Nachdem wir eine Weile miteinander gingen, wagte ich mich auf sehr gefährliches Terrain und stellte James, meiner Mutter vor. Ich ging sogar so weit, dass ich sie dreist um die Erlaubnis bat ihn bei mir übernachten zu lassen. Ich weiß nicht woran es lag, denn zu meinem Erstaunen gab sie tatsächlich ihr Einverständnis. Es konnte nur an ihm liegen, etwas an ihm war anders als bei allen anderen. Ich fuhr auf dem Gefühlskarussell, und was war das für ein Ritt. Vielmehr noch: es war eine wilde Achterbahnfahrt bei der es mich in jeder Kurve aus den Sitzen schleuderte, erbarmungslos durch die Luft wirbelte und ich nach einem heftigen Aufprall schließlich blutend auf dem Boden zurück blieb. Er war auch der Erste bei dem ich an Sex dachte. Ich liebte ihn wirklich und begehrte ihn so sehr, dass jede Faser meines Körpers sich nach ihm verzehrte. Ihn und nur ihn wollte ich ganz und gar. Ich war mir sicher, diese Vereinigung würde meine gesamte Welt auf eine wundervoll überwältigende Weise aus den Fugen werfen. Mit ihm wollte ich alles. Er war Derjenige, der Eine, der Einzige. In jener Nacht in der James bei mir schlief hoffte ich, dass er endlich den ersten, von mir so lange ersehnten Schritt wagte. Die halbe Nacht unterhielten und küssten wir uns. Ich war sicher, dass der Moment gekommen war. Das erste Mal mit dem Jungen den ich über alles liebte. Der Liebe meines Lebens; James. Und ich würde es geschehen lassen.

»Ich möchte es erst wenn du dir sicher bist, dass du es auch wirklich willst«, sagte er als er mich sanft von sich stieß. Aber ich war mir doch sicher, und hatte ich nicht ganz deutlich Signale gesendet? Ich wußte ich hätte ihn in diesem Moment an mich reißen und ihm sagen sollen wie sehr ich ihn wollte und dass ich mir nichts sehnlichster wünschte als mit ihm zu schlafen. Doch ich tat es nicht. Ich sah ihn bloß an. Schweigend, fragend und ein wenig verwirrt.

Nach einem weiteren überwältigenden Hoch, folgte erneut ein mich in den Abgrund reißendes Tief. Zwischen uns wurde alles noch schwieriger und er unterwarf mich immerzu seinen emotionalen Up and Downs. Wenn ich mich nicht ritzte oder mir auf andere Art Schmerzen zufügte, ertrank ich meinen Schmerz im Alkohol. Vielleicht liebte ich ihn gerade deshalb so sehr, weil er mir in Wahrheit so ähnlich war. Doch er hatte in meinem Herzen eine Tür geöffnet, während seine immer wieder zu fiel. Wir waren beide verletzte und verlorene Seelen die sich nach Liebe sehnten, aber unfähig waren diese zu geben. Er kämpfte gegen seine Dämonen und ich gegen die meinen.

Und dann gaben im Sommer 1992 Guns n' Roses das von uns allen so langersehnte Konzert in unserer Stadt. Schon vor Wochen hatten wir uns darauf gefreut und uns das Datum rot im Kalender angestrichen. Wir hatten zwar keine Karten, aber da es ein Open Air-Gig war fuhren wir trotzdem hin um einen, wenn auch unter Umständen nur sehr kleinen Blick auf die Show zu bekommen. Drew, ihr Freund Ben, James und ich. Unweit vom Geschehen ergatterten wir einen guten Platz auf einem freistehenden Container, doch ich hatte nicht die geringste Lust mir meine Lieblingsband nur aus dieser Entfernung anzusehen und sprang kurzerhand mit nur einem Satz wieder von dem Container hinunter. James hatte mich so oft links liegen gelassen, da nahm ich mir auch einmal das Recht heraus ihn einen Abend lang mehr oder weniger zu ignorieren.

Als die Vorband die Bühne verließ, wurden ganz unerwartet die Absperrungen entfernt und mein großer Traum endlich wahr. Aufgeregt drängte ich mich durch die Massen nach vorne, bis mich nur noch wenige Reihen von der Bühne trennten. Aber ich war zu klein und konnte nichts von der Band sehen, weshalb ich versuchte durch Sprünge in die Luft einen besseren Blick zu bekommen.

»Willst du dich auf meine Schultern setzen? Von da unten siehst du doch gar nichts.« sagte ein fast zwei Meter großer Typ. Er hatte offenbar beobachtet wie ich mich mit meinen verzweifelten auf und ab Sprüngen abmühte. In einem anderen Fall hätte ich abgelehnt, aber da ich Axl Rose unbedingt sehen wollte zögerte ich nicht und sagte voller Überschwang:

»Ja!« Auf den Schultern dieses Hünen genoss ich die Show bis zum Schluss. Es war Episch, und als die Band nach zwei Zugaben schließlich die Bühne verließ ging ich wieder zurück zu den anderen. Aus der Ferne konnte ich bereits James missgelauntes Gesicht erkennen, aber ich hatte so gar keine Lust mich zu erklären. Ich hatte die Spielchen satt. Sollte ich etwa mein ganzes Leben auf seine Launen ausrichten? Er verletzte mich ohne Unterlass und ich vergab ihm ständig. Es war an der Zeit wieder auf meine Bedürfnisse zu achten. Doch auch das änderte nichts. Im Gegenteil, meine Eigenständigkeit war ihm erst recht zuwider und er bestrafte sie umgehend mit erneuter Gefühlskälte.

Nach einer weiteren Episode seiner unerklärten Abwesenheit begleitete er mich eines Abends wieder nach Hause. Da standen wir also vor meinem Haus und keiner von uns sagte etwas. Doch dann nahm ich all meinen Mut zusammen und umarmte ihn, ganz fest und voller Liebe. Ich sagte ich ihm, dass ich mir ein Leben ohne ihn nicht mehr vorstellen könnte und er mir die Welt bedeutete. Ich hoffte inständig, dass meine Worte etwas in ihm berührten, aber er lächelte bloß. Es änderte nichts, er blieb kalt und ich veranstaltete in meiner Verzweiflung alle nur erdenklichen Dramen. Drohte mich vor den Zug zu werfen, drückte Zigaretten auf meinem Arm aus, oder schluckte Tabletten mit der Ankündigung mir das Leben zu nehmen. Und als ich eines Tages so betrunken war, dass ich den Weg von der Hotdog-Bude zu mir nach Hause nicht einmal mit ausgestreuten Brotkrumen gefunden hätte, brachte mich James' Kumpel Mikey nach Hause. Doch die freundliche Absicht entpuppte sich als Vergewaltigungsversuch im dunklen Hausflur mitten in der Nacht.

Mutter, Jack und Sam übernachteten an diesem Wochenende auf dem Land und ich hatte die Wohnung für mich. Als ich im volltrunkenen Zustand erst einmal erfolglos den Schlüssel in das Schloss zu stecken versuchte, drückte Mickey sich von hinten an mich, fasste mir mit einer Hand unter den Pulli und mit der anderen in die Hose. Ich wehrte mich und schrie, doch er hielt mir sofort den Mund zu, forderte mich auf mich still zu verhalten und ihm den Wohnungsschlüssel auszuhändigen. Aber ich dachte nicht daran, ich hatte die Schnauze voll von den gewaltsamen Versuchen sich von mir etwas zu nehmen, das ich nicht geben wollte. So betrunken konnte ich nicht sein. Wieder sah ich rot, und so stieß mit aller Kraft die ich noch aufbringen konnte gegen Mikeys Schienbein, schloss hektisch die Tür auf und knallte sie hinter mir zu. Niemals hätte ich zugelassen, dass mich ein anderer als James anfasst. Ich gehörte nur ihm. Aber nur wenige Tage nach dieser Nacht, fand die Beziehung zu James ein jähes Ende. Nachdem er vor meinen Augen mit Jules rummachte war es endgültig vorbei. Das war seine Art unsere Beziehung auf gemeine und schmerzvolle Weise zu beenden.

Aber ich würde ihm nie wieder erlauben mich zu verletzen. Überhaupt würde ich nie mehr zulassen, dass mir jemand so sehr weh tat. In all dem Schmerz und der Trauer packte ich James' besten Freund Rich am Arm und forderte ihn auf mit mir zu kommen. Er wusste ohne dass ich es aussprechen musste, was ich vorhatte und zeigte sich einverstanden. Eine halbe Stunde später lagen wir schließlich auf meiner Matratze nachdem wir Gefühl, - und bedeutungslosen Sex hatten.

Nach diesem Drama zog ich mich erst mal zurück. Ich wollte niemanden mehr sehen, und noch weniger wollte ich James über den Weg laufen. Und dann, einen Monat nachdem er die Beziehung beendet hatte stand er plötzlich an meinem Fenster. Einfach so, als wäre nichts geschehen und bat mich mitten in der Nacht um einen Spaziergang. Am liebsten hätte ich ihm das Fenster vor der Nase zugeschlagen, ihm gesagt er könne sich zum Teufel scheren, doch ich konnte nicht. Ich musste mir eingestehen, dass ich immer noch in ihn verliebt war.

In innig freundschaftlicher Umarmung schlenderten wir durch die sternenklare Nacht und redeten. Ich hing an jedem einzelnen Wort, das aus seinem wundervoll geformten Mund kam. Nach einer Weile hielten wir an, setzten uns auf eine Parkbank und sahen uns wieder wie frisch Verliebte in die Augen. Als wir uns endlich küssten war ich erneut im Himmel und zugleich in der Hölle. Alles in mir brannte, so sehr wollte ich ihn. In meiner Fantasie malte ich Bilder und während jedes intensiven Kusses lief ein Film in meinem Kopf ab. In meiner Vorstellung sah ich uns schwitzend, leidenschaftlich und eng in Liebe umschlungen. Immerzu hörte ich mich in meinen Gedanken sagen:

»Jetzt. Ich will dich jetzt. Ich bin dein, wenn du mich willst«, doch die Worte stockten erneut in meiner Kehle. Dort auf der Parkbank, während eines langen Kusses rutschte ich zu ihm hinüber und setzte mich auf ihn. Wir pressten uns aneinander, küssten uns leidenschaftlich und wild. Wir bewegten uns zu einer Musik die nur wir hörten. Wenn ich seine Zunge in meinem Mund spürte, wurde mir an Stellen meines Körpers heiß die ich noch nie zuvor gefühlt hatte.

Er war der Teufel und er hatte restlos von mir Besitz ergriffen. Er nahm mir meine Seele, stahl mein Herz und ich verbrannte innerlich. Er ließ mich tanzen, machte mich willenlos und ich tanzte bereitwillig für ihn. Ich liebte ihn, verzehrte mich nach ihm. Mein ganzer Körper mit all seiner neugebackenen Weiblichkeit rief nach ihm. Ich war süchtig nach ihm. Er war wie die Nadel in meinem Arm, die Droge die mich gleichzeitig in schwindelerregenden Höhen schweben und schrecklichste Tiefen fallen ließ.

Verdammt ja, er hätte alles mit mir tun können und mich sofort, mitten in der Nacht auf dieser Bank haben können, es war mir gleich. Er hätte es bloß tun müssen.

»Tu es. Bitte, tu es jetzt,« flehte ich immerzu in meinen Gedanken. Ich zitterte und mein Herz raste wie wild. Mein ganzer Körper reagierte auf ihn.

»Wir sollten jetzt zurückgehen,« sagte er und ließ von mir ab. Ich war irritiert. Mein Herz raste immer noch und meine Knie wurden weich wie Gummi. Auf dem Weg nach Hause schwiegen wir, und als wir bei meinem Fenster ankamen verabschiedeten wir uns mit einem kurzen, sanften Kuss.

Das war das letzte Mal, dass ich ihn sah bevor er im Dunkel der Nacht verschwand. An der Liebe zu ihm war ich schon einmal erkrankt und lange nicht geheilt, und doch versetzte er mir einen weiteren letzten Schlag. Er quälte und tötete mich. Ich war ihm verfallen und konnte ihn doch nicht haben. Er ließ mich schreiend auf meinen Knien zurück, erweckte meine Leidenschaft und ließ mich in meiner Sehnsucht verbrennen. Albträume quälten mich. Nacht für Nacht wachte ich schweißgebadet auf und schrie seinen Namen.

»Ich liebe dich. Bitte verlass mich nicht.«

Als ich aus meinen Albträumen erwachte, hoffte ich mein Leben wäre ebenso bloß ein absurder Traum aus dem ich irgendwann wieder aufwachte. Es konnte nicht real sein und doch war es die bittere Realität die so grausam und rücksichtslos zuschlug. Es tat so weh, zerriss mich und ich weinte solange bis keine Tränen mehr kamen.

Was blieb war bloß dieser unsägliche Schmerz, der immer, wenn ich an ihn dachte wie ein Messerstich mein Herz durchdrang. Ich hatte nie aufgehört an ihn zu denken. Irgendwann nach all den Jahren tat es bloß nicht mehr so weh.

## Manie

Rotes Licht. Gedämpft. Der Raum erfüllt von schwüler Luft. Musik, rhythmisch und eindringlich. Mein Körper feucht, von der Hitze. Verlockung. Ich tanze, paralysiert. Bin fremdgesteuert. Bewege mich, mit der Musik. Bin eins, mit dem Rhythmus. Die Stange, in meiner Hand. Ich bewege mich, um sie herum. Langsam, auf und ab. Hoch, runter, hoch. Ich gleite, bedächtig. Ich krieche, auf den Boden. Räkle mich. Ansinnen. Meine Hüften, kreisen langsam. Vor und zurück. Hingebungsvoll. Für dich, tanze ich. Ich reiche Dir, meine Hand. Versuchung. Du ergreifst sie. Ich steige, zu dir hinab. Langsam. Du umfasst, meine Hüfte. Leidenschaftlich. Ziehst mich, zu dir. Drückst mich, an dich. Heißblütig. Ich sitze, auf dir. Verlangen. Deine Fingerspitzen, gleiten. Sanft, über meine Haut. Ich will mich, verlieren. Deine Lippen. Ganz dicht, an meinen. Und doch. Sie berühren, sich nicht. Ein Versprechen. Ein Hauch, in meinem Nacken. Sehnsucht. Deine Hand. Hält zärtlich, mein Gesicht. Deine Lippen, auf meinen. Sie öffnen sich. Du weichst, langsam zurück. Begehren. Ich bewege mich, auf dir. Erregung. Jetzt. Meine Zunge. Berührt, die deine. Lust. Dein Atem, auf mir. Ich tanze, mit Dir. Wir Bewegen uns, zusammen. Langsam, zur Musik. Sie führt uns. Wir verfallen, einander. Restlos. Alles, in Rot. Manie...Süße...Alles verzehrende, Manie.

*Freudvoll und leidvoll,*
*Gedankenvoll sein, Langen und bangen*
*In schwebender Pein,*
*Himmelhoch jauchzend, zum Tode betrübt;*
*Glücklich allein ist die Seele, die liebt.*

Johann Wolfgang von Goethe

## Verloren

Von nun an war ich verloren. Ich betrank mich beinahe jeden Tag, klaute Mutter Valium, verletzte mich selbst, zerstörte mein Zimmer und fickte mit jedem, der gerade Lust hatte. All das nur, um mir selbst wehzutun, mich zu demütigen und zu quälen. Ich hoffte, wenn ich diesen Akt der totalen Selbstzerstörung lange genug durchzog, würde ich aufhören mich selbst zu spüren. Vielleicht sogar eines Tages sterben. Die Jungs mit denen ich Sex hatte, gefielen mir nicht einmal. Ihr Erscheinungsbild spielte keine Rolle und kein einziges Mal mit einem dieser Kerle bedeutete mir etwas. Da war gar nichts, keinerlei Gefühl, kein Feuer, nicht einmal oberflächliche Geilheit. Keiner von denen durfte mich küssen oder meinen Lippen auch nur zu nahe kommen. Kaum ein Junge, lehnte es ab mich zu ficken. In dem Alter waren sie über jede Aussicht auf Sex froh und dankbar wenn sie ihren kleinen, halbschlaffen Schwanz in eine lebendige, warme Vagina stecken durften. Hinlegen, Beine auseinander, Kopf zur Seite und los. Sie rammelten sich unbeholfen an mir ab, befriedigten sich selbst, ganze drei Minuten lang. Auf und ab, hin und her. Titten kneten, stöhnen, grunzen, röcheln, fallenlassen, Ende. Sie hielten sich für tolle Hengste und bildeten sich ein, sie hätten es mir richtig besorgt. Doch sobald es vorbei war, wollte ich nichts mehr von ihnen wissen. Der Akt war jedes Mal so schlecht, dass mir übel wurde. Es war langweilig und so nichtig. Je mehr es mich anwiderte, desto schmerzlicher war es und nach eben diesem dreckigen, kranken Gefühl von Schmerz war ich süchtig. Die ekelhafte, kalte Realität der zwischenmenschlichen Bedeutungslosigkeit, und keiner von ihnen ahnte, dass sie mir nur dazu dienten die kranke Welt in meinem Kopf zu befriedigen.

Sex und Todessehnsucht beherrschten mich, und all die Monster vor denen ich mein Leben lang weggelaufen war und die mich erbarmungslos verfolgten, hatten nun von mir Besitz ergriffen. Doch nichts was ich anstellte, keine Form des Schmerzes ließ mich James vergessen. Ich war erkrankt, verloren und zerrissen.

Vollkommen gebrochen.

## Freakshow

»Willkommen zur Freakshow. Mein Name ist Barry, der kuriose Barry und ich führe sie durch den heutigen Abend. Wir haben die sonderbarsten, interessantesten und schrecklichsten Geschöpfe aus allen Ecken der Welt in unserer Show. Geschöpfe der Nacht, die sie sonst nie zu sehen bekommen. Die letzte Show der Saison, das dürfen Sie auf keinen Fall verpassen.«

Die Melodie einer Spieluhr untermalt die Show des Marktschreiers. Aus meinem Käfig heraus und mit nichts weiter auf dem Leib als einem dünnen roten Kleid, beobachte ich das Spektakel. Der kuriose Barry hält seine große Rede in altbekannter Manier, bei der er höchst dramatisch jedes Wort am Ende eines Satzes in die Länge zieht um so Spannung bei dem Publikum, das erwartungsvoll an seinen Lippen hängt zu erzeugen. Neben ihm auf der Bühne, befindet sich eine türkis-rote Scheibe auf der Halterungen montiert sind. Zwei Assistentinnen in goldenen Korsagen und glitzernden Schuhen, treten an meinen Käfig heran. Eine der beiden öffnet ihn, die andere reicht mir die Hand, holt mich aus meinem Verlies und gemeinsam geleiten sie mich zu der großen Scheibe.

Ich fühle keine Angst mehr und lasse dieses infame Spiel – wohin auch immer es führen wird – über mich ergehen. Mehr noch, ich spiele mit und gebe dem perversen Publikum bereitwillig wonach es lechzt. Lange schon gehöre ich mir nicht mehr. Ich gehöre ihnen, ihnen allen. Mit gelassener Gleichgültigkeit stehe ich auf dem Podest, unmittelbar vor der geifernden Menschenmenge. Wieder bin ich die Show und diese sollen sich auch bekommen. Die Assistentinnen helfen mir hoch und schnallen meine Arme und Beine weit ausgestreckt an die Platte.

»Und nun, meine Damen und Herren. Einen großen Applaus für unser Dornen Röschen«, ruft der Kuriose Barry und die Menge tobt.

»So dornig ist sie doch gar nicht, hab ich recht?«, fügt er hinzu und beendet den Satz mit einem lauten Lachen.

»Der erste Freak wartet bereits ungeduldig hinter dem roten Vorhang. Er kann es kaum noch erwarten. Lilly, Lola, die Platte, bitte.«, fordert Barry seine Assistentinnen auf.

Ich spüre einen Ruck und die Platte dreht sich.

»Und hier ist er auch schon: Freak Nummer eins. Einen Applaus für das große Baby!« Die Menge jubelt.

»Röschen hat uns erzählt, dass er ein erbärmlicher Tittensauger ist, der sich während des ganzen Aktes nicht von den Nippelchen löst. Wie ein Baby, das von der Mami gestillt wird.«

»Armer Bursche. Nach dem Akt hat sie dich eiskalt vor die Tür gesetzt. Aber jetzt kommt dein großer Moment. Hier, das Messer. Und bedenke, du hast bloß einen Wurf.«

Der schnurrbärtige Mann mit dem sonderbaren Namen, der Kuriose Barry reicht dem Freak der eine schwarze Maske trägt, ein großes Messer. Die Platte dreht sich unaufhörlich, Trommelwirbel wird eingespielt. Der Freak nimmt seine Position ein, hebt seinen Arm, zielt und wirft das Messer in meine Richtung.

Es folgt ein enttäuschtes:

»Ohhh.« Er hat sein Ziel verfehlt.

Die anderen Kandidaten gehen hinter dem Vorhang in Stellung: Freak Nummer zwei, der Bohrer, der immerzu mit seinen Fingern in meiner Vagina bohrt und dabei wie ein Schwein grunzt. Freak Nummer drei, der sobald er eingedrungen ist einen lauten Schrei ausstößt als würde er an elenden Schmerzen zu Grunde gehen. Freak Nummer vier, der Heuler, der sich auf mich legt und dann wie ein Kleinkind losheult. Freak Nummer fünf, der Kneter, der die ganze Zeit, während er in mir ist meine Brüste bis zur Schmerzgrenze knetet als wären sie Teig. Jeder der maskierten Freaks hat einen Wurf frei, aber keiner von ihnen trifft. Die Massen jubeln jedes Mal wenn zum Wurf ausgeholt wird, in der Hoffnung, dass ich wenigstens einmal getroffen werde.

Freak Nummer sechs, der Rammler, der kaum sein Becken anhebt wenn sein kurzer Schwanz in meiner Vagina steckt und sich dann wie im Schnellvorlauf in mir hin und her bewegt. Auch er trifft nicht. Das Publikum buht, ist sichtlich erzürnt ob des kläglichen Versagens der Freaks.

»Na, na, na«, versucht der Kuriose Barry die tobenden Zuschauer zu beruhigen.

»Noch ist die Show nicht vorbei. Einen Freak haben wir noch, der auf den Sie den ganzen Abend mit lobenswerter Geduld gewartet haben. Der größte Freak von allen. Die Nummer des Abends, nur für Sie. Die große Überraschung. Applaus für den einen, den wahren Freak! Freak Nummer sieben!«, schreit Barry in allergrößter Begeisterung und die Menge jauchzt erneut. Während das Publikum seine Füße zum Takt dumpfer Trommeln in den Boden stampft, kommt ein warmer Wind auf. Lilly und Lola binden mich los und führen mich ein paar Schritte nach vorne. Zu dem Trommeln gesellt sich ein Chor, alles wirkt surreal und ich fühle mich wie in einem Traum, umgeben von alles einnehmender, betörender Musik. Die Zuseher verfallen in Schweigen. Etwas Beklemmendes und zugleich Verführerisches liegt in der Luft.

»Hier ist er nun. Dein Freak. Der Einzige, der Wahre. Der, der dich wie einen Fisch an der Angel zappeln lässt und dich wie eine leblose, willige Puppe aus dem Schrank holt wenn ihm gerade danach ist. Er, der dich magisch anzieht und dich doch nicht zu sich lässt. Der dich so tief berührt hat wie kein anderer. Nur für dich, heute in unserer Show! Der Unzähmbare!!!«

Die Menge tobt und stampft zur immer schneller werdenden Trommelmusik die Beine in den Boden. Ich halte den Atem an, mein Herz pocht, mir wird schwindlig. Vor mir steht James, der mich mit seinen betörenden, eindringlichen Augen verschlagen anblickt und mir zärtlich ins Ohr flüstert:

»Tanz mit mir!« Er nimmt meine Hand und ich folge ihm widerstandslos. Ihm ganz und gar ausgeliefert, lasse ich mich leiten. Wir tanzen. Leidenschaftlich und in vollendeter Perfektion. Er zieht mich an sich, stößt mich von sich und wirft mich zu Boden. Erneut reicht er mir die Hand und hebt mich hoch. Ich gleite an ihm herab und falle auf die Knie. Er wirft sich über mich, legt seinen Kopf ergeben auf meine Schulter und ich umarme ihn. Er stößt sich ab, ich versuche ihn festzuhalten, er wehrt ab. Wir stehen uns gegenüber. Mit starrem Blick kommt er einen Schritt auf mich zu und stößt ohne Gefühlsregung das Messer tief in meinen Leib. Der Tanz ist zu Ende.

Mit weit aufgerissenen Augen sehe ich ihn an, doch sein Blick bleibt völlig kalt. Ich gehe zu Boden, das Blut strömt unaufhaltsam aus meinem Körper und das Publikum gerät völlig außer Kontrolle; Standing Ovations, Grölen, Toben und ein nie dagewesener Beifallssturm. Während ich blutend auf dem Boden liege kniet James sich neben mich, hebt meinen Kopf und lässt mich nach einem zärtlichen Abschiedskuss sterbend zurück. Seelenleer starre ich ins Nichts. Eine einsame Träne läuft meine Wange herab.

Im Land der Monster war ich ein Engel. Man hat mich benutzt und beschmutzt. Innerlich war ich längst tot. Nichts berührte mich noch. Ich war bloß eine leblose Hülle, eine willenlose Puppe die alles mit sich machen ließ und das schaulustige Publikum genoss die kranke Show. All die anderen Freaks waren nichts weiter als irgendwelche Typen deren Gesichter nur fahle Masken waren. Sie alle hatten mir nicht das Geringste bedeutet.

James jedoch hatte mir zu guter Letzt den Todesstoß versetzt, alles Leben in mir ausgelöscht und hätte mich trotz allem immer wieder zu neuem Leben erwecken können, bloß um mich tausend weitere Male zu töten.

»Nochmal einen großen Applaus für unsere Freaks!«, schreit der Kuriose Barry.

Licht aus.

Vollkommene Dunkelheit.

## Schutt und Asche

10 … 9 … 8 … 7 … 6 …

Lautes Donnern und eindringliches Rumoren. Das Flackern tausender Lichter und dann. Stille. Bloß das Ticken meiner alten Bekannten, der großen Uhr und ein sich wiederholendes Rauschen durchdringt den Raum. Erneut finde ich mich innerhalb der mir so vertrauten Wände in welchen ich seit geraumer Zeit die vermeintlichen Therapiesitzungen mit dem Kaninchen abhalte wieder. Das Licht ist gedämpft und in der Mitte des Zimmers hängt eine lose Glühbirne von der bröckeligen Decke. Der Raum hat an Glanz und Heiterkeit verloren. Schwermut hat sich deutlich spürbar in diesen vier Wänden ausgebreitet, sich langsam wie ein alles zersetzendes Virus in jeden Winkel meiner Welt hineingefressen und unbarmherzig all das Schöne verschlungen. Alles zerfällt unaufhaltsam, nichts ist mehr wie es einmal war. Die zerschlissene, braunschwarz gemusterte Jacquard-Tapete fällt in kleinen Schnipsel von den Wänden. Der Boden unter meinen Füßen ist rissig und besteht aus nichts weiter, als einer Reihe liederlich aneinandergefügter schäbiger Dielen aus der fortwährend kleine Käfer kriechen. In der Luft verbreitet sich ein scheußlicher Geruch. Es mieft penetrant nach Moder und ich habe das Gefühl, dass sich die eklige Feuchte langsam wie mikroskopisch kleine Lebensformen über die freilegenden Stellen meines Körpers legt. Meine Glieder sind schwerfällig und während ich meine Hände in die Stuhllehnen kralle, spüre ich wie bei der kleinsten Bewegung jede Faser meines Leibes schrecklich schmerzt. Ein Blick zu meinen Füßen offenbart mir sogleich den Grund dieses Übels. Von den Zehen bis zu meinen Knien bin ich über und über mit Kratzern, offenen Risswunden und blauen Flecken übersät. Auch meine Arme lassen bei näherer Betrachtung denselben erbärmlichen Zustand erkennen. Mein weißes Kleidchen ist schmutzig und an mehreren Stellen zerrissen. Meine Haare hängen in klebrigen, völlig verdreckten Strähnen herab. Mir gegenüber, mit der Rückenlehne in mein Blickfeld gerichtet, steht Hases Stuhl. Doch ich kann keinerlei Regung, oder den Ansatz seiner plüschigen Ohren erkennen.

»Hase?«, krächze ich. Doch kein Mucks kommt von der gegenüberliegenden Seite. Meine Kehle ist so trocken, als hätte ich die halbe Sahara verschluckt. Ich versuche es noch einmal.

»Hase!? Bist du da?« Die Worte brennen in meinem Hals. Doch wieder nichts, bloß Rauschen. Auch wenn sich jede noch so kleine Bewegung quälend und bis zu meinen Knochen hindurch in mein Fleisch brennt, beiße ich meine Zähne zusammen, erhebe mich von meinem Platz und mache einige Schritte auf Hases gewohnten Sitzplatz zu. Die kleine Glühbirne flackert alle paar Sekunden und ich bete inständig, dass sie nicht unverhofft den Geist aufgibt und mich im vollkommen Dunkel zurücklässt. Als ich schließlich am Stuhl des weißen Kaninchens angekommen bin und einen seitlichen Blick hinter die hohe Ohrenstuhllehne werfe, stelle ich fest dass sich dort anstelle von Hase, ein alter Kofferplattenspieler befindet.

Die Nadel auf dem in die Jahre gekommenen Plattenspieler rotiert immerzu auf einer Schallplatte, die lange schon zu Ende gespielt hat und bloß noch dieses eindringliche Rauschen von sich gibt. Daneben liegt eine kleine, vergilbte Notiz auf welcher in hübscher Schrift die Worte: Spiel mich ab, geschrieben stehen. Erneut flackert das Licht. Vorsichtig ergreife ich den fragilen Tonarm, führe ihn zum Anfang der Langspielplatte und setze ihn dort behutsam ab.

Ich höre Hases Stimme.

»Hallo Kleines. Wie du ja sicher schon bemerkt hast, bin ich nicht hier.«

Ach was, denke ich.

»Ich wusste dass du das sagen würdest«, antwortet Hase, so als hätte er längst schon gewusst was ich in diesem Moment denken würde. Aber ich habe keine Zeit mir jetzt Gedanken darüber zu machen und lausche weiter seinen Worten.

»Ich habe das hier für dich aufgenommen. Für den Fall, dass der Fall der Fälle eintritt. Hihihi. Und du, wie ich es bereits vorhergesehen habe von der Schwermut überwältigt wurdest. Wie du gewiss inzwischen bemerkt hast, verfault hier allmählich alles.«

Ich setze mich neben den Plattenspieler auf den Boden und höre gespannt zu.

»Gut, du hast es dir bequem gemacht. Hör mir jetzt bitte ganz genau zu Kleines. Alles was du hier siehst ist ein Abbild deines Geisteszustandes. Ein Spiegelbild, sozusagen.« Hase macht einen tiefen Seufzer und hält kurz inne.

»Nun, es liegt jetzt allein an dir das alles wieder gerade zu biegen, verstehst du Dorothy?« Hase klingt besorgt.

»Dorothy?«

»Was soll ich jetzt tun?«, werfe ich fragend in den Raum.

»Ah gut, du hast mich also verstanden«, gibt Hase zurück.

»Ich weiß, all das war sehr schwierig für dich. Deine Erinnerungen und die schrecklichen Albträume. Die Reisen in die tiefsten Abgründe deiner Seele.« Noch einmal herrscht Schweigen. Dann setzt Hase seine Ansprache fort.

»Es ist äußerst wichtig, dass du dich nicht von der Schwermütigkeit vereinnahmen lässt. Wenn du jetzt aufgibst, dann haben die böse Hexe und all die Monster gewonnen. Das möchtest du doch nicht Kleines. Hab ich recht?« Ich versuche meine Gefühle in Worte zu fassen. Der Schmerz der sich durch meine Seele zieht, wird durch die ständig trauriger werdende Stimme des Kaninchens nur noch stärker.

»Ich weiß nicht, ob ich das schaffe«, stammle ich weinerlich.

»Sieh mich doch an, überall Schrammen und tiefe Furchen! Wie lange soll das denn noch so weiter gehen?«.

»Ich kann nicht mehr, mir geht die Kraft aus.« Resignierend werfe ich mich auf den dreckigen Boden.

»Warum bist du nicht hier?«, nuschle ich in die schmutzigen Dielen. .

»Weil hier alles zerfällt und nur du es aufhalten kannst, Dorothy«, sagt Hase in seiner mir vertrauten, sanften Art.

»Vertrau mir bitte wenn ich dir sage, dass alles ganz bestimmt wieder gut wird. Wirst sehen. Gib jetzt bloß nicht auf.«

Ich richte mich langsam wieder auf. Die Platte ist beinahe bis zum Ende abgespielt und außer einem Rauschen ist nichts weiter zu hören.

»Hase? Bist du noch da?«, frage ich.

»Natürlich Kleines. Ich warte nur noch auf deine Entscheidung«, gibt Hase zurück.

»Meine Entscheidung?«.

»Möchtest du es denn noch einmal versuchen? Noch einmal kämpfen? Hm?« Ich ringe mit all meinen Gefühlen, den tausend wirren Gedanken und der Möglichkeit einfach aufzugeben. Doch dann komme ich zu dem Schluss, dass es vollkommen sinnlos wäre. Denn auch dann hätte ich bloß ein Leben gelebt das von Monstern, Hexen und Dämonen bestimmt war. Jeder einzelne Kampf bis zu dieser Sekunde wäre dann Bedeutungslos. Ich wusste, dass Hase recht hatte und war bereit es noch einmal mit der Bestie aufzunehmen.

»Gut, ich werde kämpfen«, rufe ich entschlossen zur Decke.

»Das ist sehr gut,Kleines, sehr gut. Aber ich bin nicht in der Decke«, kichert Hase. Ich blicke gespannt auf den Kofferplattenspieler.

Nur noch wenige Sekunden verbleiben bis zum vollständigen Ende der Aufnahme, da plappert Hase auch schon weiter.

»So und nun mach wieder die hübschen Äuglein zu und höre auf das Ticken«, fordert Hase mich auf. Ich schließe meine Augen.

Tick, tack ... Tick tack...
10 ... 9 ... 8 ... 7 ... 6 ...

## Ausreißerin

Nach einem weiteren, heftigen Krach mit Mutter beschloss ich, dass es endgültig genug war. Ich ertrug keinen Tag länger, dass sie mich wegen jedem Mist fertig machte, mir jedes bisschen Freiheit verwehrte oder ich wegen jeder Kleinigkeit auf die Knie fallen musste, nur um sie sagen zu hören, dass sie meine Gefühle einen Scheißdreck interessierten. Ich war ein Mädchen von siebzehn Jahren, beinahe schon eine Frau und doch hatte ich die Rechte einer Zwölfjährigen, während ich auf der anderen Seite die Pflichten und die Verantwortung einer Erwachsenen tragen musste.

Nachdem sie zum krönenden Abschluss wie eine Furie auf mich eindrosch und meinen Kopf gegen die Türklingel schlug, fasste ich den Entschluss abzuhauen. Sobald sie die Wohnung verlassen hatte, packte ich ein paar Kleinigkeiten in einen Rucksack und ging. Ich gab meinem langjährigen Freund Malcolm, der selbst aus einem zerrüttenden Elternhaus kam über mein Vorhaben Bescheid und da er selbst die Nase von seinem Aufenthalt in der Wohngemeinschaft voll hatte, beschloss er kurzerhand mich zu begleiten. Malcolm, der bereits mehrmals auf der Straße gelebt und auch einige Drogenentzüge sowie Haftstrafen hinter sich hatte, fand sich draußen gut zurecht.

Wir verbrachten die erste Nacht unter der Brücke – nicht weit von unserer Wohnhausanlage – und überlegten uns dort, wie es danach weitergehen sollte.

Drew, brachte Malcolm und mir abends noch etwas zu Essen und verbrachte dann die Nacht mit uns zusammen unter dem klaren Sommerhimmel.

Am nächsten Morgen machten Malcolm und ich uns auf den Weg und streiften ziellos umher, bis erneut der Abend hereinbrach. Die Stadt in zu diesen späten Stunden war lebendig und wie geschaffen für Ausreißer und Nachteulen. Am belebtesten jedoch war der berühmte Drogen-Umschlagplatz, der Platz an dem sich Drogendealer, Süchtige und vermeintliche Zuhälter herumtrieben. Ich hätte ahnen müssen, dass Malcolm der Versuchung nicht widerstehen konnte und bereits in der zweiten Nacht wieder den Drogen verfiel. Malcolms Droge war Heroin, und zwischen seinen Ups und Downs hielt er sich stets mit Rohypnol und Alkohol aufrecht. Ich hatte so sehr gehofft, dass er diesmal die Finger davon ließ aber auch nach unzähligen Entzügen scheiterte er ein weiteres Mal und ich konnte bloß dabei zusehen, wie er mit der Nadel im Arm abdriftete. Sein Zustand unter Drogeneinfluss war mir nicht fremd, denn ich hatte ihn, wie auch viele andere meiner Freunde in all den Jahren oft genug in einem solchen erlebt.

Jetzt saß ich neben ihm auf dem Randstein und hoffte, dass die Nacht bald vorüber war und ich mich im Schutz des Tageslichtes auf einer Parkbank ein wenig ausruhen konnte. Immerzu hielten Möchtegernzuhälter und versuchten mich mit dem Versprechen auf das große Geld auf den Strich zu schicken. Wenn für den einen oder anderen ein einfaches nein nicht ausreichte und sie mich weiter belästigten, stieß ich einen Schrei aus und sie ergriffen umgehend die Flucht. Wahrscheinlich gingen sie davon aus, dass sie so ein kleines Ausreißer-Mädchen leicht überreden konnten, aber an mir bissen sie sich die Zähne aus. Ich war nicht mehr naiv und auch längst nicht mehr unschuldig.

Und doch überkam mich in diesen Momenten in denen Malcolm nicht ansprechbar war, schreckliche Angst. Aber was sollte ich tun? Zurück nach Hause wollte und konnte ich nicht mehr. Freiwillig begab ich mich bestimmt nicht zurück in diese Hölle. Ich hatte genug von Mutter, den Prügeln, dem ständigen Ackern im Haushalt, ihren Männern und der elenden Sauferei. Ich hasste und verabscheute dieses egoistische Miststück aus tiefstem Herzen. Viel zu lange hatte ich mir ihre Bitternis und die perfide Art gefallen lassen.

Fast eine Woche lang lebten wir auf der Straße. Für jugendliche Ausreißer war es in unserer Stadt auch nicht schwer sich über Wasser zu halten. Tagsüber erschnorrte ich mir Geld für Essen und Malcolm für Zigaretten und Alkohol. Für Mädchen war das leicht, vor allem wenn man ältere Herren ganz nett um etwas Kleingeld bat. Am besten klappte der Telefontrick. Man behauptete, dass es sich um einen Notfall handelte und man dringend etwas Kleingeld für die Telefonzelle benötigte. Damals gab es noch keine Handys und diese List klappte vor allem bei den Männern immer. Wenn ich genug Geld zusammen hatte, ging ich in den Supermarkt und kaufte mir eine Kleinigkeit zu Essen. Wenn wir nicht gerade die Nacht durchmachten, kamen wir bei Freunden von Malcolm unter. Dort duschte ich, wusch meine Kleidung und schlief mich einmal richtig aus.

Am vierten Tag, etwas zermürbt und ohne Perspektiven, rief ich meine Tante Penny an um sie um Hilfe zu bitten. Tante Penny war eine weitere von Mutters Schwestern mit der ich mich sehr gut verstand. Sie hatte stets ein offenes Ohr für meine Probleme und mich schon oft vor der Hexe verteidigt.

Tante Penny erklärte mir am Telefon, dass Mutter bereits eine Vermisstenanzeige aufgegeben hatte und es wohl besser wäre wieder nach Hause zu gehen. Ich erzählte ihr was geschehen war, warum ich es nicht mehr aushielt und sie hatte Verständnis für meine Situation. Sie hatte es selbst oft genug miterlebt und versprach mir mit Mutter zu sprechen. Sie wollte versuchen Mutter zu überreden von einer Bestrafung abzusehen und ein wenig nachsichtiger mit mir zu sein.

Am nächsten Tag rief ich erneut an und erkundigte mich nach dem Stand der Dinge.

»Deine Mutter ist einverstanden«, teilte sie mir freudig mit.

»Wenn du nach Hause kommst, gibt es auch keine Bestrafung.«

Tante Penny erzählte mir, sie hätte Mutter ins Gewissen geredet und sei sich sicher, dass sich nun alles zum Guten wenden würde.

»Gut, ich komme wieder zurück. Aber du kannst ihr sagen, wenn sie sich nicht daran hält bin ich wieder weg und dann sieht sie mich nie wieder.«

Ich hatte die Zeit auf der Straße überlebt. Hungrig, müde und etwas verdreckt aber ohne den Drogen zu verfallen oder meinen Körper zu verkaufen. Was die Sache mit den Drogen betraf, hatte ich vor allem an Malcolm erlebt was sie anrichten konnten. Ich hatte viele junge Menschen aus meinem Freundeskreis sterben sehen und das Leben derer die bis jetzt überlebt hatten, hing nur noch am seidenen Faden.

Nach dem Gespräch mit Tante Penny begleitete mich Malcolm nach Hause. Er selbst hatte nicht vor wieder in die Wohngemeinschaft zurückzugehen, und als er mich vor der Haustür abgesetzt hatte, verabschiedete er sich mit einer dicken Umarmung und ging seines Weges.

Ich war nicht sicher ob es eine gute Idee war wieder nach Hause zu gehen, aber aus Mangel an Alternativen hatte ich keine andere Wahl. Zugegeben, ich hatte etwas Angst Mutter gegenüberzutreten, schließlich war sie unberechenbar und es war nicht gewiss ob sie ihr Versprechen wirklich hielt oder mich nicht doch mit einer Ohrfeige begrüßte. Aber da ich nun schon einmal hier war drückte ich die Klingel. Mutter öffnete die Tür und das erste Mal überhaupt sagte sie gar nichts. Sie stand bloß da und ich begrüßte sie mit einem:

»Ich nehme jetzt ein Bad.«

## Vater 2.0

Eine Woche nach meiner Rückkehr stand wie jeden ersten Sonntag im Monat, so wie es die Besuchsregelung vorsah der allmonatliche Besuch bei meinem Vater an. Vater, der sein Besuchsrecht per Gericht erwirkt hatte, holte mich zu den vereinbarten Zeiten ab und brachte mich danach abends stets pünktlich zurück. Das war deswegen besonders wichtig, weil Mutter jeden noch so geringen Fehltritt als Anlass nahm um meinem Vater mit dem Entzug des Besuchsrechtes zu drohen.

Gegen Mittags, wir saßen gerade mit Oma beim Essen, klingelte plötzlich das Telefon. Es war Mutter die von anderen Leitung hysterisch in den Hörer schrie :

»Wenn du sie nicht gleich zurückbringst, hetze ich dir die Polizei auf den Hals!«

Weder ich, noch Oma oder mein Vater verstanden was sie zu so einem Ausbruch veranlasste. Mutter hatte an diesem Morgen die Wohnung schon früh verlassen und vielleicht nicht mehr daran gedacht, dass heute Besuchstag war. Aber selbst wenn, mein Vater hatte mich schließlich nicht entführt und zudem war ich bereits sechzehn Jahre alt und eigentlich in der Lage selbst zu entscheiden wann ich meinen Vater sehen wollte. Mutter agierte vollkommen unangebracht und lächerlich, doch zu allem Überfluss war mein Vater auch noch ein Feigling der Schwierigkeiten gerne aus dem Weg ging. Vor allem wenn diese mit Mutter zu tun hatten. Also gab er klein bei und brachte mich ohne Widerstand zurück. Nur einmal wünschte ich mir er würde ein Machtwort sprechen und Mutter die Meinung geigen, doch er ließ mich im Stich. Offenbar hatte er zu große Furcht vor ihr, oder aber er wollte die Verantwortung und den damit verbundenen Ärger nicht auf sich nehmen.

Es war nicht das letzte Mal, dass er mich hängen ließ indem er sich bequem aus der Affäre zog, dabei gab ich immer alles um ihm zu gefallen. Doch selbst Geschenke die ich ihm zum Vatertag, Geburtstag oder zu Weihnachten machte und von denen ich hoffte sie würden sein Herz öffnen, weil sie ihm zeigten wie viel er mir bedeutete, landeten nach einem kurzen Blick in der Schublade oder einer unbedeutenden Ecke. Nie entlockten meine Gesten ihm eine Gefühlsregung wie Freude oder zumindest ein Lächeln. Wie gerne hätte ich ihm all die Dinge anvertraut von denen er nichts wusste und die mich so quälten. Wie Mutters Alkoholismus, den Schlägen und der Tatsache, dass sie uns tagelang allein ließ. Aber ich hatte zu große Angst davor es könnte ihn völlig kalt lassen. Vielleicht ahnte er ja bereits etwas von all dem was sich zu Hause abspielte und wollte sich bloß nicht damit befassen. Möglicherweise machte er es sich einfach indem er ganz bewusst die Fakten ignorierte.

Glauben wollte ich das allerdings nicht. Ich redete mir viel lieber ein, dass er keine Ahnung davon hatte und er nur kurzsichtig oder naiv war. Der Gedanke er wüsste über all die Misshandlungen Bescheid ohne etwas dagegen zu unternehmen, würde mich zerbrechen. So schwieg ich in der Annahme, dass er bloß kein Wissen über all die grausamen Dinge die zu Hause geschahen hatte.

Die Beziehung zu meinem Vater blieb über die Jahre hinweg sehr verhalten und   oberflächlich. Wie Mutter, zeigte auch er wenn er überhaupt zu einer Gefühlsregung fähig war, bloß seine Enttäuschung über meine schlechten Schulnoten. Es wirkte stets als wäre er enttäuscht darüber, dass ich nicht wie die Tochter seiner Freundin eines dieser Vorzeigekinder war die stets das Richtige sagten und taten und die man Stolz vorführen konnte. Dabei war er in keiner Weise Teil meines Lebens. Er hatte keine Ahnung davon wie es in mir aussah, und dennoch nahm er sich das Recht heraus mich zu kritisieren.

Da ich auch in seinen Augen ganz offensichtlich vollkommen missraten war, fühlte ich mich erneut fehl am Platz.

Später fragte ich mich ob es überhaupt seine Initiative gewesen war für das Besuchsrecht zu kämpfen oder ob Freunde, Verwandte oder meine Oma ihn dazu gedrängt hatten Verantwortung für sein Kind zu übernehmen. Und so erfüllte er brav seine Pflicht. Auch wenn es später beim Abschiednehmen eine zaghafte Umarmung oder einen flüchtigen Kuss auf die Wange gab, blieb die Verbindung zwischen uns stets wie eine unfertige Skizze aus schwarzweiß, die nie jemand auszumalen wagte.

Da war ich nun. Das verletzliche Kind. Einsam und mit der unstillbaren Sehnsucht nach Wärme und väterlicher Liebe. Ein Wunsch der sich nie erfüllte. So sehr wünschte ich mir einen Vater, der sich heldenhaft vor all die Monster und Bestien stellt die hinter mir her sind und sie in die Höhlen zurücktreibt.

Doch all das blieb nur eine unerfüllte Sehnsucht.

## Nebel

Dichte Nebelschwaden ziehen auf. Der Boden ist matschig und meine Füße versinken bei jedem Schritt im Morast. Ich laufe vor meinen Gefühlen davon und komme selbst dabei nur schwerlich vorwärts. Mit größter Mühe ziehe ich mich immer wieder aus dem Schlamm, falle hin und stehe erneut auf, bis ich von oben bis unten mit Matsch bedeckt bin.

Der Nebel wird stetig dichter und ich kann kaum noch meine eigene Hand vor Augen sehen. Der undurchdringliche Dunst umschlingt mich, doch ich laufe weiter ohne zu sehen wohin ich laufe. Vor mir nichts außer dieser undurchdringlichen Nebelwand, aber in welche Richtung ich auch laufe, ich bewege mich bloß im Kreis und finde keinen Weg hinaus. Weiter und weiter laufe ich, hoffe auf einen Ausweg, doch die Nebelmauern kommen immer näher. Meine Beine sind schwer, ich kann nicht mehr. Aufgeben, vielleicht sollte ich aufgeben und endlich Loslassen.

Ich bin müde, zu erschöpft von den aussichtslosen Schlachten. Genug vom ewigen Gefecht. Ich weiß nicht wie viel meine Seele noch ertragen kann. Ich stecke bis zu meinen Knöcheln in dem mich immer weiter hinabziehenden Schlamm. Niemand wird mich vermissen wenn ich nicht mehr bin. Das Dunkel, die vollkommene Schönheit, wie ein ewiger Schlaf aus dem man nicht mehr erwacht. Friedvoll und frei. Alles Nichts ist besser als mein Sein. Niemand hat dann noch Macht über mich, kann mich schlagen oder demütigen. Der Hass den sie mir entgegenbringen, erlischt mit einem mal.

Was sollte ich missen? Die Liebe die ich nicht kenne, weil meine Eltern sie mir nie zuteilwerden ließen? Dieses sonderbar fremdartige Gefühl, das sich hinter dieser undurchdringlichen Nebelwand, durch die ich niemals gelangen kann versteckt hält? Mein Gefühlsleben steckt hinter stickigen Nebelschwaden und ich ertrage es keinen Tag länger.

Jetzt gehe ich, lasse los. Das war's. Lebt wohl.

## Todessehnsucht

Nachdem Mutter einen weiteren Mann verjagt hatte, verlor sie auch noch den letzten Rest an Anstand und Kontrolle. Es ging nicht mehr bloß um ihre Saufeskapaden und dem damit verbundenen Terror, die Aggression oder die Gewalt gegen ihre eigenen Kinder. Zu ihrem maßlosen Zigaretten-, Tabletten- und Alkoholkonsum, gesellte sich nun auch noch Marihuana. In ihrem zerschlissenen rosa Frotteebademantel saß sie auf der Couch während ihre ekelhaften, von Hornhaut übersäten Füße ausgestreckt auf dem Tisch lagen. Zwischen ihren Fingern hielt sie einen Joint.

»Was tust du da?«, fragte ich.

»Das geht dich nicht das Geringste an«, erwiderte sie schnippisch.

»Ein schönes Vorbild bist du«, sagte ich und begab mich ohne die Diskussion fortzuführen in mein Zimmer. Es war nicht etwa so, dass ich grundsätzlich etwas gegen das Kiffen hatte, auch wenn ich selbst nicht das geringste Interesse daran hatte. Aber hier ging es um meine Mutter. Sie hatte schließlich die Verantwortung für zwei kleine Jungs und kam aus ihrem Dauerdelirium ohnehin kaum noch heraus. Sie machte meinen Brüdern kein Frühstück, kein Mittag- oder Abendessen und Sam lief den ganzen Tag unbeaufsichtigt in der Wohnhausanlage herum. Und das schon seit seinem dritten Lebensjahr. Mit inzwischen sechs Jahren, hatte er bereits einige Dinge aus dem Supermarkt gestohlen und niemand wusste genau was er sonst noch trieb. Mutter wollte beim Saufen und Kiffen schließlich ihre Ruhe und schickte meine Brüder deshalb tagsüber hinaus, während ich in der Zwischenzeit die ganze Hausarbeit erledigte.

Mit meinen sechzehn Jahren durfte ich selten länger als bis neun Uhr abends weg bleiben, und es war auch bloß ein Abend an dem ich es gewagt hatte mich noch wenige Minuten nach einundzwanzig Uhr mit Maddox, Mason, Drew und ein paar unserer anderen Freunde auf der Bank vor unserem Haus zu unterhalten als Mutter mit einem ihrer Fickfreunde um die Ecke gestöckelt kam.

»Was machst du noch draußen? Habe ich dir nicht gesagt, dass du um neun daheim sein sollst ?!«, brüllte sie mir vor all meinen Freunden entgegen. Ich schämte mich in Grund und Boden.

»Aber ich bin doch direkt vor unserem Fenster und es sind nur fünfzehn Minuten«, versuchte ich ihr zu erklären.

»Das ist mir scheiß egal. Rauf mit dir! Und du kannst dich gleich an den Gedanken gewöhnen, dass du das Haus die nächsten Wochen nicht mehr verlässt!«

Meine Freunde verfolgten die Szene mit schockiertem Blick. Mutter packte mich brutal am Arm und zerrte mich– während sie mir fortwährend mit der flachen Hand auf den Kopf schlug – nach Hause.

Dort setzte sie ihre Standpauke fort und ihr Fickfreund schimpfte gleich mit. Sie brüllte, er schrie, beide plärrten durcheinander. Total betrunken lies sie ihrer Wut freien Lauf und schlug unaufhörlich auf mich ein

»Weißt du was?«, zischte sie,

»Du verlässt diese Wohnung nie wieder und deine scheiß Freunde kannst du dir abschminken.« Das war das Letzte, das sie schrie bevor sie sich mit ihrem Freund in ihr Schlafzimmer zurück zog. Ich war am Ende. Mein, Kopf, mein Rücken und meine Arme schmerzten von den Schlägen. Mein Gesicht war vom Weinen verquollen und ich so aufgebracht, dass ich keine Luft mehr bekam. Wegen jedem Mist bekam ich Ärger, dabei wollte ich nichts weiter als ein wenig Freiheit, mit meinen Freunden zusammensein, meine Erfahrungen machen und ein bisschen Spaß haben. Doch alles was ich hatte, waren die Pflichten die sie mir täglich aufbürdete. Sie gönnte mir nichts und an diesem Abend war ich es endgültig leid. Sie hatte mich so sehr gedemütigt und verletzt. Ich wollte all dem nur noch ein Ende machen. Dann würde sie schon sehen was sie davon hatte.

Geduldig wartete ich bis kein Laut mehr aus dem Schlafzimmer zu hören war. Auch der Streit und die Prügel hatten Mutter nicht vom fröhlichen Ficken abgehalten. Sie war gewissenlos und ohne das geringste Mitgefühl. Nachdem ich sicher war, dass beide fest schliefen, holte ich ein Glas Wasser aus der Küche, öffnete vorsichtig die Tür des Vorzimmers und ging in mein Zimmer. Ich stellte das Glas auf den Boden neben meine Matratze und begab mich lautlos zum Abstellraum wo Mutter ganz weit oben, in einer Kiste all die bunten Seelenpillen, ihr heiß geliebtes Valium und andere Psychopharmaka verstaute. Wahllos griff ich mir was ich erreichen konnte. Ich packte ein paar Streifen unterschiedlichster Tabletten in meine Hosentaschen und begab mich zurück in mein Zimmer. Abwesend starrte ich auf die Tabletten die wie ein buntes Meer aus leckeren Dragees verlockend vor mir lagen. Ich wusste dieser Schritt war endgültig, und obwohl ich mir ganz sicher war, schossen mir wieder all diese Fragen durch den Kopf. Was wurde aus meinen Brüdern wenn ich nicht mehr da war? Die Vorstellung sie allein mit der Hexe zurückzulassen zermürbte mich. Doch ich konnte nicht mehr. All das was ich gesehen, erlebt, gehört und ertragen hatte war zu viel geworden. Mutter war ein Miststück. Sie ließ sich für finanzielle Unterstützung ficken und erlaubte den Kerlen mit uns Kindern zu machen wonach auch immer ihnen der Sinn stand. Wir hatten ja keine Wahl. Uns konnte man mal eben so unter die kalte Dusche stellen wenn wir unartig waren, oder nach Lust und Laune auf uns einprügeln. Sie war eine egoistische, dumme und unreflektierte Frau und ganz gleich was sie selbst in ihrer Kindheit erlebt oder welche Gründe sie für ihr Verhalten hatte, es war einfach nur falsch. Wir waren ihr hilflos ausgeliefert und niemand half uns.

»Aber deine Mama ist doch immer so nett«, hieß es von Leuten die sie kaum kannten und die nie in der Nähe waren wenn ihre Maske fiel. Vor anderen Menschen beherrschte sie sich und spielte die Rolle der treusorgenden, unverstandenen, von ihren eigenen

Kindern gequälte Mutter. Aber sobald die Türen geschlossen und wir unter uns waren, zeigte sie ihr wahres Gesicht. Ihre gemeine, kalte, sadistische böse Fratze. Dann schrie sie los und schlug mit der flachen Hand oder ihrer Faust wie eine Irre auf mich ein.

Doch in dieser Nacht wollte ich das alles nur noch hinter mir lassen, und nachdem ich die bunte Vielfalt an Tabletten mit einem Glas Wasser hinuntergeschluckt hatte, legte ich mich seelenruhig, den Blick zur Decke gerichtet auf meine Matratze.

Jetzt war es so weit: endlich friedlich einschlafen.

## Todestanz

Ich sitze auf einem Stuhl in einem winzigen Zimmer mit pechschwarzen Wänden, einem schwarzweiß gemusterten Boden und auf der gegenüberliegenden Seite hängt ein weißer Vorhang von der Decke. Meine Zehenspitzen fühlen sich schrecklich kalt an und als ich einen Blick hinunter zu meinen Füßen werfe, offenbaren sich mir blau verfärbte Fußnägel und meine Haut ist kreidebleich. Ich richte mich auf und lege meine Arme um meinen nackten, zitternden Leib.

Die Kälte beißt sich gnadenlos durch mich hindurch. Mir wird speiübel und alles dreht sich. Es fällt mir schwer, das was sich von meinem Magen mit aller Gewalt nach oben drückt nicht gleich an Ort und Stelle auf den Boden zu kotzen.

Ist das hier nun Sterben? Bin ich schon tot?, frage ich mich und kauere mich auf meinem Stuhl zusammen. Plötzlich öffnet sich der auf der gegenüberliegenden Seite befindliche Vorhang. Ich richte neugierig meine Augen nach vorne und beobachte wie dahinter eine kleine Bühne zum Vorschein kommt. Unzählige Lichter blitzen auf und eine Vielzahl anmutiger, kleiner Ballerinas in weißen Tutus tänzeln auf die Bühne. Ihre kleinen, fragilen Körper bewegen sich fließend zu einem zauberhaften Musikstück welches dieses wunderschöne Spektakel, das sich vor meinen Augen abspielt begleitet.

Ich werde schläfrig und es kostet mich ein großes Maß an Energie nicht einzuschlafen. Doch ich möchte dieses formvollendete, faszinierende mich in seinen Bann ziehende Schauspiel um nichts in der Welt verpassen. Ein Druckgefühl breitet sich in meiner Brust aus. Das Atmen wird beschwerlicher und meine Arme fallen wie leblose Schläuche widerstandslos zur Seite. Die Mädchen springen von der Bühne und hüpfen mit einem unbeschwerten Lächeln auf mich zu. Im Tanz werfen sie dutzende, schwarze und weiße Schmetterlinge die nun über mir ihre Runden fliegen in die Luft. Die kleinen Tänzerinnen, drehen ihre Pirouetten um mich herum und tanzen mich damit lieblich in den Schlaf. Aber ich möchte nicht schlafen. Es ist so schön hier, nur noch ein kleines bisschen länger.

Der Raum dreht sich, schneller und schneller. Mit einem Mal tut mir nichts mehr weh und ich verspüre eine wohlige Wärme die mich sanft zudeckt. Alles wird gut, dass weiß ich jetzt. Ich werde einfach loslassen und keine Fragen mehr stellen. Keine Angst und auch keine Trauer mehr empfinden. Gänzlich friedvoll und mit mir im Reinen, lasse ich mich jetzt von der Musik treiben. Nichts spielt noch eine Rolle. Gleich liegt alles hinter mir und ich bin endlich frei.

Unauffällig rückt die Melodie in weite Ferne. Weiter und immer weiter, bis sie kaum noch zu hören ist. Und schließlich entschwinden auch allmählich meine Gedanken.

Kling, Kling … Kling, Kling.

»Hallo?! Ist jemand anwesend? Haaaallooo!!«

Aufwachen.

(Klatsch , klatsch.)

»Was willst du? Lass mich doch schlafen.«

»Schlafen? Was heißt hier schlafen?«, schnattert es mir ins Ohr.

»Hier wird doch nicht geschlafen … Ts, ts, ts … Los! Mach die Augen auf, sofort!«

»Hase?«, frage ich. Mein Mund ist staubtrocken und ich bin völlig benommen.

»Bin ich tot?«

»Tot? Ganz gewiss nicht. Noch nicht, und das lasse ich auch ganz bestimmt nicht zu Kleines!«, sagt das Kaninchen aufgeregt.

»Komm, komm beweg dich. Hoch, so geht das doch nicht.«

»Ich bin so müde. Ich will schlafen, lass mich endlich in Ruhe.«

»Dich in Ruhe lassen? Ja sag mal bist du völlig verrückt? Ist dir alles Schnuppe? Wir brauchen dich hier! Du kannst nicht einfach schlafen, sterben oder dich sonst wie davonstehlen. Also komm schon, mach jetzt sofort die Augen auf, Prinzessin.«

»Ich kann nicht, entschuldige bitte … Wäh, was ist das? Mein Hals … da ist irgendwas in meinem Mund. Igitt!«

»Kleines? Hallo? Kleines? Dorothy?«

Um mich herum hektisch beschäftigte Menschen in weißen und grünen Kitteln. Grelles Licht, das in meinen Augen schmerzt und ich bin bewegungsunfähig. Ein Kittelmensch kommt ganz dicht an mich heran und drückt mit seiner Hand auf meinen Kiefer. Mein Mund öffnet sich, ich versuche mich zu wehren aber der Mann in dem weißen Kittel hält meinen Kopf fest und drückt schließlich etwas in meinen Rachen bis in meinen Magen hinunter. Oh Gott, was ist hier nur los? Mir ist speiübel, und überall drückt es.

»Augen auf, nicht einschlafen«, sagt der Kittelmensch immerzu, während ein anderer mir mit einem kleinen grellen Licht in meine Pupillen leuchtet. Der Schlauch wird wieder aus meinem Innersten gezogen und ich werde von einer Liege auf eine andere gehievt. An der Zimmerdecke befinden sich wunderschöne, klitzekleine bewegliche Lichter. Ich höre ein Maschinensurren. Unter mir ein Ruckeln und dann ein weiteres. Über mir an der Decke wieder die hübschen Lichterchen, dann erneut ein Rumpeln und schließlich Stillstand. Wuhuu, was für eine Fahrt!

»Das war knapp, Mädchen«, sagt die freundliche Krankenschwester die mich in mein Zimmer gebracht hat. Mein Kopf brummt, ich fühle mich schummrig und mein Gehirn ist Matsch.

Knapp? Was heißt hier knapp, verdammte Scheiße?! Wie komme ich überhaupt hier her?

Ich bin im Krankenhaus und man hat mir den Magen ausge-
pumpt. Dieser eklige, lange und schwarze Schlauch den man mir in
meine Eingeweide geschoben hatte spricht sehr dafür. Wie konnte
das nur geschehen? Warum bin ich nicht tot? Kann denn nie etwas
so laufen wie ich es will? Das ist nicht fair, verflucht noch eins. Ich
bin eine Versagerin, eine erbärmliche scheiß Loserin. Wo ist das
weiße Kaninchen? Wo ist Oz? Wo sind meine verdammten roten
Schuhe? Scheiß drauf, es ist nirgends schöner als daheim. Wunderland, Oz. Dort will ich hin. Diese Realität kotzt mich an. Das kann
nur die Hölle sein. Vielleicht war mein ganzes Leben die Hölle und
ich habe es bloß nicht bemerkt?

Jetzt hänge ich am Tropf und mein Herzschlag wird überwacht.
Nach all der Mühe liege ich in einem gottverdammten Krankenhaus.
Oh bitte nicht, denke ich als Mutter das Zimmer betritt. Sie ist die
allerletzte Person die ich im Augenblick sehen möchte. Natürlich hat
sie nichts Besseres zu tun, als mich umgehend mit Vorwürfen zu
bombardieren: Wie ich ihr so etwas nur antun konnte und dass ich
immer nur an mich selbst denke. Ihr antun? Ich denke immer nur
an mich selbst? Das ist wohl ein schlechter Scherz.

Mir drängt sich allmählich der leise Verdacht auf, dass mein
Überleben sie nicht sonderlich erfreut. Jetzt kann sie vor den Nachbarn nicht die trauernde Mutter spielen, sondern muss gestehen,
dass ihre Tochter sich das Leben hatte nehmen wollen. Sie muss ja
bloß Lügen und behaupten ich bin gestört, völlig irre. Im Lügen ist
sie immerhin Weltmeisterin.

Ich spinne ja nur, lechze bloß nach Aufmerksamkeit. Da ist in
Wahrheit gar nicht viel dahinter. Das bringt ihr bestimmt ein paar
mitleidsvolle Schulterklopfer ein. Sie hat also eine weitere Schlacht
gewonnen.

Da steht sie: aufgetakelt und gibt mir in all ihrer Empörung an
allem die Schuld. Die ganze Mühe die sie nun wieder hat. All die
Dinge mit denen sie sich konfrontiert sieht, wie das Tuscheln der
Nachbarn und die ganzen Gerüchte. Ich fühle mich tatsächlich
schuldig, weil ich immer noch lebe. Mein Fehler. Ich habe eben nicht

an alles gedacht. Schuldig in allen Anklagepunkten. Und all das nur deshalb, weil ich mir ihren dämlichen Badeanzug geliehen hatte, was Mutter dazu veranlasste am Morgen in mein Zimmer zu kommen um ihn sich wiederzuholen, weil sie und meine Tante Penny an diesem Morgen zum Schwimmen gehen wollten. Ausgerechnet an dem Tag! Dabei hatte sie ein Dutzend andere in ihrem Schrank. Es hätte gar nicht viel gefehlt und ich wäre tatsächlich erlöst gewesen. Aber da kommt die alte Hexe in mein Zimmer, sieht die leeren Tablettenstreifen, zählt eins und eins zusammen und nachdem ich mich auch nach ein paarmal Schütteln nicht rühre, ruft sie schließlich die Ambulanz. Und hier bin ich nun, quietsch-lebendig. Na ja, nicht ganz so quietschend, aber doch ziemlich lebendig.

Wie ich später erfuhr, war die ganze Nachbarschaft Zeuge des dramatischen Spektakels als man mich auf der Trage in T-Shirt und Unterhose aus dem Haus trug. Wenn es einen Skandal gab waren alle schnell zur Stelle. Alle wussten jetzt, dass ich eine Selbstmörderin war. Harakiri versucht hatte und so war ich nun höchst offiziell eine Spinnerin, eine richtige Irre eben.

Mit Mutter, die immernoch an meinem Krankenbett steht und ununterbrochen auf mich einredet, spreche ich kein Wort. Ich starre bloß stur an die Decke und gebe ihr zu verstehen, dass ich sie höchst offiziell ignoriere. Sie redet und redet unaufhörlich. Ihr beschissenes Ego ist nicht zu ertragen. Sie ist nichts weiter als eine verfickte beschissene Drecksmutter die säuft, raucht und neuerdings auch kifft. Die nur dann nach Hause kommt wann es ihr passt und wenn, dann in Begleitung eines Schwanzes. Und die will mir was vom Leben und einem egoistischen Verhalten erzählen?

Das ist so absurd, aber sie glaubt tatsächlich was sie da von sich gibt. Sie kann mich mal. Fick dich, denke ich mir und dann, so als hätte die olle Ziege meine Gedanken gehört, stöckelt sie in ihren High Heels beleidigt zur Tür. Sie bleibt noch einmal stehen, dreht sich um und sagt:

»Na ja, vielleicht stecken sie dich ja in eine Anstalt.« Nach diesen Worten geht sie endlich und ich bin wieder allein. Die nette Krankenschwester kommt zurück und bringt mich zu meinem Termin beim Krankenhauspsychologen. Das ist der gewöhnliche Ablauf nach einem Selbstmordversuch. Der Arzt muss feststellen, was der Grund für meinen vermeintlichen Versuch war, mich aus dem Leben zu stehlen.

Das Gespräch verläuft ausgesprochen gut. Der Arzt ist nett und hört geduldig zu, während ich ihm von Mutters Misshandlungen und ihren Ausschweifungen erzähle. Von der Vergangenheit mit meinem Stiefvater, den Schlägen auf meinen nackten Arsch und all dem anderen Mist. Es ist so über die Maße erleichternd und ich spüre, dass er mir glaubt. Ich erkläre ihm, dass ich nichts weiter als meinen Frieden wollte und gar nicht die Absicht hatte mich wirklich umzubringen. Danach macht er noch ein paar Tests und sagt abschließend:

»Sie sind ein äußerst intelligentes junges Fräulein.« Und er fügt noch hinzu:

»Ich kann das alles sehr gut nachvollziehen, aber es gibt andere Möglichkeiten als den Tod.«

Er gibt mir einen Zettel mit der Adresse des hiesigen Jugendamts und erklärt mir, dass man mir dort, sofern ich es möchte weiterhelfen wird. Er schreibt in seinem Bericht, dass es sich um eine, durch massiven Stress verursachte Impulshandlung gehandelt hatte und keine Suizidgefahr besteht.

Als Mutter erfährt, dass man mich so ohne weiteres entlässt, nimmt sie das gleich wieder als Anlass um sich im Krankenhaus wie ein waidwundes Tier zu gebärden. Und da ihr mein Wort nicht genügt, besteht sie drauf umgehend den Arzt zu sprechen. Aber auch er erklärt ihr geduldig was er bereits in seinen Bericht geschrieben hat und reicht ihr zum Abschied die Hand. Als wir gehen, zwinkert er mir zum Abschied zu.

# Wüstenlandschaft

Dort wo einst das majestätisch strahlend gelbe Sonnen-
blumendfeld lag, finde ich nun nur noch fruchtloses Land vor. Eine
trockene, ausgestorbene Wüstenlandschaft, die sich gänzlich über
meine Traumwelt erstreckt. Leblose Glieder der verdorrten Sonnenblumen liegen verstreut auf dem harten, trockenen Wüstenboden.
Die flirrende Hitze hat alles Leben gnadenlos ausgelöscht und allmählich all die Schönheit zur Gänze ausradiert. Nichts von all dem,
das hier einst blühte oder lebte ist geblieben. Dutzende trockene
Wüstenbüsche fliegen vom warmen Wind getragen, durch die Luft.
Während ich ziellos durch die karge Wüstenlandschaft irre und darauf hoffe in der Ferne letzte Zeichen von Leben zu entdecken, erblicke ich meterweit vor mir durch das Hitzeflimmern hindurch die
Umrisse eines großen Tieres, dass inmitten der öden Landschaft regungslos und allein in der brütenden Hitze steht. Mit großer Vor-
sicht bewege ich mich darauf zu, aber mein Näherkommen bringt es
nicht dazu sich zu rühren. Es scheint als ob es mich bereits erwartet.

Je weiter ich mich ihm nähere, desto klarer wird das Bild: ein
Hund, ein Kojote. Nein, es ist ein Wolf. Anmutig und stoisch wartet
er auf meine Ankunft. Nicht eine Sekunde wendet er seinen auf
mich gerichteten Blick ab und ich werde mit jedem weiteren Schritt
den ich auf ihn zumache, von einem Gefühl der Demut erfüllt. Als
ich einen Meter weit vor ihm stehen bleibe, zeigen sich mir seine
achtunggebietenden, leuchtenden bernsteinfarbenen Augen, die
mich gebieterisch anblicken in voller Pracht. Müde und geschwächt
von der Hitze, dem ewigen Laufen und Kämpfen falle ich vor ihm
auf die Knie. Der Weg war lang und so beschwerlich, ich habe kaum
noch Kraft.

Der Wolf kommt mit bedächtigen Schritten auf mich zu, er senkt
sein Haupt und stößt liebevoll mit seiner Schnauze gegen meinen
Kopf. Ehrfürchtig blicke ich hoch, sein Antlitz direkt vor dem meinen strecke ich mit Bedacht meine Arme aus und der Wolf legt
friedvoll seinen Kopf in meine Hände. Untertänig umarme ich das

anmutige Tier und fühle wie der Schmerz in meinem Herzen, und auch in meiner Seele weicht. Der Wolf schenkt mir Kraft und nährt mich mit seiner unbändigen Energie. Wir verharren eine Weile, dann hebt er seine Schnauze und sieht mich eindringlich an. Er geht wenige Schritte, bleibt stehen, dreht sich zu mir um und geht schließlich weiter. Der Wolf möchte, dass ich ihm folge und ich gehe ihm nach. Tief miteinander verbunden wandern wir lange durch die schier endlose Wüstenlandschaft in das Ungewisse. Am Ende unseres langen Streifzuges durch die vertrocknete Landschaft, erblicken wir eine Wasserquelle und das edle Tier geht bedächtig darauf zu. Er legt seine Vorderpfote auf die Oberfläche des Wassers und in Sekundenschnelle bilden sich auf ihr kleine Kristalle die augenblicklich zu einer hauchdünnen Eisplatte zusammenwachsen. Der Wolf möchte, dass ich es ihm gleichtue, also beuge ich mich nach vorne und lege meine Hand auf die reflektierende Oberfläche die immer mehr zu Eis gefriert. Stimmen erschallen aus dem Inneren:

»Dorothy! Dorothy, es wird Zeit. Du musst endlich den Sprung wagen.«

Noch einmal blicke ich hinüber zu dem Wolf, doch er ist verschwunden und da wo er eben noch stand, hat das kleine Mädchen seinen Platz eingenommen. Das Kind, das mich auf meiner langen Reise durch all die dunklen Gänge und den schrecklichsten Ecken meiner inneren Welten geleitet hatte.

»Es ist nun an der Zeit, dass du diese Welt verlässt. Inzwischen ist hier alles verblüht. Du hast lange genug durchgehalten«, sagt sie freundlich.

»Ich verstehe nicht ganz«, antworte ich.

»Das alles hier ist bloß ein Abziehbild deiner Realität. In einer solch verdorrten Wüstenlandschaft kann nun einmal niemand überleben. Du musst in die Quelle eintauchen, es ist der einzige Ausweg. Wenn du jetzt nicht gehst, gibt es keinen Weg hier hinaus. Aber bedenke bitte: es wird nicht leicht. Das wird es niemals sein. Dich erwarten noch viele weitere Ungeheuer auf deiner Reise.«

»Und was wird nun mir dir?«, frage ich.

»Mach dir um mich keine Sorgen. Ich komme schon zurecht. Ich habe dir doch gesagt, dass ich immer bei dir sein werde. Das ist ein Versprechen.«

Ein letztes Mal sehe ich mich um und betrachte die dörre Wüstenlandschaft. Die Dämmerung bricht allmählich herein und ein kühler Wind verdrängt die brütende Hitze. Wenn all das brache Land ein Abbild meiner Realität ist und die Quelle mein einziger Ausweg, meine letzte Chance nach draußen zu gelangen, dann weiß ich was zu tun ist. Ich nicke dem Mädchen zu und trete einige Schritte zurück.

»Bis bald«, sage ich wehmütig zu meiner kleinen Freundin. Sie lächelt mir zu. Ich atme einmal ganz tief durch, nehme Anlauf und springe in das kalte, klare Gewässer.

## Das Kind

Ein gütiger Klang ergreift meine Sinne
Aus der Ferne, eine sanfte Kinderstimme
Jemand scheint nach mir zu rufen
So schreite ich durch den trostlosen Nebel
Um dieses Kind zu suchen

Als ich vor ihm stehe, ist es klar
Das Kind ist das Mädchen, das ich einst war
Sie sagt meinen Namen und verspricht:
Ganz gleich was kommt
Ich lass dich nicht im Stich

Ein Kuss auf meine Wange, dann ein Lächeln
und sie spricht:
Ich bin hier, wenn du mich brauchst

Vergiss das nicht

Mit einem Mal fühle ich in meiner Seele
Die Liebe die mich neu durchströmt
Das Feuer nach dem ich mich so lang schon sehne
Nun endlich wieder brennt

Und eines schwöre ich jetzt und hier,
Niemals wieder
Vergesse ich das Kind in mir.

## Eiswelten

Wieder befinde ich mich in diesem hell erleuchteten Raum und liege auf dem sterilen Tisch aus kaltem Metall. Meine Arme und Beine sind so fest fixiert, dass ich sie keinen Millimeter bewegen kann. Es ist eiskalt. Um mich versammeln sich die vertrauten, grässlich weißen Fratzen, die mit weit aufgerissenen, leblosen Augen und übergroßen Pranken, spöttisch grinsend ihre Köpfe schütteln. Sie lachen mich aus, fassen dabei an meine Brüste und zwischen die Beine. Die großen Pranken mit den rasiermesserscharfen Krallen tatschen an meinem Körper ungestüm hin und her und tun mir schrecklich weh. Tollpatschig grabschen sie sich von meinen Brüsten über meinem Bauch, bis zu meiner Vagina.

Die sonst so strahlend weißen Wände sind mit einer fauligen schwarzen Brühe, die über kleine Löcher ausgespien wird und unaufhaltsam zu Boden läuft besudelt. Ich kneife meine Augen zusammen und bete, dass dieser Albtraum bald ein Ende hat. Doch heute gibt es kein Entrinnen. Hinter den fratzenhaften Gestalten tut sich plötzlich etwas Gewaltiges auf. Mir schaudert, denn ich ahne bereits was sich mir nähert als ich von weitem die Umrisse einer hageren Gestalt wahrnehme. Und da ist es auch schon. Das Haifischmonster mit dem hageren, bleichen Körper, dem viel zu üppigen Kopf auf seinem dünnen Hals und den entsetzlichen mit scharfen Haifischzähnen verzierten Maul. Das Monster reißt seinen grässlichen Schlund auf und verschluckt mit nur einem Happen alle umherstehenden Fratzen, die nach einem kurzen Aufschrei für immer im Schlund des Haifischkopfmonsters verstummen.

Nun bin ich allein mit der grässlichen Gestalt, und trotz der klirrenden Kälte schweißnass vor Furcht. Meine Tränen gefrieren in der beißenden Kälte. Das Haifischmonster bewegt sich wie in Zeitlupe auf mich zu, breitet seine schlauchdünnen, stetig länger werdenden Arme aus und hebt mich hoch. Meine Fesseln lösen sich. Noch höher hinauf zieht das Ungetüm meinen kleinen, beinahe erfrorenen Körper. Bis zu seinen leeren, schwarzen Augenhöhlen trägt es mich hoch, und dann, in vollkommener Stille mustert es mich. Ich fühle wie es versucht in meine Seele zu blicken, so als hoffte es hinter meinen großen traurigen Augen etwas zu entdecken. Es neigt seinen Kopf und blickt mich durchdringend und auf seltsame Weise friedvoll an.

Aber schon im nächsten Augenblick brüllt das Haifischkopfmonster mir unversehens in mein Gesicht. Blut fließt aus seinen leeren Augenhöhlen. Die abscheuliche Gestalt weint einen unendlichen Fluss aus Blut und stößt dabei scheußliche Schreie des Schmerzes aus. Es lockert seinen Griff, lässt mich fallen und ich stürze auf den von pechschwarzer Suppe bedeckten Boden. Herabfallende Schneeflocken setzen sich auf meinen Wangen ab und verschwinden sogleich wie kleine kalte Blitze auf meiner Haut, sobald ich sie mit meinen Fingern berühre. Mit Lichtgeschwindigkeit fallen die weichen Flocken auf die Erde nieder und vertreiben mit ihrer Reinheit das pechschwarze Meer.

Das dürre Monster erstarrt zu einer widernatürlich, schaurig schönen in strahlendes Weiß getünchten Eisskulptur. Bloß die geweinten Tränen aus Blut leuchten in sattem Rot. Die traurig schöne Gestalt inmitten des poetischen Schneeschauers erweckt liebevolles

Mitleid. Die Bestie hat mich freigegeben und wurde zu guter Letzt mein Erretter.

Ich erhebe mich vom Boden, gehe auf das glasige Monster zu und betrachte es von allen Seiten. Sanft streiche ich über seinen zu Eis erstarrten Körper, und für eine Weile bin ich voll und ganz von ihm eingenommen. Die Schönheit im schaurig Schrecklichen macht mich atemlos. Lange nicht mehr hatte mich etwas so in seinen Bann gezogen. Ein makelloses Winterwunderland, eine vollkommene Welt aus Eis.

Seelenruhig bewege ich mich auf die weiße Tür, die sich am Ende des schneebedeckten Raumes befindet zu. Meine vor Kälte schmerzenden Finger greifen nach dem eisig kalten Türknauf. Behutsam öffne ich die Tür und vor mir gleißendes Licht.

Ich gehe langsam hindurch.

## Endspiel

Selbst nach meinem gescheiterten Selbstmordversuch, führte Mutter ihr Terrorregime unbarmherzig fort. Nachdem sie in ihrer unbändigen Rage meinen Kopf erneut gegen die Türklingel schlug und sogar versuchte mich mit ihren High Heels zu treten, wagte ich den ersten Schritt auf dem Weg in mein neues Leben. Ich hatte immernoch den kleinen Zettel auf dem die Telefonnummer und die Anschrift der ortsansässigen Fürsorge stand und fühlte erstmal telefonisch vor. Ich wählte die Nummer und wartete. Als sich am anderen Ende der Leitung schließlich eine Stimme meldete, stottere ich zuerst aber dann erklärte ich der Frau auf der anderen Seite, dass ich dringend einen Termin brauchte und bekam nach einer erneuten Minute in der Warteschleife ein Datum mitgeteilt. Ich bedankte mich und legte auf. Erleichtert legte ich den Zettel mit dem vermerkten Termin zurück in das Versteck, dass sich auf der Rückseite einer Schublade meines Schreibtisches befand. Ich erzählte niemandem davon. Das Risiko, dass durch eine undichte Stelle in meinem

Freundeskreis etwas durchsickerte war zu groß. In unserer Wohnhausanlage verbreitete sich alles sofort wie ein Lauffeuer und das Martyrium, das mich erwartete wenn Mutter von meinem Vorhaben erfuhr, konnte ich mir bildlich und mit allen möglichen Horrorszenarien vorstellen.

Wahrscheinlich ließ sie mir Gitterstäbe an meine Zimmerfenster montieren, nur um mich daran zu hindern den Termin wahrzunehmen. Die Fürsorge konnte mir nur helfen, solange ich die Volljährigkeit noch nicht erreicht hatte. Danach war ich auf mich gestellt. Mutter hatte unsere Bausparverträge erst vor kurzem aufgelöst, daher gab es keine finanziellen Mittel um auf meinen eigenen Beinen zu stehen. Und da ich auch keinen Job hatte, waren da auch keine Perspektiven.

Im Gebäude des Jugendamtes warte ich auf der kleinen Bank gegenüber der Tür des zuständigen Sozialarbeiters und hoffe, dass man mich bald aufruft. Als nach einer ganzen Weile immernoch niemand aus dem Zimmer kommt, nehme ich meinen ganzen Mut zusammen und klopfe an die Tür.

»Herein«, ruft es aus dem Zimmer. Ich erfasse den Türgriff und betrete den Raum.

»Hallo, ich habe einen Termin«, sage ich schüchtern.

»Setz dich bitte«, sagt er freundlich und winkt mich herein. Gegenüber von mir sitzt ein dunkelhaariger, nett erscheinender Mann Ende vierzig. Er hört mir geduldig zu als ich ihm ausführlich meine Situation schildere und ihm von meiner Angst davor, dass Mutter mit meinem Entschluss von zu Hause wegzugehen nicht einverstanden sein würde erzähle. Nachdem ich zu Ende gesprochen habe, sieht er mich an, hält kurz inne und kramt in seinen Unterlagen. Anschließend schreibt er etwas auf ein kleines Blatt Papier.

»Hier ist die Adresse eines Mädchenheimes, dort kannst du jederzeit hingehen. Du musst das nicht gleich entscheiden. Wenn für dich der richtige Zeitpunkt gekommen ist, gehst du hin. Und wegen deiner Mutter mach dir mal keine Sorgen, dagegen kann sie gar nichts tun«, erklärt er und drückt mir den Zettel in die Hand. Er er innert mich daran, dass ich diese Entscheidung vor dem Erreichen meiner Volljährigkeit treffen muss. Ich bedanke mich und gehe.

Von diesem Gespräch erzähle ich nur Drew, denn sie ist der einzige Mensch dem ich bedingungslos vertraue und daher bitte ich sie auch, mich zu begleiten wenn der Tag gekommen ist.

Wieder schießen mir tausend Gedanken durch den Kopf. Lasse ich meine Brüder im Stich? Sie in diesem Albtraum zurückzulassen war niederschmetternd, aber ich hatte diese Hölle sechzehn Jahre lang ertragen und all die schrecklichen Dinge über mich ergehen lassen. Doch nun war ich erschöpft, leer gelebt von dem Psychoterror, der körperlichen und seelischen Gewalt. Ich wollte auch nicht mehr bloß den Tod als Lösung für das Ende meines Leides in Betracht ziehen, dafür war ich noch viel zu jung. Ich wollte nicht mehr zulassen, dass Mutter mich um all das Schöne brachte was das Leben zu bieten hatte. Wie oft stand ich schon im fünften Stock unseres Wohnhauses und dachte daran mich hinunterzustürzen. Mich in Gedanken immerzu fragend, ob der Fall wohl lange dauerte und ob man viel spürte wenn man auf dem Boden aufschlug oder ob man sofort tot war. Bloß ein Augenblinzeln zwischen Leben und Tod und mit einem Mal ist alles vorbei. Ich könnte mich auch auf die Gleise legen, nachts wenn die langen Lastwagons auf der Strecke fuhren und auf den Zug warten. Oft wünschte ich mir einzuschlafen und nicht wieder aufzuwachen, aber da waren schließlich Jack und Sam die ich über alles liebte, und die bloß mich hatten, deshalb hatte ich bisher auch auf jeden weiteren Versuch mir das Leben zu nehmen verzichtet. Doch bleiben konnte ich nicht, und an einem Abend im September 1992 war es schließlich so weit.

Mutter machte es mir ausgesprochen leicht und hatte keine Ahnung wie sehr sie mir dabei half meinen Entschluss in die Tat umzusetzen. Ich betrat gerade unsere Wohnung, als ich aus dem Wohnzimmer Stimmen hörte. Beim Näherkommen traute ich meinen Augen nicht. Da saß Mutter, mit fünf Kerlen aus meinem Bekanntenkreis auf unserer Couch. Der Bademantel bedeckte gerade noch die intimsten Stellen ihres verbrauchten Körpers und mit der üblichen

Dose Bier in der einen und einem Joint in der anderen Hand unterhielt sie sich angeregt mit den Jungs, die kaum älter waren als ich. Wie versteinert beobachtete ich diese absurde Szene. Da saßen diese Kerle in unserem Wohnzimmer und einem Bier zwischen ihren Fingern.

»Was ist hier verdammt noch einmal los?«, fragte ich. Mutter grinste hämisch. Sie wusste genau was sie da tat und womit sie es immer aufs Neue schaffte mich zu demütigen. Jetzt in diesem Augenblick, fiel es mir plötzlich wie Schuppen von den Augen. Sie führte ihren eigenen, unerbittlichen Krieg gegen mich, ihre eigene Tochter. Bisher hatte ich es bloß nicht erkannt, doch jetzt, sah ich es ganz deutlich. Ganz gleich was ich tat, wie sehr ich mich anstrengte, es spielte keine Rolle. Sie hatte seit dem Tag meiner Geburt gegen mich gekämpft und mit dieser Aktion ein weiteres Gefecht auf unserem ganz persönlichen Schlachtfeld eröffnet.

»Deine Mutter hat uns eingeladen hier abzuhängen«, sagte Jay, einer der Typen. Abzuhängen?, dachte ich. Meine Freunde hingen mit meiner Mutter ab? Mutter konnte mich nicht mehr überraschen, sie widerte mich bloß noch an. Sie war nichts weiter als eine lächerliche, armselige und erbärmliche Gestalt die es nun schon nötig hatte sich Leute aus meinem Freundeskreis zu krallen um mir eins auszuwischen. Aber die Gleichgültigkeit dieser Jungs verletze mich zutiefst.

»Sei doch nicht immer so fies zu deiner Mama, die ist doch so nett. Sie hat uns erzählt, dass du es ihr nicht leicht machst.« Nun riss mir endgültig der Geduldsfaden. Ich explodierte förmlich und schrie:

»Raus hier! Verpisst euch. Ich scheiß auf euch, ihr Arschlöcher!«

Ich schlug um mich, räumte den Wohnzimmertisch mit einer Handbewegung ab und schimpfte unaufhörlich. Ich machte es ihr nicht leicht? Ich? Ich sah Mutter in die Augen und brüllte:

»Komm, zeig doch dein wahres Gesicht. Schlag mich so wie du mich immer schlägst. Jetzt gebe ich dir einen Grund.«

Die Jungs standen entrüstet von der Couch auf und verließen die Wohnung Doch ich tobte weiter.

»Du wirst schon noch sehen was du davon hast«, sagte ich drohend bevor ich in meinem Zimmer verschwand. Sie kam mir nicht hinterher, schrie nicht einmal. Ich packte umgehend das Nötigste zusammen um gleich am Morgen, sobald Mutter das Haus verlassen hatte, zu verschwinden.

An Schlafen war in dieser Nacht nicht zu denken. Leise schlich ich mich in das Zimmer meiner Brüder, die bereits ganz fest schliefen und setzte mich zu jedem von ihnen ein paar Minuten ans Bett. Während ich ihnen leicht durch die Haare strich, konnte ich meine Tränen nicht mehr zurückhalten. Es tat so schrecklich weh und fühlte sich unwirklich an. Ab Morgen würde alles anders werden, doch der Preis den ich für meine Freiheit zahlte war groß. Mutter hatte mir schon früh Schuldgefühle eingehämmert, mich ständig für Jacks und Sams Wohl verantwortlich gemacht und mir eingetrichtert es wäre meine Schuld wenn ihnen etwas zustieße. Ich war an allem schuld und jetzt war ich eben daran schuld, dass meine Brüder meiner Mutter von nun an hilflos ausgeliefert waren. Inmitten dieser erdrückenden Schuldgefühle schlief ich irgendwann ein.

Am nächsten Morgen rief ich Drew an und bat sie zu kommen. Sie verstand sofort und kam umgehend. Wir schnappten uns die wenigen, in der Nacht zuvor gepackten Sachen und gingen zur Eingangstür. Gerade als ich die Klinke drückte, steckte Mutter von der anderen Seite den Schlüssel in das Schloss und öffnete die Tür. Sie erblickte die Taschen und fragte:

»Was denkst du, tust du hier?«

»Ich gehe«, schmetterte ich ihr entgegen.

»Ah ja. Und wohin bitte?«

»Das geht dich überhaupt nichts an. Du kannst gerne bei der Fürsorge anrufen und dich beschweren, die wissen über alles Bescheid. Auf nimmer Wiedersehen.«

»Du kommst bald wieder zurück«, rief sie mir hinterher. Doch als die Tür hinter mir zufiel, drehte ich mich nicht mehr um.

## Tabula Rasa

Ein blumiger Geruch liegt in der Luft. Ein kleines Licht geht an und ich befinde mich wieder in Hases Zimmer, auf meinem bequemen Stuhl. Hase sitzt mir, mit einem Buch in seiner Hand und einer Brille auf der Nase gegenüber. Professor Hase, denke ich als ich ihn so betrachte.

»Hase?«

»Ja, Kleines?«

»Was wird nun geschehen?«

»Was denkst du soll geschehen?«

»Das weiß ich nicht, Hase. Das weiß ich nicht.«

»Nun die Geschichte endet hier vorerst, nicht wahr? Wir haben alles durch, bis zu diesem Punkt. Oder gibt es noch etwas, das du loswerden möchtest?«

»Ich bin nicht sicher. Nein, ich denke nicht. Siebzehn Jahre auf beinahe dreihundert Seiten Papier. Moment, fast dreihundert Seiten Papier? Hase, was hast du nun schon wieder angestellt?« Die Eingebung trifft mich so direkt als könnte ich die Gedanken des großen, weißen Kaninchens hören.

»Das ist mein Geschenk an dich. Was denkst du habe ich die ganze Zeit über gemacht? Kreuzworträtsel? Alles deins, deine Gedanken, dein Leben, deine Träume.« Hase überreicht mir das Buch, das sich die ganze Zeit auf seinem Schoß befand. Ich werfe einen Blick hinein und es ist tatsächlich bis zur letzten Seite beschrieben.

»Und was soll ich jetzt damit anstellen?«

»Na du sollst es in die Welt hinaustragen. Warum sonst, denkst du haben wir das hier gemacht?«, schnattert Hase empört.

»Ja, schon gut. Ich habe es ja begriffen. Der ganze Wahnsinn ist nun also auf Papier festgehalten. Das ist es nun, oder?«

»Jeder Anfang wird ein Ende haben. Sowie auch jedes Ende einen neuen Anfang hat. Ganz gewiss, mein Liebes«, sagt Hase erfreut.

»Was ist mit den Monstern?«

»Es sind deine Monster«, antwortet Hase.

»Wie ist das gemeint?«

»Du bist ein starkes Mädchen und wie ich schon einmal sagte: alles ändert sich, nichts bleibt so wie es ist. Du hast eine weite Reise gemacht und mit aller Kraft gekämpft. Dich immer ein Stück mehr befreit. Deine Monster Liebes, die gehören nun dir. Du allein hast nun alle Macht über sie. Du bist ihre Königin.«

»Tatsächlich?«, frage ich überrascht.

»Natürlich Kindchen. Es ist dein Reich.« Ich habe Verstanden. Erneut betrachte ich Hase, und da wo mein Herz schlägt, fühle ich mit einem Mal eine wohlige Wärme.

»Ich danke dir, Hase.« Glückselig springe ich von meinem Stuhl auf und stürme auf das weiße Kaninchen zu. In meinem starken Bedürfnis es in den Arm zu nehmen, werfe ich uns beinahe mit seinem Sitzmöbel um.

»Aber wofür denn, Dorothy? Ich war doch bloß Zuhörer. Es war alles allein dein Verdienst«, sagt Hase, sichtlich überrascht von meiner Umarmung.

»Aber ohne dich …«

»Ach was. Papperlapapp. So ein Unsinn.« Hase klopft leicht mit seinen weichen Pfoten auf meinen Rücken.

»Werden wir uns wiedersehen?«

»Immer wenn du möchtest.« Das Kaninchen schenkt mir ein breites, zufriedenes Lächeln und ich verweile für einen Moment mit dem Kopf auf seinem wuscheligen Knie.

»Und nun?«

»Nun machen wir das Licht aus und du gehst nach Hause… Zähl jetzt langsam wieder von zehn rückwärts, in Ordnung?«

Und dann merke ich bloß noch, wie Hase mir sanft über meinen Kopf streichelt.

10 … 9 … 8 … 7 … 6 … 5 … 4 … 3 … 2 … 1 …


Es ist nirgendwo schöner als daheim …

Nirgendwo schöner als daheim...

Nirgendwo ...

Schneeflocken fallen, die Luft wird kalt. Der Winter ist hereingebrochen, meine Tränen werden zu Schneekristallen. Mein Herz gefriert und ich ertrinke im eisigen Blau. Ich fühle mich wie die Eiskönigin.

## Düsterschwarzes Reich

Durch die gigantische schwarze Tür, die am Ende des von Maschinengeräuschen durchdrungenen Raums ruht. Dort wo die erhängten Püppchen immer noch leblos von oben an der Decke mit toten Augen nach unten starren, muss ich hindurch. Am Ende dieser langen Reise durch mein Innerstes selbst, bin ich nun zu Hause angekommen. Durch dunkle Gänge und erbarmungslos kalte Eiswelten habe ich mich gekämpft, bin auf meine Knie gefallen und wieder aufgestanden. Ich habe Schlachten verloren, meine Wunden geleckt und bin vor meinen Monstern geflohen.

Gebettet auf meinem, mit roter Seide bezogenem Bett, berieselt von Abermillionen herabfallender Schneeflocken, throne ich vor meinen Monstern. Die rote Bestie sitzt handzahm zu meiner rechten, während ich zärtlich seine Hörner streichle. Umringt von dem Clownsmonster, dem hageren Haifischkopfmonster, der Vogelscheuche und all den anderen so schaurig schönen Fratzen die mir nun untertänig zu Füßen liegen, herrsche ich von jetzt an und bis in alle Ewigkeit über mein Reich. Ich bin die Königin meiner verworrenen, kranken Welt und halte meine Bestien im Zaum. Sie gehorchen einzig mir, folgen meinem Willen, sind meine Armee die stets bereit ist für mich zu kämpfen. Ich habe sie gezähmt und unterworfen als ich furchtlos in ihr Angesicht blickte. Nun bin ich in Liebe mit meinen schaurig schönen Geschöpfen der Nach vereint. Durch die unerträglichen Qualen, die zu ertragen man mich zwang, habe ich sie erschaffen und zum Leben erweckt. Nun sind wir eins, die Bestien und ich. Sie sind mein innerstes. Sie sind ich und ich bin sie. Unsere Welten sind zu einem einzigen, grauenvollen und mächtigen Königreich verschmolzen. Garstig und verabscheuungswürdig wüten sie wenn ich sie auf die Welt loslasse.

Die Hölle aus der ich komme, hätte euch alle mit Haut und Haaren verschlungen, gebrochen oder selbst zu Bestien gemacht. Sicher wäre ich auch ohne all diese Qualen ein feinfühliger Mensch geworden, doch vielleicht gesünder oder sogar glücklich, unbeschwerter und mit einem gesunden Maß an Vertrauen in diese Welt. Vielleicht wäre ich in der Lage richtig zu lieben und müsste nicht mit dieser dichten Nebelwand, die mir keinen richtigen Zugriff zu meinen Gefühlen erlaubt, durchs Leben gehen.

In meinem Verstand liegt so viel verrottetes Zeug vergraben. Der faulige Geruch der Vergangenheit wird niemals verschwinden. Den kann man nicht wegdenken, schön reden oder weg meditieren. So erkrankt wie ich bin, kann ich nur das Beste aus all dem machen was mir geblieben ist. Ich bin an mir selbst erkrankt, an meinem Unvermögen anderen zu vertrauen und der Unfähigkeit zu lieben. Ich habe nie um den Schmerz und diese Angst gebeten. Man hat sie mir ungefragt eingepflanzt und mich dann in die kalte Welt hinausgestoßen.

Einst war ich ein unschuldiges Kind. Jetzt bin ich das verlorene Mädchen, gefangen im Körper dieser mir völlig fremden Frau. Ich bin das Dornen Röschen, die wilde Blume die niemand zähmen kann. Wer mir zu nahe kommt, verletzt sich an meinen scharfen, giftigen Dornen und bei der kleinsten Berührung wüte ich wie der Sturm.

# Ende